Lisabeth Posthuma

Die Geschichte von Baby und Solo

Der Teilzeitjob in der Videothek ist für den 17-jährigen Joel der erste Schritt in Richtung eines normalen Lebens, seit »das Schlimme« passiert ist. Die Arbeit bei ROYO Video ist der perfekte Neuanfang. Joel bekommt sogar einen neuen Namen nach einer Filmfigur verpasst und wird künftig »Solo« genannt. Und dann drängt »Baby« in sein Leben: eine vorlaute Mitarbeiterin, die sich über so ziemlich alles aufregt. Joel und Baby freunden sich schnell an, doch irgendwann muss Joel sich entscheiden, was er ihr über sich anvertrauen will. Kann er sich gegenüber Baby öffnen?

Lisabeth Posthuma hat einen Abschluss in Englisch und arbeitete als Lehrerin, Fotografin und Mitarbeiterin in einer Videothek, bevor sie sich dem widmete, was sie schon immer tun wollte: Bücher schreiben. Mit ihrer Familie lebt sie in Michigan.

Sophie Zeitz, geboren 1972, studierte Amerikanistik, Spanisch und Philosophie. Sie übersetzte u. a. die Jugendromane von John Green und lebt mit ihrer Familie in Berlin.

Lisabeth Posthuma

DIE GESCHICHTE VON BABY & SOLO

Aus dem Englischen
von Sophie Zeitz

dtv

MIX
Papier | Fördert gute Waldnutzung
FSC® C083411

1. Auflage
2023 dtv Verlagsgesellschaft mbH & Co. KG,
München

Umschlaggestaltung: buxdesign | München
unter Verwendung einer Illustration von Ruth Botzenhardt
Satz: Satz für Satz, Wangen im Allgäu
Druck und Bindung: CPI books GmbH, Leck
Printed in Germany · ISBN 978-3-423-62782-5

Für JLB

TEIL 1

PROLOG

Royal Oak, Michigan – August 1996

»Ich glaube, Joel ist so weit«, fasste Dr. Singh zusammen.

Ich saß aufrecht auf der Liege, denn es ging um mein Gehirn, nicht um den Rest meines Körpers. Es waren nicht genug Stühle da, und weil ich offiziell immer noch Patient war, musste ich die Untersuchungsliege nehmen.

»Ich weiß nicht, wie ich das finde, Dr. Singh«, entgegnete meine Mutter. »Da gibt es gar kein Sicherheitsnetz für den Fall, dass er rückfällig wird.«

Ich hasste das Wort. *Rückfällig*. Als wäre ich ein Junkie.

»Es hat seit fast zwei Jahren keinen Vorfall mehr gegeben.« Vorsichtshalber warf Dr. Singh einen Blick in meine Akte, aber es stimmte. Seit ich fünfzehn war, hatte die Macke, wegen der ich hier war, keinen Ärger mehr gemacht. »Ich glaube, es ist Zeit, dass er das Leben ausprobiert, Mrs Teague.«

Mom machte ein finsteres Gesicht. »Sollten wir es nicht lieber mit einem anderen Medikament versuchen?«

»Ich bin so weit, Mom«, mischte ich mich ein, obwohl ich nicht gefragt worden war. Ich war es gewohnt, dass über mich statt mit mir geredet wurde.

Mein Vater sagte nichts, aber er drückte Moms Hand. Sie seufzte. »Was heißt das überhaupt, ›das Leben ausprobieren‹?«, fragte sie.

»Sie meinen ja wohl nicht, dass er mit dem Rucksack durch Europa trampt?«

»Wäre das etwas, was dich interessieren würde, Joel?« Offenbar hielt Dr. Singh Moms absurde Idee für eine ernst gemeinte Option. »Ein Abenteuer könnte Joels Genesung sehr zugutekommen.«

Meine Eltern sahen ihn entsetzt an.

Ich spielte kurz mit dem Gedanken, so zu tun, als hätte ich schon immer davon geträumt, in Pamplona mit den Stieren zu laufen, aber meine Eltern hatten schon genug mitgemacht. Das Schlimme, das passiert war, war schließlich auch ihnen passiert. Außerdem teilte ich Dr. Singhs Meinung nicht. Meine Macke war Abenteuer genug für mich.

»Mir wäre es ganz recht, das Leben erst mal in kleineren Dosen auszuprobieren, bevor ich auf Weltreise gehe«, sagte ich zur sichtlichen Erleichterung meiner Eltern.

»Was schwebt dir vor?«, fragte Dad. Falls jemand bei Diskussionen über meine Psyche an meiner Meinung interessiert war, dann Dad. »Worauf hast du Lust? Mannschaftssport vielleicht?«

Die Unbestimmtheit seines Vorschlags zeigte, wie schlecht Dad mich kannte.

»Vielleicht«, sagte ich. »Mal sehen.«

»Wenn du dich ins normale Leben integrierst, musst du dir konkrete Ziele setzen«, gab Dr. Singh zu bedenken. »Wir brauchen einen Plan, bevor du heute gehst. Und ich werde dranbleiben und dafür sorgen, dass du den ersten Schritt, den wir uns hier überlegen, auch wirklich machst.« Dann zitierte er den Spruch, der auf dem Motivationsposter hinter ihm an der Wand stand: »Es ist nie zu spät, das zu werden, was man hätte sein können.«

Motivationsposter gehören zur Grundausstattung in der Jugendpsychiatrie. Meistens prangt ein schnulziger Sinnspruch über einer erhabenen Berglandschaft, einem Wurf Welpen und/oder Kätzchen oder – warum auch immer – Charlie Brown.

Charlie Brown. Aus irgendeinem Grund war der Junge, der von seinen sogenannten Freunden so schlimm gehänselt wurde, dass ihm nicht mal Haare wuchsen, das (buchstäbliche) Aushängeschild von Generationen psychisch kranker Kinder und Jugendlicher auf der ganzen Welt. Gewöhnlich war sein Bild mit anbiedernden Slogans versehen wie: »Mit Entschlossenheit ist alles möglich!«, oder: »Du hast dein Schicksal in der Hand!«, oder am schlimmsten: »Gib niemals auf!« Auf dem Gib-niemals-auf-Poster sieht man Lucy, die herzlose Ziege, die Charlie den Ball wegnimmt, als er ihn gerade kicken will. In der gesamten Peanuts-Geschichte gelingt es Charlie Brown nicht ein einziges Mal, den verdammten Ball zu kicken, weil Lucy ihm den Ball immer, immer, immer im letzten Moment wegnimmt. Aber denk dran: »Gib niemals auf!«

Mein Vater sah Dr. Singh an. »Was halten Sie davon, wenn er sich einen Job sucht? Einen Freizeitjob mit anderen Jugendlichen in seinem Alter?«

»Gute Idee«, stimmte meine Mutter überraschenderweise zu.

Ohne meine Meinung abzuwarten, antwortete der Arzt: »Ausgezeichnet. Das nehmen wir uns zum Ziel!«

»Okay.« Achselzuckend willigte ich ein. Ein Job klang jedenfalls attraktiver als Sport. Erstens bekam ich Geld dafür. Zweitens war ein Job bloß ein Job. Wenn du beim Sport dein Team im Stich lässt, bist du ein Verräter, aber Jobs kann man jeden Tag kündigen, und keiner regt sich auf. Das war NORMAL, und seien wir ehrlich, NORMAL war mein Ziel. Früher war ich schließlich auch NORMAL gewesen. Vielleicht musste ich mich nur eine Weile zum Mindestlohn in den Dienst meiner Mitmenschen stellen, um wieder NORMAL zu werden. Den Versuch war es wert.

»Ich peppe gleich meinen Lebenslauf auf.«

Ab da hatten alle ein Lächeln im Gesicht, selbst wenn ich wusste, dass das meiner Mutter künstlich war.

Der Arzt setzte mir eine Frist von zwei Wochen, um ein Vorstellungsgespräch klarzumachen. Das schrieb er auf einen Rezeptblock und reichte mir den Zettel, als hätte er mir ein Antibiotikum verschrieben.

Ich bedankte mich, und wir verließen die Praxis. Es war das erste Mal seit sieben Jahren, dass ich die Hoffnung hatte, ich müsste vielleicht eines Tages nicht mehr herkommen.

KAPITEL 1

»Also, warum willst du Teil des Teams von ROYO Video werden?«, las Jessica Morrison, die Managerin der Videothek, von ihrem Formular ab.

Das Gespräch mit Dr. Singh war kaum eine Woche her, und ich hatte schon ein Vorstellungsgespräch organisiert. Na ja, eigentlich hatte es meine Mutter organisiert. Jessica war die Freundin meines Cousins Devin und wohnte bei ihm, und als Mom Devin erzählte, dass ich einen Job suchte, vermittelte er mich weiter.

»Ich schaue gerne Filme«, schien mir die beste Antwort zu sein. Ich wollte ihr nicht auf die Nase binden, dass mein Psychiater mir verschrieben hatte, mich auf den Arbeitsmarkt zu begeben.

Jessica notierte meine Antwort. »Auf was für Filme stehst du?«

Ich starrte ihre schreibenden Hände an, weil mich jede andere Stelle ihres Körpers aus dem Konzept gebracht hätte. Jessica hatte Kurven und Rehaugen und war eindeutig Postermaterial, und ich war siebzehn, hatte gerade die libido-senkenden Medikamente abgesetzt, die ich während meiner bisherigen Jugend genommen hatte, und war keineswegs immun gegen ihre Reize. Und da lechzende Blicke meine zukünftige Vorgesetzte wahrscheinlich nicht davon überzeugten, dass ich der Richtige wäre, behielt ich sie für mich.

»Ich mag alle Filme – Action, Horror, Komödien.« Ich richtete den Blick auf den Boden und dann wieder auf ihre Hände.

Jessica trug in das Formular »alle« ein.

»Cool«, sagte sie. »Wo siehst du dich in fünf Jahren?«

»Nächstes Jahr mache ich den Schulabschluss. Dann gehe ich vielleicht aufs College.« Eigentlich hatte ich nicht vor zu studieren, aber ich sagte es trotzdem. Schließlich war es nie zu spät, das zu werden, was man hätte sein können.

»Ah, okay. Toll.« Sie schrieb wieder etwas hin. »Weißt du was?«, sagte sie dann. »Warum füllst du den Rest des Formulars nicht selber aus? Devin hat gesagt, du bist cool, und du kannst abends und am Wochenende arbeiten. Das reicht mir.« Sie wollte mir gerade den Papierkram rüberschieben, aber dann zögerte sie. »Warte mal ... Du bist nicht mehr krank, oder?«

»Krank ...?« Ich ahnte, worauf sie hinauswollte.

»Devin meinte, du hattest Leukämie oder so was, als du klein warst«, sagte sie. »Ist das noch aktuell?«

»Anämie«, berichtigte ich ihr ehrliches Missverständnis meiner Standardlüge. »Und nein, alles wieder gut.«

Es war Mom gewesen, die sich diese Ausrede für meine Macke ausgedacht hatte. Auf der Suche nach einer ernsten, aber nicht zu ernsten Diagnose im medizinischen Wörterbuch, mit der sie meine Klinikaufenthalte und Schulfehlzeiten vertuschen könnte, war Anämie die erste Krankheit im Alphabet gewesen, die glaubhaft klang.

Jessica nickte und händigte mir die Papiere aus. Dann legte sie ein Schlüsselband mit einem Plastiknamensschild auf den Tisch. »Du kannst morgen anfangen, oder? Komm um fünf.« Sie zog die Kappe eines schwarzen Markers ab und setzte ihn auf der Linie unter HI, ICH BIN an. »Wie willst du genannt werden?«

»Ich heiße Joel«, erinnerte ich sie. Ich nahm es ihr nicht übel, dass sie meinen Namen vergessen hatte. Frauen wie sie mussten sich keine Namen merken.

Jessica schüttelte den Kopf, und im Ausschnitt ihres Tops blitzte ein BH-Träger auf. Grün.

Der BH, nicht das Top. An die Farbe des Tops erinnere ich mich nicht.

»Nein. Wir benutzen hier nicht unsere echten Namen«, erklärte sie. »Regel meiner Eltern.«

Ich wusste von Devin, dass der ganze Häuserblock, in dem sich ROYO Video befand, den Morrisons gehörte, aber mehr wusste ich nicht über sie. Ich fand es seltsam, dass sie von ihren Angestellten verlangten, Decknamen zu benutzen, aber egal. Es war mein erster Job, was wusste ich schon? »Na ja, ich fand den Namen Mike immer gut ...« Mike war ein ganz NORMALER Name. Ich könnte ein Mike sein.

»Was? Nein.« Jessica lachte. »Du musst dir eine Filmfigur aussuchen. Damit die Leute Lust auf Videos kriegen. Unterschwellige Werbung.«

»Ach so.« Klang irgendwie logisch. »Heißt das, dass du in der Videothek auch nicht Jessica bist?«

»Im Dienst bin ich Scarlet.« Sie zeigte auf ihr Namensschild, das ich nicht gelesen hatte, weil es zwischen ihren Brüsten hing. »Wegen Scarlett O'Hara.«

Ich hatte *Vom Winde verweht* nie gesehen, aber plötzlich interessierte mich der Film.

»Wir haben einen Dirty Harry – das ist mein blöder kleiner Bruder Scott. Und den Paten, Mary Poppins, Hannibal und Baby.«

»Baby?«

»Aus *Dirty Dancing.*« Jessica-Scarlet sah mich verächtlich an, wie alle Mädchen, wenn man Wissenslücken bei *Dirty Dancing* aufwies.

»Ach so. Nie gesehen.«

»Du hast was verpasst.«

Das bezweifelte ich. »Gibt es eine Liste, wo man sich einen Namen aussuchen kann?«

»Nein – du darfst nur keinen nehmen, der schon vergeben ist«, sagte sie und wackelte ungeduldig mit dem Marker. »Also?«

Ich versuchte, schnell zu denken. Mir fielen James Bond, Rocky Balboa und RoboCop ein, aber die waren zu verwegen für einen Typen wie mich, der frisch aus der Klapse kam. Jack Nicholsons Figur in *Einer flog übers Kuckucksnest* wäre passend gewesen, aber von der fiel mir der Name nicht ein.

»Was ist denn dein Lieblingsfilm?«, hakte Jessica-Scarlet nach.

»*Star Wars*.«

Sie war unbeeindruckt. »Ja, und? ... Luke Skywalker?«

»Nein.« Plötzlich hatte ich doch eine Meinung. »Han Solo.«

»Okay.« Sie schrieb in feuchten schwarzen Buchstaben HANS SOLO auf das Schild und wedelte damit herum, bis es trocken war. »Aber Skywalker klingt viel sexyer.«

Ich hätte den Schreibfehler berichtigt, aber das Wort »Sex« hatte mich abgelenkt.

»Willkommen bei ROYO Video, Hans«, sagte Scarlet und reichte mir das Namensschild. »Komm morgen vorbei. Frag nach Baby. Sie weist dich ein.«

»Ich werde da sein.«

KAPITEL 2

Als ich am nächsten Nachmittag zum Dienst erschien, begrüßte mich Mary Poppins.

»Nenn mich Poppins«, sagte sie nachdrücklich und schüttelte mir die Hand. Sie lächelte auf eine Art, die ich als flirtend einstufte.

Poppins hatte weißblond gefärbtes Haar und war solariumgebräunt. Außerdem war sie stark geschminkt, so stark, dass ich nicht sagen konnte, wie ihr Gesicht ohne Make-up aussah. Die Menge an Eyeliner und Lippenstift war meiner Erfahrung nach ein Zeichen für Komplexe, und mit komplexbeladenen Mädchen hatte ich nur schlechte Erfahrungen gemacht.

Ich lächelte höflich zurück. »Ich schätze, du kannst mich Han Solo nennen.«

Poppins lachte. »Oder lieber *Hans*?« Sie zeigte auf mein Namensschild.

»Das war Jessica. Ich wollte ihr nicht zu nahe treten.«

»Jessica?« Poppins zog die Braue hoch. »Du nennst die Chefin beim Vornamen?«

»Oh, sorry. Ich meinte *Scarlet*. Ich dachte, die Decknamen gelten nur für die Kundschaft.«

Poppins zuckte die Achseln. »Mach es, wie du willst, aber die meisten von uns sind froh, wenn sie bei der Arbeit nicht sie selbst sein müssen.«

Wenn man es so sah, gefiel mir die Idee mit den Pseudonymen. Sehr sogar.

Poppins holte einen Marker, eine Flasche Nagellackentferner und ein paar Wattebausche aus dem Schrank. »Und, Han Solo, wo gehst du zur Schule?« Sie griff nach meinem Namensschild. »Ich bin auf der Kimball.«

»Einzugsgebiet Dondero Highschool.« Was zwar stimmte, doch ich war nicht auf der Dondero. Wegen meiner Klinikaufenthalte hatte ich so viel Stoff versäumt, dass ich mehrere Jahre hinterher war, und am Ende war ich nicht mehr zur Schule gegangen, weil es zu demütigend gewesen war, der einzige Fünfzehnjährige in der siebten Klasse zu sein. Seitdem schickte die Schulbehörde einen Tutor zu mir nach Hause, einen Collegeabsolventen namens Mr Moser. Ich nannte ihn Tim. Zum Glück war das Lernen mein geringstes Problem, und ich brauchte nicht viel Nachhilfe. Meistens beaufsichtigte Tim nur meine Prüfungen, und ansonsten unterhielten wir uns über *Seinfeld* oder spielten *Tekken*.

In den letzten zwei Jahren hatte ich so weit aufgeholt, dass ich im Herbst theoretisch wieder in meine Jahrgangsstufe gehen könnte. Was ich aber nicht vorhatte.

»Hat die Dondero nicht eine Eiche als Maskottchen?«

Ich war überfragt, aber um keinen Argwohn zu erwecken, sagte ich einfach: »Ja.«

»Wie langweilig.«

Allerdings. Die Eiche war auch das Symbol unserer Kleinstadt Royal Oak. Ich reichte Poppins mein Namensschild.

Im hinteren Teil des Ladens schlug eine Tür zu, und plötzlich war das unverwechselbare Geräusch zu hören, wenn sich jemand die Seele aus dem Leib kotzte.

Eine *Sie*, schätzte ich. Es klang wie Mädchenwürgen.

Poppins tropfte etwas Nagellackentferner auf den Wattebausch. »Ignorier es. Das ist bloß Baby.«

»Woher weißt du das?« Merkwürdiges Talent, Leute anhand ihres Würgens zu identifizieren.

»Weil es immer Baby ist, *Hans.*« Sie rieb mit dem Wattebausch auf dem Plastikschild herum, bis der Marker nicht mehr zu sehen war. »So. Wie neu.«

Wieder schlug die Tür zu, dann kam die Würgerin durch den Flur in den Laden.

»Hey, Poppins«, seufzte ein bleiches Mädchen mit geröteten Wangen. »Hey ... Neuer.«

Bevor ich mich vorstellen konnte, senkte Poppins die Stimme. »Wir haben alles gehört ...« Sie steckte sich pantomimisch den Finger in den Hals.

Das Mädchen sah mich an. »Na und? Essstörungen sind voll in, und ich bin gerne auf der Höhe der Zeit.«

Ich musste ihr recht geben. Aus Jahren der Gruppentherapie wusste ich, dass Essstörungen tatsächlich im Trend lagen. Nur dass die meisten Essgestörten, die ich kannte, nicht stolz darauf waren.

»Baby, ich mache mir langsam echt Sorgen um dich. Du bist schon dünn genug«, sagte Poppins. »Sei einfach zufrieden mit dem Körper, den du hast.«

Der Rat war der typische Nebenrollensatz einer pädagogisch wertvollen Nachtmittagssendung und konnte nur von jemandem kommen, der keinen Schimmer von der Komplexität von Essstörungen hatte.

Die Würgerin, die sich als Baby entpuppt hatte, reagierte mit angemessenem Sarkasmus: »Vielen Dank, Poppins! So hatte ich es noch gar nicht gesehen. Ich hole mir gleich ein Stück Torte!« Dann begann sie, die Videos aus den Rückgabe-Eimern einzulesen.

Poppins zuckte die Schultern und wechselte das Thema. »Bist du Hans schon offiziell vorgestellt worden?«

Baby kniff die Augen zusammen. Ihre Augen waren grün, was bemerkenswert war. Für mich zumindest.

»Hans? Alan Rickman in *Stirb langsam?*«, fragte sie.

Ich sah Poppins von der Seite an. »Nein – eigentlich Han Solo.«

»Der heißt doch nicht *Hans*«, schnaubte Baby. »Er heißt *Han. H-a-n.*«

»Das wissen wir, Baby. Scarlet hat es falsch auf sein Namensschild geschrieben.«

Sie verdrehte verächtlich die Augen. »Ach, die Scarlett O'Hara, die sogar ihren eigenen Namen falsch schreibt? Überrascht mich kein bisschen.«

Poppins flüsterte mir zu: »Nur zur Info – Baby hasst Scarlet.«

»Was gibt es da zu mögen?« Baby nahm sich ihr Namensschild aus dem Schrank und hängte es sich um den Hals. In kühnen schrägen Großbuchstaben stand der Name BABY darauf. »Mal ehrlich, wenn sie schon behauptet, Scarlett O'Hara wäre ihre Lieblingsfilmfigur, dann sollte sie wenigstens den Anstand haben, den Namen mit Doppel-t zu schreiben.«

Der Punkt ging an Baby, auch wenn es eine schwache Rechtfertigung war, jemanden zu hassen.

»Ich bezweifle, dass Scarlet *Vom Winde verweht* je gesehen hat«, fuhr Baby fort. »Der Film basiert auf einem Buch ohne Bilder, und wir wissen, dass Lesen nicht Scarlets Hobby ist. Wahrscheinlich hat sie bloß ein Filmplakat gesehen, auf dem Vivien Leighs Brüste aus dem Korsett quellen, und gedacht: *Hey, die sieht aus wie ich*!«

Poppins warf mir einen Blick zu. »Weißt du, was ich meine, *Hans*? Baby hasst sie.«

»O Gott, jetzt reicht's aber mit dem Hans!« Baby riss mir das unbeschriebene Namensschild aus der Hand. Dann schrieb sie in Großbuchstaben SOLO in das leere Feld und warf das Schild zurück zu mir.

Solo. Das gefiel mir. Besser als Hans. Und als Han. Und als Mike.

»Hey, danke«, sagte ich.

»Solo.« Poppins runzelte die Stirn. »Klingt irgendwie einsam.«

»Tja, und Poppins klingt irgendwie wie eine Stripperin, die aus einer Torte springt«, gab Baby zurück.

Poppins lächelte trotzig. »Und dein Name klingt, als wärst du ein Säugling.«

Baby sah nicht einmal von ihren Videokassetten auf. »Autsch. Den Hieb werde ich noch Wochen spüren.«

Poppins seufzte. Ihre Schicht war vorbei, und sie packte ihre Sachen. »Na dann, viel Glück heute Abend. Nach dem Entschlacken hat Baby immer schlechte Laune.«

Baby überließ Poppins das letzte Wort und winkte nur ab.

Als Poppins ging, wurde es still im Laden, und Baby räumte geräuschvoll Videokassetten weg. Ich wartete, dass sie das Wort an mich richtete, aber sie tat es nicht. Sie arbeitete einfach um mich herum, als wäre ich nicht da.

»Gibt es etwas, was ich über den Job in der Videothek wissen sollte?«, war mein Versuch, sie an meine Existenz zu erinnern.

Statt einer Antwort kramte Baby in einem Schrank, zog ein zerfleddertes Ringbuch heraus, auf dem in Scarlets Handschrift »Orientirung für Neue« stand, und legte es auf die Theke.

»Lies das«, sagte sie.

Ich wartete auf eine weitere Erklärung, aber es kam keine. »Das war's? Ich lese mir einfach den Ordner durch, und dann weiß ich alles, was ich über die Welt der Videoleihe wissen muss?«

Baby holte tief Luft und seufzte. »Hör zu, Solo, ich habe echt keinen Bock, heute bei irgendwem Händchen zu halten. Dieser Job ist ein Arschrunzeln. Du musst dir mehr Mühe geben, Scheiße zu bauen, als keine Scheiße zu bauen.« Sie ging zurück zu den Regalen. »Ach, und Spoileralarm: Ich benutze viele Kraftausdrücke.«

»Alles klar«, sagte ich. Und dann, um ihr zu zeigen, dass ich verstanden hatte: »Scheißklar.«

Ich hatte auf ein Lächeln gehofft, aber es kam keins.

Immerhin lenkte sie etwas ein. »Wirklich, die größte Herausforderung an dem Job ist die Langeweile. Außer am Wochenende oder bei schlechtem Wetter herrscht hier meistens tote Hose.«

»Toll. Dann habe ich endlich Zeit, meine Biografie zu schreiben.« Auch der Witz ging unter.

Baby löste ihr braunes Haar aus dem Knoten, den sie oben auf dem Kopf trug, und es fiel ihr über den Rücken bis zur Taille, als sie es ausschüttelte. Dann kämmte sie es ein paarmal mit den Fingern durch, bevor sie es wieder auf dem Kopf zusammenknotete.

Die meisten Mädchen mit Essstörungen, die ich kannte, hatten keine dermaßen biblische Haarpracht, weil eins der ersten Opfer, die ein Körper beim Hungern bringt, die Haare sind. Kein Witz. Ich habe Teenager mit Magersucht gesehen, denen das Haar büschelweise ausfiel. Jemand mit Haaren wie Baby musste ein Neuling unter den Essgestörten sein.

Ich überlegte, ob ich sie vor dem Haarverlust warnen sollte. Vielleicht war ja die Tatsache, dass sie sich kahl kotzen konnte, der Anstoß, den Baby brauchte, um ihr Leben in den Griff zu kriegen, bevor es zu spät war. Andererseits war es vielleicht nicht NORMAL, ein Mädchen, das man gerade kennengelernt hatte, über die Nebenwirkungen der Magersucht aufzuklären. Wahrscheinlich wussten NORMALE Jungs so was nicht, deshalb hielt ich mich lieber raus.

»Ich fang dann mal an«, sagte ich stattdessen und schlug die erste Seite des Ringbuchs auf.

»Tu das.« Baby wartete einen Moment, bevor sie nachsetzte: »Ich gehe mich noch ein bisschen übergeben, und wenn wir beide fertig sind, zeige ich dir vielleicht den Rest.«

»Okay.«

Sie machte einen Bogen um mich, und Sekunden später hörte ich zum dritten Mal heute Abend die Tür zuschlagen, gefolgt von dem unverwechselbaren Geräusch, wenn sich jemand die Seele aus dem Leib kotzt.

Das Schulungsringbuch war stumpfsinnig und viel zu lang.

Seit dem Schlimmen, das passiert war, hatte ich eine merkwürdige Vorliebe für die einschläfernde Lektüre von Kleingedrucktem. Einmal hatte ich die gesamte Bedienungsanleitung meines Autos von vorne bis hinten durchgelesen, nur um mich von meiner Macke abzulenken, und das Ding war rekordverdächtig langweilig. Aber weil mein Kopf sowieso schon leer war und meine Macke seit über zwei Jahren Ruhe gab, fiel es mir schwer, mich auf Dinge wie Säumnisgebührenabrechnungen und Bestandsaufnahmeverfahren zu konzentrieren.

Trotzdem kämpfte ich mich weiter durch, während Baby sich abwechselnd um die Kundschaft kümmerte und Brechpausen auf dem Klo einlegte.

Die allgemeinen Sicherheitshinweise im ersten Teil des Ringbuchs waren mir geläufig – Notrufnummern, die Anschrift des nächsten Krankenhauses und so weiter. Da ich nur ein paar Kilometer entfernt wohnte, kannte ich mich in der Gegend aus. Ich war schon Hunderte von Malen an ROYO Video vorbeigefahren, aber ich hatte den Laden bis zu meinem Vorstellungsgespräch nie betreten.

Was nicht hieß, dass ich mir keine Videos lieh, aber ich war immer zu Blockbuster gegangen. Die Hauptstraße von Royal Oak war nicht wirklich mein Pflaster. In ROYO, wie die Gegend abgekürzt wurde, hingen die coolen Kids in meinem Alter ab, meistens im Coney Island und im Main Art Theatre. Aber ich hatte zurzeit keine coolen Freunde (oder überhaupt welche), und deswegen hatte ich auch keinen Grund, hier zu sein.

Ich merkte gleich, dass ROYO Video eine ganz andere Art von Laden war als Blockbuster. Ich meine, ja, auch hier gab es Regale mit VHS-Kassettenschachteln, Filmplakate an den Wänden, Süßigkeitenregale und einen Cola-Kühlschrank; die Grundausstattung jeder Videothek. Aber die Atmosphäre war völlig anders. Mehr Kiez, weniger Kette, schätze ich. Es gab handgemalte Schilder, ein Schwarzes Brett mit Nachbarschafts-Infos, und an der Tür hing sogar der Football-Kalender der Dondero Highschool. (Das Maskottchen war wirklich eine Eiche mit Gesicht. Wer hätte das gedacht?)

Jeder Quadratmeter war vollgestopft, und das gefiel mir. Ich fühlte mich wohl an engen Orten. Bis das Schlimme passiert war, hatten wir in einem kleinen Haus in einer vornehmlich weißen (wie wir), vornehmlich durchschnittlichen (auch wie wir) Mittelschichtssiedlung in Fairfax, Virginia, gewohnt. Nach dem Schlimmen waren wir in ein ähnliches Haus in einer ähnlichen Siedlung in Michigan gezogen.

Am Ende überflog ich den Großteil des Ringbuchs. Und während ich so tat, als würde ich lesen, behielt ich Baby im Auge, weil ich den Verdacht hatte, dass ich mir das, was ich wirklich über den Job wissen musste, besser bei ihr abschauen konnte. Denn wie es aussah, war sie ziemlich gut darin, wenn sie nicht gerade auf dem Klo war.

»Hallo, Mr Jansen! Oh, *Sieben* ist genau das Richtige für Sie. Das Ende hat mich echt fertiggemacht.«

»Tut mir leid, Ashley. *Toy Story* gibt es erst ab Oktober auf Video. Soll ich euch anrufen, wenn er da ist?«

»Hey, Wayne, das ist ungefähr das fünfte Mal diesen Monat, dass du *Jumanji* ausleihst. Willst du dir das Video nicht lieber kaufen? Das wäre vielleicht billiger.«

»Tut mir wirklich leid, Mrs Schwartz. Es sind fünfzehn Dollar Säumnisgebühr angelaufen, weil Ihr Mann *Heat* eine Woche länger behalten hat. Soll ich ihn vielleicht aus Ihrem Konto austragen?«

Baby kannte jeden, der an diesem Abend in die Videothek kam, und jeder schien sie zu mögen, selbst Mrs Schwartz, die, nachdem sie die Strafe beglichen hatte, tatsächlich darum bat, ihren Mann aus ihrem Benutzerkonto zu streichen.

Nach dem ersten Eindruck hätte ich nicht darauf gewettet, dass

Kundenservice zu Babys Stärken gehörte. Doch sie war ein Naturtalent, obwohl sie die Hälfte der Schicht auf dem Klo verbrachte.

Irgendwie gab mir Babys Brechreiz sogar Hoffnung. Wenn sie mit ihrer Macke eine erfolgreiche Videoverleiherin sein konnte, kriegte ich es vielleicht auch irgendwie hin, jetzt, wo ich keine Macke mehr hatte.

»Wie läuft's?«, erkundigte sich Baby, als gerade nicht viel los war. »Langweilst du dich schon zu Tode?«

»Ich habe eine Frage.« Ich hielt das Ringbuch hoch. »Da steht, wir sollen ›gepflegt und sportlich-elegant‹ bei der Arbeit erscheinen.« Ich schüttelte mir die langen braunen Strähnen ins Gesicht und zeigte auf mein Grunge-inspiriertes Outfit, das aus einem schmuddeligen T-Shirt und zerlöcherten Cordhosen bestand. »Ich weiß nicht, ob ich das hinkriege.«

Baby setzte sich auf einen Barhocker. »Ach, der Dresscode wird sowieso nicht durchgesetzt. Du kannst anziehen, was du willst. Du hast doch die Chefin gesehen? Die kreuzt meistens halb nackt hier auf.«

War mir aufgefallen.

Ich schlug das Ringbuch zu. »Nett, dass du gewartet hast, bis ich hiermit durch bin, bevor du mir sagst, dass die Regeln, die drinstehen, nicht gelten.«

»War mir ein Vergnügen«, sagte sie, und dann saß sie ganz still mit geschlossenen Augen da.

Während ich bei Poppins nicht wusste, ob ich sie ohne die Make-up-Schicht erkennen würde, nahm ich an, dass Baby anders aussah, wenn sie sich nicht gerade alle zwanzig Minuten übergab. Vielleicht war sie nicht immer so bleich, und vielleicht trug sie normalerweise keine Unterhemden und an den Knien abgeschnittene Jogginghosen. Oder vielleicht doch. Es spielte keine Rolle. Mit essgestörten Mädchen hatte ich ähnlich schlechte Erfahrungen wie mit komplexbeladenen Mädchen gemacht.

Als die Türglocke einen Kunden ankündigte, wurde Baby wieder munter, und nachdem sie sich um ihn gekümmert hatte, gab sie mir eine kurze Einweisung in das Computersystem und das Ausleihverfahren bei ROYO Video. Bis zum Ende der Schicht bediente ich die Kundschaft selbst und schaffte es ohne Babys Hilfe, über die Datenbank Filme in den Regalen zu orten.

Ich weiß, dass es keine weltbewegenden Leistungen waren, aber da ich wegen meiner Macke schon an kleineren Dingen gescheitert war, war ich stolz auf mich. Selbst wenn der Job »ein Arschrunzeln« war.

Um zehn endete meine Schicht, denn da machte der Laden am Samstag zu. Um Viertel vor zehn holte Baby eine Checkliste zum Schließen heraus, und wir gingen die Punkte gemeinsam durch.

»Hey, hm ... Baby?« Ich wollte mich für die Einweisung bedanken, aber ich zögerte. »Findest du es nicht komisch, wenn ich dich so nenne? Es klingt irgendwie, als wollte ich dich anmachen.«

Baby seufzte. »Ja, ich weiß. Im Rückblick hätte ich mir einen anderen Namen aussuchen sollen. Ich habe echt die Nase voll davon, dass die Leute zu mir sagen: *Niemand stellt Baby in die Ecke.*«

»Komisch. Wieso sagen sie so was?«

Sie sah mich überrascht an. »Du weißt schon. Wegen dem Film. *Dirty Dancing.*«

»Ach so«, sagte ich. »Den habe ich nie gesehen.«

Anders als Scarlet war Baby beeindruckt. »Im Ernst? Ich auch nicht.«

»Wie, du hast *Dirty Dancing* nie gesehen und nennst dich trotzdem Baby?«

Sie löste wieder ihr Haar, und diesmal ließ sie es offen, nachdem sie es ein paarmal mit den Fingern durchgekämmt hatte. »Bestimmt nicht. Indiana Jones hat mich so genannt.«

Ich wartete auf eine Erklärung. Sie gab mir keine.

»Was für eine Ehre«, sagte ich dann. »Ich hatte gar nicht die Option, mich von einem echten Actionhelden taufen zu lassen. Herzlichen Glückwunsch.«

»Indiana Jones war der Manager vor Scarlet.«

»Verstehe.«

»Ach ja?«, sagte Baby. »Als ich hier anfing, sagte Indy, ich soll mir eine Figur aus meinem Lieblingsfilm aussuchen. Aber wie kann man nur einen Lieblingsfilm haben?« Sie öffnete die Kasse, nahm die Vierteldollar-Münzen aus dem Fach und stapelte sie zu Dollars. »Darüber haben wir uns gestritten, und er meinte, ich soll mich nicht wie ein Baby anstellen. Und ich habe gesagt: ›Vielleicht will ich mich ja wie ein Baby anstellen‹, weil ich manchmal nicht die Klappe halten kann. Da hat er einfach ›Baby‹ auf mein Namensschild geschrieben und gesagt: ›Gut, dann sei ein Baby.‹« Sie verzog das Gesicht. »Ich hatte keine Ahnung von Baby in *Dirty Dancing*, weil ich den bescheuerten Film nicht gesehen habe, und als alle anfingen, den Scheißspruch zu mir zu sagen, wollte ich ihn erst recht nicht mehr sehen.«

»Verstehe«, sagte ich wieder. Und um das Gespräch nicht abzuwürgen, fügte ich hinzu: »Ich wusste auch erst nicht, welchen Namen ich nehmen sollte. Scarlet hat Luke Skywalker vorgeschlagen.«

»Warum?« Baby legte die Münzen zurück in die Kasse. »Den hätte sie noch weniger buchstabieren können.«

Ich lachte. »Ich hätte Boba Fett sagen sollen. Der wird geschrieben, wie man es hört.«

»O Gott. Ich bin echt froh, dass du nicht Boba Fett genommen hast. Leute, die sich nach Bösewichten nennen, wollen meistens nur kompensieren, wie uninteressant sie im richtigen Leben sind.«

Ich dachte darüber nach. »Stimmt, es wäre eine echte Enttäuschung, wenn man mit einem langweiligen Typ namens Freddy Krueger zusammenarbeitet, der nicht einmal versucht, dich im Schlaf zu ermorden.«

»Genau.« Baby grinste, aber dann kniff sie die Augen zusammen. »Warte mal. Du bist aber nicht der Typ, der angeblich mit Scarlets Freund verwandt ist, oder?«

»Warum?«

Baby zuckte die Schultern. »Ich habe den Spacko kennengelernt. Schwer vorstellbar, dass jemand aus demselben Genpool aufrecht gehen kann.«

Wenn ich tief genug grub, konnte ich es als Kompliment auffassen. »Oh. Tja, ich schätze, das bin ich.«

»Hoppla. Tut mir leid, dass ich deinen Genpool beleidigt habe.«

»Macht nichts. Devin ist mein Cousin mütterlicherseits. Ich komme mehr nach meinem Vater. Sein Genpool ist relativ spackofrei.«

Baby schnaubte ein leises Lachen und grinste, was ich als meine größte Errungenschaft des heutigen Abends betrachtete.

Wahrscheinlich sollte ich dazusagen, dass meine Macke zwar psychisch war, aber ich war nicht so gestört, dass ich keine normalen Teenager-Freundschaften hätte führen können, wenn das Schlimme nicht passiert wäre. Ich meine, ich war stolz darauf, Baby zum Lachen gebracht zu haben, wie jeder NORMALE Mensch stolz darauf gewesen wäre. Nicht wie ein gesellschaftlicher Außenseiter à la Frankensteins Monster stolz darauf wäre, der nach lebenslanger Ablehnung zum ersten Mal einen Schimmer von menschlicher Akzeptanz erfährt, falls ihr das vielleicht gerade denkt. Ich hatte es auf dieses Lachen angelegt, und Baby hatte ein gutes Lächeln – halbmondförmig mit angenehm spitzen Winkeln –, und deshalb freute ich mich darüber.

Als Baby mit dem Kassensturz fertig war, schlossen wir die Dollars in den Safe in Scarlets Büro. Dann stempelten wir unsere Stechkarten ab, löschten das Licht, und meine erste Schicht bei ROYO Video war offiziell vorbei.

Wir hatten auf dem Mitarbeiterparkplatz nicht weit voneinander entfernt geparkt. Baby schloss ihren schwarzen Honda Accord auf, und ich meinen Chrysler LeBaron.

In diesem Moment fühlte ich mich richtig gut. Wenn man Medikamente nehmen muss, die die Tiefs im Leben erträglicher machen, bekommt man auch die Hochs nur gedämpft mit. Ich hatte meine Medikamente vor ein paar Monaten abgesetzt und empfand jedes Gefühl, das ich hatte, wieder mit voller Wucht. Und in diesem Moment war ich glückselig, dass ich den ersten Tag in meinem neuen Job wie ein ganz NORMALER Mensch überstanden hatte.

Als ich losfuhr, wollte ich Baby winken, aber ich sah, dass sie gar nicht in ihrem Wagen saß. Sie stand an dem Grünstreifen, der den Parkplatz begrenzte.

Ich kurbelte das Fenster herunter.

»Alles klar?«

Statt zu antworten, beugte sich Baby vor und übergab sich ins Gebüsch.

Ich zog die Handbremse. Es wäre nicht NORMAL gewesen, jemanden in so einer Situation allein zu lassen. Allerdings war es wahrscheinlich auch nicht NORMAL, auszusteigen und auf sie zuzugaloppieren, während sie sich übergab.

Als sie fertig war, sank Baby auf den Randstein und sagte, was man so sagt; was jeder sagen würde, der gerade jemandem vor die Füße gekotzt hat: »Tut mir leid.«

Und ich antwortete, was jeder hören wollen würde, der einem gerade vor die Füße gekotzt hat: »Macht nichts. Kann jedem mal passieren.«

»Ich dachte, ich schaffe es bis nach Hause, bevor ich mich wieder übergeben muss.« Sie wischte sich mit dem Jackenärmel den Mund ab.

»Falsch gedacht.« Kein Knüller, aber ich hoffte trotzdem auf ein Lächeln. Es kam keins.

Wir hatten beide nichts mehr zu sagen, und ich überlegte, ob ich mich auf den Weg machen sollte, aber ich wollte sie auch nicht allein lassen. Außerdem hatte ich das Gefühl, sie hätte mich weggeschickt, hätte sie allein sein wollen.

»Jetzt habe ich meine Tabula rasa versaut«, sagte sie irgendwann.

»Hat das Ding viel abbekommen?«, fragte ich. »Mit Ammoniak kriegt man selbst die hartnäckigsten Kotzflecken weg.«

»Was? Nein. Tabula rasa bedeutet so viel wie ›unbeschriebenes Blatt‹.« Baby nahm eine Flasche Wasser aus der Tasche und trank einen Schluck. »Kennst du das Gefühl, wenn du jemanden kennenlernst, der nichts über dich weiß? Du hast nur ein kleines Zeitfenster, bis die Lücken gefüllt werden.« Sie schraubte die Flasche wieder zu und seufzte. »Wir kennen uns erst seit ein paar Stunden, und wahrscheinlich hast du schon ›kotzende Psychopathin‹ auf meine Tabula rasa geschrieben.«

»Ich glaube nicht, dass du eine Psychopathin bist«, sagte ich ehrlich. Ich kannte einige, und soweit ich wusste, war Erbrechen kein Symptom von Psychopathie.

»Danke.« Baby sah mich an.

Wir saßen noch ein paar Minuten schweigend da, und ein NORMALER Mensch hätte vielleicht nachgefragt, warum Baby so übel war. Aber ich dachte, nur weil ich eine Sache über Baby wusste, hatte ich noch nicht das Recht, auch alles andere von ihr zu erfahren. Was mir ehrlich gesagt auch lieber war. Die ganze Wahrheit über einen Menschen zu kennen bedeutet viel Verantwortung, und ich war zu sehr damit beschäftigt, zu werden, was ich hätte sein können, um mich auf die Macken anderer einlassen zu können.

Baby trank noch ein paar Schluck Wasser, die sie bei sich behielt, und dann standen wir beide auf. Ich sah ihr nach, als sie ins Auto stieg und erfolgreich den Parkplatz verließ, ohne sich noch einmal zu übergeben.

Auch ich wollte aufbrechen, aber irgendetwas hielt mich zurück. Ich hatte auf einmal das unbestimmte Gefühl, nicht allein zu sein,

ein Gefühl, das ich sehr gut kannte. Während ich zwischen den Autos, in den Müllcontainern und im (vollgekotzten) Gebüsch nachsah, ob sich dort jemand versteckte, dachte ich über die Tabula rasa nach.

Manchmal vergaß ich, dass meine Macke nicht sichtbar und das Schlimme, das passiert war, nicht mit bloßem Auge erkennbar war. Bei meinem neuen Job war ich tatsächlich ein unbeschriebenes Blatt. Niemand bei ROYO Video hatte die leiseste Ahnung von meiner Vergangenheit, und wenn ich meine Karten richtig spielte, würde es auch so bleiben. Bei der Arbeit konnte ich ein anderer Mensch sein.

Diese Erkenntnis war aufregend.

Ich stieg wieder ins Auto und ließ den Motor an. Natürlich versteckte sich niemand auf dem Parkplatz. Warum auch? Ich hatte keine Macke. Nicht mehr. Ich war Han Solo, und meine Tabula war rasa.

Dann stellte ich den Rückspiegel ein und fuhr nach Hause.

KAPITEL 3

Auf den Rat meiner Mutter hin erzählte ich Dr. Singh erst nach dem ersten Arbeitstag von meinem neuen Job.

»Man soll den Tag nicht vor dem Abend loben«, waren ihre Worte. »Vielleicht geht was schief, und dann sitzen wir wieder am Reißbrett und müssen überlegen, was wir mit dir machen sollen.«

Als ich ihm schließlich davon berichtete, gratulierte er mir so überschwänglich, als hätte ich etwas geleistet, das er mir niemals zugetraut hätte. Nach der langen Lobeshymne wandte er sich an meine Eltern und erteilte ihnen eine Warnung.

»Die Videothek ist für Sie tabu«, verfügte er. »Wenn Sie wollen, dass Joel selbstständig wird, müssen Sie ihm Raum geben. Kein Behüten, keine Kontrolle, wenn er dort ist, verstanden?«

Bevor Mom protestieren konnte, sagte Dad: »Was immer für Joels Gesundheit das Beste ist.«

Widerstrebend akzeptierte Mom, dass ROYO Video eine No-go-Area für sie war, solange ich sie über den kleinen Teil in meinem Leben, in dem sie und Dad nicht die Hauptrolle spielten, halbwegs auf dem Laufenden hielt.

Da ich erst am Freitag wieder arbeitete, verbrachte ich die nächsten Tage wie immer – mit Videospielen, Hausaufgaben und Tim, dem Tutor. Trotzdem fühlte es sich ein bisschen anders an als sonst, denn es gab etwas, worauf ich mich freute.

Der Sonntagabend bei ROYO Video hatte mir gefallen: die hereintröpfelnde Kundschaft, das monotone Summen des Cola-Kühlschranks und die Filme, die im Hintergrund auf den Ladenfernsehern spielten. Es war beruhigend.

Doch wie ich bald erfahren sollte, waren der Freitagabend und der Sonntagabend in der Videothek wie Tag und Nacht.

Kaum hatte ich meine Stechkarte abgestempelt, sah ich, dass der Laden brummte. Wir hatten so viel zu tun, dass Poppins kaum Zeit zwischen den Kunden fand, um mich dem Rest des Teams vorzustellen. Alle waren schwer beschäftigt, aber es gab ein paar Dinge, die mir auffielen:

Erstens, der Pate war eine Frau. Sie war Asiatin und hatte dunkle Augen und einen strengen schwarzen Kurzhaarschnitt. Sie sah aus wie Tia Carrere in *Wayne's World*, wobei es nicht ihre Schönheit war, die mir am meisten Angst machte. Der Pate trug von Kopf bis Fuß Schwarz, Luxus-Schwarz, nicht Goth, und ihr Gesicht zeigte nicht die geringste Regung, als wir einander vorgestellt wurden. Statt mir die Hand zu schütteln, drückte sie sie und blickte mir direkt in die Seele. Ich merkte sofort, dass der Pate die Ausstrahlung besaß, die man brauchte, wenn man die Chuzpe hatte, sich selbst »der Pate« zu nennen.

Von Hannibal war ich alles andere als eingeschüchtert. Bei ihm traf Babys Behauptung über Leute, die sich nach Bösewichten nannten, voll zu. Da ich gerade *Wayne's World* im Kopf hatte, erinnerte mich Hannibal an eine kräftigere Version des Typen, der während der »Bohemian-Rhapsody«-Szene in dem AMC Pacer hinten in der Mitte sitzt. Er musste mindestens fünfundzwanzig sein, hatte einen Pferdeschwanz und trug das T-Shirt einer Metal-Band (Pantera), alles Hinweise darauf, dass er mit dem Namen Hannibal irgendetwas kompensierte. Sein echter Name war wahrscheinlich sehr viel weniger bedrohlich. Glenn?

Dirty Harry war vorhersehbarer. Nicht, weil bei ihm irgendeine Ähnlichkeit mit Clint Eastwood bestand, sondern weil Scarlet ihn als ihren blöden kleinen Bruder bezeichnet hatte. Die Grundzutaten waren die gleichen wie bei Scarlet – Haare, Größe, Profil –, allerdings umverpackt in den Körper eines schmächtigen, pubertären Lackaffen. Er trug von Kopf bis Fuß Nike, vermutlich nicht, weil er sportlich, sondern weil er reich und verwöhnt war. Als er mich mit »Was geht?« begrüßte, hätte ich ihm am liebsten eine reingehauen.

Nach der Vorstellungsrunde drückte Poppins mir ein Goldfischglas mit Plastikanhängern in die Hand. Sie zeigte auf die Regale mit den Filmschachteln. »Viel Glück, Solo. Die Leute spielen heute Abend total verrückt.«

Das System, nach dem die Filme sortiert waren – das wusste ich von Sonntag –, war doppelt so kompliziert wie die Dewey-Dezimalklassifikation. Die Anhänger waren farblich kodiert und nummeriert, und sie hingen an kleinen Haken unter den entsprechenden VHS-Schachteln, um den Kunden zu signalisieren, welche Videos verfügbar waren. Die Farben zeigten an, ob es sich um neue oder ältere Filme handelte, die Nummer bezog sich auf die Computer-Datenbank. Trotz dieser Überkomplikationen hatte ich es nach Babys Anleitung am Sonntag geschafft, eine Handvoll Anhänger korrekt zuzuordnen.

Doch ich wiederhole, dass heute nicht Sonntag war.

Kaum verließ ich den sicheren Hafen hinter der Theke, fiel die Meute über mich her.

»Hey, hast du die Nummer 4589?«, fragte ein schnurrbärtiger Mann und zeigte auf das Goldfischglas. »Ich bin Erster.«

»Also, ich weiß es nicht ...«

»Ich brauch 4676«, mischte sich eine Frau mit Pferdeschwanz ein. »Und 4589 will ich auch.«

»Wenn Sie mich mal durchsehen lassen ...«

»Von 4589 gibt es bestimmt keine zwei.« Der Schnurrbartmann sah die Pferdeschwanzfrau vorwurfsvoll an. »Der ist erst am Dienstag rausgekommen. Tut mir leid, Lady.«

Eine dritte Stimme meldete sich – ein empörter Sonnenbrillenträger. »Warum sollten Sie die 4589 kriegen? Ich war zuerst hier.«

»Weggegangen, Platz gefangen«, sagte der Schnurrbart. Und dann zu mir: »Hier – lass mich mal nachsehen, was da drin ist.« Er griff nach dem Goldfischglas.

Pferdeschwanz griff ebenfalls zu. »Ich glaube, ich sehe die 4589 …«

Ich umklammerte das Goldfischglas und wehrte mich gegen die Hände. Die Leute waren total wahnsinnig.

Zum Glück kannte ich mich mit Wahnsinnigen aus.

»Hey!«, rief ich. »Alle zurücktreten, sonst hagelt es Säumnisgebühren!«

Meine Autorität überraschte sogar mich. Vierundzwanzig Augenbrauen wanderten nach oben, und die Meute verzog sich.

Ich war gerne Solo. Die Leute hatten Respekt vor ihm.

Ich hängte die Nummern an ihre Haken, und im zweiten Goldfischglas entdeckte ich die 4589. Der begehrteste Film des Abends war offenbar *Nicht schuldig* mit Demi Moore und Alec Baldwin. Statt die Nummer an den Haken zu hängen, bot ich sie einer Kundin an, die weder Schnurrbart noch Pferdeschwanz noch Sonnenbrille trug. (Sie war begeistert.) Machtmissbrauch machte Riesenspaß.

Ich verteilte Nummern, bis ich ein paar Stunden später Pause hatte, und als ich zurückkam, hatte sich die Menge gelichtet und der Laden sah wie ein Schlachtfeld aus. Der Boden war voller Verpackungsmüll, und in den Regalen standen halb volle Plastikbecher. Die Aufsteller waren schief, die VHS-Schachteln durcheinander, und in den Teppich war eine Handvoll Popcorn getreten, was ziemlich merkwürdig war, weil wir Popcorn nur im ungepoppten Zustand verkauften.

»Wurden wir geplündert?«, fragte ich Hannibal.

»Wochenende, mein Freund«, war seine Antwort.

»Tolle Leistung, wie du die Grapscher abgewehrt hast«, meldete sich Poppins.

»Ja, Mann«, stimmte Hannibal zu. »Einmal wurde ich wegen *Dumm und Dümmer* vermöbelt. Bei Stoßverkehr geh ich da nicht mehr raus. Du hast es echt drauf.«

Ich genoss die Komplimente, selbst wenn ich sie nur bekam, damit ich die Drecksarbeit weitermachte, die sonst keiner tun wollte.

Der Pate und Dirty hatten zuerst Feierabend. Dann waren nur noch Hannibal, Poppins und ich da. Weil so spät nicht mehr viele Kunden kamen, blieb Poppins an der Kasse, während Hannibal sich Kopfhörer aufsetze und mit Staubsaugen begann. Ich bekam eine Mülltüte und fing an, den herumliegenden Müll einzusammeln.

Das Aufräumen machte mir auch Spaß, was vielleicht komisch klingt, deshalb will ich es kurz erklären. In der Hochphase meiner Macke hatte ich es mit viel unappetitlicheren Sauereien zu tun. An manchen war ich beteiligt, bei anderen war ich das Opfer, und an einer war ich schuld, könnte man sagen. In der Psychiatrie passierten Sauereien ziemlich oft.

Am häufigsten kamen Sauereien nach Wutanfällen vor, weil viele meiner Kollegen Probleme mit der Impulskontrolle hatten. Gewöhnlich beschränkten sie sich auf fliegende Gegenstände oder umgestürzte Tische und waren mit Beruhigungsmitteln, Eimer und Besen typischerweise schnell gelöst. Dann gab es die Unfälle, zum Beispiel, wenn sich jemand den Infusionsschlauch herausriss und alles voll Blut spritzte, was bedauerlich, aber verzeihlich war. Am schlimmsten waren die vorsätzlichen Sauereien. Weil psychiatrische Patienten keinen Zugang zu herkömmlichen Waffen haben, bedienen sie sich, wenn sie auf Rache sinnen, zuweilen ihrer eigenen Körperprodukte. Pinkelten zum Beispiel vor der Gruppentherapie auf alle Stühle. Verschmierten die Klokabinen mit Scheiße. Kotzten mein Zimmer mit Meister Proper voll. (Mehr dazu später.)

Der Witz war, dass die meisten Sauereien von uns Patienten aufgewischt werden mussten, aus pädagogischen Gründen, um derartiges Verhalten einzudämmen. Was dazu führte, dass ich mit den Jahren eine ziemlich hohe Toleranzschwelle gegenüber Körperflüssigkeiten entwickelte.

Die Sauerei in der Videothek war nicht durch einen Wutanfall, Unfall oder Racheakt entstanden, was ich als erfrischend empfand. Klar, der Laden sah aus, als wäre eine Bombe explodiert, aber mehr auf die Art von betrunkenen Collegestudenten, wie in *Animal House*. Die Leute machten eben Dreck, wenn sie sich einen Film fürs Wochenende aussuchten. Sie genossen ihr ganz NORMALES Leben – den Becher Limo, die Süßigkeiten –, was machte es schon, wenn sie den Müll einfach auf den Boden warfen? Was war dabei, wenn ich Kaugummi aus dem Teppich kratzen musste? Es war die Sauerei NORMALER Menschen, und es waren NORMALE Menschen, die sie wieder wegmachten. NORMALE Menschen wie ich.

Als bei ROYO Video die Ordnung wiederhergestellt war, hatte sich mein Verständnis des Jobs etwas erweitert. Ich fühlte mich weniger wie der Mitarbeiter einer Videothek und mehr wie der Gastgeber einer Party. Der Laden war mein Wohnzimmer: *Kommt rein, Leute, macht es euch gemütlich. Viel Spaß beim Filmaussuchen wünscht euch euer Lieblings-Videochecker Han Solo.*

Eine halbe Stunde vor Ladenschluss sammelte ich die Mülltüten ein und brachte sie zum Müllcontainer auf dem Mitarbeiterparkplatz. Heute Abend musste nur noch der Kassensturz gemacht werden, und als ich den Müll entsorgt hatte, ließ ich mir auf dem Rückweg Zeit.

Es war einer dieser warmen Sommerabende, an denen sich die Leute über die Schwüle beschweren, obwohl es in Michigan nie richtig schwül wird. Ich mochte die Luftfeuchtigkeit, weil sie Sommer bedeutete, und ich hasste Kälte. In Michigan hatte man das Gefühl, der Winter dauerte sieben Monate, was ein Verbrechen gegen die

Menschheit war. Die Winter in Virginia waren warm und kurz (und ziemlich feucht). Nicht, dass ich dorthin zurückwollte.

Noch ein Grund, warum ich die Schwüle mochte, war, dass sie Regen ankündigte. Hohe Luftfeuchtigkeit ist ein Zeichen, dass eine Veränderung heraufzieht, und ein Typ wie ich ist gern vorbereitet, wenn etwas passiert.

Weswegen ich vor Schreck ungefähr zehn Meter in die Luft sprang, als ich jemanden »Hey!« flüstern hörte.

Ich drehte mich um, doch es war keiner zu sehen. Die Luftfeuchtigkeit malte Lichthöfe um die Straßenlaternen. Ich rieb mir die Augen, aber es half nicht.

Der Mitarbeiterparkplatz war lang und schmal, und es standen viele Autos da, die alle leer waren. Es war unheimlich.

»Hey!«

Diesmal war das Flüstern lauter, und die Haare auf meinen Armen sträubten sich.

Ich weiß, dass ich paranoid bin. Meine Macke hatte sich über die Jahre stark auf mein Nervenkostüm ausgewirkt, und mein Kampf-oder-Flucht-Instinkt war sehr sensibel. Als ich das dritte »Hey!« hörte und immer noch keine Menschenseele sah, könnt ihr verstehen, dass ich die Biege machen wollte wie ein olympischer Leichtathlet. Eine Situation wie diese hätte jeden NORMALEN Menschen das Fürchten gelehrt.

Wobei ein NORMALER Mensch natürlich Angst vor einem Kidnapper oder Mörder gehabt hätte. Während ich mich vor einer Rückkehr meiner Macke fürchtete.

Ich sollte erwähnen, dass meine Macke sprechen konnte. Sie hatte einen Mund und braune Locken und grüne Augen und alles andere, was zu einem sechzehnjährigen Mädchen gehört. Sie hatte sogar einen Namen: Crystal. Aber ich sollte sie nicht mehr so nennen. Ich sollte auch nicht mehr mit meiner Macke reden. Eigentlich sollte meine Macke überhaupt nicht mehr da sein.

Aber das hatte die Flüsterstimme offenbar nicht mitgekriegt.

»Jetzt warte doch mal!«, rief mir die Stimme nach. Gefolgt von sich schnell nähernden Schritten.

Anstatt mit Hochgeschwindigkeit zum Laden zurückzutraben, entschieden sich meine Beine für die kontraproduktivste Option, die sie bei Gefahr hatten, nämlich wie versteinert stehen zu bleiben.

Ich schätze, dafür gab es drei Gründe.

Der erste war der Schock. In Wirklichkeit hatte ich nämlich nicht mit einem Rückfall gerechnet. Ich war fest überzeugt, dass ich genesen, geheilt und von meiner Macke befreit war. Mehrere Ärzte hatten mir Entwarnung gegeben. Außerdem hatte mir Crystal versprochen, dass ich, falls ich sie je wiedersehen wollte, zu *ihr* kommen müsste. So verrückt es klingt, aber sie hat immer Wort gehalten, also war ich ziemlich perplex, dass sie jetzt wieder auftauchte, wo ich endlich NORMAL war. So perplex, dass meine verdammten Füße am Boden festklebten.

Der zweite Grund, warum ich nicht fortlief, war, dass es sinnlos wäre. Entfernungen hielten Crystal nicht auf. *Sie* konnte sich *vor mir* verstecken, aber umgekehrt galt das nicht. Falls sie wieder da war, konnte ich nichts tun, um ihr aus dem Weg zu gehen.

Der dritte Grund machte nur etwa ein Prozent aus, aber ich sollte ihn trotzdem nennen: Ich *vermisste* Crystal.

Zumindest ein Prozent von mir.

Es klingt verrückt, weil es verrückt ist. Aber es ist auch wahr, und diese beiden Eigenschaften schließen einander nicht aus. Crystal war meine Macke, und wir hatten eine komplizierte gemeinsame Geschichte. Als sich die Schritte näherten und mir jemand von hinten an die Schulter tippte, hatten also nur 99 Prozent von mir Angst, sich umzudrehen und Crystal ins Gesicht zu sehen.

Und als ich mich umdrehte und die Person hinter mir nicht Crystal war, waren deswegen auch nur 99 Prozent von mir erleichtert.

»Du bist nicht Crystal«, sagte ich zu einem Typ in T-Shirt und Armeehosen.

Der Großteil von mir war so erleichtert, einen wildfremden Kerl zu sehen, dass ich ihm beinahe um den Hals fiel.

Er zeigte auf die Hintertür der Videothek, und jetzt flüsterte er nicht mehr. »Arbeitest du hier?«

»Ja«, sagte ich. »Es ist erst mein zweiter Tag. Wir schließen gerade.« Ich antwortete so ausführlich, weil ich, wenn ich überrumpelt werde, jedes Gespür für die Situation verliere und nicht mehr einschätzen konnte, wie viel persönliche Information ich einem Typ schuldete, der mir im Schatten eines Parkplatzes auflauerte. Hätte er nicht gleich geantwortet, hätte ich ihm wahrscheinlich auch meinen Hausschlüssel und meine Rentenversicherungsnummer gegeben.

»Ach ja?« Der Typ nickte. »Arbeitet Nikki heute?«

»Der Pate?«, riet ich, eine Assoziation, die sich bei seinem zwielichtigen Auftritt in der dunklen Gasse geradezu aufdrängte. »Sie ist vor zwei Stunden gegangen.«

»Nein, nicht der Pate. Nikki. *Baby*«, sagte er. »Ist sie da?«

»Ach so. *Baby*. Nein. Sie ist nicht da.« Ich zog den zusammengefalteten Dienstplan aus der Tasche und sah nach, wer am Samstag arbeitete. »Sie kommt morgen. Wir schließen zusammen auf.«

»Verdammt.« Er rieb sich das Gesicht und schloss die Augen, dann fragte er: »Wie … wie geht es ihr?«

Langsam meldete sich mein Verstand zurück, und ich zögerte, bevor ich antwortete. »Was meinst du damit?«

»Ich weiß nicht.« Er kratzte sich am Kopf. »Ich hab gehört … ihr geht's nicht so gut.«

Ich wurde argwöhnisch. »Wer bist du eigentlich?«

»›Indiana Jones‹«, antwortete er mit Fingergänsefüßchen. »Indy. Ich habe mal hier gearbeitet.«

Oh. Das war also der Typ, der Baby »Baby« genannt hatte. Ich entspannte mich ein bisschen. »Han Solo.« Ich zeigte auf mich. »Solo.«

»Alles klar.« Indy schob die Hand in die Tasche und zog ein Päckchen Zigaretten heraus. Er klopfte es gegen die offene Hand, nahm zwei heraus und bot mir eine an. Ich schüttelte den Kopf. »Also geht's ihr gut? Baby?«, fragte er, bevor er sich die Zigarette anzündete. »Sie sagte, sie hätte irgendwas, aber manchmal übertreiben die Leute.« Er zog und blies den Rauch aus.

Vielleicht meinte er Babys Essstörung, aber ich fand nicht, dass es ihn etwas anging. »Ich habe nur einmal mit ihr gearbeitet.«

»Okay. Alles klar.« Er wirkte enttäuscht.

»Willst du reinkommen? Poppins und Hannibal sind da. Kennst du sie?«

»Ich kann nicht.« Schweigend zog er noch ein paarmal an der Zigarette, dann schnippte er sie zu Boden. Wir sahen ihr zusammen beim Verglühen zu. »Hör zu, ich weiß, dass wir uns nicht kennen. Aber du musst mir einen Gefallen tun.« Er griff in die Hosentasche. »Ich muss Nikki was geben, aber ich gehe weg.« Er hielt mir einen Briefumschlag hin. Es war ein ganz gewöhnlicher Standardumschlag, auf den Babys Vorname gekritzelt war. »Es ist wirklich wichtig.«

Ich nahm den Umschlag. »Ja, klar. Ich lege ihn ihr hin.«

»Nein, du musst ihn ihr persönlich geben«, sagte Indy nachdrücklich.

»Oh, okay. Erwartet sie ihn?«

Er zuckte die Schultern. »Sie erwartet etwas.«

Ein Grollen in der Ferne kündigte an, dass die Luftfeuchtigkeit ihr Versprechen einlöste.

»Ich muss wieder rein«, sagte ich. »Willst du wirklich nicht mitkommen?«

»Nein, geht nicht.« Er warf einen Blick zur Hintertür und schüttelte den Kopf. »Am besten sagst du nicht, dass du mich hier draußen gesehen hast. Cool?«

»Geht klar.« Ich wartete auf eine Erklärung, aber es kam keine.

»Danke, Mann«, sagte Indy, bevor er sich abwandte. Er war nur ein paar Schritte gegangen, als es zu regnen begann.

Es war ein Sturzregen. Ich stellte mich unter die Markise, sah dem Prasseln zu und inhalierte den Ozon-Geruch des Sommergewitters. Als Indiana Jones außer Sichtweite war, kehrten meine Gedanken erwartungsgemäß zu Crystal zurück.

Crystal war wie die Büchse der Pandora. Wenn sie sich einmal in mein Bewusstsein gedrängt hatte, war es schwer, sie wieder dahin zu stecken, wo sie hingehörte. In eine Diagnose. Unter ein Etikett. Meine Macke. Diesmal würde es besonders schwer sein, sie zu vergessen, weil ich einen Mordsschreck bekommen hatte, als ich dachte, sie wäre wieder da, und diesen Schreck wurde ich nicht so schnell los.

Während ich dem Regen zusah, dachte ich, falls Crystal zurückkam, wäre das hier eine tolle Kulisse. Sie würde sich als schattenhafte Silhouette im Sturm materialisieren, in den Dampfwolken, die aufstiegen, wenn der kalte Regen auf den heißen Asphalt prasselte. Sie hätte ihr grünes Kleid an und würde wahrscheinlich irgendeinen Bon-Jovi-Song singen, den ich hasste.

Andererseits war ein großer Auftritt nicht ihr Stil. Falls Crystal zurückkam, würde sie einfach irgendwo auftauchen, als wäre nichts dabei. Als wäre sie nie weg gewesen.

Ich wartete, bis der Regen nachließ, und dann – weil ich wusste, dass ich sonst keine Ruhe fand – lief ich zum Müllcontainer. Ich meine, ich *wusste*, dass Crystal nicht da drin war, aber ich musste sichergehen. Wenn ich es nicht tat, würde ich die ganze Nacht an nichts anderes denken, und dann käme ich um vier Uhr morgens wieder her, um nachzusehen. Da war es weniger verrückt, wenn ich gleich nachsah, und vor die Wahl gestellt, ist die weniger verrückte Option immer die richtige.

Ich öffnete den Deckel und sah hinein. Da war nichts außer nassem Müll. Vorsichtshalber sah ich auch unter meinem Auto nach. Und unter vier anderen. Und hinter dem Palettenstapel hinter der Pizzeria nebenan.

»Hey, was machst du da?«, rief Poppins, als ich von den Paletten hinunterkletterte.

Sie stand unter der Markise und beobachtete mich.

Ich strich mir den Regen aus dem Haar. »Ich habe eine streunende Katze gesehen. Ich dachte, sie wäre vielleicht verletzt, aber jetzt sehe ich sie nicht mehr«, war meine allzeitbereite Ausrede. Wenn es darum ging, meine Macke zu vertuschen, war es nicht mein erstes Rodeo. »Anscheinend abgehauen.«

Poppins lächelte, wie alle Mädchen lächeln, wenn sie einen für tierlieb halten. »Komm wieder rein! Da draußen siehst du aus wie ein Verrückter!«

Ich warf einen letzten Blick hinter die Paletten, dann folgte ich Poppins in den Laden. Das Letzte, was ich wollte, war, wie ein Verrückter auszusehen.

KAPITEL 4

Natürlich wollte ich wissen, was in dem Umschlag war. Ist doch klar. Wenn euch ein Fremder im Schutz der Dunkelheit bitten würde, einen Brief zu überbringen, würdet ihr auch wissen wollen, was drinsteht. Das ist ganz normal.

Aber nichts auf der Welt hätte mich dazu gebracht, ihn zu öffnen. Privatsphäre ist mir heilig. Wenn ihr so viel Zeit in psychiatrischen Einrichtungen verbracht habt wie ich, wo sie sogar eure Scheiße überwachen, lernt ihr es zu schätzen, eure Briefe ungeöffnet zu erhalten.

Trotzdem machte ich mir meine Gedanken über den Brief. Und warum Indiana Jones den Brief nicht einfach an der Kasse von ROYO Video für Baby hinterlegt hatte. Und was sie von ihm erwartete. Obwohl ich eigentlich auf Distanz bleiben wollte, stellte ich fest, dass ich mir ziemlich viele Gedanken über Baby machte.

»Du bist so still«, sagte Mom am nächsten Morgen beim Frühstück. »Woran denkst du?«

Noch ein Grund, warum ich die Privatsphäre anderer Menschen respektierte, war, dass ich zu Hause nicht mal meine Gedanken für mich hatte.

»Die Arbeit«, antwortete ich.

»Die Arbeit?«, wiederholte sie und ging sofort vom Schlimmsten aus. »Gibt es Probleme? Willst du kündigen? Ist es dir zu viel?«

Mein Vater blickte von der Zeitung auf, und beide sahen mich erwartungsvoll an.

»Ich habe nur an gestern Abend gedacht. Es war viel los.« Was die Wahrheit war, wenn auch nicht die ganze Wahrheit. »Viel los auf die gute Art. Es hat Spaß gemacht. Es war genau richtig viel los.«

»Kein unerwarteter Besuch?«, fragte Mom und zündete sich eine Zigarette an. Sie meinte Crystal. Ihren Namen benutzte sie nie.

»Nein«, sagte ich zwischen zwei Löffeln Cornflakes. Indiana Jones' Besuch war zwar unerwartet gewesen, aber da ich wusste, worauf Mom hinauswollte, hatte ich nicht das Gefühl, dass ich log.

Dad kehrte wieder zu seiner Zeitung zurück.

»Ich habe nachgedacht.« Mom inhalierte und blies den Rauch durch die Nase aus. »Vielleicht solltest du deinen Kollegen von der Anämie erzählen. Nur für den Fall, dass bei der Arbeit irgendwas passiert. Sag ihnen, wenn du anfängst, dich komisch zu verhalten, sollen sie mich anrufen.«

Ich starrte meine Mutter an.

Das war das Letzte, was ich wollte. Wenn ich bei ROYO Video wirklich eine Tabula rasa hatte, wollte ich mir das nicht verderben, indem ich herumposaunte, ich hätte die Neigung, mich komisch zu verhalten, und dann bräuchte ich meine Mami.

»Devins Freundin weiß es«, erklärte ich in der Hoffnung, dass sie damit zufrieden wäre. »Nur dass sie denkt, ich hatte Leukämie.«

»Umso besser«, sagte Mom. »Wahrscheinlich ist sie netter zu dir, wenn sie denkt, du bist todkrank.«

Vielleicht denkt ihr, meine Mutter machte Witze, aber sie meinte es vollkommen ernst. Ich sah sie genervt an.

»Was ist? Einem geschenkten Gaul sieht man nicht ins Maul, Joel. Zu Krebs-Kindern sind die Leute meistens netter.«

Sprich: netter als zu Leuten mit meiner Krankheit. Ich hätte ihr widersprochen, doch ich wusste, dass sie recht hatte.

»Was für ein Glück, dass ich nicht nur eine, sondern zwei erfundene Krankheiten überlebt habe«, sagte ich sarkastisch. »Warum sagen wir nicht, ich hätte auch Polio gehabt? Das wäre ein Hattrick.«

Mom blies Rauch aus. »Bei den Mädchen würdest du sicher punkten.«

Ich aß meine Cornflakes auf, griff nach dem Autoschlüssel und witzelte meiner Mutter zuliebe: »Ich habe den Tom Cruise unter den Immunsystemen.«

Mom lächelte. »Zeig's ihnen, Liebling.«

Babys Honda war noch nicht da, als ich auf den Mitarbeiterparkplatz fuhr. Ich hatte noch keinen Schlüssel zur Videothek, also wartete ich im Auto und hörte Musik.

Zurzeit hörte ich ständig *Monster* von R.E.M. rauf und runter, vor allem die ersten sechs Tracks der CD, weil ich selten weitere Strecken zurücklegte. Ich hatte häufig Phasen, in denen ich ein Album so lange hörte, bis es mir zu den Ohren herauskam. Zuletzt war es mir mit Aerosmiths *Get a Grip*, mit Stone Temple Pilots' *Core* und in einer kurzen R&B-Phase mit Boyz II Mens *II* so gegangen.

Doch nach der Hälfte des Songs drehte ich die Musik herunter und nahm Babys Umschlag aus dem Handschuhfach.

Nikki.

Mir kam der Gedanke, dass Indy vielleicht nie vorgehabt hatte, Baby den Umschlag persönlich zu geben. Warum hätte er sonst ihren Namen draufgeschrieben? Er musste auf dem Parkplatz gelauert haben, bis ihm irgendjemand über den Weg lief, der den Brief überbringen konnte. Und falls es so war, konnte ich mir nicht vorstellen, dass der Umschlag gute Nachrichten enthielt. Gute Nachrichten überbringt man gern selbst, nicht durch einen Mittelsmann.

Langsam wurde ich nervös. Ich war hier buchstäblich der Überbringer, und wirklich niemand liebt den Überbringer schlimmer Botschaften.

Als es Zeit wurde, den Laden zu öffnen, war Baby immer noch nicht da. Ein paar Parkplätze weiter stand ein roter VW, und ich beschloss nachzusehen, ob sie vielleicht mit einem anderen Auto gekommen war.

Die Hintertür zum Laden war abgeschlossen, aber es war Licht an, und ich klopfte. Kurze Zeit später erschien ein Schatten in der Tür zum Pausenraum, und dann trat Scarlet, nicht Baby, ins Licht und kam barfuß mit der Zahnbürste im Mund auf mich zu.

Außerdem war sie in Unterwäsche.

Na gut, es war wohl eine Art Schlafanzug, der aussah wie Unterwäsche, aber aus Shorts und Unterhemd bestand. Wie immer man es nannte, ich war auf ihren halb nackten Anblick nicht vorbereitet gewesen und hatte sofort einen Schweißausbruch.

»Hey«, sagte sie, als sie die Tür öffnete. »Tut mir leid, ich habe verschlafen.« Sie gurgelte die Worte durch den Mund voller Zahnpasta.

»Kein Problem.« Ich heftete den Blick auf ihre Füße und folgte ihnen zum Pausenraum. »Bist du für Baby eingesprungen?«

Scarlet spuckte die Zahnpasta ins Waschbecken im Pausenraum. »Glaubst du vielleicht, ich bin so zur Arbeit gekommen?« Sie zeigte auf ihren nackten Bauch und die nackten Schenkel, zwei Bereiche ihres Körpers, die ich nicht anzugaffen versuchte. »Ich habe hier übernachtet.«

»Ach ja?«

»Ich dachte, du hättest mich gesehen.« Sie hielt die Hand unter den Wasserhahn und spülte sich den Mund aus. »Als ich gestern Abend gekommen bin, bist du gerade losgefahren.«

»Ich habe dich nicht gesehen«, sagte ich. Ich folgte Scarlet zu einer Couch in der Ecke des Pausenraums. Sie nahm sich einen Satz Kleider aus der Kommode, auf der der Fernseher stand.

»Also … ich schätze, du pennst ab und zu hier?« Ich setzte mich auf die Armlehne der Couch.

»Nur wenn dein Cousin ein Arschloch ist«, antwortete sie. »Das heißt: ja, ständig.«

Das war mir neu. Ich meine, ich wusste, dass Devin ein Arschloch sein konnte; ich wusste nur nicht, dass er auch ein Arschloch zu Scarlet war. »Tut mir leid.«

Sie warf die Kleider auf den Tisch, an dem die Angestellten ihr Mittagessen aßen, und begann sich mit den Fingern das Haar zu kämmen. »Was für ein Scheißproblem hat er eigentlich?«

Ich hatte echt keine Ahnung von Devins Problemen. Wir standen uns nicht nah. Unsere Mütter schon, aber wir hatten uns auseinandergelebt. Soweit ich wusste, hatte Devin überhaupt keine Probleme und eine superheiße Freundin.

»Weiß ich auch nicht«, sagte ich.

Dann zog Scarlet zu meinem höchsten Entzücken und tiefsten Entsetzen ihr Oberteil aus.

Diesmal übertreibe ich nicht. Sie zog tatsächlich das Hemdchen aus und stand nur im BH vor mir.

»Worte, Worte, Worte, Worte, Worte«, sagte Scarlet, als sie ein frisches T-Shirt vom Kleiderstapel nahm. »Immer nur Worte.«

Als sie es anhatte, fand ich die Sprache wieder.

»Ich meine, ich weiß einfach nicht mehr, was ich machen soll«, schloss Scarlet. »Was denkst du?«

Was ich dachte? Machte sie Witze? Sie wusste garantiert, was ich in dem Moment dachte.

Während sie auf meine Antwort wartete, entledigte sich Scarlet ihrer Shorts. Ohne Witz.

Dann nahm sie einen Rock und zog ihn sich in Zeitlupe über die Beine, während ich im Kopf das »Oh Yeah« aus der Szene hörte, in der Ferris Bueller den 1961er Ferrari sieht.

Ich war kein Experte für die Verhaltensweisen NORMALER Menschen, aber dieses Verhalten kam mir nicht NORMAL vor. Warum sollte sich ein Mädchen (meine Chefin, die Freundin meines Cousins, die real existierende Version von Jessica Rabbit) vor mir ausziehen, einem Typen, den es kaum kannte? War es eine Art Machtspiel? Eine Einladung? War sie einfach stolz auf ihren Körper und zeigte ihn gern? Hätte sich im umgekehrten Fall ein Typ vor einem Mädchen bis auf die Unterhose ausgezogen, wäre es eine Frechheit gewesen, wenn nicht sogar sexuelle Belästigung. Bei Scarlet dagegen fühlte es sich weder wie das eine noch wie das andere an. Es fühlte sich an, als testete sie, ob ich reagierte. Oder nicht.

Scarlets Frage hing immer noch in der Luft. Das Problem war, dass mein Gehirn plötzlich sehr schlecht durchblutet war, und statt ihr einen handfesten Beziehungstipp zu geben, sagte ich den ersten Satz, der mir in den Sinn kam:

»Ich glaube ... es ist nie zu spät, das zu werden, was du hättest sein können.«

Scarlet hielt inne und runzelte die Stirn. »Was?«

Ich rang um Worte. »Es stimmt.« Ich nickte langsam, wie es Therapeuten tun, wenn sie einen überzeugen wollen. »Der einzige Mensch, der dich glücklich machen kann, bist du selbst«, fügte ich hinzu. Auch diesen Rat borgte ich mir von einem Poster aus der Praxis meines Psychiaters (junger Mann mit Vokuhila, der nachdenklich in den Spiegel sieht).

Scarlet blinzelte.

Es gab keinen Weg zurück. Mein Gehirn hatte sich in ein Karussell verwandelt, auf dem sich statt Pferden Motivationsposter und halb nackte Scarlets drehten. Ich begann zu stammeln. »Heute ist der erste Tag vom Rest deines Lebens, Scarlet.« (Zwei Füße auf einer von Bäumen gesäumten Asphaltstraße.) »Die größten Erfüllungen im Leben beginnen oft mit einer großen Veränderung.« (Ein Schmetterling, der aus der Puppe schlüpft.) »Das Leben ist hart, aber du bist härter.« (Aus irgendeinem Grund Garfield.) »Halte durch.« (Eine Katze an einer Wäscheleine.)

Scarlet starrte mich verständnislos an. »Was redest du da?«

»Ich weiß auch nicht. Ich bin ein Blödmann.«

Statt mir zu widersprechen, nahm sie ihren Schlafanzug und

schlüpfte in ein Paar Sandalen. »Na ja ... egal. Danke, dass du mir wenigstens zugehört hast.« Dann beugte sie sich vor, küsste mich mit einer einzigen geschmeidigen Bewegung auf die Wange und verließ den Raum. Zurück blieb der Duft von Victoria's Secret (ein Mix aus Früchten und Blumen und Sexpheromonen), was der beste Duft der Welt ist, das schwöre ich, und ich saß einfach nur da und inhalierte und wartete, dass ich wieder in der Lage war aufzustehen.

Zu schnell, nachdem Scarlet den Laden durch die Hintertür verlassen hatte, kam Baby durch dieselbe herein und ersetzte die sexuell aufgeladene Energie, die in der Luft gelegen hatte, mit einer völlig anderen.

»Hallo?«, rief sie hektisch.

Ich ging ihr im Flur entgegen. »Hey.«

»Was machst du hier hinten? Warum schließt du den Laden nicht auf? Es ist zehn nach zehn!«

»Echt?« Ich sah auf die Uhr. Erst erschrak ich, aber dann fiel mir ein, dass nicht ich zu spät gekommen war. »Ich habe noch nie aufgeschlossen. Ich weiß nicht, wie das geht.«

»Scheiße!«, schrie sie und drängelte sich an mir vorbei. »Mach das Licht an. Ich schließe vorne auf. Scheiße! Scheiße! Scheiße!«

Ich drückte ein paar Schalter, und es wurde hell. »Ich glaube nicht, dass wir viele Kunden verpasst haben, wenn es das ist.«

»Ist es nicht!« Baby entriegelte die Tür. »Ich hasse es nur, zu spät zu kommen.« Dann riss sie die Tür auf und sah die Straße hoch und runter.

»Es hat keiner mitbekommen«, sagte ich. Ich behielt für mich, dass Scarlet gerade gegangen war, der Babys Verspätung nichts auszumachen schien. Vielleicht weil es Scarlet nicht recht war, wenn Baby mitbekam, dass sie im Laden schlief.

»Jemand wollte heute vorbeikommen«, erklärte Baby. »Wir haben was zu besprechen.«

Ich brauchte einen Moment, aber dann zählte ich eins und eins zusammen. »Oh.« Ich tastete in meiner Tasche nach dem Umschlag. »Meinst du Indiana Jones?«

Baby klappte die Kinnlade herunter. »Woher weißt du das?«

»Er war gestern Abend draußen auf dem Parkplatz.« Ich reichte ihr den Brief. »Er hat mich gebeten, dir das hier zu geben.«

Sie starrte zuerst mich, dann den Umschlag an. »Was ist das?«

Ich zuckte die Schultern und ging zur Theke. Baby hatte ein Recht auf Privatsphäre, und außerdem unterlag meine Neugier meinem dringenden Bedürfnis, mich aus Babys Dramen rauszuhalten.

Ich hörte das Reißen von Papier, dann war es still.

Und dann hörte ich Geschrei.

»Was zum Teufel?« Baby kam nach vorne zur Kasse gestürmt, an der ich stand. »Was ist das, Solo?« Sie knallte den Umschlag auf die Theke. Ein paar Geldscheine rutschten heraus.

»Geld«, war meine nüchterne Bitte-zieh-mich-da-nicht-rein-Antwort.

»Was du nicht sagst. Und wofür?«

»Keine Ahnung. Hat er nicht gesagt.«

Offenbar schien Baby diese Information zu reichen, denn nach ein paar Sekunden sagte sie: »Oh.«

Es war ein trauriges kleines Wort, und trotz meines Wunschs, Distanz zu wahren, tat Baby mir sofort leid.

Nach ein paar Sekunden Schweigen nahm Baby das schnurlose Telefon von der Station und verschwand damit im Flur. Das Geld ließ sie auf der Theke liegen und überließ mir auch die Verantwortung für den Laden, obwohl ich erst zum dritten Mal da war.

Baby war lange weg. Ich steckte das Geld für sie ein und versuchte mich abzulenken, indem ich ein paar Rückgaben aus der Nachtkiste einsortierte, aber nach kurzer Zeit gingen mir die Aufgaben aus, die ich allein beherrschte. Offenbar hatte Baby Probleme, und es war kleinlich, mich über die Langeweile zu beschweren, aber ich arbeitete noch nicht lange genug hier, um zu wissen, wie man produktiv Zeit totschlug, und wie ich bereits erwähnt habe, tat mir Müßiggang nicht gut.

Im Schrank unter der Kasse fand ich eine Küchenrolle und eine Dose Pronto. Rein äußerlich war der Laden nach der Reinigungsaktion gestern Abend in ganz gutem Zustand, aber selbst in einem sauberen Raum liegt immer ein bisschen Staub. Also zog ich los, um ihn auszuradieren.

Zuerst sah ich mir die Klassiker-Regale an. Und richtig, die gesamte Sammlung der selten ausgeliehenen 1940er-Jahre-Musicals wurde von einer dicken grauen Staubschicht bedeckt, also schüttelte ich die Pronto-Dose und legte los.

Das heißt, ich legte los, nachdem ich in allen Gängen nachgesehen hatte, ob ich wirklich allein war.

Vielleicht erkennt ihr ein Verhaltensmuster, aber ich versichere euch, dass ich keine Zwangsstörung habe. Das hatten die Ärzte eine Zeit lang vermutet, aber sie verwarfen die Diagnose, weil (laut dem DSM-III-R) das ständige Absuchen der Umgebung nach einem Mädchen, das du gelegentlich halluzinierst, eher das Symptom einer schizoaffektiven Störung ist. Was klinisch ausgedrückt das war, was sie bei mir annahmen.

Ich war mit der Diagnose nicht einverstanden, aber wenn du ein Kind bist und sie dich in die Psychiatrie einweisen wollen, und das Einzige, was du zu deiner Verteidigung vorzubringen hast, ist: »Ich bin nicht verrückt!«, kannst du genauso gut gleich die Taschen packen.

Ich gebe zu, manchmal sah es so aus, als würde ich wirklich den Verstand verlieren. Aber nach dem Schlimmen, das passiert war, wäre das ehrlich gesagt nur NORMAL. Das Schlimme, das passiert war, war eine Atombombe gewesen, die mitten im Zentrum meines Lebens explodiert war und alles in Schutt und Asche gelegt hatte. Maßstäbe wie Normalität, Stabilität und Berechenbarkeit waren mit einem Mal spurlos verschwunden. Aus Staub waren sie, und zu

Staub kehrten sie zurück, und ich stand am Ground Zero, von dem verdammten Staub bedeckt.

In dem Fallout danach – zwischen den Blicken, dem Verlust, dem Mitleid, den Zeigefingern und den Fragen – fiel ziemlich viel unter den Tisch. Wichtiges wie Zahnarzttermine (am Ende hatte ich drei Löcher) und Haushaltsreparaturen (das Dach blieb undicht) und vieles mehr, das nicht so wichtig schien. Die Post zum Beispiel.

Wie es nach einer Sache wie dem Schlimmen, das passiert war, üblich ist, bekamen wir eine Flut von Karten und Briefen unserer Fairfaxer Mitbürger. Doch meine Eltern öffneten sie nicht, sondern sammelten sie zu Stapeln, die nach und nach die Arbeitsflächen, Kommoden und den Küchentisch überwucherten, an dem wir nicht mehr aßen. Wahrscheinlich hatten meine Eltern vor, sich irgendwann später damit zu beschäftigen, aber mit der Zeit lagen die Briefstapel nicht mehr im Weg, sondern wurden zur Einrichtung. Wir bemerkten sie gar nicht mehr, und irgendwann zogen wir weg.

Unser Haus in Fairfax hatte eine Besonderheit, und zwar einen alten Brennofen, etwa so groß wie ein Tipi, der im Garten stand. Der Vorbesitzer hatte ihn aus Backstein gemauert, um seine Töpferwaren darin zu brennen. Weil bei uns Teagues niemand töpferte, wurde er, als ich klein war, hauptsächlich zum Spielen benutzt. Doch irgendwann war der Brennofen, genau wie die Briefstapel, nur noch ein visuelles Rauschen im Hintergrund. Bis zu dem Tag, als der zehnjährige Joel beim Packen der Umzugskisten für Michigan auf die brillante Idee kam, die Kondolenzbriefe, die auf Kommoden, Tischen und Arbeitsplatten herumlagen, im Brennofen anzuzünden, statt sie in Kartons zu werfen und nach Michigan zu schleppen.

Ich erinnere mich, wie ich einen Wäschekorb damit füllte, ihn in die hinterste Ecke des Gartens zerrte, und dann eine Handvoll nach der anderen in den Ofen stopfte. In der Garage fand ich ein Streichholzbriefchen, zündete drei Streichhölzer an und warf sie in den Haufen.

Doch in letzter Sekunde, bevor die Flammen sich ausbreiteten, entdeckte ich plötzlich einen Schuhkarton, der hinten im Ofen unter einem Backstein steckte, und ich schaffte es, ihn mit dem Fuß herauszuholen. Es war lange her, dass ich mein Spielzeug hier draußen gehabt hatte. Der Karton konnte nichts Wichtiges enthalten, wenn ich ihn in all der Zeit nicht vermisst hatte, aber das war kein Grund, ihn abzufackeln, bevor ich nachgesehen hatte, was drin war.

Ich zog das Gummiband ab, mit dem er verschlossen war. Nichts daran kam mir bekannt vor, und dasselbe galt für den Inhalt: eine Kassette, auf der *Slippery When Wet* stand, Bonne-Bell-Bubblegum-Lippenbalsam, Wet-N-Wild-Nagellack, ein aufgerolltes *Teen-Beat*-Heftchen und ein zusammengeknülltes grünes Kleid. Außerdem lag eine Seite mit Einhörnern verziertes Briefpapier darin, mit einer handgeschriebenen Namensliste, die ich seitdem auswendig kann:

Breanne
Ricki
Carol
Belinda
Tara
Gina
Christine
Crystal

Es war alles Mädchenzeug.

Ich sah mir die Sachen an, überlegte fieberhaft, wem sie gehörten und wie sie hier gelandet waren. Ich hatte das Gefühl, die Schachtel war jemandem wichtig gewesen, und aus diesem Grund war sie auch mir wichtig.

Und während ich versuchte, das Rätsel der Brennofenschachtel zu lösen, machte sich zum ersten Mal meine Macke bemerkbar.

Sie war da, so hell wie der Tag: Hinter den brennenden Briefen drückte sich ein Mädchen an die Wand des Brennofens.

Mir blieb fast das Herz stehen. Dann schrie ich: »Tut mir leid! Ich habe dich nicht gesehen!«

Ich war zwei Jahre bei den Pfadfindern gewesen und hatte vorgesorgt, falls das Feuer außer Kontrolle geriet, also schnappte ich mir den Wassereimer und löschte die Flammen.

Doch als der Rauch sich gelegt hatte, war niemand da.

Ich kroch in die nasse Asche und suchte nach losen Backsteinen oder einer falschen Mauer oder sonst einer Erklärung, wie ein Mädchen heimlich hineingelangt und später dem Briefe-Inferno entkommen sein konnte, als ich hinter mir ein Geräusch hörte.

Nass und schmutzig kroch ich aus dem Ofen und rief: »Hallo?«

Ich sah mich um, aber es war niemand da. Die Schuhschachtel war auch verschwunden. Nur die Namensliste war noch da, an der Stelle, wo ich sie fallen gelassen hatte.

Dann hörte ich meinen Vater von der Terrasse rufen. Er sah in meine Richtung und beschirmte die Augen gegen die Sonne.

»Joel!«, schrie er, aber er war nicht sauer. »Was zum Teufel machst du da draußen?« Und nach einer Pause: »Wo ist die ganze Post?«

Meine Mutter war alles andere als begeistert. Ich musste mich bis auf die Unterhose ausziehen, und dann spritzte sie mich mit dem Gartenschlauch ab und meckerte vor sich hin, ich hätte ein Paar absolut anständiger Jeans ruiniert, und jetzt konnte sie sich nicht für die netten Briefe bedanken, die die Leute geschickt hatten, weil ich sie zerstört hatte. »Sie halten uns sowieso für schreckliche Menschen ... Das ist nur ein weiterer Beweis.« Tränen liefen ihr über die Wangen, während sie eine der dünnen Zigaretten paffte, die in der Werbung immer nur Frauen rauchten. Seit dem Schlimmen rauchte sie davon drei Päckchen am Tag. »Was hat dich bloß geritten, so was zu tun, Joel?«

»Er wollte uns einen Gefallen tun«, verteidigte mich Dad. Er saß mit einer Scheuerbürste und einer Schachtel Waschpulver im Schneidersitz in der Einfahrt und versuchte, die Knie meiner Jeans zu retten. »Joel wusste, wenn wir die ganzen Karten und Briefe hätten lesen wollen, hätten wir es längst getan. Stimmt's, Joel?«

Ich nickte, auch wenn Dad mir mehr anrechnete, als ich verdiente.

»Siehst du?«, versicherte er Mom. »Und glaub mir, Maureen, keiner erwartet von uns irgendwas im Moment, erst recht keine verdammten Antwortkarten.«

Mom ließ sich nicht beirren. »Aber Feuer, Joel? Wie oft habe ich dir gesagt, du sollst nicht mit Feuer spielen?«

Die ehrliche Antwort auf die Frage war: keinmal. Was ich je über den Umgang mit Feuer gelernt hatte, hatte ich von den Wölflingen, Smokey-Bear-Plakaten und der Feuerschutz-Woche in der Schule. Soweit ich mich erinnerte, hatten meine Eltern mir nicht einmal verboten, mit Streichhölzern zu spielen, die überall bei uns herumlagen, weil meine Mutter so viel rauchte. Ich schätze, sie nahm an, nicht mit Feuer zu spielen wäre eins der Dinge, die Kinder von allein wussten, ohne dass man es ihnen erklären musste.

»Tut mir leid.«

Mom stellte den Schlauch wieder an.

»Und du hast dich wirklich nicht verbrannt?« Dad sah von meiner Levi's auf.

»Nein, nichts passiert«, sagte ich mit klappernden Zähnen. Dann wurde ich wieder abgestrahlt, und die rußigen Rinnsale liefen mir die Beine hinunter wie schwarze Flüsse auf einer Landkarte.

»Und was hast du dir dabei gedacht, da hineinzukriechen?«, frage Mom. »Ich habe dir tausendmal gesagt, du sollst nicht in den dreckigen alten Ofen gehen.«

Nein, hatte sie nicht. Keinmal.

»Ich dachte, ich hätte eins meiner alten Spielzeuge gefunden«, log ich. Es hörte sich glaubhafter an als die Wahrheit, und deswegen fand ich, es war nicht gelogen.

»Deswegen sage ich dir immer, dass du dein Spielzeug nicht rumliegen lassen sollst, Joel. Ich wusste, dass so was früher oder später passiert.«

Logischerweise hätte niemand vorhersehen können, dass ich einmal ein Paar Jeans ruinieren würde, indem ich die alten unbeantworteten Briefe verbrannte, die wir wegen dem Schlimmen, das passiert war, bekommen hatten. Aber es hatte keinen Sinn, mit ihr darüber zu streiten, weil wir alle wussten (selbst die Jüngsten von uns), dass meine Mutter sich die Vergangenheit immer so zurechtlegte, wie sie sie gerade brauchte, um nicht durchzudrehen.

»Ganz ruhig, Maureen«, sagte Dad sanft. »Er hat ein paar Papierstapel entsorgt. Jetzt übertreib mal nicht. Es ist schließlich keiner ge…« Er biss sich auf die Zunge.

Mom funkelte Dad böse an.

»Tut mir leid. Ich wollte bloß sagen, es ist nichts passiert. Machen wir aus einer Mücke keinen Elefanten.« Aber es war zu spät.

»Eine *Mücke*? Wie wär's mit *Warnzeichen*, Craig? Wie wär's mit *Hilfeschrei*? Dein Sohn hat gerade ein Lagerfeuer gemacht und sich darin herumgewälzt. Mach die verdammten Augen auf!« Mom warf den Schlauch auf den Boden und stürmte ins Haus.

Die Wände in unserem alten Haus waren dünn, und als sie die Treppe hinaufstampfte und die Schlafzimmertür zuknallte, hätten wir sie auch laut und deutlich gehört, wenn sie es nicht uns zuliebe mit extraviel Schwung getan hätte.

Ich ging in die Hocke und schlang die Arme um die Knie, um nicht völlig auszukühlen. Dad ging in die Garage und holte ein Handtuch aus der Strandkiste, die wir noch nicht weggepackt hatten.

Er wickelte mich darin ein, als wäre ich ein kleiner Junge. Ich meine, ich war noch ein kleiner Junge, aber ich hatte mich lange nicht mehr so gefühlt. Das Handtuch, das er genommen hatte, war mein Lieblingshandtuch, weil es groß und noch nicht so oft gewaschen war. Das letzte Mal hatte ich es in Virginia Beach benutzt, ein paar Monate bevor das Schlimme passierte, an dem Tag, als wir nach dem Schwimmen im Meer so viele Hotdogs gegessen hatten. Das Handtuch war in den Primärfarben gestreift – Ketchup, Senf und Himmel. Ich liebte die Erinnerung an jenen Tag, aber ich wagte nicht, oft daran zu denken, weil ich sie nicht abnutzen wollte.

»Tut mir leid, Dad«, sagte ich. Ich meinte nicht das mit den Briefen. Die Briefe kümmerten keinen von uns, aber es tat uns beiden leid.

»Mir auch, Joel«, sagte er. Dann wischte er mir mit dem vom Waschpulver verschrumpelten Finger über die Stirn, um mir zu zeigen, wie schwarz ich war. »Was passiert ist, ist schlimm für dich und für mich, aber für Mom ist es noch schlimmer. Selbst wenn du denkst, es geht gar nicht. Es geht, verstehst du? Sie tut ihr Bestes.«

»Ich weiß«, sagte ich, obwohl es nicht stimmte.

Dad setzte sich wieder in den Schneidersitz und zog mich auf seinen Schoß, als würde er ein Baby im Arm halten. Erst sträubte ich mich, aber dieser Impuls war lange nicht so groß wie der Wunsch, von Dad getröstet zu werden. Und so lag ich einfach in seinem Arm und ließ mich von ihm halten, solange er es tat.

Später, als ich gebadet und bettfertig war, zog ich den Zettel aus der Tasche meiner schmutzigen (aber dank Dad und dem Waschpulver nicht ruinierten) Jeans und versteckte ihn unter der Matratze. Morgen, beschloss ich, würde ich das Mädchen aus dem Ofen finden, die Besitzerin des Schuhkartons, und ihr die Liste zurückgeben. Ich würde sie bitten, meiner Mutter zu sagen, dass sie im Ofen gewesen war und dass ich nicht verrückt war.

Das war jedenfalls mein Plan. Wie sich herausstellte, hatte sie einen anderen.

Drei Stunden und zwei Küchenrollen später hatte das gesamte Inventar von ROYO Video eine frische Schicht Möbelpolitur erhalten, und ich wage zu behaupten, dass der Laden sehr viel frischer aussah (und roch).

Irgendwann während meiner Reinigungsmission war Baby wieder aufgetaucht. Ich hatte ihre Anwesenheit fast vergessen, was vielleicht daran lag, dass ich high von den zitrusfrischen Aerosoldämpfen war.

»Weißt du«, sagte sie, als ich die letzte Ladung schmutziger Küchentücher in den Müll warf, »seit ich hier arbeite, hat noch nie jemand die Filme poliert.«

»Was soll ich sagen? Ich bin ein Visionär.« Ihre Laune schien sich gebessert zu haben, woraus ich schloss, dass sie ihr Problem geklärt hatte.

Baby sah auf die Uhr. »Unsere Schicht endet in einer halben Stunde. Hast du heute noch große Pläne?«

Nichts Wichtiges. Meine sozialen Kontakte beschränkten sich auf Arzttermine und Treffen mit Tim, dem Tutor, und beides fand nicht am Samstag statt. »Ich weiß noch nicht. Vielleicht leihe ich mir einen Film aus.«

»Ach ja, ich auch. Ich habe *Get Shorty* immer noch nicht gesehen …« Sie brach ab. »Ach, scheiß drauf, Solo. Ich kriege gerade keinen Small Talk hin.« Sie fuhr sich durchs Haar und seufzte. »Ich brauche einen Gefallen. Genau genommen brauche ich jemanden, der mich wohin fährt, nach der Arbeit. Kannst du mir helfen?«

»Äh … was?«

»Hör zu, ich weiß, dass wir uns kaum kennen, aber ich habe sonst niemanden, der mich fahren kann«, erklärte sie. »Ehrlich, wenn mir irgendjemand einfallen würde, würde ich dich nicht fragen. Ich habe echt ein Problem.«

Natürlich zögerte ich. Wo musste sie hin und warum konnte sie nicht selber fahren? Offensichtlich ging es hier um Indiana Jones und den Umschlag mit dem Geld, und ich hatte mit dieser zwielichtigen Geschichte schon viel mehr zu tun, als mir lieb war. Mich mutwillig tiefer in Babys Probleme hineinziehen zu lassen schien meinem Ziel, das Leben eines NORMALEN Menschen zu führen, diametral entgegengesetzt.

»Ist dein Auto kaputt? Ich kann dir meins leihen.« Das war der Kompromiss, den ein sehr großzügiger NORMALER Mensch vorschlagen würde, jemand, dem egal war, was mit seinem Chrysler passierte, solange er die gesunde Distanz zu den nichtnormalen Verwicklungen seiner Kollegin wahrte.

»Nein, darum geht es nicht.« Sie seufzte. »Ich habe einen Termin. Die Art Termin, nach dem man nicht selbst am Steuer sitzen darf.«

Baby warf eine zerknüllte Visitenkarte auf die Theke.

Widerwillig strich ich sie glatt und las.

ZENTRUM FÜR FRAUEN-
GESUNDHEIT & FAMILIENPLANUNG
1398 SOUTHFIELD ROAD
SOUTHFIELD, MICHIGAN

Oh … *Oh.*

»Ich habe keine Essstörung, Solo«, sagte Baby. »Ich bin schwanger.«

Ich war überrascht. Wahrscheinlich umso überraschter, weil ich mit dieser Möglichkeit nicht gerechnet hatte. Ich meine, überhaupt nicht. Ich meine, ja, es passte alles. Wenn ich es versucht hätte, hätte ich die Puzzleteile wahrscheinlich zusammensetzen können. Ich hatte genug Filme gesehen, um zu wissen: Wenn sich eine weibliche Figur übergab, lief der Plot meistens auf eine Schwangerschaft hinaus. Aber im realen Leben, vor allem in *meinem* realen Leben in der geschlossenen Psychiatrie, lief regelmäßiges Erbrechen fast immer auf eine Essstörung hinaus, was wahrscheinlich der Grund dafür war, dass ich ihr so leicht auf den Leim gegangen war, auch wenn die Puzzleteile nicht unbedingt passten.

Verdammt. *Schwanger*. Das war hart. Ich wusste nicht, was ich sagen sollte. Ich hatte nicht das Gefühl, dass Glückwünsche angebracht wären, aber irgendetwas musste ich sagen. Nach einer Minute entschied ich mich für ein lockeres: »Das wusste ich nicht.«

Sie sah mich an wie den Volltrottel, der ich war. »Zum Glück brauche ich keinen Privatdetektiv, Solo«, sagte sie. »Nur einen Chauffeur.«

»Ach ja.«

Plötzlich war mir die sichere Distanz ganz egal. Babys Problem war nicht ansteckend. Baby (und Indy wahrscheinlich) hatten zwar ein echtes Drama am Laufen, aber ich konnte mir nicht vorstellen, dass ihre Schwangerschaft irgendwelche Auswirkungen auf mich und meine Mission, ein NORMALER Mensch zu werden, haben konnte.

»Ja, ich fahre dich. Kein Problem.«

»Danke.« Baby lächelte mich künstlich an. »Du bist mein Held.«

Ich wusste, dass sie Witze machte, aber es fühlte sich gut an, der zu sein, der half, statt der, der Hilfe brauchte.

KAPITEL 5

Wir schafften die ersten sechs Songs von R.E.M.s *Monster,* bis wir die Klinik erreichten, und die Fahrt endete zu den letzten Klängen von »Strange Currencies«. Ohne unterwegs mit mir zu reden, hatte Baby den Sitz, die Lautstärke und die Lüftung auf ihre Bedürfnisse eingestellt. Damit machte sie mir klar, dass sie nicht auf meine Hilfe angewiesen war. Baby kam gut allein zurecht, und es ging nur um diesen einen Gefallen.

Als ich parkte, war Baby schon halb ausgestiegen. »Sie meinten, es dauert ungefähr zwei Stunden. Ich glaube, um die Ecke ist eine Buchhandlung, aber ich weiß nicht, ob du gerne liest. Tut mir leid.« Ich beobachtete im Rückspiegel, wie sie auf den Betonkasten zujoggte, die Glastür aufschob und verschwand.

Dann drückte ich sechsmal auf den nach links zeigenden Doppelpfeil, und aus den Lautsprechern erklang wieder »What's the Frequency, Kenneth?«.

Von mir war zwar noch niemand schwanger gewesen, aber einmal hatte ich gedacht, es wäre passiert. Unter gestörten Teenagern ist Sex ein verbreiteter Bewältigungsmechanismus, auch wenn die Medikamente, die sie kriegen, gewöhnlich dafür sorgen, dass sie nicht das volle Potenzial ihrer sexuellen Energie ausschöpfen. Die Ärzte behaupten, es sei eine unglückliche Nebenwirkung, dass sie, um die Chemie im Gehirn zu beeinflussen, die unsere Störung verursacht, unsere Sex-Chemie drosseln müssen. Für mich klingt das nach einem bequemen Versuch, labile Jugendliche an der Fortpflanzung zu hindern, aber Paranoia gehört zu meinen Symptomen, also macht aus meiner Verschwörungstheorie, was ihr wollt.

Jedenfalls war ich in der Geschlossenen, weil meine Macke wieder mal akut war. Die meisten meiner vorherigen Aufenthalte hatte ich auf der Kinderstation verbracht, wo die Insassen nach Dingen wie Süßigkeiten und Videospielen lechzten, um sich zuzudröhnen. Doch als die Pubertät einsetzte, konnten *Mario Kart* und Marsriegel den Anstaltskoller nicht mehr lindern, also wandten wir uns fleischlicheren Muntermachern zu, um uns von den Dramen in unseren Köpfen abzulenken, die wir alle durchlebten.

In der Jugendpsychiatrie waren Jungs und Mädchen zwar getrennt, aber wo ein Wille war, war auch ein Weg, und viele von uns hatten kein Problem damit, heimlich zur Sache zu kommen. Eine Weile lief es toll, aber die Psychiatrie kennt keine Wut wie die einer verschmähten Frau, und als ich ein Mädchen namens Valerie verschmähte, war die Kacke am Dampfen.

Sie war wegen Anorexie in Behandlung, und seit etwa einem Monat trafen wir uns regelmäßig – zweimal die Woche im Besenschrank, während ihre Zimmergenossin Schmiere stand –, bis Valerie dahinterkam, dass ich ihr nicht ganz treu gewesen war (ich hatte auch mit der Zimmergenossin geknutscht), und völlig ausrastete.

Um mich für meine Untreue zu bestrafen, klaute sie eine Flasche Meister Proper vom Wagen der Putzkolonne und trank sie zur Hälfte aus. Ich hatte gerade Gruppentherapie, als eine Krankenschwester Valerie inmitten einer großen Pfütze erbrochenem Allzweckreiniger in meinem Bett fand, mit einem Zettel, auf dem stand, ich hätte sie geschwängert und sitzen gelassen. Und weil sie schon dabei war, behauptete sie auch noch, ich würde aus dem Medizinschrank Schmerzmittel klauen und an andere Patienten verkaufen.

Die nächsten achtundvierzig Stunden waren die Hölle, aber ich erspare euch die Einzelheiten. Jedenfalls wurde Valeries Magen ausgepumpt, und als sie stabil war, kam sie wegen Selbstmordgefahr unter Beobachtung, während ich wie ein Serienmörder verhört wurde, bis alle (Ärzte, Eltern, Polizei, Rechtsanwälte) überzeugt waren, dass Valeries Anschuldigungen ausnahmslos falsch waren.

Zwar gab Valerie schließlich zu, dass ich kein Pillenhehler und sie nie schwanger gewesen war, aber da war es zu spät. Valeries Nahtoderfahrung löste bei mir jede Menge Reaktionen aus, die meinen Klinikaufenthalt um Monate verlängerten.

Während ich in den albtraumhaften Erinnerungen an Valerie schwelgte, wurde plötzlich die Beifahrertür aufgerissen und holte mich in die Gegenwart zurück.

Baby war wieder da. »Du musst reinkommen.«

»Was?«

»Ja, sie müssen sichergehen, dass ich nicht allein hier bin, und sie haben mir nicht geglaubt, dass Han Solo auf dem Parkplatz auf mich wartet.« Dann drehte sie sich um und ging zurück zur Klinik.

»Okay«, sagte ich, obwohl sie schon außer Hörweite war.

Baby saß wieder auf ihrem Platz im Wartebereich, als ich reinkam. Eine Frau hinter einer Plexiglasscheibe winkte mich heran.

»Han Solo, nehme ich an?«

»Ja, das bin ich. Ich meine, das ist nicht mein echter Name …«

»Du brauchst mir nicht deine Lebensgeschichte zu erzählen, Süßer – ich muss dich nur mit eigenen Augen sehen, damit ich weiß, dass sie in Begleitung hier ist.«

»Oh. Okay«, sagte ich. »Ja, ich bin die Begleitung.«

Die Frau nickte und winkte mich weg.

Ich setzte mich neben Baby. Jetzt, da ich hier war, kam es mir unsensibel vor, sie allein zu lassen, außer sie schickte mich fort. Baby beachtete mich nicht, aber da ich mich in Wartezimmern wie zu Hause fühlte, hatte ich kein Problem damit, schweigend dazusitzen.

Ich sah mich um. Der auffälligste Unterschied zwischen dem

Familienplanungszentrum und den Wartezimmern, die ich kannte, war das rosa Farbkonzept hier. Der Linoleumboden war rosa. Die Sitzschalen der Stühle waren aus rosa Plastik. Die Tapete hatte ein rosa und malvenfarbenes Muster, und ich hatte den Verdacht, dass der triste graue Teppich an der Tür vor dem jahrelangen Fußgängerverkehr auch einmal rosa gewesen war. Psychiatrische Praxen waren meistens in Schattierungen von Blau und Beige gehalten, wahrscheinlich weil irgendwelche bahnbrechenden Studien ergeben hatten, dass Erdtöne Psychosen heilten. Ich fragte mich, welche Wissenschaft hinter dem verdammten Rosa steckte.

Ich griff nach einer Ausgabe von *Entertainment Weekly* mit Liv Tyler auf der Titelseite und tat so, als würde ich lesen.

»Ich konnte nicht sagen, wer mich fährt, weil ich nicht weiß, wie du richtig heißt«, sagte Baby irgendwann.

Weil sie mich nicht direkt gefragt hatte, brauchte ich eine Weile, bis ich begriff, dass sie meinen Namen wissen wollte.

»Oh. Ich heiße Joel.«

»Joe?«

»Nein – Joel. Mit einem *l*. Wie Billy Joel. Nur als Vorname. Mein Nachname ist Teague.«

»Ach so. Cool. Ich kenne niemanden, der so heißt. Na ja, außer Billy Joel. Aber den kenne ich nicht persönlich.« Baby strich sich durchs Haar. »Ich heiße Nicole. Nicole Palmer.«

»Nicht Nikki?«

»O Gott, nein. Ich hasse es, wenn ich Nikki genannt werde. Da ist mir Baby noch lieber.«

»Okay.«

Sie blätterte eine Seite in der *Mademoiselle* um, dann klappte sie sie plötzlich auf dem Schoß zu. »O Gott. Unsere Namen reimen sich. Nicole und Joel.«

»Stimmt«, sagte ich. Und weil mir eine Ein-Wort-Antwort nicht ausreichend schien: »Joel und Nicole haben die Nase voll.«

»Was?«

»Du weißt schon. Reimt sich.«

»Mann, ist das blöd.« Baby klang genervt.

»Ich weiß. Ich bin ein Blödmann«, gab ich zu. »Ich wollte nur die Stimmung auflockern.«

Ich kehrte zu Liv Tyler zurück, und Baby zur *Mademoiselle*.

»Wovon?«, fragte sie nach einer Minute.

Ich sah von der Zeitschrift auf. »Was wovon?«

»Joel und Nicole. Wovon haben sie die Nase voll?«

»Ach so.« Ich dachte kurz nach. »Von Rock 'n' Roll?«

Baby nickte. »Und dann?«

»Spielten sie in Moll.«

»Und dann?«

»Kam der Zoll.«

Baby wartete kurz, dann sagte sie: »Fürs Protokoll.«

Ich grinste. »Das war grauenvoll.«

Ich hatte das Gefühl, Baby grinste fast zurück. »Für David Grohl.«

»Verdammt«, sagte ich. »Ich war echt stolz auf den Übergang von Rock 'n' Roll zu Moll, aber mit den Foo Fighters hast du den Vogel abgeschossen.«

»Du meinst, ich bin toll.« Und jetzt grinste Baby wirklich. Eins ihrer Halbmondlächeln.

Es war einen Moment still, bevor ich sagte: »Nur fürs Protokoll, ich lese gerne, und ich war schon oft in der Buchhandlung an der Ecke. Die alte Dame, die dort arbeitet, denkt, ich hieße Jimmy.«

»Im Ernst?« Baby sah mich an. »Wer heißt nördlich der Mason-Dixon-Linie noch Jimmy?«

»Genau. Wenn, dann würde ich mich Jamie nennen lassen, weil coole Typen Jamie heißen.«

»Ist doch klar. Ich habe noch nie einen Jamie gesehen, der nicht cool war.«

»Stimmt's?«

Baby holte tief Luft, ohne auszuatmen. »Ich bin hier, um abtreiben zu lassen.«

»Das habe ich mir gedacht.«

»Tut mir leid, dass ich es dir nicht gesagt habe, bevor du mich hergefahren hast. Ich schätze, ich hätte es sagen müssen, um dir die Chance zu geben, aus moralischen Gründen abzulehnen.«

Ich klappte die Zeitschrift zu. »Was für moralische Gründe hätte ich gehabt, ein Mädchen zu zwingen, mit dem Taxi zu ihrer Abtreibung zu fahren?«

Ein paar Sekunden später ging eine Tür auf, und eine Frau in einem rosa Kittel kam heraus. »Nummer 1742?«, las sie von ihrem Klemmbrett ab und blinzelte durch die Brille.

Baby nahm ihre Tasche und stand ohne weiteres Wort auf.

»Ich warte hier«, sagte ich.

Sie nickte, und ich sah ihr hinterher, als sie in dem rosa Flur verschwand.

KAPITEL 6

Auf dem Rückweg von der Klinik war Baby schweigsam. Sie hatte kein Wort gesagt, seit sie herausgekommen war, bis ich sie beim dritten Lied von *Monster* fragte, wo sie wohnte.

»Fahr mich einfach zur Videothek, da steht mein Auto«, entgegnete sie.

Damit verwirrte sie mich. »Geht es nicht darum, dass du nach dem Eingriff nicht Auto fahren sollst?«

»Bring mich einfach zur *Scheiß*videothek. Bitte.«

Ich tat wie geheißen, aber als ich zusah, wie sie vom Parkplatz fuhr, bereute ich, dass ich mich nicht durchgesetzt hatte.

Paranoide Menschen neigen zum Übertreiben und stellen sich immer das schlimmste Szenario vor, und während der nächsten Stunden wurde ich den Gedanken nicht los, dass Baby auf dem Heimweg vielleicht bei einem Autounfall gestorben war. Ich sah vor mir, wie ihr Auto an einem Baum klebte und der Obduktionsbericht eine große Menge Narkosemittel in ihrem Blut nachwies und die Trauergemeinde bei Babys Beerdigung klagte: »Hätte doch jemand auf sie aufgepasst …« Diese Gedanken zermarterten mich so lange, bis ich genug hatte und beschloss, ins Auto zu steigen und nachzusehen, ob sie lebend angekommen war.

Was nicht ganz einfach war, weil ich, wie gesagt, keine Ahnung hatte, wo Baby wohnte.

Laut Telefonbuch gab es zehn Palmers in Royal Oak. Fünf Adressen fuhr ich erfolglos ab, doch vor der sechsten stand ein intakter Honda aus den späten Achtzigern mit einem Pearl-Jam-Aufkleber an der Heckscheibe, und ich seufzte erleichtert, dass ich Baby nicht aus Versehen fahrlässig getötet hatte.

Sobald ich wusste, dass sie heil zu Hause war, dachte ich den Rest der Woche nicht mehr an sie. Es klingt vielleicht unsensibel, aber in der Gruppentherapie lernt man, Menschen und ihre Probleme voneinander zu trennen. Man muss sie voneinander abschotten. Wenn dir zum Beispiel jemand ein unglaublich explosives Geheimnis anvertraut und dich im nächsten Moment fragt, ob du die letzte Folge von *Friends* gesehen hast, ist es gut, wenn du beide Themen separat durchschiffen kannst. Versteht mich nicht falsch, natürlich fühlt es sich am Anfang seltsam an. Ich weiß noch, bei einer meiner ersten Gruppentherapiesitzungen erzählte ein Junge namens Kyle, dass seine Mutter ihm immer Fensterputzmittel ins Essen gemischt hatte, weil sie die Aufmerksamkeit genoss, die sie bekam, weil ihr Kind chronisch krank war. (Münchhausen-Stellvertreter-Syndrom – ihr könnt es nachschlagen.) Alle anderen in der Gruppe fanden die Vorstellung so abartig, dass wir wie die Schlosshunde heulten, als wir von seinem Leidensweg hörten. Aber dann, eine Stunde später in der Klinikkantine, aßen wir zusammen Spaghetti und redeten über die MTV Video Music Awards. Ich meine, der Typ hatte uns gerade diese unglaubliche, tragische persönliche Geschichte von sich anvertraut, und dann saßen wir da, aßen Nudeln und unterhielten uns darüber, wie Anthony Kiedis das Video des Jahres vorgestellt hatte, indem er einer Banane einen Blowjob gegeben hatte. Es schien unmöglich, dass diese beiden Momente an einem Tag oder auch nur auf einem Planeten passieren konnten, aber so war es, und irgendwann wurde mir klar, dass Kindesmisshandlung und MTV sich nicht gegenseitig ausschlossen. Jeder hatte verschieden große Päckchen Sonnenschein und Scheiße zu tragen, und man konnte sich nicht immer auf die Scheiße konzentrieren.

Womit ich sagen will: Statt mir den Rest der Woche Sorgen um Baby zu machen, bestand ich meinen Wirtschaftskurs und meinen Englische-Literatur-Kurs und besiegte einen frustrierten Tim Moser gnadenlos in *Tekken*. (Er schob die Schuld an seinem Versagen auf den Anfang des neuen Schuljahrs.)

Ach, und ich ging zu Dr. Singh.

Ich berichtete ihm von den Anforderungen meines neuen Jobs und versicherte ihm, dass meine Eltern mir genug Raum gaben. Nur Baby und die Abtreibung erwähnte ich nicht, weil das ihre Probleme waren und nicht meine.

»Ich muss sagen, ich bin beeindruckt, wie gut es bei dir läuft«, beglückwünschte mich Dr. Singh, während er sich auf dem Klemmbrett Notizen machte.

»Na ja, es ist bloß ein Job in einer Videothek. Es ist ja nicht so, als hätte ich Krebs geheilt.«

»Noch nicht«, war seine ermutigende Antwort. Dann zeigte er auf das Nie-zu-spät-Poster.

Am letzten Samstag im August waren der Pate und ich für die Morgenschicht eingeteilt. Wir kamen gleichzeitig an, und sie parkte ihren silbernen Mercedes neben meinem alten Chrysler. Sie stieg aus dem Wagen, von Kopf bis Fuß in Schwarz, nahm ihre Sonnenbrille ab und zeigte auf mein T-Shirt.

»Sieben«, sagte der Pate.

Ich sah an mir hinunter. Ich trug ein altes Fußball-Trikot aus einem Secondhandladen. Tatsächlich prangte die Nummer sieben auf meiner Brust.

»Stimmt«, sagte ich, und weil mir nichts anderes einfiel, fügte ich hinzu: »Das ist die Zahl.«

Der Pate starrte mir direkt in die Augen. »Sieben ist eine Glückszahl.« Sie sprach jede Silbe klar und deutlich aus wie eine Linguistin, die sich nicht zu Verschleifungen herabließ.

»Okay«, sage ich.

Dann ging sie an mir vorbei, und ich folgte ihr in den Laden, genauso eingeschüchtert wie bei unserer ersten Begegnung.

Als wir aufgeschlossen hatten, fand ich eine Liste mit Instandhaltungsaufgaben, die Scarlet uns hingelegt hatte, weil sie davon ausging, dass nicht viel los wäre, denn Montag war Feiertag und die meisten Leute fuhren über das lange Wochenende an die Großen Seen.

»Wie wollen wir das aufteilen?«, fragte ich den Paten. Sie saß auf einem Barhocker und feilte sich die bereits perfekten Fingernägel. »Was willst du übernehmen?«

»*Ich* mache keine Hausarbeit«, antwortete sie.

Weil ich mich mit furchteinflößenden Frauen nicht anlegte, sagte ich: »Super« und machte mich an die Arbeit. Den Morgen verbrachte ich damit, Glühbirnen auszuwechseln, die Aufsteller für demnächst erscheinende Videos zusammenzustecken und die Kammer mit dem Warenlager aufzuräumen, was eine ziemlich zeitaufwendige Aufgabe war und mich zu meiner Erleichterung mehrere Stunden lang vom Paten fernhielt.

Die Kammer war nur dem Namen nach eine Kammer, in Wirklichkeit war sie fast so groß wie der Pausenraum. Hier lagerten die Vorräte (Süßigkeiten, Getränke et cetera) und jede Menge anderes Gerümpel. Zeug wie alte Filmaufsteller, Deko für verschiedene Feiertage, Büromaterial und eine Spinnenpopulation. Aber eigentlich war es nicht schwer, Ordnung hineinzubringen (bis auf die Spinnen). Am meisten Arbeit machten am Ende die unzähligen Pappkartons, die zerlegt werden mussten, bevor sie in die Papiertonne kamen.

Es war ein Idiotenjob, und er machte mir nichts aus. Nach ungefähr der Hälfte legte ich eine Pause ein, setzte mich auf einen Barhocker und riss mir eine Dose total unerfrischender lauwarmer Cola auf. Ich stellte fest, dass meine Finger mit lauter kleinen Schnittwunden übersät waren, wie man sie sich holt, wenn man mit bloßen

Händen Berge von Pappkartons zusammenfaltet. Ich stellte die Cola ab und sah mir meine Hände genauer an.

Früher hatte ich schöne Hände gehabt. Als ich klein war, sagte meine Mutter immer, der liebe Gott hätte gute Fingernägel an einen Jungen verschwendet. »Das kommt von dem ganzen Wackelpudding, den du isst. Von Wackelpudding werden die Fingernägel fest, weil Wackelpudding aus Pferdehufen gemacht wird.« Ich habe ihre Behauptung nie überprüft, aber ich aß wirklich viel Wackelpudding, und ich hatte wirklich schöne Nägel, daher klang es plausibel für mich.

Crystal sagte dasselbe (dass ich schöne Hände hatte, nicht das mit dem Wackelpudding). Aus irgendeinem Grund liebte sie meine Hände. Sie wollte sie immer halten oder mir eine Maniküre machen. (Ich ließ sie ein paarmal.) So war es immer bei uns, seit ihrem ersten Besuch, am Abend nach dem Feuer im Brennofen.

Nach all der Aufregung, die ich mit der Verbrennung der Briefe ausgelöst hatte, gingen wir an jenem Abend alle früh zu Bett. Ich konnte noch nicht lange geschlafen haben, als ich von einem Poltern im Wandschrank geweckt wurde. Es war ein Poltern, bei dem die meisten Kinder an Monster, Gespenster oder den grauenhaften Horror-Clown aus *Es* denken würden, aber weil ich nach dem Schlimmen, das passiert war, keine Angst mehr vor erfundenen Dingen hatte, war meine Neugier stärker.

Als ich die Tür des Wandschranks öffnete, war ich froh und aus irgendeinem Grund nicht überrascht, das Mädchen aus dem Brennofen dort zu sehen. Sie stand auf den Zehenspitzen und kramte in einer Blechdose mit Baseballkarten herum, die oben auf einem Brett stand.

Brandwunden schien sie keine zu haben. Sie war auch nicht voller Ruß. Sie war frisch und sauber, hatte das Haar hochtoupiert und trug jede Menge rosa Lidschatten.

»Wie gut, dass du es bist!«, rief ich aufgeregt.

»Natürlich bin ich es!«, sagte sie.

»Ich habe dich heute im Ofen gesehen«, erklärte ich, weil ich nicht wusste, ob sie mich wiedererkannte.

»Ich weiß.« Sie kramte weiter.

»Warum warst du dort?«

»Ich habe meine Schachtel gesucht. Danke, dass du sie rausgeholt hast!«, sagte sie. »Wenn ich nur auch meine Liste finden könnte ...«

»Oh!« Ich lief zum Bett und zog das Blatt unter der Matratze hervor. »Meinst du die hier?«

Sie stellte die Dose mit den Baseballkarten zurück. »Gott sei Dank«, flüsterte sie, nahm mir die Liste aus der Hand und umarmte mich. Sie hatte das grüne Kleid aus der Schachtel an. Ihr Haar roch nach Bubblegum und Babypuder. »Danke, Joel! Vielen Dank!«

»Gern geschehen!« Ich erinnerte mich nicht, dass ich ihr meinen Namen gesagt hatte, aber offenbar hatte ich das. Ihren hatte ich jedenfalls nicht mitbekommen, deshalb fragte ich sie jetzt danach.

»Genau deswegen brauche ich das hier!« Sie hielt die Liste hoch. »Hilf mir, Kleiner. Ich muss einen Namen finden, der gut zu mir passt.«

»Hast du keinen Namen?«

»Na ja, ich hatte einen. Aber es war der falsche Name.« Sie lächelte. »Hast du nie das Gefühl, du hast einen falschen Namen, Joel?«

»Nein. Ich mag meinen Namen. Wie Billy Joel, nur als Vorname, und mein Nachname ist Teague. Beinahe hätte ich Gabrielle geheißen. Die Ärztin dachte erst, ich wäre ein Mädchen.«

»Wie hübsch. Viel schöner als mein Name.« Das Mädchen setzte sich auf den Boden und nahm mich auf den Schoß. »Welcher davon, findest du, passt zu mir?« Sie hielt mir die Liste hin.

Ich las sie noch einmal. »Also, Christine hieß dieses Auto, das Leute ermordet. Kann sein, dass du damit gehänselt wirst«, warnte ich sie. Ich hatte den Stephen-King-Film letzten Sommer gesehen, und seitdem hasste ich den Namen.

»Das ist ein gutes Argument, Kleiner.« Sie lachte durch die Nase. »Christine ist gestrichen.«

»Und Gina gefällt mir nicht wegen dem Song von Bon Jovi«, gestand ich.

»Wirklich? Dir gefällt ›Livin' on a Prayer‹ nicht? Das ist mein Lieblingssong!« Sie fing an zu singen.

»Ich kannte mal jemanden, der das Lied auch die ganze Zeit gesungen hat«, unterbrach ich sie. »Es war ganz schön nervig.«

Sie lachte wieder und wuschelte mir durchs Haar. »Schon gut. Jetzt reicht es mit den Namen, die du blöd findest. Welchen findest du *gut*?«

»Na ja, ich mag Ricki, aber dann nennen sie dich vielleicht Zicki-Ricki.«

Wieder lächelte sie. »Gestrichen!« Sie zeigte auf den ersten Namen. »Was hältst du von Breanne?«

Ich sagte nichts. Von allen Namen war mir bei Breanne am unbehaglichsten.

»Joel? Was hältst du von Breanne?«

»Das ist unfair.«

»Warum?«

»Ich kenne jemanden, der so ähnlich heißt, und ich will nicht noch jemanden kennen.«

»Meinst du nicht, es wäre schön, eine Freundin namens Breanne zu haben?«

»Nein.«

»Na gut, dann nicht Breanne«, versprach sie mir. Ich war erleichtert. »Dann bleiben übrig: Carol, Belinda, Tara und Crystal.«

»Ich finde Crystal am besten.« Ich drehte mich zu ihr um. »Kristalle sind schön, also klingt er am schönsten.«

»Hallo, ich heiße Crystal«, testete sie. »Nennen Sie mich Crystal.

Freut mich, dich kennenzulernen, ich bin Crystal.« Sie grinste. »Ich glaube, wir haben einen Gewinner.«

Ich lächelte, aber dann fiel mir etwas ein. »Wir ziehen in ein paar Tagen nach Michigan. Könntest du nicht mitkommen?«

»Kommt darauf an.« Sie klopfte neben sich auf den Boden, und ich kletterte von ihrem Schoß. Crystal faltete die Liste wieder zusammen und stand auf. Dann nahm sie ihre Schuhschachtel von dem Brett über meiner Kleiderstange, legte die Liste hinein und nahm den Nagellack heraus. »Willst du wirklich, dass ich mitkomme?« Sie schüttelte das Fläschchen, setzte sich neben mich und begann, sich die Fingernägel zu lackieren. Die Farbe hieß Emerald City, das konnte ich auf dem Deckel lesen. »Wenn du willst, tue ich es. Aber wenn es zu schwer ist, bleibe ich hier.« Sie schürzte die Lippen und blies den Nagellack trocken.

»Ich will, dass du mitkommst. Ich habe keine Lust mehr, allein zu spielen.«

Crystal griff nach meiner Hand. »Schau dir deine Nägel an!« Sie rieb mit dem Finger über meinen Daumennagel. »Sie sehen aus wie Muschelkalk. Das musst du an dir selbst lieben lernen, okay? Nur wenige Menschen haben Fingernägel aus Muschelkalk.« Dann drückte sie ihre Handfläche auf meine, sodass unsere ausgestreckten Finger aufeinanderlagen. »Die Leute verstehen mich nicht, Joel. Und wenn ich immer bei dir bleibe, kann es sein, dass sie dich auch nicht verstehen.«

Ich spreizte ein paarmal die Finger und drückte sie wieder zusammen, sodass ihre dasselbe taten. »Dann erzähle ich eben niemandem von dir.«

Crystal sah mich an. Ihre Augen waren grün. »Ich kann mich ziemlich gut verstecken.« Sie nahm den Nagellack und lackierte meinen Zeigefingernagel.

Ich lächelte zurück. »Dann ist Michigan nicht mehr so schlimm.«

Als die Kammer sauber war, war ich dreckig.

Ich war nass geschwitzt und voller Staub und Tinte, die immer an alten Pappkartons klebt. Als ich mir das Gröbste abgewaschen hatte, ging ich raus zur Kasse.

Ich war so lange in der Kammer beschäftigt gewesen, dass inzwischen die Schicht gewechselt hatte. Jetzt stand Baby da, wo zuletzt der Pate gestanden hatte.

Ich lächelte, weil ich mich wirklich freute, sie zu sehen. »Wie geht's dir?«

Sie verengte die Augen. »Ist das ... Blut?«

Ich sah an meinem Sweatshirt hinunter und bemerkte jetzt erst die rostroten Schmierstreifen, wo ich mir anscheinend die zerschnittenen Finger abgewischt hatte. »Mist.« Ich zeigte ihr meine Hände. »Ich habe die Pappkartons entsorgt.«

»Hast du kein Kartonmesser benutzt?«

»Es gibt ein Kartonmesser?«

Sie schüttelte den Kopf über mich. »Welche Shirt-Größe hast du?«

Ich sagte medium, und sie wühlte im Schrank herum.

Ich hätte das Schweigen gern mit einer Frage nach ihrer Genesung gefüllt, aber ich wusste nicht, ob das erlaubt war. Jede Form von »Alles wieder gut?« kam mir nach einer Abtreibung irgendwie unangebracht vor.

Als Baby sich wieder umdrehte, hielt sie ein T-Shirt in der Hand. »Die Produktionsfirmen schicken uns immer Gratiskram.« Sie öffnete die Schranktür weiter und zeigte mir die Kartons mit der Aufschrift WERBEMITTEL. »Meistens sind es bloß Kulis und Magnete, aber manchmal sind auch T-Shirts dabei.« Sie faltete es auseinander und hielt es hoch. »Das einzige in medium ist von *Reality Bites*.«

»Worum geht's da?«

»Das weißt du nicht?« Baby faltete das T-Shirt auseinander, um mir das Bild von Winona Ryder zu zeigen, die zwischen zwei Typen stand. »Es geht um ein Mädchen in einem Liebesdreieck zwischen einem erfolgreichen Langweiler und einem sexy Loser.« Sie zeigte auf die verschiedenen Charaktere. »Rate mal, für wen sie sich entscheidet?«

Ich sah mir die zwei Kandidaten an. »Ethan Hawke?«

»Yep. Sexy Loser.« Baby warf mir das T-Shirt zu. »Ich schwöre dir, zurzeit gibt es so einen in jedem Film, und der kriegt am Ende immer das Mädchen. Es ist wie eine Epidemie.«

»Eine Epidemie von sexy Losern?« Ich hielt mir das T-Shirt vor die Brust. Es sah aus, als würde es passen. »Das klingt gefährlich.«

Baby runzelte die Stirn. »Gefährlicher als du denkst, Solo. In diesen Filmen werden Arschlöcher glorifiziert. Attraktive, motivationslose Versager und die Frauen, die sie retten – das ist mehr oder weniger der Plot von jedem Film unserer Generation. Es ist so bescheuert«, schimpfte sie. »Nicht jeder faule Sack da draußen ist in Wirklichkeit ein genialer, gequälter Künstler mit grenzenlosem Potenzial. Ein paar davon sind einfach nur Versager, und es sollte nicht die Aufgabe der Frauen sein, sie zu retten.«

Ich sah mir das T-Shirt noch mal an. »Der Film ist also Mist?«

»Nein, er ist gut. Er wäre nur sehr viel besser, wenn Winona Ryder sich am Ende für sich selbst entschieden hätte.« Sie fuhr sich durchs Haar. »Aber schau ihn dir ruhig an. Ich glaube kaum, dass du dich in einen Slacker verwandelst, nur weil du Ethan Hawke zusiehst, wie er einen spielt. Außerdem bist du Lichtjahre reifer als die meisten Typen.«

Lichtjahre reifer als die meisten Typen. Ich wusste nicht, womit ich dieses Kompliment verdient hatte. Aber falls Indy bezeichnend für die Typen war, die Baby kannte, hing die Messlatte relativ tief. Egal. Leute wie ich bekamen solche Worte nicht häufig zu hören, daher würde ich sie nicht hinterfragen. Ich überlegte sogar, ob ich sie mir aufs Kopfkissen sticken lassen sollte.

»Vielleicht leihe ich mir den Streifen mal aus«, sagte ich zu Baby. Dann ging ich mich umziehen.

Für den Rest des Nachmittags blieb Baby für sich. Ich baute im Pausenraum den Aufsteller für *Vier lieben dich* zusammen, aber dann zog ein Gewitter herauf, und plötzlich brummte der Laden. Baby und ich bemannten beide Kassen, um die Schlange überschaubar zu halten.

Mitten im Andrang legte ein Mann drei Anhänger vor mich auf die Theke und kramte in seinem Portemonnaie nach seiner Mitgliedskarte. Er war Anfang vierzig und hatte dunkles Haar, das an den Schläfen grau wurde. Irgendwas an ihm kam mir bekannt vor. »Hallo, wie geht's?«, fragte er mich.

»Gut. Und selbst?«

»Gut.« Er zeigte auf Baby. »Hey! Hast du neulich wegen der Säumnisgebühr angerufen?«

Baby bediente ihren Kunden weiter, während sie antwortete: »Wahrscheinlich. Sie sind immer spät dran, Mr Schwartz.«

Er nickte und sah mich an. »Einer der Nachteile, wenn man die Friedhofsschicht hat. Ich bringe immer die Tage durcheinander.«

»Kein Wunder.«

Ich holte die Filme aus dem Regal, die er ausgewählt hatte, und tippte seine Mitgliedsnummer in den Computer. Als ich auf Eingabe drückte, blinkte die Fehleranzeige auf, also tippte ich die Nummer noch mal.

Baby warf einen Blick auf meinen Bildschirm. »Ach so, das habe ich vergessen. Ihre Frau hat Sie aus ihrem Konto geworfen.«

Mr Schwartz grinste. »Im Ernst? Ich dachte, sie macht nur Witze.« Er lachte. »Und jetzt? Zerschneidet ihr meine Karte und ich darf den Laden nie mehr betreten?«

»Solo macht das schon«, sagte Baby und schob mir einen Mitgliedschaftsantrag hin.

»Wir können Ihnen Ihr eigenes Konto einrichten«, bestätigte ich.

Er las mein Namensschild. »Das ist *Han* Solo, oder?«, fragte er, als gäbe es mehrere Solos da draußen. »Ich liebe *Star Wars*. Gute Wahl.«

»Danke, Mr Schwartz.«

»Nenn mich Marc«, sagte er. »Seit wann arbeitest du hier?«

»Erst ein paar Wochen«, antwortete ich, während ich seine Adresse auf den neuen Vertrag übertrug. »Ich bräuchte noch einen Ausweis oder so was.«

»Ja, klar«, sagte Marc und griff sich in die Hosentasche. »Wo hast du vorher gearbeitet? Du kommst mir irgendwie bekannt vor.«

»Das ist mein erster Job.«

»Oh. Hmm.« Er reichte mir seine Visitenkarte. »Reicht das? Ich habe meinen Ausweis nicht dabei.«

»Klar.« Ich warf einen Blick auf seine Karte. Das Logo kam mir bekannt vor – der Umriss eines Kopfs im Profil mit einem Pflaster anstelle des Gehirns. Darunter stand:

DR. MARC J. SCHWARTZ
LEITENDER OBERARZT KINDER- UND JUGENDPSYCHIATRIE
WELLER-CLAWSON-ZENTRUM
EXPERTEN FÜR GEISTIGE GESUNDHEIT

Oh, verdammt.

Ich hatte *Dr.* Schwartz gar nicht erkannt. Was verständlich war, weil ich ihn nur mit Schnurrbart, Brille und Arztkittel kannte.

Ich gab ihm die Karte zurück.

»Stimmt was nicht?«, fragte Marc.

»Nein.« Hastig las ich seine Videos ein. »Für neue Mitglieder ist das erste Video umsonst, die anderen beiden machen fünf Dollar fünfundzwanzig.«

Er gab mir einen Zehn-Dollar-Schein, und ich zählte das Wechselgeld ab. »Rückgabe morgen bis sieben Uhr.« Ich schob die Kassetten über die Theke.

Sein Ausdruck veränderte sich, als er mich erkannte. Vielleicht wusste er nicht mehr genau, wer ich war, aber ich merkte, dass er begriff, woher er mich kannte.

»Oh, tut mir leid«, flüsterte er, dann berührte er mit Zeigefinger und Daumen die Lippen und tat so, als würde er einen Reißverschluss schließen.

Es gab unauffälligere Gesten, aber wenigstens sagte er nichts nach dem Motto: »Und, hast du noch Probleme mit deiner Fantasiefreundin?«

Dr. Schwartz nahm die Kassetten und drehte sich um. »Bis dann, Baby. Lass dich von niemandem in die Ecke stellen, okay?« Dann sah er mich noch einmal an. »Nett, dich kennenzulernen, Solo.«

Ich hatte gar nicht daran gedacht, dass ich Leuten wie Dr. Schwartz im echten Leben begegnen könnte, aber ich hätte wohl damit rechnen müssen. Zählte man das Klinikpersonal und die anderen Patienten zusammen, gab es an die hundert Leute in der Gegend, die mich als Psycho outen könnten, und dank der wenig diskreten Art, wie Marc auf unsere zufällige Begegnung reagiert hatte, inzwischen möglicherweise einhunderteins.

Ich warf einen Blick zu Baby, doch sie schien nichts mitbekommen zu haben. Offenbar hatte ich noch mal Glück gehabt. Ich atmete auf. Meine Tabula war immer noch rasa.

Später, als ich Feierabend hatte, fand ich ein Video, das jemand auf die Theke gelegt hatte. Ich wollte es gerade ins System eingeben, als ich den gelben Zettel sah, der daran klebte.

Sag mir, was du davon hältst. – Baby

Ich zog den Zettel ab. Es war *Reality Bites*.

»Rückgabe bis morgen Abend um sieben.« Baby stand wieder hinter der Theke. »Und glaub nicht, dass ich dir keine Säumnisgebühr berechne, denn das würde ich tun.«

Ich grinste.

»Betrachte es als Dankeschön«, sagte sie. »Fürs Fahren neulich und ... du weißt schon, die ganzen bescheuerten Reime im Wartezimmer.« Dann wurde sie ernst. »Ehrlich. Danke.«

Ich verstand, dass sie das Thema unseres Ausflugs damit abschließen und nicht noch einmal aufwärmen wollte, daher nickte ich nur und hielt das Video hoch. »Sexy Loser, ich komme!«

Wahrscheinlich der doofste Kommentar, den ich hätte machen können, aber egal. Ich war um Lichtjahre reifer als die meisten Typen. Außerdem musste Baby lachen, und das war immer ein Sieg.

Ich sah mir den Film abends vorm Schlafengehen an und beurteilte die Handlung im Hinblick auf Babys Kritik. Ich mochte den Film. Er steckte voller Humor und hatte Tiefgang, und anders als Baby störte es mich nicht, dass sich Winona am Ende für Ethan entschied. Vielleicht stehe ich einfach auf Happy Ends.

KAPITEL 7

»Was für ein Sternzeichen bist du, Hannibal?«, fragte Poppins.

»Steinbock.«

Sie blätterte in der Zeitschrift und las vor. »Die neue Jahreszeit bringt erhöhte Liebeschancen.« Poppins zog die Brauen hoch. »Herbstliche Erdtöne sind deine Kraftfarben, also mach dich darauf gefasst, gesehen zu werden. Außerdem solltest du diesen Monat in eine neue Trainingsroutine investieren, um den Beachbody beizubehalten, für den du so hart gearbeitet hast – warum versuchst du es nicht mit Tae Bo?«

»Dafür habe ich echt hart trainiert.« Hannibal tätschelte seinen runden Bauch. »Es wäre wirklich schade, wenn der mir flöten geht.«

Ein tiefer Seufzer lenkte die Aufmerksamkeit auf Baby. »Wie lange müssen wir noch warten?«, stöhnte sie, den Blick auf die Uhr gerichtet. Es war zehn nach neun am letzten Sonntag im September, und das gesamte ROYO-Video-Team (bis auf Scarlet) wartete im Pausenraum auf die »Teamversamlung«, die eigentlich um 8.45 Uhr anfangen sollte, bevor der Laden aufmachte. »Wie dreist von Scarlet, ein Meeting zu schwänzen, das sie selbst einberufen hat. Als hätte der Rest von uns nichts Besseres zu tun.«

Alle Köpfe nickten. Baby hatte ausgesprochen, was die meisten von uns dachten.

Es war das erste Mal, dass ich mit all meinen Kollegen (bis auf Scarlet) gleichzeitig in einem Raum war. Ehrlich gesagt erinnerte es mich an die Gruppentherapie. Ein zusammengewürfelter Haufen, der um einen Tisch saß und wartete, bis die Person aufkreuzte, die das Sagen hatte. Therapeuten kamen auch immer zu spät. Ich schätze, für je wichtiger man sich hält, desto unpünktlicher kann man sein.

Die Dynamik, die beim Warten auf die Therapie entstand, schien sich auch hier zu entwickeln. Wenn der Therapeut mehr als zehn Minuten zu spät kam, versuchte die Person, die das Schweigen am schlechtesten aushielt, den Rest der Gruppe zu unterhalten, damit die Zeit schneller vorbeiging. In diesem Fall war das Poppins mit ihren Horoskopen.

Der zweite Charaktertypus, der sich in solchen Momenten zeigte, war gewöhnlich der Zornigste, weswegen ich nicht überrascht war, als Baby zu meckern anfing.

Sie trommelte ungeduldig mit den Fingern auf dem Tisch. »Vielleicht sollte mal jemand an der Tür nachsehen, für den Fall, dass sie davorsteht und zieht, statt zu drücken.«

»Sie ist bestimmt gleich da«, sagte Poppins. »Was ist dein Sternzeichen, Baby?«

»Ich habe keins.«

»Natürlich hast du eins. Jeder hat ein Sternzeichen. Wann hast du Geburtstag?«

»Elfzehnter Febtember.«

Poppins zog die Brauen zusammen. »Ach komm. Ich versuche nur, die Zeit totzuschlagen, bis Scarlet kommt.«

Aber Baby weigerte sich mitzuspielen. »Ich will aber nicht die Zeit totschlagen, Poppins. Die Einzige, die ich totschlagen will, ist Scarlet.«

Poppins ignorierte sie. »Was ist mit dir, Pate? Wann hast du Geburtstag?«

»Das ist eine persönliche Frage«, war die Antwort. Der Pate sah in einen kleinen Spiegel und malte sich die Lippen nach. Roter Lippenstift war, wie ich kürzlich erfahren hatte, die einzige Ausnahme, die sie bei ihrem Schwarz-in-Schwarz-Motto machte. Sie zog ihn ständig nach und erzählte allen, die fragten (und denen, die nicht fragten), mit sichtlichem Genuss, dass ihre Lieblingsfarbe »Kiss of Death« hieß.

Poppins seufzte. »Mann, Leute. Was ist los mit euch? Will hier keiner sein Horoskop wissen?« Mit letzter Hoffnung sah sie Dirty Harry an.

»Welches Sternzeichen sieht aus wie eine 69?«, fragte er.

»Das hier ... Krebs«, bestätigte Poppins, die in der Zeitschrift nachsah.

»Okay. Das nehme ich.«

»Du kannst dir das Sternzeichen nicht aussuchen. Du kriegst das Zeichen, unter dem du geboren wurdest«, erklärte Poppins. »Wann hast du Geburtstag?«

»Ich hatte gerade. Siebzehnter September.«

»Okay – dann bist du Jungfrau.« Sie holte Luft, um ihm sein Horoskop vorzulesen.

»Auf keinen Fall.« Er schüttelte den Kopf. »Dann spiele ich nicht mit.«

Poppins warf die Zeitschrift auf den Tisch. »Na gut, dann starren wir uns eben schweigend an, bis Scarlet sich dazu herablässt, hier zu erscheinen.«

»Ich bin Stier«, sagte ich und schob die Zeitschrift wieder in ihre Richtung. »Und ich will unbedingt wissen, was der Oktober für mich bereithält.«

Poppins lächelte dankbar, und Baby verdrehte die Augen.

Es waren ein paar Wochen vergangen, seit Baby mir *Reality Bites* gegeben hatte. Seitdem hatte sie mir außerdem *Mallrats* und *Clerks* verordnet, ich glaube, um ihre Theorie über die Loser zu untermauern. Gefolgt von *Gilbert Grape,* aus dem gleichen Grund, nur unter dramatischeren Umständen.

Ich mochte alle Filme, die Baby mir vorschlug, und es machte Spaß, danach mit ihr darüber zu reden, was irgendwie zu »unserem Ding« wurde. Ich genoss es, dass Baby und ich ein »Ding« hatten, und das nicht nur, weil sie mich für NORMAL hielt. Es war kein Geheimnis, dass Baby nur wenige Menschen mochte. Zumindest verhielt sie sich bei der Arbeit so. Abgesehen von Scarlet, der einsamen Spitze auf ihrer Shit-Liste, schien Baby zwar keinen unserer Kollegen zu hassen, aber sie mochte sie einfach nicht. Die Tatsache, dass wir uns so gut verstanden, war eine Rarität, und rare Dinge sind wertvoll.

»Stier«, wiederholte Poppins und nahm die Zeitschrift in die Hand. Sie räusperte sich. »Neue Möglichkeiten zeichnen sich ab, auch wenn es kompliziert werden kann, sobald sich die Vergangenheit zurückmeldet. Vergiss nicht, alte Geister tauchen zu dieser Jahreszeit gerne wieder auf, vor allem die, die nie richtig zur Ruhe gebettet wurden.« Sie schnaubte. »Hoppla – immer langsam mit den Halloween-Metaphern, *Teen-Magazine*.« Dann fuhr sie fort. »Versuche dir diesen Monat den einen oder anderen Nachtisch zu verkneifen – im Herbst legt der Stier gern zu, und bald ist Thanksgiving.«

»Du kannst mit mir Aerobic machen, mein Freund«, schlug Hannibal vor.

»Danke.«

Die Glocke an der hinteren Tür klingelte, und Sekunden später schwebte Scarlet mit der Gelassenheit einer pünktlichen Chefin herein.

Als sie unsere bösen Blicke sah, warf sie einen Blick auf die Uhr. »Habe ich nicht halb zehn gesagt?«

Baby hielt das Memo hoch. »Viertel vor neun«, las sie mit aller Feindseligkeit, die sie in vier Silben packen konnte.

»Oh. Tut mir leid.« Scarlet zuckte die Schultern. »Na ja, jetzt bin ich ja da.« Sie teilte einen Zettel aus.

»Was ist das?«, fragte Poppins.

»Ein paar Entscheidungen, die gefallen sind«, erklärte Scarlet. »Damit ich am College keine Kurse verpasse.«

Alle starrten sie an.

»*Du* hast es aufs College geschafft?«, fragte Baby im Namen aller.

Scarlet ignorierte Babys ungläubigen Ton, wie man es nur schafft, wenn man restlos überzeugt von sich ist. »Ja! Aufs Kosmetik-College. Ich werde Ästhetikerin.«

Es wurde still.

»Was ist das?«, fragte Hannibal. »Eine Ärztin, die Hässlichkeit heilt?«

Scarlet dachte einen Moment nach, bevor sie antwortete. »Ja.« Sie lächelte zufrieden. »Jedenfalls kann ich nicht mehr so viel hier sein, und deswegen mussten ein paar Veränderungen gemacht werden.«

Alle Augen kehrten auf den Zettel zurück – den Dienstplan des nächsten Monats –, und es verging eine Sekunde der Stille, bevor das Geschrei begann.

»Das ist doch nicht dein Ernst!« Baby schäumte. »*Solo* ist Schichtmanager?«

»Was?«, fragte ich. Poppins zeigte auf meinen Namen auf dem Plan. Daneben stand in so kleinen Buchstaben *SM*, dass ich sie wahrscheinlich gar nicht bemerkt hätte. »Was heißt das?«

»Das heißt, du bist befördert worden. Du weißt schon, das, was sich andere Leute ›erarbeiten‹, wenn sie ihren Job länger als ganze sechs Wochen machen.« Baby machte vorwurfsvolle Fingergänsefüßchen.

»Oh.«

»Im Ernst, was soll das?«, wollte auch Hannibal wissen. »Das ist nicht cool. Ich arbeite seit drei Jahren hier und bin noch nie befördert worden.«

»Ich auch, Hannibal«, meldete sich Baby.

»Das ist echt unfair«, stimmte Poppins ein. »Ich meine, nimm's nicht persönlich, Solo, aber ich muss dich immer noch an die Rückspulgebühr erinnern. Du bist noch nicht so weit.«

»Das ist bloß einmal passiert«, widersprach ich, aber dann schämte ich mich. Ich verstand sehr gut, warum alle sauer waren, selbst wenn ich immer noch nicht wusste, was ein Schichtmanager war.

»Das ist ein Affront«, stellte der Pate fest, auch wenn sie nicht allzu getroffen schien. »War es das? Können wir jetzt gehen?«

Dirty Harry verschränkte die Hände hinter dem Kopf und lehnte sich in seinem Stuhl zurück. »Mir ist scheißegal, wer Manager ist. Ich krieg jetzt schon mehr Stundenlohn als die meisten von euch, weil meinen Eltern der Schuppen gehört.«

Der Kommentar sorgte auch nicht für bessere Stimmung.

»Was soll die Scheiße?« Baby war kurz vorm Explodieren.

»Na und? Ich bin ihr Sohn«, giftete Dirty zurück, als handelte es sich um einen legitimen Grund, besser bezahlt zu werden als seine Zeitgenossen.

»Jetzt haltet mal alle den Rand und hört zu!« Scarlet versuchte, die Führung zu übernehmen. Baby schloss den Mund, wohl eher aus Neugier, nicht, weil sie Scarlets Autorität respektierte. »Okay, erstens war das nicht meine Entscheidung – sondern die meiner Eltern. Also, lasst eure Wut nicht an mir aus. Zweitens sage ich euch mal was über Solo.« Sie lächelte und legte mir die Hand auf die Schulter.

Ich zuckte zusammen. Ich hatte keine Ahnung, was Scarlet sagen würde, aber ich hatte den Verdacht, sie machte ihre Entscheidung damit nicht populärer.

»Seit er hier angefangen hat, ist der Laden *blitzsauber*. So ordentlich war es hier noch nie! Es liegen keine Stapel unsortierter Papiere mehr herum. Und habt ihr die Kammer gesehen? Da drin kann man vom Boden essen.«

»Du machst Witze, oder?« Baby kochte. »Du beförderst ihn, weil er einen Putzfimmel hat?«

»Nein, sondern wegen seiner ›Arbeitsmoral‹.« Diesmal machte Scarlet Fingergänsefüßchen, auch wenn sie offenbar nicht begriffen hatte, was sie bedeuteten. »Er zeigt ›Initiative‹. Er ist nicht ›faul‹ wie viele andere hier.« Dann zählte sie weitere vorbildliche Leistungen aus meiner kurzen Amtszeit auf, die mich zum perfekten Angestellten machten, auch wenn ich das alles nur getan hatte, um meine Gedanken in Zaum zu halten.

Normalerweise hätte sich die Anerkennung bestimmt gut angefühlt – besonders, da sie von Scarlet kam. Ich meine, ich hatte die (niedrigen) Erwartungen an einen Videoverleiher weit übertroffen, und der Laden sah wirklich toll aus. Es machte nur keinen Spaß, stolz darauf zu sein, wenn die Lobeshymne eine Meuterei entfachte.

»Das ist trotzdem Bullshit«, knurrte Baby. »Solo hat noch keine Beförderung verdient.«

Obwohl ich Babys Meinung war, fühlte es sich mies an, als sie es sagte.

»Dann kennst du ihn schlecht«, verteidigte mich Scarlet. »Er ist nämlich nicht nur fleißig, er ist auch hart im Nehmen. Er hat als Kind Anämie überlebt, und das können die wenigsten von euch behaupten.«

Eine kurze Stille trat ein, während der alle Anwesenden versuchten, die Enthüllung meiner medizinischen Frühgeschichte in irgendeinen Zusammenhang mit dem aktuellen Thema zu bringen.

»Was ist Anämie?«, fragte Dirty Harry schließlich.

»Das ist so was wie ...« Das war der Moment, als klar wurde, dass Scarlet keine Ahnung hatte. »Eine sehr ernste Krankheit. Und Solo hat sie besiegt, weil er so stark ist und nicht aufgibt.« Sie sah mich an und lächelte, was normalerweise super gewesen wäre, aber in diesem Moment alles noch schlimmer machte.

»Anämie ist mehr oder weniger Eisenmangel und keine große

Sache«, klärte Baby die anderen auf. Und dann fasste sie empört zusammen: »Solo wird also Schichtmanager, weil er als Kind Vitamine fressen musste? Ja, das ist voll fair.«

Scarlet ließ den Einwand nicht gelten. »Ist doch egal. Solo arbeitet hart, Baby.«

»Ich auch!«, rief Baby. »Ich arbeite schon drei Jahre länger hart als er.«

Scarlet schnaubte. »Wohl kaum.«

Es waren bloß zwei Worte, aber sie waren geladen.

Die anderen wichen zurück, als Baby aufstand. »Was willst du damit sagen?«

Scarlet ließ sich nicht einschüchtern. »Ich sage nur, wenn du in der Videothek so hart gearbeitet hättest, wie du daran gearbeitet hast, Indiana Jones an die Wäsche zu gehen, wärst du längst befördert und könntest uns deinen hysterischen Anfall ersparen.«

Alle im Raum spürten, wie tief der Schlag unter die Gürtellinie ging, und rissen erschrocken die Augen auf.

Die zwei starrten sich giftig an, bis Baby irgendwann »Leck mich« murmelte und aus dem Raum stürmte.

Ich stand auf, um ihr zu folgen, aber Scarlet hielt mich zurück. »Lass sie, Solo. Die kriegt sich schon wieder ein.«

»Das war echt fies«, sagte ich. Ich wusste nicht, wie viel Wahrheit hinter dem Vorwurf steckte, aber darum ging es auch nicht. Es war gemein.

Scarlet legte den Kopf schräg und sagte unschuldig: »Hör zu, ich weiß, dass du einfach nur ein netter Kerl sein willst. Aber ganz ehrlich, das musste mal gesagt werden. Die Wahrheit tut weh, Solo.«

Auf dem Parkplatz hinter dem Laden kündeten quietschende Reifen von Babys Abgang.

Ich sah mich um. Aus irgendeinem Grund schien niemand sonst für Baby auf die Barrikaden gehen zu wollen, was meine Entschlossenheit dämpfte. Schließlich setzte ich mich wieder.

Das Meeting dauerte noch zwanzig Minuten, aber ich war zu aufgewühlt, um zuzuhören. Es war das erste Mal, dass ich Baby und Scarlet zusammen erlebt hatte, und ich war überrascht, dass die Feindseligkeit zwischen den beiden gegenseitig war. Ich hatte angenommen, dass die meisten Leute heimlich über ihren Chef oder ihre Chefin lästerten, aber dass Scarlet Baby vor allen gedemütigt hatte, zeugte von etwas Persönlichem.

Meine Begeisterung für Scarlet hatte merklich nachgelassen, als sie mich ins Büro bat, um mir meine neue Position zu erklären (was sie wahrscheinlich hätte tun sollen, bevor sie damit an die Öffentlichkeit ging).

»Freust du dich?«, fragte Scarlet und reichte mir ein Formular, das ich unterschreiben sollte.

»Sollte ich?«

»Ja«, sagte sie. »Du kriegst zehn Dollar die Stunde.«

Ich biss die Zähne zusammen, weil mir sonst die Kinnlade heruntergefallen wäre. Meine Mutter dekorierte in der Farmer-Jack-Bäckerei seit sechs Jahren Torten, und ich war mir ziemlich sicher, dass sie auch nur zwölf Dollar die Stunde bekam. »Was genau muss ich für so viel Geld tun?«

»Eigentlich nicht mehr als vorher.« Scarlet zuckte die Schultern. »Du hast bewiesen, wie wertvoll du bist. Und damit meine ich nicht nur, dass du die Kammer aufgeräumt hast.«

Ich unterschrieb, dass ich mit der Gehaltserhöhung einverstanden war, und gab ihr den Vertrag zurück. »Ach ja?«

Scarlet setzte sich auf ein freies Stück ihres Schreibtischs. »Klar. Der Laden sieht super aus. Aber meine Eltern rechnen dir vor allem hoch an, dass ich beschlossen habe, aufs College zu gehen.«

»Was? Warum?«

»Du hast zu mir gesagt, es ist nie zu spät, der Mensch zu werden, der ich sein könnte – und da habe ich nachgedacht«, erklärte sie. »Und ich bin zum Schluss gekommen, dass du recht hast.«

Ich starrte sie ungläubig an. »Wirklich? Deswegen gehst du aufs College?«

»Es war der Anstoß, der mir gefehlt hat. Seit ich mit der Highschool fertig bin, liegen mir meine Eltern in den Ohren, dass ich eine Ausbildung anfangen soll.« Sie drückte meinen Arm. »Die Beförderung ist ihre Art, sich bei dir zu bedanken.«

Ich konnte es nicht fassen.

»Außerdem habe ich Devin gesagt, er ist auf ganz dünnem Eis unterwegs«, fuhr Scarlet fort. »Das freut Mom und Dad auch. Sie fanden immer, dass ich was Besseres verdient habe.«

»Warte mal. Werde ich wegen meiner Arbeitsmoral befördert oder weil deine Eltern denken, ich bin ein guter Einfluss für dich?«

»Geht nicht beides?«, sagte Scarlet. »Du kannst stolz auf dich sein, Solo. Du bist gut darin, Ratschläge zu geben. Für einen Highschool-Schüler bist du echt ziemlich weise. Mom sagt, wenn man als Kind eine Krankheit überlebt hat, kennt man sich mit dem Leben besser aus.« Sie zuckte die Schultern. »Wenn ich als Kind Krebs gehabt hätte, wäre ich jetzt vielleicht Rechtsanwältin oder so was.«

Jeder ihrer Sätze war noch ironischer als der davor.

Scarlet sah mein Gesicht und runzelte die Stirn. »Ich dachte, du würdest dich freuen. Was ist los?«

»Es ist echt toll«, versicherte ich ihr. »Ich bin bloß überrumpelt. Und die anderen hassen mich jetzt, daran muss ich mich auch erst gewöhnen.«

Sie winkte ab. »Wenn dir jemand blöd kommt, kannst du ihn einfach feuern. Du hast das Recht dazu.«

»Ich weiß nicht, ob ich sie damit gewinne«, bemerkte ich, aber dann legte Scarlet die Hand auf meine, und meine Sorgen waren verschwunden.

»Ich hoffe, es zählt etwas, dass *ich* dich nicht hasse«, sagte sie leise. »Vergiss nicht, auch bei dir ist es nicht zu spät, das zu werden, was du hättest sein können.«

Ich wusste, ich hätte wegen Baby wütend auf sie bleiben sollen, aber Scarlet war Kryptonit für meine moralische Empörung.

»Das zählt wahrscheinlich mehr, als gut ist«, gestand ich und ging.

KAPITEL 8

Ich fuhr nach Hause, um meinen Eltern die gute Neuigkeit von meiner Beförderung zu überbringen. Sie würden garantiert so überrascht sein wie ich, aber am Ende vor allem stolz, denn bei einem Sohn wie mir stellt man keine Fragen, wenn am Horizont ein Silberstreif auftaucht. Er zeigt sich so selten, dass man ihn einfach nur genießt.

Erst hatte ich das Haus für mich, weil meine Eltern sonntagvormittags immer unterwegs waren. Mom ging in die Kirche – zur katholischen Messe – und danach mit Tante Denise irgendwo Mittagessen, wo es eine Salatbar und Popcorn-Shrimps gab. Dads Version der Kirche waren ein oder zwei Stunden beim nächsten AA-Meeting und das Pancake-Büfett bei Maple Mabel's, gefolgt von einer Runde Bowling oder Darts mit seinen Kumpels, die er bloß »dic Chrysler-Jungs« nannte, weil er sie von der Arbeit kannte.

Bevor ihr falsche Annahmen trefft, mein Vater ging nicht zu den AA (den Anonymen Alkoholikern), weil er Alkoholiker war. Das war er nicht, und ich sage das nicht aus Naivität oder so was. Ich meine, er trank manchmal ein Bier, und wenn ein Spiel der Tigers im Fernsehen lief, auch mal ein paar mehr, aber danach konnte es sein, dass er sechs Monate lang kein einziges anrührte. Alkohol war nie sein Ventil gewesen, nicht mal, als das Schlimme passiert war und alles, was ich ihm danach zugemutet habe.

Er sagte, er ging zu den AA, weil die AA-Meetings der einzige Ort für ihn waren, wo man »echten« Menschen begegnete, wie er sagte. Dort tat keiner so, als wäre sein Leben nicht verkorkst. Dort hatte er nie das Gefühl, dass über ihn geurteilt wurde – weder wegen des Schlimmen, das passiert war, noch wegen meiner Macke –, und er sagte, dass er keine Kirche kannte, wo er sich ähnlich akzeptiert gefühlt hätte.

Weder Mom noch Dad fragten mich, ob ich sie sonntags begleiten wollte, was in Ordnung war, weil ich wusste, dass sie auch mal Zeit für sich brauchten. Wenn man ein gestörtes Kind wie mich hat, muss man sich Auszeiten nehmen, sonst dreht man auch noch durch.

Als ich also im Wohnzimmer saß und Hausaufgaben machte, hörte ich plötzlich die unverwechselbaren Klänge eines vertrauten Gitarrenintros, gefolgt von einer Stimme, die lautstark wissen wollte: »What's the Frequency, Kenneth?«

Ich stand auf und ging raus auf die Terrasse.

Auf der Straße parkte ein schwarzer Honda. Ich schlenderte hinüber und lehnte mich ins offene Beifahrerfenster.

»Toller Song.«

»Das findest du«, sagte Baby. Sie wirkte weniger sauer als heute Morgen, als sie aus dem Laden gestürmt war. Nicht viel weniger, aber immerhin.

»Du bist nur einmal bei mir mitgefahren. Du kennst also nur einen begrenzten Ausschnitt meines Musikgeschmacks.«

Baby feixte. »Ja, aber später am gleichen Tag bist du mit offenen Fenstern an unserem Haus vorbeigefahren und hast einen Lärm gemacht, als wärst du der alternative Eisverkäufer. Ich habe da eine Art Muster erkannt.«

Ich erstarrte. Ich hatte nicht gewusst, dass sie mich gesehen (und gehört) hatte, als ich bei ihr nach dem Rechten geschaut hatte. Es war Wochen her, und sie hatte es nie erwähnt. »Tut mir leid.«

»Was? Dass du mich stalkst?«

»Ich habe dich nicht gestalkt. Ich war nur … besorgt. Ich wollte nachsehen, ob du gut angekommen bist.«

»Ja, klar.« Baby fuhr sich durchs Haar. »Du bist ja so ein verdammt vorbildlicher, aufrechter Bürger und so weiter.«

»Wovon redest du?«

Baby sah mir in die Augen. »Du bist bei mir geblieben, als ich auf dem Parkplatz kotzen musste, du hast mich zur Abtreibung gefahren – natürlich hast du danach nach dem Rechten geschaut. Weil du so ein Mensch bist, Solo. Du bist der Held, und ich bin auf ewig die arme schwache Frau in Nöten.« Sie schüttelte sich.

Mich hatte noch nie jemand einen Helden genannt (zumindest nicht ernst gemeint), aber natürlich entging mir nicht, was sie eigentlich sagte. »Ich sehe dich nicht so.«

»Egal. In letzter Zeit fühlt es sich so an. Und jetzt bist du auch noch mein verdammter Boss.« Baby drückte die Stirn aufs Lenkrad. »Schlimmer kann es echt nicht werden.«

»Ich nehme deine Glückwünsche an«, sagte ich. »Danke, dass du an mich glaubst.«

Baby stöhnte. Dann sah sie mich an und fragte: »Willst du eine Runde mitfahren?«

Die Einladung überraschte und freute mich gleichermaßen. Es passierte mir nicht jeden Tag (eigentlich nie), dass jemand mit mir abhängen wollte, abgesehen von meinen Eltern.

»Echt?«, fragte ich, aber ich stieg bereits ein, bevor sie das Angebot zurückziehen konnte.

»Woher hast du gewusst, dass ich hier wohne? Hast du alle Teagues aus dem Telefonbuch abgeklappert, bis du mein Auto in der Einfahrt hast stehen sehen?«, fragte ich.

Baby schnaubte ein Lachen. »Äh, nein. Ich habe deine Adresse von deinem Mitgliederkonto bei der Arbeit.« Sie hielt inne. »Warte mal – so hast *du meine* Adresse rausgefunden? Dann bist du doch ein Stalker.«

Zu spät wurde mir klar, wie gestört meine Detektivarbeit klang, wenn man es laut sagte. »Ein Held tut, was er tun muss, wenn eine schwache Frau in Nöten ist«, wehrte ich ab.

Baby warf mir einen bösen Blick zu, während »What's the Frequency, Kenneth?« ausklang und der zweite Track von *Monster* begann.

Ich wechselte das Thema. »Ach, du hast die CD auch?«

Sie kniff die Augen zusammen. »Was – hast du gedacht, ›What's the Frequency, Kenneth?‹ kam zufällig im Radio, als ich bei dir vorm Haus geparkt habe?«, schnaubte sie. »Ehrlich, Solo. Nicht mal für dich würde das Universum so einen Zufall einfädeln, selbst wenn du der Doogie Howser der Videotheken-Branche bist.« Doogie Howser war der Wunderknabe aus der gleichnamigen Fernsehserie, der mit zehn in Princeton Examen machte und mit sechzehn ein Krankenhaus leitete.

Ich lachte. »Ich weiß nicht mal, was die Aufgaben eines Schichtmanagers sind. Wahrscheinlich werde ich in kürzester Zeit wieder degradiert.«

»Quatsch. Scarlet war Schichtmanagerin, bevor sie den ganzen Laden gemanagt hat, und wenn sie es kann, kann es jeder. Als ihre Eltern Indy feuerten, haben sie keinem mehr getraut, deshalb haben sie den Posten des Schichtmanagers einfach ganz abgeschafft«, erklärte Baby. »Bis jetzt anscheinend.«

»Muss ich wissen, warum Indy gefeuert wurde?«, fragte ich. »Ich weiß es nämlich nicht.«

Baby steuerte mit den Knien, während sie sich das Haar zum Pferdeschwanz band. »Es ist kein Geheimnis oder so was. Indy hat was unglaublich Dummes getan.« Sie hielt inne. »Du kennst doch die FBI-Warnung am Anfang von Videos? Wo gesagt wird, man darf Filme nicht kopieren und weitervertreiben, sonst muss man fünf Jahre hinter Gitter oder 250 000 Dollar Strafe zahlen?«, fragte sie.

Die Titelkarte erschien am Anfang jedes Videos, das im Umlauf war, also ja, ich kannte sie. »Klar.«

»Wie sich rausstellt, meinen die es ernst. Indy hat Neuerscheinungen kopiert und verkauft. Irgendjemand hat ihn bei den Bullen verpfiffen. Er wurde im Laden verhaftet.« Wir hielten an einer roten Ampel und sie sah mich an. »Es war ziemlich dramatisch.«

Da ich ihn nachts auf einem dunklen Parkplatz kennengelernt hatte, war ich wahrscheinlich weniger überrascht, dass er kriminell war, als ich es sonst gewesen wäre. »Klingt so.«

»Natürlich wurde er gefeuert. Das Ganze sollte auch vor Gericht kommen. Aber dann hat er sich freiwillig bei der Armee gemeldet, und sie haben die Vorwürfe fallen lassen.«

»Habt ihr euch deswegen getrennt?«

Die Frage stand minutenlang im Raum, und ich dachte schon, ich hätte eine Grenze überschritten.

Aber irgendwann antwortete sie. »Eigentlich waren wir nie richtig zusammen. Ich meine, natürlich hatten wir was. Aber nichts Offizielles. Was Scarlet gesagt hat, stimmt aber nicht. Ich habe mich ihm nicht an den Hals geschmissen.« Sie setzte den Blinker. »Auch egal. Ich bin drüber weg.«

Baby klang nicht unbedingt, als wäre sie drüber weg, aber auch, als wollte sie nicht mehr darüber reden.

»Und wann erfahre ich endlich mehr über *deine* schmutzige Vergangenheit, Mr Kinder-Anämie-Video-Wunderkind? Du hast bestimmt auch einiges zu verbergen.«

Ich richtete den Blick auf die Straße. »Ach ja?«

»Ja«, beharrte sie. »Das haben wir alle.«

Ich dachte eine Weile nach. »Also, während der Prohibition in den Zwanzigerjahren hatte ich eine Flüsterkneipe in Detroit, aber es gibt einen Maulkorberlass und ich darf nicht singen.«

Baby verdrehte die Augen, aber sie lächelte, und ich freute mich. »Wer redet denn so?«

Leute, die eine Macke haben, reden immer so. Damit sie nicht über ihre Macke reden müssen.

»Wo fahren wir eigentlich hin?«, fragte ich, um das Gespräch in eine andere Richtung zu steuern.

»Ich habe Hunger«, sagte Baby, und dann drehte sie die Musik lauter.

Ein paar Kilometer weiter fuhr Baby auf den gemeinsamen Parkplatz einer Applebee's-Filiale und eines kleinen Diners namens Headlights, der im Volksmund »Tanktopstelle« hieß, weil er vor allem für die Oberweite seiner Kellnerinnen bekannt war. Zu meiner Überraschung parkte Baby neben dem Eingang von Letzterem.

»Du stehst doch auf Busen, oder?«

Ich sah sie irritiert an. »Sind wir deswegen hier?«

»Nein. Wir sind hier, um was zu essen.«

»Warum?«

»Hab ich doch gesagt. Ich habe Hunger.«

Sie stieg aus.

Zögernd folgte ich ihr. »Nur zu deiner Information: Ich war noch nie hier«, stellte ich klar.

»Echt? Ich bin ständig hier«, sagte sie und hielt mir die Tür auf.

Ich war zwar noch nie im Headlights gewesen, aber ich hatte viel davon gehört. Sein Ruf drang sogar durch die Mauern der geschlossenen Anstalt, wo ich den Großteil meiner Pubertät verbracht hatte. Es handelte sich um eine ehemalige Full-Service-Tankstelle aus den Fünfzigerjahren, die jahrzehntelang leer stand, bis jemand sie vor ein paar Jahren gekauft und zu einer Bar mit Grill umgebaut hatte. Der neue Besitzer behielt das Auto-Thema bei (Zapfsäulen, Werkzeug, Reifenstapel als Dekoration) und richtete alles sauber und appetitlich her. Doch jeder wusste, dass die wahre Attraktion die Kellnerinnen waren – heiße Ladys, angezogen wie die Pin-up-Models von den Kalenderblättern, die in alten Autowerkstätten hingen. Das Konzept hätte wahrscheinlich überall funktioniert, aber in Detroit, der Motor City, wo man Frauen und Autos gleichermaßen nachhechelte, war das Headlights praktisch ein Wahrzeichen.

Ich gebe nicht vor, ich hätte etwas dagegen gehabt, in einem Lokal wie dem Headlights zu essen, weil ich ehrlich gesagt schon immer mal herkommen wollte. Ich hatte nur gedacht, wenn, dann würde ich mit meinen Jungsfreunden kommen (falls ich irgendwann welche fand) und nicht mit einem Mädchen von der Arbeit.

Ich setzte mich auf die Bank im Vorraum, während Baby mit der Oberkellnerin sprach, die wie Rosie, die Nieterin von dem We-Can-Do-It-Poster angezogen war, nur dass sie neben den hochgekrempelten Hemdsärmeln auch noch einen ziemlich tiefen Ausschnitt hatte. Aber die Atmosphäre war weniger zwielichtig, als ich sie mir vorgestellt hatte. An den Wänden hingen Neonschilder und alte Autoreklamen. Eine Jukebox, die wie der Kühlergrill eines 57er Chevy aussah, spielte einen Song von Bob Seger. Ich fand den Laden ziemlich cool (bis auf den Bob-Seger-Song), auch wenn ich kein großer Auto-Fan war.

Baby setzte sich neben mich. »Sie machen uns meinen Tisch fertig.«

»Du hast einen Tisch hier?«

»Eigentlich esse ich immer hier.« Baby streckte die Beine aus, als würde das Lokal ihr gehören. »Ich habe nach der Managerin gefragt, weil ich ihr von deiner Beförderung erzählen wollte. Vielleicht bringst du ein paar Kellnerinnen dazu, sich auf deinen Schoß zu setzen, weil du jetzt so ein hohes Tier bist.«

»Du hast was?« Ich starrte Baby entsetzt an. »Bitte sag, dass du Witze machst.«

Baby grinste halbmondförmig. »Da ist sie ja.«

Im Eingang war eine Frau aufgetaucht, die groß und schlank war und einen tief ausgeschnittenen Overall trug, der an einen Blaumann erinnerte. Sie fing Babys Blick auf und kam zu uns.

»Hey, Nikki!« Sie war eindeutig ein paar Jahre älter als wir, aber sie war nicht alt. Sie hatte dunkles Haar und dunkle Augen und war geschminkt wie ein Model. Auf dem Namensschild, das auf den Overall gestickt war, stand: KAT, MANAGERIN. »Na, wie war das Meeting heute Morgen?«

»Doof-Barbie ist mir auf den Sack gegangen, da bin ich früher abgehauen«, erklärte Baby, die die Frau offensichtlich besser kannte als ein normaler Gast.

»Nenn sie nicht so, das ist stutenbissig«, antwortete Kat.

»Mir doch egal. Du willst nur, dass ich nett zu Scarlet bin, damit du dir ihre Klamotten ausleihen kannst.« Baby verdrehte die Augen. »Können wir was essen?«

»Natürlich.« Kat nickte und lächelte, ebenfalls halbmondförmig. »Willst du mich nicht erst mal vorstellen?«

»Solo, das ist Kat. Kat, Solo«, murmelte Baby. »Ist unser Tisch fertig?«

Kat sah Baby streng an, dann wandte sie sich an mich. »Ich schwöre, ich habe ihr bessere Manieren beigebracht.« Sie hielt mir die Hand hin. »Ich bin Kat, Nikkis Mutter.«

Wahrscheinlich blinzelte ich ein paarmal, bevor der Groschen fiel. Nikkis Mutter = Babys Mutter. *Kat war Babys Mutter.* »Hallo. Ich bin Solo – ich meine, Joel. Joel Teague. Ich arbeite mit Baby in der Videothek. Ich meine, mit Nikki.« Ich zeigte auf Baby. »Mit ihr.«

»Er ist mein Boss«, erklärte Baby.

Jetzt schien Kat verwirrt. »Ich dachte, Doof-Barbie wäre dein Boss?«

»Seit heute Morgen sind sie es beide.« Baby lächelte künstlich.

Kat sah mich an, und ich sagte: »Ich möchte bitte keine Kellnerinnen auf dem Schoß haben«, weil ich unter Druck ein absoluter Volltrottel bin.

»Ignorier ihn, er hat niedrige Eisenwerte«, sagte Baby, und dann wiederholte sie: »Ist unser Tisch fertig?«

»Bestimmt.« Kat strich Baby eine Haarsträhne aus dem Gesicht, die sich aus ihrem Pferdeschwanz gelöst hatte. »Setzt euch, ich bring euch Chicken Wings und Pommes.«

»Und Cola«, sagte Baby.

Kat nickte und ging zur Küche.

Ich folgte Baby zu einer Nische hinter der Jukebox.

»Also habe ich eben deine Mutter kennengelernt«, sagte ich unterwegs.

»Was ich nicht alles für eine kostenlose Mahlzeit tue«, gab sie zurück. »Ich schätze, jetzt kommt, wie toll sie aussieht und dass sie jung genug ist, um meine Schwester zu sein.«

»Hatte ich nicht vor.« Ich hatte es gedacht, aber ich hätte es nie ausgesprochen.

»Sie hat mich mit sechzehn gekriegt.« Baby schnalzte mit der Zunge. »Ich bin ein Unfall. Den Kerl, der sie geschwängert hat, habe ich nie kennengelernt.«

Sie wollte mich offensichtlich schockieren, aber ich war nicht schockiert. Wenn man so viel Zeit in der Psychiatrie verbracht hat wie ich, schockiert einen wenig. »Sie wirkt ziemlich cool.«

»Sie ist wie Scarlet, ein paar Jahre vorgespult«, sagte Baby. »Sie arbeitet hier, seit ich zweieinhalb war. Kannst du dir vorstellen, in fünfzehn Jahren immer noch bei ROYO Video zu arbeiten? Allein bei der Vorstellung kriege ich Ausschlag.«

»Anscheinend gefällt ihr die Arbeit hier, oder?«, fragte ich, als wir uns setzten.

»Sieht so aus. Sie verdient ganz gut. Was natürlich hauptsächlich daran liegt, dass sie scharf aussieht und Mordshupen hat. Aber so was hält nicht ewig.«

Es gibt buchstäblich keine richtige Reaktion, wenn jemand so über seine Mutter spricht, also ließ ich sie einfach weiterreden.

»Aber ich schätze, ich halte besser den Mund. Kats Brüste sollen mein Studium zahlen.« Sie öffnete ihr Haar und kämmte es mit den Fingern. »Bei welchen Unis bewirbst du dich, Solo?«

»Darüber hab ich noch nicht richtig nachgedacht.«

Baby zog die Brauen hoch. »Ich dachte, du bist auch in der Zwölften?«

Eine Kellnerin brachte zwei Becher Cola und zwei Strohhalme an den Tisch. Ich riss das Papier ab, steckte den Strohhalm in den Becher und ließ ihn einen Moment dümpeln, bevor ich antwortete. »Mehr oder weniger.«

»Was? Bist du wegen dieser Anämie-Sache sitzen geblieben?«

»Kann sein.«

»Du meinst, du warst im Krankenhaus oder so was?«

»Yep.«

»Wie war es da?«

»Ätzend.«

»Was war los? Hast du in der Schule zu viel Stoff verpasst? Machst du den zweiten Bildungsweg?«

Ich trank einen Schluck. Über dieses Thema hatte ich noch nie mit jemandem geredet, der nichts von meiner Macke wusste. Obwohl ich wahrheitsgemäß antwortete, kam ich mir vor wie ein Lügner. »Ich schätze, ich schaffe im Mai den Abschluss. Ich weiß nur noch nicht, was danach kommt.«

»Na ja, wenn du dich nirgends bewirbst, kannst du auch nicht aufs College gehen«, stellte sie fest.

Ich trank noch einen Schluck. »Und du?«

Baby sah weg. »Eigentlich wollte ich aufs Sarah-Lawrence-College. Schon mal davon gehört?«

Hatte ich nicht.

»Es ist in New York«, sagte sie. »Ich habe noch nie woanders als in Michigan gelebt. Und du?«

Ich holte Luft. »Wir haben früher in Virginia gewohnt«, sagte ich schließlich, und es fühlte sie sehr merkwürdig an, es auszusprechen. Normalerweise teilte ich diese Information nicht mit anderen Leuten; erstens, weil niemand außer meinem Therapeuten mir persönliche Fragen stellte, und zweitens, weil es irgendwie erklärungsbedürftig war. Baby wusste weder von dem Schlimmen, das passiert war, noch von meiner Macke, und ohne diese beiden Zutaten war es unmöglich, über mein Leben in Virginia zu reden.

Doch sie sagte nur: »Ich war noch nie in Virginia«, was mich aus irgendeinem Grund erleichterte, als hätte sie, wenn sie je einen Fuß über die Grenze von Virginia gesetzt hätte, automatisch meine ganze Geschichte gekannt. »Willst du dort studieren?«

»Nein«, antwortete ich schnell. »Wahrscheinlich hänge ich einfach noch eine Weile hier ab.« Ich hatte nie daran gedacht, in einem anderen Staat zu studieren, wahrscheinlich, weil ich wusste, wie meine Eltern auf den Vorschlag reagieren würden.

»Und ich hänge wahrscheinlich hier *fest*.« Sie machte ein finsteres Gesicht.

Der Satz klang vieldeutig, aber bevor sie weiterreden konnte, brachte Kat unser Essen.

»Joel«, sagte sie, setzte sich neben mich und klaute sich eine Fritte von meinem Teller. »Erzähl was von dir.«

Baby sah sie böse an. »Er wird dir kein Trinkgeld geben, also brauchst du auch nicht mit ihm zu flirten.«

»Wer flirtet hier?« Kat hielt die Hand hoch und zeigte auf ihren Ring. »Ich bin verlobt.«

»Erinnere mich nicht daran«, stöhnte Baby.

Kat stützte den Kopf in die Hand. »Hat Nikki erwähnt, dass Bob und ich heiraten? Er ist der Besitzer hier.«

»Herzlichen Glückwunsch.«

»Es hat auch nur zehn Jahre gedauert, bis du ihn von seiner Frau losgeeist hast«, erklärte Baby.

Kat schüttelte den Kopf, aber sie ließ sich nicht aus der Ruhe bringen. »Du kennst Nicoles Sinn für Humor bestimmt, also muss ich dir nicht erklären, dass nichts davon stimmt.« Sie trank einen Schluck Cola aus Babys Glas. »Erzähl mal von deiner Beförderung,

Joel. Besetzen sie endlich die Stelle von dem letzten Heini? Von dem, der verhaftet wurde? Ich habe seinen Namen vergessen.«

»Ich weiß nicht viel darüber, aber ich schätze, es war Indiana Jones' alter Job.«

Baby seufzte ungeduldig, aber Kat ignorierte sie. »Ach ja, *Indiana Jones.*« Sie trank wieder aus Babys Becher. »Und wie nennen sie dich bei der Arbeit?«

»Han Solo.«

Kat lachte. »Heißen alle Typen nach Harrison Ford?« Mir war die Parallele noch gar nicht aufgefallen. »Oder nur die süßen?«

In der Psychiatrie hatten mich die Schwestern häufig »süß« im Sinne von »niedlich« genannt, deshalb störte es mich nicht, wenn es Kat zu mir sagte. Aber Baby sah rot.

»Mom, ich hab ihn nicht hergebracht, damit du ihn anmachen kannst!«, zischte sie.

»Schon gut, Kleines. Ich lasse euch allein.« Kat zwinkerte mir zu und streichelte Babys Wange. »Ich bin da, wenn ihr irgendwas braucht.« Sie stand auf, ging zum nächsten Tisch, stemmte die Hände in die Hüften und begann, mit zwei Männern in Anzügen zu plaudern.

»Sie ist so peinlich«, sagte Baby, kaum dass Kat weg war.

»Ich finde sie cool«, entgegnete ich und biss in einen Chicken Wing.

»Das war klar.« Baby kniff die Augen zusammen.

»Ach, komm. Ich wette, sie ist eine lustige Mutter.«

»Ja, superlustig.« Baby verdrehte die Augen. »Ich war das einzige Kind im Kindergarten, dessen Mutter zu jung war, um Alkohol ausgeschenkt zu bekommen, und bestimmt bin ich auch die Einzige beim Schulabschluss, deren Mutter immer noch zur Prom-Queen gewählt würde. Ich lebe den Traum aller Mädchen.«

Ich hätte darauf reagieren können, indem ich ihr von meiner Mutter erzählte, um ihr zu zeigen, wie gut sie es mit ihrer hatte.

Aber in der Therapie hatte ich gelernt, dass es nichts brachte, jemandes Selbstmitleidsparty mit dem eigenen Leid zu stören, und es machte erst recht niemanden dankbarer für sein Schicksal, also aß ich einfach weiter und ließ Baby reden.

»Und ich muss bei dieser blöden Hochzeit mitmachen. Ich muss ein Brautjungfernkleid anziehen und allen voran zum Altar gehen. Und der Mann, den sie heiratet, ist seit ungefähr fünf Sekunden geschieden und zwölf Jahre älter als Kat. Meine Mutter ist so was wie Bobs Midlifekrise.« Baby trank einen Schluck Cola. »Und sein Nachname hat zehn Buchstaben, aber nur einen Vokal. *Przybylski*. Das nervt voll.«

»Ja. Trau nie einem Mann mit einem extrem hohen Konsonanten-Vokal-Schlüssel«, stimmte ich zu.

Sie lächelte halb. »Teague hat was? Vier Vokale in einer Silbe? Was sagt das über dich aus?«

»Dass ich höchst vertrauenswürdig bin«, sagte ich, »basierend auf unserer eben entworfenen Logik.«

Die Jukebox hatte »Don't Stop Believin'« von Journey gespielt, und jetzt fing ein neues Lied an. Als ich den ersten Ton hörte, verschluckte ich mich fast an meinem Hühnerflügel.

Baby bemerkte es. »Ist was?«

»Nein.« Ich schüttelte den Kopf, aber es war offensichtlich gelogen.

»Im Ernst, was ist los?«

Mein Herz begann zu flattern. »Ach, nichts. Nur ... Hast du gesehen, wer den Song aufgelegt hat?«

»Nein«, antwortete Baby. »Warum?«

Während das Intro lauter wurde, sah ich mich im Gastraum um. »Ist hier irgendwo ein Mädchen?«

Baby zögerte, dann sah sie sich um. »Geht es noch vager? Wie sieht sie aus?«

Das Headlights war voll, aber die meisten Gäste waren Männer und viel älter als wir. Aus unserer Nische sah ich nicht den ganzen Raum, also stand ich auf.

Sie ist nicht hier, redete ich mir ein. *Es ist ein beliebter Song. Jeder hätte ihn auflegen können. Nicht nur sie ...*

Doch in dem Moment, als Jon Bon Jovi die erste Zeile von »Livin' on a Prayer« grölte, fiel mein Blick auf ein brünettes Mädchen mit einem Dutt, das mit dem Rücken zu mir an einem Tisch stand, und mir blieb fast das Herz stehen.

Sie war wieder da.

»Bin gleich zurück«, sagte ich über die Schulter zu Baby und lief auf Crystal zu.

Ich konnte nicht schlafen. Es war eiskalt.

Es war mein erster Winter in Michigan – auch wenn er erst in einem Monat anfing. Laut Kalender war immer noch Herbst, aber es hatte schon geschneit.

Meine Eltern hatten mir das Zimmer im oberen Stock gegeben. »Wärme steigt auf«, sagten sie. »Du hast das wärmste Zimmer im Haus.«

Falsch.

Zitternd zog ich mir die Decke über den Kopf. Ich hätte mir ein Paar Jogginghosen überziehen können, aber es hätte ewig gedauert, den Wärmeverlust beim Aufstehen zu kompensieren, also wagte ich es gar nicht erst.

Selbst mit der Decke über dem Kopf zitterte ich nach ein paar Sekunden wieder. Diesmal vor Angst.

»Hey!«, flüsterte eine Stimme. »Hey! Joel!«

Ich rührte mich nicht.

»Hey, Kleiner. Ich bin's, Crystal. Rutsch rüber.«

Ich zog mir die Decke vom Kopf. »Crystal!«

Sie stand wahrhaftig neben meinem Bett.

»Hey, Joel!« Sie umarmte mich. »Ich habe dich so vermisst!«

Ich hatte Crystal seit dem Umzug nicht gesehen. Ich hatte gedacht, sie wäre doch in Virginia geblieben.

»Warum hat es so lange gedauert?«, fragte ich und hielt sie fest umklammert. »Ich dachte schon, du kommst nicht mehr.«

»Ich habe es dir doch versprochen, oder?« Sie richtete sich auf und wuschelte mir durchs Haar. »Bist du gewachsen, seit ich weg war?«

»Kann sein«, sagte ich. »Es ist so lange her.«

»Ich weiß. Tut mir leid. Aber jetzt bin ich ja da!« Sie lächelte.

Mir fiel ein Stein vom Herzen. Ich war schrecklich einsam in Michigan. An der neuen Schule war ich eher schweigsam, und die anderen Kinder halten einen für arrogant, wenn man neu ist und nicht viel sagt, auch wenn man einfach nur traurig ist.

»Ich habe dir einen Platz für deine Sachen freigehalten«, sagte ich. »Komm, ich zeige es dir.«

Crystal folgte mir in den Wandschrank. Ich schob die Kleider an der Kleiderstange zur Seite, und in der Wand dahinter war eine eingebaute Schublade. »Da sind sie sicher.«

»Du denkst echt mit«, sagte sie lächelnd.

Ich zog die Schublade auf. »Deine Schachtel ist schon drin. Ich habe dir auch Schminke und Ohrringe besorgt.«

»Wirklich?« Sie spähte hinein. »Wo hast du die her?«

»Gekauft. Von meinem Taschengeld.«

Crystal zuckte zusammen. »Wissen deine Eltern davon?«

»Nein«, versicherte ich ihr. »Ich bin mit dem Fahrrad zum Laden gefahren und habe der Kassiererin gesagt, die Sachen sind für meine Freundin.«

Crystal sah mich streng an. »Deine Freundin? Siehst du mich etwa so?«

»Igitt! Nein!«

Sie zögerte. »Wofür hältst du mich dann?«

Ich dachte nach. »Ich weiß nicht genau«, gab ich zu. Ich probierte, das Gefühl in Worte zu fassen, das ich seit unserer letzten Begegnung zu ergründen versuchte. »Irgendwie fühlt es sich so an, als gehörst du irgendwie zu mir.«

»Ich gehöre zu dir?«

»Ja. Als wärst du meine Cousine oder meine beste Freundin oder so was. Ich weiß nicht genau, was du bist, aber es fühlt sich so an, als wärst du meine irgendwas.«

Offenbar fiel ihr nichts dazu ein, also wechselte ich das Thema.

»Ich wollte dir noch eine Kassette kaufen«, sagte ich, »aber ich hatte keine Lust, mein Geld für Bon Jovi auszugeben, also sag mir lieber eine andere Band, auf die du stehst.«

»Aber ich liebe Bon Jovi!« Crystal lachte. Dann nahm sie meine Hand und rieb meinen Daumennagel.

»Ich bin so froh, dass du da bist«, sagte ich. Es tat gut, es auszusprechen. »Ich habe dich vermisst.«

»Ich habe dich jeden einzelnen Tag vermisst«, antwortete sie. »Aber jetzt musst du schlafen.«

Wir schlossen die Schublade und schlichen auf Zehenspitzen aus dem Wandschrank.

Dann legte sich Crystal neben mich ins Bett, und wir schliefen sofort ein.

Ich stürmte durch das Lokal und riss Crystal am Ellbogen herum. »Was machst du hier?«

Doch meine Forschheit verpuffte; die Frau, die mich erschrocken ansah, war nicht Crystal.

»Alles klar, Kleiner?« Es war nur eine Kellnerin, die gerade die Bestellung von zwei Männern aufnahm.

»Kennst du den Kerl, Tiffany?«, fragte einer der beiden.

Der andere baute sich vor mir auf und funkelte mich böse an.

»Tut mir leid. Es war eine Verwechslung.« Ich entschuldigte mich bei dem Mann, dann bei der Kellnerin. »Tut mir echt leid.«

Sie zwang sich zu einem Lächeln, um die Situation zu entschärfen. »Das passiert mir öfter. Ich habe eins von diesen Gesichtern«, sagte sie, obwohl sie wusste, dass ich ihr Gesicht gar nicht gesehen hatte. Dann sah sie den Mann an, der aufgestanden war, und drückte seinen Bizeps. »Aber ich weiß, an wen ich mich halten muss, wenn es brenzlig wird.«

Sie grinsten sich flirtend an, und der Mann setzte sich wieder.

Ich trat den Rückzug an. Hinter mir grölte Bon Jovi sich immer noch die Kehle wund.

Ich suchte das ganze Lokal ab – unter den Tischen, hinter den Säulen, auf den Toiletten –, aber Crystal war nirgends zu finden. Sie war weg.

Oder sie war gar nicht da gewesen, versuchte ich mir einzureden. Genauso wenig wie auf dem Parkplatz hinter der Videothek, als ich Indy getroffen hatte. Genauso wenig wie sonst irgendwo, wenn man den Ärzten glaubte. Weil sie nicht wirklich existierte.

Es war gut, dass ich sie nicht fand, redete ich mir ein. Wäre sie da, hieße das, meine Macke wäre wieder da, und eigentlich fand ich mein Leben als NORMALER Mensch ganz gut. Normalität war besser als Crystal. Es musste so sein.

Ich kehrte an unserem Tisch zurück.

Baby starrte mich an.

Ich trank einen Schluck Cola. »Was hast du gerade gesagt?«

Baby starrte mich eine volle Minute an, ohne zu blinzeln. »Was zum verfluchten Henker war das denn, Solo?«

Ich versuchte es runterzuspielen. »Ich dachte nur, ich hätte jemanden gesehen.«

»Wen?«

»Es ist kompliziert.«

Baby gefiel die Antwort nicht. »Langsam habe ich den Eindruck, *du* bist kompliziert.«

So gern ich widersprochen hätte, ich konnte nicht. Und sosehr ich mir wünschte, es wäre anders, hatte ich das dumpfe Gefühl, ich hatte mir gerade die Tabula rasa versaut.

Baby und ich beendeten unsere Mahlzeit schweigend, und auf der Heimfahrt sang ununterbrochen Michael Stipe. Ich überlegte fieberhaft, wie ich Baby mein Verhalten erklären sollte, ohne ihr von meiner Macke erzählen zu müssen.

»Tut mir leid, dass ich so komisch war«, sagte ich, als Baby vor unserem Haus stehen blieb. »Ich habe zwar keine schmutzige Vergangenheit, aber es kam ein Mädchen darin vor. Es gibt sie nicht mehr, und das macht mir manchmal zu schaffen.«

Sie stellte das Radio aus. »Ich habe das Gefühl, deine Geschichte hat ein paar Lücken.«

Ich starrte sie an. Ich wusste nicht, was ich sagen sollte.

»Und? Willst du mir nicht erzählen, was passiert ist?«

»Nein«, sagte ich tonlos. »Will ich nicht.«

Baby zog die Brauen hoch. Damit hatte sie offenbar nicht gerechnet. »Im Ernst, Solo? Du weißt verdammt viel persönlichen Scheiß von mir, und ich weiß einen Furz über dich. Das ist nicht fair. Wie wollen wir Freunde sein, wenn ich nichts über dich weiß?«

Ich hatte nichts zu meiner Verteidigung zu sagen. Ich verstand, dass sie sauer war. Aber was sie nicht wissen konnte, war, dass meine Macke nicht irgendein herkömmliches Geheimnis war. Wenn Baby die Wahrheit wüsste, würde sie wahrscheinlich überhaupt nicht mehr mit mir reden. Denn es gibt Arten von irre, mit denen NORMALE Menschen nichts zu tun haben wollen, und meine Macke war Lichtjahre darüber hinaus.

Ich war endlich NORMAL. Ich probierte das Leben aus, und ich war gar nicht schlecht darin. Neun Jahre lang war ich durch den Sumpf des Schlimmen gewatet, und jetzt hatte ich es endlich hinter mir gelassen. Ich war der Doogie Howser des Videoverleihs, verdammt noch mal. Keiner wusste von meiner Macke, und so sollte es auch bleiben.

»Ich habe nichts zu sagen.«

Baby drückte auf den Knopf an ihrer Tür, der meine Tür entriegelte.

»Ich auch nicht.« Sie nickte zum Haus. »Geh und schluck deine Eisentabletten, Solo.«

Ich stieg aus und ging die Einfahrt hoch. Als ich die Haustür erreichte, war Baby schon weg.

KAPITEL 9

Als meine Eltern von meiner Beförderung erfuhren, waren sie ganz aus dem Häuschen. Ich glaube wirklich, mein Vater hatte Tränen in den Augen. Mom sagte so was wie: »Ich wusste, dass er es kann!«, was ich ihr zwar nicht abnahm, aber egal. Sie waren glücklich, und ich war glücklich, dass sie glücklich waren, und fast hätten wir Lagerfeuerlieder angestimmt. Auch mein Therapeut war glücklich und gab sein Okay für ein paar Wochen ohne ihn, solange ich mich mit meiner Verantwortung vertraut machte. Er warnte mich gleichzeitig, mich nicht von der »Arbeitswelt« verschlingen zu lassen und weiter auf meine geistige Gesundheit zu achten. Auf dem Weg hinaus sah ich das Hätte-sein-können-Poster an und lächelte.

Und so war zum ersten Mal seit langer Zeit alles dufte zu Hause, und ich muss sagen, es fühlte sich verdammt gut an.

Wie sich zeigte, hatten meine Mitarbeiter ihre gerechte Empörung über meine Beförderung auch bald verdaut (bis auf Baby, aber dazu später), vor allem, weil sie merkten, dass ich als Vorgesetzter ein ganz anständiger Typ war. Wie Scarlet vorausgesagt hatte, veränderte sich bei ROYO Video nicht viel. Ich meine, das ganze Kistenschleppen, das ich sowieso schon getan hatte, gehörte jetzt offiziell zu meinen *Aufgaben*, aber das war in Ordnung für mich. Wie ihr wisst, war ich froh, wenn ich beschäftigt war.

Außerdem machte es mir Spaß, Leute für meinen alten Job zu interviewen, was Scarlet und ich in der folgenden Woche taten.

Es erinnerte mich an die psychologischen Evaluationsgespräche, nur mit vertauschten Rollen. Wahrscheinlich wollen Arbeitgeber beim Vorstellungsgespräch auch nur wissen, wie hoch die Wahrscheinlichkeit ist, dass ein Bewerber das Gebäude in die Luft sprengt. Mit solchen Gesprächen kannte ich mich aus, und ich fühlte mich der Aufgabe gewachsen, die tauben Nüsse auszusortieren.

Zum Glück bewarben sich keine offensichtlichen Psychopathen für den Job, und Scarlet und ich schränkten die Auswahl auf drei junge Hoffnungsträger ein, die alle NORMAL schienen.

Am Ende machte ein Typ namens Andres das Rennen, der Maverick genannt werden wollte – Tom Cruises Rolle in *Top Gun,* für die Quizspieler unter euch. Er hatte sogar schon bei Blockbuster gearbeitet, ein klarer Vorteil vor den beiden anderen, die keinerlei Videothekenerfahrung vorwiesen. Doch ehrlich gesagt war klar, was Scarlet am meisten an ihm überzeugte: Maverick war groß, braun gebrannt und durchtrainiert wie ein J.-Crew-Model.

Scarlet leitete das Gespräch. »Warum hast du deinen letzten Videothekenjob gekündigt?«

»Ich habe dort gearbeitet, wenn ich im Sommer bei meiner Großmutter in Puerto Rico war«, antwortete Maverick in spe.

Sie notierte etwas auf seiner Bewerbung. »Ich wusste gar nicht, dass sie in Mexiko Blockbuster haben!«

Maverick sah von Scarlet zu mir, und um ihn wissen zu lassen, dass zumindest einer seiner zukünftigen Vorgesetzten nicht auf den Kopf gefallen war, bemerkte ich: »Puerto Rico ist nicht in Mexiko, Scarlet.«

Aber sie ließ sich von der Berichtigung nicht aus der Fassung bringen. »Ach so, das heißt, du sprichst gar nicht Mexikanisch? Manchmal haben wir mexikanische Kunden, und es wäre nicht schlecht, wenn sie sich mit jemanden verständigen könnten.«

»Eres pendeja«, antwortete er lächelnd. »Das heißt: Ja, ich spreche Mexikanisch.«

Ich wusste, dass es das nicht wirklich hieß. Aber ich hatte das Gefühl, Maverick würde sehr gut ins ROYO-Video-Team passen. Vor allem zu Baby.

Ich bat Baby, ihn einzuweisen, so wie sie es bei mir getan hatte, woran ich sie wahrscheinlich besser nicht erinnert hätte.

»Warum? Damit er in einer Woche auch mein Boss ist?«, gab sie zurück. »Wieso sollte ich je wieder jemanden einweisen, Solo?«

Im Prinzip hatte sie recht, aber ich ging nicht darauf ein.

»Willst du nicht, dass deine zukünftigen Vorgesetzten gut ausgebildet sind?«, antwortete ich stattdessen, und lasst mich sagen, Baby fand meinen Witz nicht komisch.

Seit dem Tag im Headlights fand Baby offenbar gar nichts mehr komisch, was ich sagte. Sie fing an, mich zu behandeln wie alle anderen, und bis dahin war mir nicht klar gewesen, wie anders das war.

Baby lieh keine Videos mehr für uns, um danach darüber zu sprechen. Wir redeten sowieso kaum noch miteinander. Nach dem Headlights war Baby schweigsam geworden. Introvertiert (um einen Therapiebegriff zu benutzen). Sie kam zur Arbeit, arbeitete und ging. Ansonsten sah und hörte ich nichts von ihr.

Na ja, dass ich nichts von ihr hörte, stimmt nicht ganz. Eine Sache hörte ich sehr laut.

Im Oktober am Zahltag kamen alle vorbei, um ihre Schecks abzuholen. Allerdings enthielt der Umschlag diesmal außer dem Scheck auch eine Mitteilung zu dem Halloween-Fest, das die Handelskammer von Royal Oak am Samstag vor Halloween im Stadtzentrum veranstaltete und an dem wir uns beteiligen sollten.

»Müssen wir verkleidet kommen?«, fragte Hannibal.

»Ja. Auf jeden Fall«, sagte Scarlet ein wenig zu aufgeregt. »Wir verkleiden uns alle als die Figuren, deren Namen wir tragen. Meine Eltern sind überzeugt, dass die Kunden die Idee *lieben* werden.«

Hannibal sah sie skeptisch an. »Deine Eltern wollen, dass ich als Serienkiller, der seine Opfer auffrisst, zur Arbeit komme?«

»Na ja, ist doch Halloween«, gab Scarlet zurück. »Das wird bestimmt lustig!«

»Ich bin einverstanden«, sagte der Pate, wahrscheinlich nur, weil sie sowieso jeden Tag wie ein Gangster aussah und sich null Mühe mit ihrem Kostüm geben musste.

»Du meinst, ich habe nur eine Woche, um mir ein Mary-Poppins-Kostüm auszudenken?«, seufzte Poppins, aber sie war offensichtlich Feuer und Flamme. »Das wird interessant.«

Dirty Harry war weniger begeistert. »Wenn Mom will, dass ich das mache, muss sie mir ein Bigfoot-Kostüm nähen. Ansonsten vergiss es.«

»Wofür brauchst du ein Bigfoot-Kostüm?«, fragte Hannibal und nahm mir die Worte aus dem Mund.

»Hast du nicht *Bigfoot und die Hendersons* gesehen?«, sagte Dirty verächtlich. »Bigfoot ist Harry.«

»Ich habe *Bigfoot und die Hendersons* gesehen. Aber ich habe auch *Dirty Harry* gesehen«, erklärte Hannibal langsam. »Eine Figur namens ›Dirty Harry‹ kommt nur in einem von beiden vor, mein Freund. Und der hat nichts mit Bigfoot zu tun.«

»Dirty Harry ist ein knallharter Cop aus den Siebzigern«, bestätigte Maverick, der nach einer Woche längst mitgekriegt hatte, was für eine Niete Scarlets kleiner Bruder war. »Das weiß echt jeder.«

»Stimmt doch gar nicht«, widersprach Dirty.

»Doch«, sagten Poppins, der Pate und ich im Chor.

»Na und? Interessiert doch keinen«, gab Dirty zurück. »Hauptsache, Mom macht mir ein Scheiß-Bigfoot-Kostüm.«

»O Gott, du bist so ein Blödmann«, murmelte Scarlet.

»Als hättest du gewusst, wer Dirty Harry ist«, entgegnete er. »Und tu nicht so, als wäre der ganze Kostüm-Scheiß nicht deine Idee. Ich hab gehört, wie du Mom angebettelt hast, weil du unbedingt den nuttigen Fetzen anziehen willst, den du im Halloween-Store in der Mall gekauft hast.«

Scarlet tötete ihren Bruder mit Blicken, womit ziemlich klar war, dass er die Wahrheit sagte. »Halt die Klappe, Scott. Wir machen es so, und damit basta!«

Also akzeptierten wir unseren Halloween-Kostümzwang, und alle gingen zurück an die Arbeit oder ihrer Wege, während Dirty wahrscheinlich nach Hause lief, um sich bei seiner Mami auszuheulen.

Nur Baby ließ sich auf einen Kampf ein. »Das ist total scheiße und lächerlich. Ich mache nicht mit.«

Scarlet ignorierte sie und wandte sich zum Gehen. »Doch, machst du.«

Baby versperrte ihr den Weg. »Mich an Halloween zu verkleiden ist gegen meine Religion.«

Scarlet verschränkte die Arme vor der Brust. »Red keinen Stuss, Baby. Du hast gar keine Religion.«

»Das weißt du nicht.«

»Schön. Welche Religion hast du?«, fragte Scarlet.

»Darauf muss ich nicht antworten«, gab Baby zurück. »Die Frage ist illegal.«

»Ist sie nicht.«

»Hast du schon mal vom Civil Rights Act von 1964 gehört?«, fragte Baby, wohl wissend, dass Scarlet keine Ahnung hatte. »Ich könnte dich wegen der Frage verklagen.«

Scarlet verdrehte die Augen, dann sah sie mich an. »Kümmer du dich darum, Solo.«

Ich sah Baby an und dann Scarlet. »Wie?«

»Du bist auch ihr Vorgesetzter«, erinnerte sie mich. »Sag ihr, sie muss anziehen, was wir ihr vorschreiben.«

Baby riss die Augen auf. Ich auch.

»Ich glaube echt nicht, dass wir ihr das vorschreiben können«, sagte ich leise. »Ich glaube, Baby hat recht, es ist illegal.«

Scarlet sah mich unschuldig an. »Du bist auf ihrer Seite?« Dann lehnte sie sich vor und flüsterte mir ins Ohr. »Komm schon, Solo. Es bedeutet mir echt viel.«

Habe ich schon mal erwähnt, wie fantastisch Scarlet roch? Ich meine, habe ich bestimmt, aber ich kann es ruhig noch mal sagen. Und habe ich erwähnt, dass Scarlet heute einen Faltenrock trug? Wie der Rock einer katholischen Schuluniform, nur viel, viel kürzer?

Ich sah Scarlet an und dann Baby.

Am Ende sagte ich (und ich verstehe, wenn ihr mich dafür hasst): »Ach komm, Baby. Was ist so schlimm daran?«

Ihr Blick sagte: »Judas!«, und ihr Mund sagte: »Schert euch beide zum Teufel.« Dann drehte sie sich auf dem Absatz um und stürmte davon.

Scarlet hüpfte triumphierend auf der Stelle. »Es wird so lustig!«

»Ehrlich gesagt finde ich, Baby hat recht«, widersprach ich, viel zu spät, um bei Baby zu punkten. »Ich habe auch keine Lust, mich zu verkleiden.«

»Es wird toll, verlass dich drauf! Ich bin so gespannt, wie scharf du als Hans Solo aussiehst.« Sie zwinkerte mir zu. »Und ich glaube, dir wird mein Kostüm auch gefallen.«

Mir fiel ein, wie Baby die Scarlett auf dem *Vom-Winde-verweht-*Plakat beschrieben hatte.

»Na ja, wenn es gut fürs Geschäft ist …«

Scarlet strahlte mich an, dann machte sie sich auf den Weg. »Es wird ein unvergesslicher Tag. Verlass dich drauf.«

KAPITEL 10

Unser Keller war ein unverputztes Gewölbe, und das einzige Licht war der schwache Schein nackter Glühbirnen. Er war immer kalt und feucht und wimmelte von Tausendfüßlern. Doch der Grund, warum ich unseren Keller um jeden Preis mied, war ein anderer. Ich hielt mich fern, weil dort unten die Erinnerungsstücke an das Leben vor dem Schlimmen lagerten, und es war natürlich hart, daran zu denken.

Aber im Keller lagerten auch noch andere Dinge. Das alte Zeug meiner Eltern war schon in Virginia auf dem Dachboden verstaubt, und wir hatten den Kram nach Michigan geschleppt, ohne die Kartons je auszupacken. Ich meine Sachen wie Highschool-Jahrbücher, alte Klamotten und Schallplatten – Zeug, das irgendwann auf einem Garagenflohmarkt landete. Und Zeug, aus dem ich mir ein Han-Solo-Kostüm für Halloween basteln konnte, wie ich hoffte.

Han Solos Kleidung war weder schick noch kompliziert. Hosen, Jacken, Westen, alles in völlig normalen Männerfarben. Wenn die Macht mit mir war, würde ich hier unten alles finden, was ich brauchte, und wäre im Nullkommanichts wieder oben.

Ich mied die Kartons, auf denen BAT stand, und ging stattdessen die Polyesterhemden, Trompetenhosen und einen unsäglichen Rüschenkummerbund durch (ehrlich, Dad?), die sich in den Kartons mit der Aufschrift CRAIGS KLEIDUNG befanden. Ich förderte eine alte Anglerweste, dunkelblaue Hosen und ein cremefarbenes Hemd mit Schmetterlingskragen zutage, und damit war mein Kostüm eigentlich komplett.

Als ich die restlichen Klamotten zurück in die Kartons legte, fiel mein Blick auf einen Stapel Kisten in der Ecke, die die Aufschrift SPIELZEUG trugen.

Plötzlich fiel mir mein Blaster ein.

In Virginia hatten wir einen lizenzierten Original-*Star-Wars*-Blaster gehabt. Ich sah ihn noch genau vor mir – schwarzes Hartplastik mit einem gelben bohrerartigen Drehmechanismus im Inneren. Von allen meinen Spielsachen hatte ich den Blaster am meisten geliebt. Ich hatte keine Ahnung, ob wir ihn noch hatten, aber falls ja, war er das perfekte Zubehör für mein Han-Solo-Kostüm.

Ich öffnete den Deckel der ersten Kiste und begann mit der Suche.

Aber sie enthielt nur Masters-of-the-Universe-Actionfiguren und das Brettspiel Fireball Island. Die zweite Kiste war voll mit G. I. Joes und Transformers. Ich widerstand dem Impuls, in nostalgischen Erinnerungen zu schwelgen, weil ich wusste, dass sonst auch die anderen Erinnerungen hochkamen. Außerdem war mir eiskalt, und ich war schon auf vier Tausendfüßler getreten.

Die Hoffnung auf meinen Blaster schwand, bis ich zur letzten SPIELZEUG-Kiste kam. Es war nicht sehr wahrscheinlich, dass meine Mutter irgendwas, das mit *Star Wars* zu tun hatte, aufgehoben hätte (mehr dazu später), also war ich nicht überrascht, dass lauter anderes Zeug in der Kiste war. Nur was für Zeug es war, überraschte mich.

Puppen. Handtaschen. Ein Puppenservice aus Porzellan. Wonder-Woman-Poster.

Ich konnte mich an nichts davon erinnern.

Ich sah noch einmal hinein. Das Spielzeug konnte nicht von meiner Mutter stammen, denn die Puppen wirkten zwar alt, aber nicht so uralt wie Mom. Die Handtaschen waren vielleicht ihre, aber sicher war ich mir nicht.

Es war seltsam. Soweit ich sah, stand die Kiste wie die anderen seit Virginia ungeöffnet im Keller herum. Die einzigen Cousinen, die ich hatte, waren erst später zur Welt gekommen, von ihnen konnten die Sachen auch nicht sein. Ich war verwirrt.

Bis es mir klar wurde.

Crystal.

Es waren Crystals Sachen.

Es war logisch, und auch nicht. Ich meine, wem hätten die Sachen sonst gehören sollen? Andererseits – alles, was Crystal besaß, hatte ich für sie gekauft, und die Dinge hier hatte ich ganz sicher noch nie gesehen.

Dann fiel mir der Schuhkarton ein.

Auch er war eines Tages einfach aufgetaucht. Ich hatte nichts damit zu tun gehabt.

Vielleicht passierte es jetzt wieder.

Etwa ein halbes Jahr, nachdem Crystal in Michigan aufgetaucht war, ging Mom in mein Zimmer und entdeckte Crystals Schublade in meinem Wandschrank.

Ich war kaum nach der Schule durch die Tür gekommen, als sie explodierte.

»Was zum Teufel ist das, Joel?«, wollte sie wissen, bevor ich die Hand von der Klinke nehmen konnte. Sie hielt Crystals grünes Kleid hoch. Und sie weinte.

Ich war völlig überrumpelt. »Warst du in meinem Schrank?«

»Ja, das war ich«, sagte Mom. »Und ich habe auch deinen Schmuck und deine Schminke gefunden.« Sie zog an ihrer Zigarette und wischte sich mit dem Handrücken eine Träne ab. »Darauf stehst du also? Das treibst du, wenn du allein in deinem Zimmer bist?«

Der Ton meiner Mutter alarmierte mich, auch wenn ich nicht begriff, warum sie sich so aufregte. »Wie meinst du das?«

»Du trägst heimlich Kleider«, schrie sie. »Du tust so, als wärst du ein Mädchen.«

Der Vorwurf war so absurd, dass ich lachen musste. »Nein. Warum sollte ich?«

»Hör auf zu lügen!«, schrie meine Mutter und warf mir das Kleid entgegen. Ich ließ den Rucksack fallen und fing es auf. »Sag mir die Wahrheit! Ich verbiete dir, mich anzulügen!«

»Mann, Mom! Ich ziehe keine Mädchenkleider an. Beruhig dich!« Langsam verwandelte sich meine Verwirrung in Wut. »Warum schnüffelst du überhaupt in meinen Sachen rum?«

»Dann sind es also *deine* Sachen?«

»Nein, aber sie waren in *meinem* Zimmer.«

»Lüg mich nicht an, Joel! Ich weiß, was du tust! Ich weiß, dass du dir heimlich die Fingernägel lackierst! Dein Dad hat gesagt, ich soll dich in Ruhe lassen. Das wäre bloß eine Phase. Du würdest nur versuchen, alles zu verarbeiten. Aber ich sehe, was hier passiert. Du bist krank, Joel! Bei dir stimmt etwas nicht! Etwas tief in dir drin ist ernsthaft gestört!« Sie brach in heftiges Schluchzen aus.

Ich war geschockt. Ich konnte nicht glauben, was sie da sagte. Ich dachte, Mütter dürften so etwas überhaupt nicht zu ihren Kindern sagen.

»Ich bin nicht gestört!«, schrie ich zurück. »Ich bin ganz normal! Ich schwöre es, Mom!«

»Normale Jungs verstecken keine Schminke und Schmuck in ihrem Schrank, Joel!«, brüllte sie. »Normale Jungs verstecken verdammte Damenwäschekataloge!«

Heiße Tränen schossen mir in die Augen. »Hör auf«, knurrte ich. »Lass mich einfach nur in Ruhe!« Ich nahm Crystals Kleid und stürmte aus dem Haus, setzte mich aufs Fahrrad und fuhr so schnell davon, wie ich konnte.

Ich war so wütend. So wütend wie noch nie zuvor in meinem Leben.

Ich fuhr schnell und weit. So weit, dass ich, als ich viel später stehen blieb, nicht wusste, wo ich war.

Ich war in irgendeinem Park, wo es einen Spielplatz und Bänke gab und eine Brücke über einen Teich. Ich warf das Rad hin und lief zum Wasser.

Ich glaube, es war April. Noch ziemlich kalt jedenfalls. Nach dem längsten Winter meines Lebens taute die Welt gerade erst auf. Der Spielplatz war leer, und ich war allein.

Am Ufer des Sees sank ich in den Matsch ein. Bei jedem Schritt lief Wasser in meine Schuhe.

»Du bist so ein Arsch, Mom«, schimpfte ich vor mich hin. »Du bist gestört, nicht ich.« Ich nahm einen Stein und warf ihn wütend ins Wasser.

Und noch einen. Und noch einen.

Als ich fertig war, hatte ich wahrscheinlich fünfzig Steine ins Wasser geworfen. Und ich hätte noch fünfzig hinterhergeworfen, wenn ich nicht draußen auf dem Wasser irgendwas hätte planschen sehen.

Es war nicht weit bis zur Brücke, und ich lief hinauf, um besser sehen zu können.

Das Geplansche hörte auf, aber es sah aus, als würde etwas an der Oberfläche treiben. Erst dachte ich, es wäre Seetang. Oder Algen, falls es da einen Unterschied gibt. Aber bei näherem Hinsehen schien es sich zu bewegen.

War es ... Haar?

Ich starrte ins Wasser, und plötzlich blickte aus der Tiefe Crystals Gesicht empor.

Ihre Augen waren offen, und aus einem Nasenloch stieg eine Kette feiner Luftblasen empor. Crystal strampelte, als hätte sie sich irgendwo verfangen und schaffte es nicht, an die Oberfläche zu kommen.

»Hey!«, rief ich mit klopfendem Herzen. »Hey! Ich sehe dich!«

Ich ließ die Steine fallen und hämmerte auf das Brückengeländer, damit sie heraufsah. »Crystal, ich komme! Halte durch!«

Dann zog ich Jacke und Schuhe aus und sprang mit den Füßen voran von der Brücke.

Das Wasser war eiskalt, und mein ganzer Körper verkrampfte sich. Mein Sprung wirbelte Schlamm auf, und im trüben Wasser konnte ich kaum etwas sehen. Meine Augen brannten beim Versuch, Crystal auszumachen, aber ich hielt sie offen. Ich musste sie finden.

Die Minuten, die ohne ein Zeichen von ihr vergingen, fühlten sich wie Stunden an, und erst, als ich endlich auftauchte, um Luft zu schnappen, erhaschte ich einen verschwommenen Blick auf sie – allerdings nicht im Wasser, sondern auf der Brücke, wo sie knochentrocken in ihrem grünen Kleid saß und die Beine baumeln ließ.

Ich war so erleichtert, dass ich heulen musste.

Erschöpft kämpfte ich mich zum Ufer und lief zitternd und schluchzend auf die Brücke.

»Was ist passiert, Joel?«, begrüßte mich Crystal besorgt, als ich mich klitschnass zu ihr setzte.

Es dauerte lange, bis ich wieder Luft bekam. »Ich dachte, du ertrinkst«, keuchte ich. »Ich hatte solche Angst!«

Sie berührte mein Gesicht. »Ich bin hier, Joel.«

»Ich dachte, ich sehe dich nie wieder!« Ich schluchzte so heftig, dass ich nicht wusste, ob sie mich verstand, aber sie nickte.

»Tut mir leid, dass du Angst hattest. Danke, dass du mir helfen wolltest, Joel.« Sie nahm mich in den Arm und drückte mich. Dann rieb sie in kleinen Kreisen über meinen Daumennagel und flüsterte: »Muschelkalk.«

So beruhigte sie mich.

»Mom hat deine Sachen gefunden«, sagte ich. »Sie ist völlig durchgedreht.«

Crystal starrte ins Wasser und nickte. »Hast du ihr gesagt, dass es meine sind?«

»Natürlich nicht«, schnaubte ich. »Aber ich glaube nicht, dass sie sie zurückgibt.«

»Macht nichts.« Sie lächelte. »Mein Kleid habe ich ja noch.«

Ich versuchte zurückzulächeln, aber meine Zähne klapperten.

Crystal stand auf. »Du musst jetzt nach Hause, Joel. Ich weiß, dass du wahrscheinlich keine Lust hast, aber sonst wird alles nur noch schlimmer.«

»Was soll ich Mom erzählen?«, fragte ich. »Sie glaubt mir nicht, dass die Schminke und der Schmuck nicht mir gehören, obwohl es stimmt.«

Crystal kaute nachdenklich auf ihrer Unterlippe. »Es überrascht mich nicht.« Sie sah weg. »Wenn die Wahrheit zu schwer zu verdauen ist, glauben die Menschen manchmal lieber eine Lüge.«

»Was soll ich denn sagen? Dass ich die Sachen für sie gekauft habe? Dass es eine Überraschung sein sollte, und sie hat sie ruiniert?«, fragte ich. »Dann hat sie vielleicht ein schlechtes Gewissen. Das würde ihr recht geschehen.«

»Sag einfach, was nötig ist, um dich zu schützen, Joel«, riet mir Crystal. Sie klang ziemlich traurig dabei.

Ich stand auf und umarmte sie lange.

Irgendwann schickte Crystal mich nach Hause, und ich setzte mich aufs Rad und trat den Rückweg an. Ich wusste zwar nicht mehr genau, wie ich hergekommen war, aber irgendwie würde ich schon zurückfinden.

Nach ein paar Minuten hielt ein Streifenwagen neben mir, und ein Polizist ließ das Fenster herunter.

»Bist du Joel Teague?«, fragte er mich.

Ich nickte.

Er zog die Handbremse und rückte sich die Mütze zurecht. »Ich fahre dich nach Hause, Junge. Deine Eltern machen sich schreckliche Sorgen um dich.«

Ich nahm die Kiste mit den Puppen und den anderen Sachen und trug sie die Straße hinunter zum Parkplatz eines Getränkemarkts. Der Müllcontainer dort war immer offen. Ich warf die Kiste hinein und ging wieder nach Hause.

KAPITEL 11

Am Samstag vor Halloween schloss ich den Laden auf.

Die offizielle Veranstaltung begann erst um zwei, deshalb hätte ich nicht schon morgens um neun als Han Solo verkleidet zur Arbeit kommen müssen, aber ich tat es.

Baby, die ebenfalls Frühschicht hatte, brachte ihr Kostüm in einer Tüte mit wie ein NORMALER Mensch. Sie hatte sich Locken gedreht und das Haar mit Klämmerchen festgesteckt, damit sie einigermaßen wie Jennifer Grey auf der Schachtel von *Dirty Dancing* aussah, aber abgesehen davon sah sie aus wie immer.

»Ich musste mir den beschissenen Film ansehen«, war der erste Satz, der an dem Morgen aus ihrem Mund kam. Sie stand hinter der Theke, riss Süßigkeitentüten für die Kinder später auf und leerte sie in eine riesige kürbisförmige Schüssel.

»Du hättest dir doch bloß die Schachtel ansehen müssen«, entgegnete ich, ein Tipp, der im Nachhinein zugegebenermaßen überflüssig war.

Baby sah mich böse an. »Das habe ich, Blödmann, aber ich hatte gehofft, im Film kämen irgendwelche Szenen mit Baby im Pyjama vor, damit ich eine Ausrede gehabt hätte, mich nicht zu verkleiden.«

»Und, gab es welche?«

»Nein«, murmelte sie. »Aber da war die Stelle, wo sie ohne nachvollziehbaren Grund eine gottverdammte Wassermelone durch die Gegend schleppt.« Sie verzog das Gesicht. »Ach, und eine verpfuschte Abtreibung kam auch darin vor. Du kannst dir vorstellen, wie toll das war.«

»Ernsthaft?«

»Ja, ernsthaft! Aber keine Angst, Boss. Ich habe den Film trotzdem gesehen. Ich wollte nicht gegen deine Anordnungen verstoßen.« Sie salutierte. »Um vierzehnhundert Uhr werde ich im Kostüm strammstehen.«

Ich kam mir wie ein Arschloch vor. »Ach komm«, seufzte ich. »Du weißt, dass es nicht so ist.«

»Es ist genau so«, zischte sie. »Ich sag dir was, Solo, es ist eine echte Enttäuschung, wie verdammt typisch du bist. Wenn du Boobs McGees Titten siehst, sabberst du wie jeder andere Typ auf der Welt. Ich hatte dich für was Besseres gehalten.« Die nächste Süßigkeitentüte riss sie mit solcher Kraft auf, dass die Bonbons durch die Luft flogen. »Du weißt bestimmt, dass du nur Schichtmanager geworden bist und ich nicht, weil du einen Schwanz hast, den sie kraulen kann, oder?«

Damit erwischte sie einen Nerv. »Na und? Was ist dabei, wenn ich ein typischer Typ bin? Ich finde es vollkommen okay, ein typischer Typ zu sein, Baby.« Tatsächlich war es das, wovon ich immer geträumt hatte.

Baby sah mich angewidert an. »Warum hast du mir diese Sache nicht ersparen können?« Sie fuhr sich durchs Haar, bis ihr einfiel, dass sie Locken hatte, und damit aufhörte. »Warum hast du mir nicht einfach geglaubt, dass ich einen guten Grund habe, mich nicht verkleiden zu wollen?«

»Ich weiß es nicht«, sagte ich. »Wahrscheinlich dachte ich, es wäre keine so große Sache.«

»Aber für mich ist es eine große Sache. Das hätte dir reichen müssen.«

Die Tür ging auf und schnitt unser Gespräch ab. Ein paar Kinder liefen zur Theke und stellten sich vor den Halloween-Aufsteller.

»Sie haben ihn, Mom!«, rief der Junge, schnappte sich die Nummer und hüpfte aufgeregt auf der Stelle. »Sie haben *Der große Kürbis* von Charlie Brown!«

»Guten Morgen!« Baby strahlte die Eltern an, als sie an der Theke vorbeikamen. »Willkommen bei ROYO Video! Melden Sie sich, wenn wir helfen können.«

»Danke«, sagte der Vater. Dann zeigte er auf mich. »Hey! Schickes Kostüm. Möge die Macht mit dir sein.«

Ich lächelte und antwortete aus irgendeinem Grund mit: »Und mit dir.«

Als sie außer Hörweite waren, wandte sich Baby wieder an mich. »Ich will nachher keine einzige Entschuldigung von dir hören. Denk daran. Denk daran, egal was passiert, *du* hättest es verhindern können, deshalb werden deine Scheißentschuldigungen nicht akzeptiert.« Sie drückte mir den Kürbis mit den Süßigkeiten in den Arm und stampfte davon.

Ich wusste nicht, was ihre Warnung zu bedeuten hatte, aber sie ging mir den ganzen Vormittag durch den Kopf. Es sah Baby nicht ähnlich, leere Drohungen auszusprechen, und warum auch immer man bereuen könnte, ein Mädchen zu zwingen, ein *Dirty-Dancing*-Kostüm zu tragen, ich rechnete damit, es Punkt 14 Uhr zu erfahren.

Voller Vorfreude auf Halloween kamen die Leute an diesem Samstag schon früh in die Innenstadt, und im Laden herrschte ständig Betrieb – zu viel Betrieb, um Baby zu sagen, dass ich längst bedauerte, mich auf Scarlets Seite geschlagen zu haben. Ja, ich hätte mich dafür einsetzen müssen, dass Baby eine Ausnahme machen durfte. Nein, sie musste mir ihren Grund dafür nicht nennen. Jetzt, da ich Scarlets Minirock nicht mehr vor der Nase hatte, war mir klar, wie bescheuert ich mich verhalten hatte. Ich wollte es wiedergutmachen.

»Du siehst gut aus, mein Freund«, begrüßte mich Hannibal, als sein Dienst anfing.

Ich sah von der Kasse auf. »Danke.« Ich wollte ihm das Kompliment zurückgeben, aber es blieb mir im Hals stecken. Er trug einen orangen Gefängnisoverall und eine abgesägte Hockeymaske, die aussehen sollte wie der Bissschutz von Hannibal Lecter. »Du siehst gruselig aus.«

»Mission erfolgreich«, antwortete er.

Ein paar Minuten später kam Poppins in einer weißen Bluse mit roter Schleife. An ihrem Bowler-Hut steckte eine Feder, und sie hatte einen Schirm dabei.

»Sehe ich nicht in jeder Hinsicht praktisch perfekt aus?«, flötete sie.

»Absolut«, antwortete ich. »Praktisch.«

Minuten später kamen Maverick und der Pate durch den Flur, die sich beide ebenfalls Mühe mit ihren Kostümen gegeben hatten. Das heißt, der Pate war zwar nicht anders angezogen als sonst, aber sie trug eine Fliege dazu und hatte sich eine rote Rose ins Knopfloch gesteckt. Ihr Haar war zurückgegelt und zu einem Knoten frisiert wie bei Lilith aus *Frasier*, noch so eine Frau, vor der ich Angst hatte. Maverick trug eine ziemlich akkurate Bomberjacke samt Airforce-Aufnähern. Aber eigentlich sah er sowieso wie ein Filmstar aus und konnte sich wie Tom Cruise anziehen, ohne dabei ironisch zu wirken.

Kurz nach allen anderen kehrte Baby aus ihrer Pause zurück und verzog sich gleich wieder, um sich in Schale zu werfen. Ich erwischte sie allein auf dem Flur.

»Hey, Baby. Ich habe nachgedacht … Geh einfach nach Hause und sag, du wärst krank.«

Sie verschränkte die Arme vor der Brust. »Warum sollte ich?«

»Dann musst du dich nicht verkleiden. Und Scarlet lässt dich in Ruhe, weil ich ihr sage, du hattest dein Kostüm dabei und wolltest es auch anziehen, aber dann musstest du dich übergeben, und ich habe dich heimgeschickt.«

Der Vorschlag schien sie leicht zu amüsieren. »Aha ... Es ist also okay, Scarlet anzulügen, um mich da rauszuboxen, aber es ist nicht okay, wenn ich vollkommen legitime persönliche Gründe habe, nicht mitzumachen?«

»In diesem Fall, in diesem Moment, ja«, sagte ich. »Ich versuche dir nur einen Ausweg zu bieten, Baby.« Ich sah auf ihre Schuhe. Es waren Converse. Grün. »Nimm ihn einfach, okay?«

Sie wartete eine Minute, bevor sie sagte: »Okay.«

»Okay?«

»Ja. Okay.«

Ich seufzte erleichtert. »Verstehen wir uns wieder?«

»Ja, Solo. Wir verstehen uns wieder.« Baby presste ein nichthalbmondförmiges Lächeln ohne spitze Winkel heraus und verschwand in der Kammer.

Nachdem das Problem gelöst war, fühlte ich mich besser und kehrte an die Arbeit zurück.

Langsam trudelten Kinder in Kostümen im Laden ein, und Poppins stand am Eingang und verteilte Bonbons und Lutscher.

»Stellt euch ordentlich in die Reihe! Hopp, hopp!«, flötete sie mit britischem Akzent, als ich meinen Platz an der Kasse einnahm. »Und achtet auf eure Manieren. Wir sind keine Dorsche!«

Baseballspieler, Feen, Feuerwehrleute und Monster stellten sich in einer Schlange an und hielten ihre Tüten und Kissenbezüge auf, um ihre Beute in Empfang zu nehmen.

Mit der zusätzlichen Laufkundschaft flogen die Filme nur so von den Regalen, sodass ich nicht viel mit dem Halloween-Trubel zu tun hatte. Auch wenn ich zugeben muss, dass ich mich über den Anblick der verkleideten Kinder freute. Seit wir aus Virginia weggezogen waren, hatte ich nicht mehr Halloween gefeiert. In Michigan hatte ich keinen, der mit mir loszog, und Süßigkeiten sammeln will man als Kind nicht allein.

Ich bediente mehrere Kunden auf Autopilot – scannte Mitgliedskarten, nahm die Filme aus dem Regal, kassierte Gebühren –, bis auf dem Bildschirm ein Name auftauchte, der mich stutzen ließ.

»Jana Schwartz«, las ich vor. »Sind Sie die Frau von Marc Schwartz?«

»Ja«, bestätigte sie und reichte mir eine Nummer. »Aber ich zahle seine Säumniszuschläge nicht mehr. Er darf nämlich nicht mehr über mein Konto ausleihen.«

»Nein, müssen Sie nicht«, sagte ich und ging zum Regal, um ihren Film herauszusuchen. »Tut er nicht.«

Ich wusste nicht, ob Dr. Schwartz seiner Frau von mir erzählt hatte, aber die Möglichkeit bestand. Nicht, dass ich mich für so besonders hielt, dass *alle* über mich sprachen Aber wenn ich der Arzt gewesen wäre, der sich um mich kümmern musste, nachdem meine Anstaltsgeliebte versucht hatte, sich mit Meister Proper umzubringen, hätte ich es meiner Frau bestimmt erzählt. Und wenn ich ihm Jahre später in meiner Videothek an der Kasse wiederbegegnet wäre, hätte ich ihr auch davon berichtet, als Follow-up, wie bei *Was macht eigentlich …?*

Nur für den Fall, dass Jana Bescheid wusste, beschloss ich, mich besonders NORMAL zu verhalten.

»Da ist er … *Lügen haben lange Beine.*« Ich scannte den Strichcode der Videokassette. »Eigentlich sind in diesen Tagen ja eher gruselige Film angesagt, keine romantischen Komödien.«

Na ja, vielleicht war das nicht besonders NORMAL, aber ich fand, ich hatte wenigstens Punkte für den Versuch verdient.

Sie grinste. »Stimmt. Aber mir war heute nach was Lustigem. Wobei es hier auch ziemlich lustig ist«, sagte sie, als sie sich umsah.

»Ja, oder?« Ich nickte und versuchte, lässig auszusehen. »Voll cool, der Vibe hier.«

»Finde ich auch«, stimmte sie zu, und ich beschloss: Falls sie irgendwas über mich wusste, war sie gut darin, es zu verbergen.

»Schau mal, die Kleine da hinten, die als Kürbis verkleidet ist?« Sie zeigte zur Tür.

Ich sah nur einen orangen Zipfel hinter dem Regal verschwinden. »Ja. Ist das Ihre?«

»Oh, nein«, sagte Jana schnell. »Das Kostüm war nur so süß. Ich habe keine Kinder.«

»Entschuldigen Sie.« Ich war einfach davon ausgegangen, dass sie Mutter war. Alle erwachsenen Frauen, die ich kannte, waren Mütter.

»Kein Problem. Das konntest du ja nicht wissen.«

»Was wissen?«, fragte ich.

»Schon gut.« Sie nahm die Videokassette. »Danke. Und schickes Kostüm. Sehr witzig, dass ihr euch als ihr selbst verkleidet habt.«

»Danke«, sagte ich und beschloss, es mit dem Coolsein sein zu lassen. Je mehr ich mich anstrengte, NORMAL zu sein, desto seltsamer benahm ich mich offenbar. »Bringen Sie ihn bis morgen um sieben zurück – ich weiß, dass Sie nicht gern Strafe zahlen.«

Jana nickte und ging.

Weil es sinnlos war, die Nummern in den Regalen zu verteilen, solange die Kinder die Gänge verstopften, rief ich den Paten zur Kasse, um mich abzulösen. Ich wollte mit Scarlet sprechen, bevor sie merkte, dass Baby gegangen war, aber ich hatte sie noch nicht im Laden gesehen. Ich ging nach hinten ins Büro, um nachzusehen, ob sie dort war.

Keine Spur von Scarlet. Stattdessen schnappte ich mir noch ein paar Süßigkeitentüten, um Poppins' Eimer nachzufüllen, und machte mich wieder auf den Weg nach vorn.

In diesem Moment lief ich Scarlet auf dem Flur in die Arme. Buchstäblich.

»Tut mir leid!«, entschuldigte ich mich automatisch, als ich einen Schritt zurücktrat. Ich hatte die Person, mit der ich kollidiert war, nicht gleich erkannt, weil Scarlet eine Perücke trug.

Und Reizwäsche.

Ich weiß nicht genau, wie ich sonst beschreiben soll, was Scarlet anhatte, aber ich bin mir ziemlich sicher, dass es nichts mit irgendeinem Originalkostüm aus *Vom Winde verweht* zu tun hatte, es sei denn *Vom Winde verweht* war ein gut getarnter Bürgerkriegs-Porno.

Auf dem Kopf trug sie einen weichen grünweißen Hut, der mit einer Schleife unter ihrem Kinn zugebunden war. Die Perücke war dunkelbraun und lockig. Was Mode angeht, ist mein Wortschatz beschränkt, also sage ich es einfach so: Was Scarlet vom Hals abwärts trug, entsprach »meinen wildesten Fantasien«. Ihr Outfit war eine Kreuzung aus einem Badeanzug und den Dingern, die Ballerinas anhaben. Dazu weiße Strümpfe (was das ist, weiß ich), die bis zu den Oberschenkeln gingen und durch eine Art Gürtel mit dem Rest der Wäsche befestigt waren. Außerdem trug sie Stöckelschuhe – extrem hohe, in denen sie größer war als ich. Zusammengefasst sah Scarlet aus wie eine überdimensionierte Sex-Sahneschnitte, und das ist die beste Torte, die es gibt.

Sie fand das Gleichgewicht wieder, indem sie sich an meinem Bizeps festhielt (ich weiß, ich hätte auch einfach Arm schreiben können, aber gönnt es mir an dieser Stelle).

»Hey, Solo. Sieh dich an!«, sagte sie und stemmte die Hand in die Hüfte, wodurch klar wurde, dass sie eigentlich meinte: »Sieh *mich* an!«

Und ich sah sie an, das könnt ihr mir glauben.

»Wie sind die Kostüme der anderen?«, fragte sie und spähte an mir vorbei.

Anders als deins, wollte ich sagen, aber ich stammelte nur: »Gut.«

»Ach ja?« Sie sah mir in die Augen. »Auch Babys?«

»Ach so. Also, wegen Baby ...« Ich musste mich aus meiner sexy Tortenfantasie reißen. »Ich habe sie nach Hause geschickt. Sie war total krank.«

Scarlet sah mich wütend an. »Ist das dein Ernst? Sie behauptet, dass sie krank ist, nur, um sich nicht verkleiden zu müssen? Das ist echt jämmerlich.«

»Nein, sie war wirklich krank. Außerdem wollte sie nicht gehen. Ich musste sie praktisch zwingen.«

Plötzlich ging neben uns die Tür der Kammer auf. »Träum weiter, Solo«, sagte Baby beiläufig, als sie in den Flur trat. »Als könntest du mich zu irgendwas zwingen.«

Wenn mich Scarlets Kostüm überrascht hatte, dann machte mich Babys Kostüm fassungslos.

Sie trug weiße Turnschuhe (kein Schocker), knielange Jeansshorts (kein Schocker) und eine kurze weiße Bluse (auch kein Schocker). Dazu hatte sich Baby auf den nackten *ziemlich runden* Bauch eine riesige grüne Wassermelone gemalt.

Ich ließ die Süßigkeitentüten fallen.

Baby war schwanger. Immer noch.

(Okay. Kurze Auszeit.

Wahrscheinlich habt ihr es kommen sehen. Ich meine, es gab eindeutig Hinweise darauf, dass Baby sich im letzten Moment gegen die Abtreibung entschieden hatte. Aber bevor ihr euch was darauf einbildet, erinnere ich euch daran, dass ich es bin, der euch die Geschichte erzählt, also habt ihr die Hinweise mir zu verdanken. Im echten Leben gibt es keinen Erzähler, der praktischerweise hier und da Hinweise verteilt. Falls es so wäre, wäre das Schlimme vielleicht nie passiert, und dann hätte ich vielleicht auch nie eine Macke gehabt. Aber den Luxus einer logischen Reihenfolge haben wir in der Gegenwart nicht, er entsteht erst im Nachhinein, wenn wir davon erzählen. Deswegen ist man hinterher immer klüger, deswegen liegt die Zukunft im Nebel und deswegen hatte mich Babys Enthüllung kalt erwischt.

Okay. Gut?

Auszeit zu Ende.)

»Was ist das?« Scarlet zeigte vorwurfsvoll auf Babys Mitte.

»Ich bin dick geworden.« Baby zuckte die Schultern. »Hätte mich mehr übergeben sollen.«

Scarlet starrte sie an. »Du siehst schwanger aus.«

Baby klatschte in Zeitlupe. »Du bist ein richtiger Sherlock Holmes, weißt du das, Scarlet?«

»Baby ...«, war das Einzige, das ich herausbrachte. »Baby ...«

Sie sah mich an. »Tut mir leid – meinst du meinen Namen? Oder redest du von *dem* Baby?« Sie zeigte auf ihren Bauch. Dann lachte sie künstlich. »War nur ein Witz, Solo! Du weißt gar nicht, wie lange ich schon warte, den endlich zu machen! Ach, warte, ich kann es dir genau sagen.« Sie tat so, als würde sie an den Fingern abzählen. »Seit zweiundzwanzig Wochen.«

»Hör auf, witzig zu sein, Baby!«, sagte Scarlet. »Weißt du, wie ernst es ist, schwanger zu sein?«

Baby lachte noch mehr. »Ja. Der Ernst der Lage ist vor vier Monaten bei mir angekommen, als ich auf ein Stäbchen gepinkelt habe und es blau wurde.«

»Baby, es tut mir wahnsinnig leid«, sagte ich. Endlich begriff ich, warum sie sich nicht verkleiden wollte. Ich war echt ein Idiot.

Sie hob die Hand. »Ich habe dir gesagt, du sollst dich nicht entschuldigen.«

Ich nickte. Sie hatte recht.

Scarlet sah mich mit großen Augen an. »Es ist von dir?«

Kurz hatte ich Scarlets Anwesenheit vergessen, was nur beweist, wie fassungslos ich war, denn die Anwesenheit von Mega-Sexschnitten vergesse ich normalerweise nicht so schnell.

Ich sah von Scarlet zu Baby und wieder zurück, und ich hatte keine Ahnung, was ich sagen sollte. Ich meine, natürlich wusste ich, dass das Baby nicht von mir war, aber in diesem Moment wäre ich sogar bereit gewesen, die Vaterschaft auf mich zu nehmen, wenn Baby es so gewollt hätte.

Aber das wollte sie nicht. »Um Gottes willen«, antwortete Baby für mich. »Es ist nicht von Solo, Scarlet. Du kannst in aller Ruhe weiter mit ihm spielen, ohne Angst, dass dir irgendwann ein Baby dazwischenfunkt.« Sie hob die Süßigkeitentüten auf, die ich hatte fallen lassen. »Wenn ihr mich jetzt entschuldigt, ich muss arbeiten.« Baby drehte sich um und ging davon.

»Meinst du, wir müssen was tun?«, fragte Scarlet mich.

»Was denn?«

»Ich weiß nicht. Sie davon abhalten, es den Leuten zu erzählen?«

»Warum?«, fragte ich. »Sie ist schwanger, Scarlet. Das bleibt kein Geheimnis.«

Scarlet trat von einem Bein aufs andere. »Na ja, aber sie will es ja wohl nicht behalten, oder? Warum erzählt man es, wenn man es nicht behält?«

»Woher soll ich wissen, ob sie es behält? Ich habe es ja auch gerade erst erfahren.«

»Sie darf es auf keinen Fall behalten«, entschied Scarlet. »Baby wäre eine grauenhafte Mutter.«

Ich sah sie an, dann sah ich Baby hinterher. »Wie kommst du darauf?«

Wir sahen zu, wie sie hinter die Theke trat und eine Kasse übernahm.

»Was? Bist du anderer Meinung?«, fragte Scarlet zurück.

»Keine Ahnung. Was macht eine gute Mutter aus?« Mein Blick war immer noch fest auf Baby gerichtet.

»Zum Beispiel, dass sie mit der Schule fertig ist.«

Verblüfft ging Poppins auf Baby zu. Ich konnte ihre Lippen lesen, als sie auf Babys Mitte zeigte: »Ist das echt?«

»Baby ist auch irgendwann mit der Schule fertig«, erinnerte ich Scarlet.

»Bist du etwa dafür, dass sie es behält?«, sagte Scarlet irritiert.

Die Hintertür ging auf, und Dirty Harry kam herein und stempelte seine Karte ab.

»Wie läuft's, Bitches?«, unterbrach er unser Gespräch.

Wir drehten uns um, und ich hätte ihm auf Anhieb am liebsten eine reingehauen.

Dirty Harry war weder als Bigfoot noch als Siebzigerjahre-Cop verkleidet. Er trug von Kopf bis Fuß Nike, wie sonst auch.

»Wo zum Teufel ist dein Kostüm?«, wollte ich wissen und sah ihn böse an.

»Äh, ich habe keins«, antwortete er.

»Warum nicht?«

Er zuckte die Schultern. »Keine Ahnung. Hatte keinen Bock.«

»Mann, Scott!«, schimpfte Scarlet. »Jeder sollte heute verkleidet kommen!«

Er kniff die Augen zusammen und starrte seine Schwester vorwurfsvoll an. »Ach ja? Ich hatte aber keinen Bock. Verkleiden ist schwul.« Dirty zeigte auf mein Kostüm. »Nicht persönlich gemeint.«

»Schon gut«, sagte ich, und dann: »Du bist gefeuert.«

Nach einer kurzen Pause lachte er. »Sehr witzig.« Er versuchte, an mir vorbeizugehen.

Ich versperrte ihm den Weg. »Ich weiß. Ich bin zum Totlachen«, stimmte ich zu. »Du bist trotzdem gefeuert.«

Dirty und Scarlet rissen die Augen auf. »Was?«, sagten beide gleichzeitig.

Ich sah noch einmal nach vorn, wo Baby hinter der Theke einen Film aus dem Regal nahm. Als sie sich streckte, sah die Wassermelone noch größer aus. »Du hattest die dienstliche Anordnung, bei dieser Schicht ein Kostüm zu tragen, und hast dich nicht daran gehalten. Deswegen bist du gefeuert.«

Dirty grinste. »Das meinst du doch nicht ernst.«

»Todernst.«

Er sah zu Scarlet.

»Deine Schwester hat klar gesagt, dass ich das Recht dazu habe. Als Schichtmanager kann ich Leute wegen Insubordination feuern.«

Ich ging davon aus, dass Dirty Harry das Wort nicht kannte und deswegen auch nicht widersprechen würde. »Du kannst sofort gehen. Ich schicke dir den letzten Gehaltsscheck mit der Post.«

»Das kannst du bei mir nicht machen, Mann. Vielleicht hast du vergessen, dass der Laden meinen Eltern gehört«, sagte er, bevor er wieder lachte. »Wenn ich will, kann ich *dich* feuern.«

Aus dem Laden hörten wir Hannibal: »O Mann, ey! Bist du schwanger?« Scarlet drehte sich mit finsterer Miene um. Dann sah sie wieder ihren Bruder an.

»Nein, kannst du nicht, Scott«, sagte Scarlet. »Solo hat recht. Du bist gefeuert.«

Sie nahm ihm den Schlüsselbund aus der Hand und machte den Schlüssel zum Laden ab. »Geh heim.« Die restlichen Schlüssel warf sie ihm wieder zu.

Dirty verzog trotzig das Gesicht. »Mir doch egal. Ich hatte eh keinen Bock, heute zu arbeiten.« Er stampfte zur Tür. Dann rief er zurück: »Wenn ich das meinen Eltern erzähle, bist du gefeuert«, er zeigte auf mich, »und du kriegst Riesenärger«, er zeigte auf Scarlet, »du dumme Nutte.«

Bevor ich ihn erwürgen konnte, zog sich Scarlet einen Schuh aus und warf ihn ihm so fest an den Hinterkopf, dass er fast zu Boden ging.

»Hey!« Er rieb sich den Schädel. Aber statt sich auf sie zu stürzen, schnappte er sich den Schuh und rannte damit aus der Videothek.

»Verdammt!« Scarlet versuchte auf einem Stöckelschuh zu balancieren, aber sie gab es schnell auf und zog ihn aus. »Dann arbeite ich heute eben barfuß.«

»Tut mir leid, dass ich dich nicht vorgewarnt habe«, sagte ich, obwohl es mir ehrlich gesagt kein bisschen leidtat. »Es war nur ...«

Scarlet hob die Hand. »Mein Bruder ist ein verwöhnter kleiner Arschclown, und das wissen meine Eltern – sie mischen sich nicht ein, wenn du ihn feuerst. Sie befördern dich höchstens noch mal.«

»Trotzdem.« Ich zuckte mit den Schultern. »Ich wollte ihn nicht in Schwierigkeiten bringen.«

»Mir egal.« Scarlet seufzte. »Aber ich rufe lieber meine Eltern an und erzähle ihnen, was passiert ist, damit sie Bescheid wissen, bevor er angerannt kommt.« Sie warf noch einen Blick auf Baby, bevor sie mit dem zweiten Schuh in der Hand ins Büro ging und die Tür hinter sich schloss.

Als ich allein im Flur stand, brauchte ich einen Moment, um alles zu verarbeiten, was in den letzten zehn Minuten passiert war.

Baby war schwanger, und ich hatte sie praktisch dazu gezwungen, sich vor der ganzen Welt zu outen. Ich hatte ihre Privatsphäre missachtet und ihr Vertrauen missbraucht. Wenn ich daran dachte, was für ein Fiesling ich gewesen war, als ich von ihr verlangt hatte, das Scheißkostüm zu tragen, wurde mir schlecht.

Im Laden tummelten sich immer noch jede Menge Kinder. In einem Gang saß ein kleiner Junge, der als Batman verkleidet war. Er hatte es sich auf dem Boden bequem gemacht und blockierte den Weg, indem er seine Süßigkeiten um sich ausbreitete. Kurz darauf kam ein noch kleinerer Robin und tat dasselbe.

Batman öffnete ein Kitkat, brach es in zwei Teile und gab Robin ein Stück. Im Gegenzug nahm Robin eine Handvoll seiner Beute und warf sie in Batmans Eimer. Auf einem der Eimer stand JORDAN L. Auf dem anderen stand in der gleichen Schrift DEREK L.

Ich sah ihre Eltern nicht, aber den Kindern machte es offensichtlich nichts aus, allein zu sein. Außerdem waren sie nicht allein. Sie hatten einander. Sie waren zusammen und aßen ganze Hände voll Halloween-Süßigkeiten, ohne eine Sorge auf der Welt.

»Solo, geht es dir gut?« Poppins schnippte vor meinem Gesicht mit den Fingern.

Ich zuckte zusammen. Ich hatte sie gar nicht bemerkt. »Ja. Warum?«

»Weil …« Sie sah mich besorgt an. »Du weinst.«

»Was? Nein.« Ich berührte mein Gesicht. Meine Wangen waren nass.

»Ich habe dich von der Theke aus gesehen«, erklärte sie. »Was ist los?«

Jetzt spürte ich es. Den Druck in den Nebenhöhlen, die laufende Nase, den Kloß im Hals.

Verdammt. Ich weinte wirklich.

Warum weinte ich? Und wie kam es, dass ich es nicht gemerkt hatte?

»Allergie«, log ich. »Ich habe eine Allergie gegen Nougat und habe aus Versehen ein Snickers gegessen.« Die Worte kamen einfach so aus meinem Mund.

Poppins sah mich erschrocken an. »O nein! Musst du ins Krankenhaus? Ich weiß nicht mal, was Nougat ist! Ich wusste nicht, dass man darauf allergisch sein kann!«

Ich auch nicht. »Nein, schon gut. Ich muss nur nach Hause und meine Tabletten nehmen«, sagte ich und ging zur Hintertür.

»Ich kann dich fahren«, beharrte sie.

»Nicht nötig! Sag Scarlet, dass ich krank geworden bin, okay?«

Ich schaffte es zu meinem Wagen und fuhr ein Stück, bis ich nicht mehr konnte. Dann parkte ich in einer Nebenstraße und heulte sehr, sehr lange, überwältigt von einer Flut pharmazeutisch unbehandelter Gefühle, während Michael Stipe in die Leere schrie: »What's the Frequency, Kenneth?«

KAPITEL 12

Am Sonntagmorgen wachte ich verkatert auf. Nicht verkatert von einer durchzechten Nacht, sondern verkatert von zu viel Weinen.

»Willst du heute mit zu den AA gehen?«, zog Dad mich auf, als er mein bleiches Gesicht beim Frühstück bemerkte. Ich weiß nicht, ob er wirklich dachte, ich hätte zu viel getrunken. Aber ich war gestern um halb sechs zu Hause gewesen und gleich ins Bett gegangen, und wenn er es dachte, musste er mich für ein Fliegengewicht halten.

»Kannst du den Fernseher leiser stellen?«, sagte ich nur, als meine Mutter fragte, was ich frühstücken wollte.

Mom drückte ein paarmal auf die Fernbedienung. »Bist du krank?« Sie hielt mir die Hand an die Stirn. »Du fühlst dich nicht fiebrig an.«

»Mir geht's einfach nicht gut«, sagte ich.

»Ich habe es gehört.« Mom reichte mir einen gelben Zettel mit einer Telefonnummer. »Gestern Abend hat ein Mädchen aus der Videothek angerufen. Sie hat sich Sorgen um dich gemacht. Sie hat sich mit Mary Poppins gemeldet. Eigentlich dachte ich, es wäre ein Telefonstreich.«

»Danke.« Ich klebte den Zettel auf den Tisch.

»Heißt sie wirklich so?« Mom zündete sich eine Zigarette an, legte sie in den Aschenbecher und trank einen Schluck Kaffee. »Wer tut seinem Kind so was an?«

»Nein, so heißt sie nur bei der Arbeit.« Ich verschränkte die Arme auf dem Tisch und legte den Kopf darauf. »Ich weiß nicht, wie sie richtig heißt.«

»Ihr habt bei der Arbeit Decknamen?«, fragte Dad, nachdem er in seinen Toast gebissen hatte. »Wie heißt du?«

»Boss«, sagte ich, weil ich keine Lust darauf hatte, das Thema zu vertiefen.

»Wie Bruce Springsteen?« Mom zog an ihrer Zigarette.

»Nein, Maureen«, korrigierte sie Dad. »Er meint, sie nennen ihn Boss, weil er der Manager ist, weißt du nicht mehr?«

»Ach so.« Sie schüttelte den Kopf. »Ich glaube, dein Vater meinte die Frage anders, Joel.«

Dad sah wieder in seine Zeitung. »Das weiß er. Er ist nur naseweis. Es klingt, als hätten sie Namen aus Filmen.«

»Das ist ja clever.« Mom kraulte mich am Kopf. »Wer bist du, Joel? Superman?«

Ich antwortete nicht, aber ich rutschte in ihre Richtung, damit sie besser rankam. Meine Mutter hatte superlange Fingernägel, und ich liebte es, wenn sie mich kraulte. Sie hatte auch schöne Hände.

»Ich wette, du bist Ferris Bueller«, riet Dad. »Oder vielleicht Marty McFly?«

Offenbar ließen sie sich nicht abwimmeln, also gab ich auf und sagte einfach die Wahrheit. »Nein. Ich bin Han Solo.«

Mom zog die Hand weg, als hätte ich sie gebissen. »Wirklich, Joel? Warum?«

Auch Dad war bestürzt. »Keiner braucht eine Erinnerung, Junge.«

»Sie haben mir den Namen gegeben«, log ich. »Ich konnte nicht mitreden.«

Mom seufzte und sah Dad an. »Man könnte meinen, unter den Umständen hätten sie ihn jemand anderes wählen lassen können.« Sie presste die Lippen zu einer dünnen Linie.

Sie hatte zwar nicht mit mir geredet, aber ich antwortete trotzdem auf ihren Kommentar. »Tja, wenn ich ihnen die Umstände erläutert hätte, vielleicht. Aber ich hielt es für keine tolle Idee, gleich mit der schmutzigen Wäsche ins Haus zu fallen. Außerdem müsst ihr mich ja nicht so nennen, was spielt es dann für eine Rolle?«

»Keiner von uns braucht eine Erinnerung, Joel. Vor allem nicht du«, wiederholte Mom und drückte die Zigarette im Aschenbecher aus. »Ich gehe in die Kirche.« Sie stand auf, griff nach ihrer Handtasche und ging zur Hintertür hinaus.

Ich schloss die Augen.

»Ich muss auch los.« Dad stand auf, ging zum Kühlschrank und stellte etwas auf den Tisch. Als ich ein Auge öffnete, sah ich eine Dose Bier. »Am besten weitermachen, womit du aufgehört hast. Das ist das beste Katermittel.« Er gab mir einen Kuss auf den Kopf. »Sag's deiner Mutter nicht.«

»Okay.«

Dad ging, aber kurz darauf machte er noch mal die Haustür auf und warf etwas auf die Couch. »Vor der Tür lag ein Päckchen für dich, Joel«, rief er, dann war er wieder verschwunden.

Ich stellte das Bier in den Kühlschrank zurück, bevor ich mir das Päckchen ansah.

Als ich den Umschlag aufriss, rutschte eine Videokassette heraus. Auf der Plastikschachtel klebte ein Zettel.

Das schuldest du mir. – Baby

Es war *Dirty Dancing*.

Zum ersten Mal an diesem Morgen lächelte ich.

KAPITEL 13

Wie sich herausstellte, regten sich Scarlets Eltern nicht auf, und Dirty Harrys Kündigung wurde für rechtmäßig erklärt. Allerdings gaben sie ihm stattdessen einen Job in der Pizzeria nebenan, die ebenfalls ihnen gehörte, sodass ich nicht weiß, ob er seine Lektion lernte.

Als der Rest der Belegschaft hörte, warum Dirty Harry gehen musste, hielten mich alle außer Baby für einen knallharten Typen, weil ich Leute wegen Kostümverweigerung feuerte.

»Ich weiß, dass du es eigentlich für mich getan hast«, sagte Baby ein paar Tage später.

»Yep«, sagte ich. »Und weil er ein Sackgesicht ist.«

Sie lächelte halbmondförmig. »Normalerweise brauche ich keinen Gefallen, Solo, aber Dirty war ein echter Wichser, deshalb ist es gut. Außerdem will ich seine Stunden übernehmen, also stell bloß keinen Ersatz ein.«

Offenbar hatte ich für Baby meine Schuld damit abgebüßt, und es schien, als wären wir wieder Freunde. Ich schätze, es half auch, dass ich *Dirty Dancing* gesehen hatte und ihn genauso grauenhaft gefunden hatte, wie sie gewarnt hatte.

Insgesamt wirkte Baby entspannter, seit ihr Geheimnis gelüftet war. Als jemand, der selbst jede Menge zu verbergen hatte, wusste ich, wie anstrengend es war, so zu tun, als wäre nichts, wenn eigentlich schon etwas war. Auch wenn sie nicht viel über ihre Schwangerschaft redete (eigentlich überhaupt nicht), glaube ich, sie war erleichtert, dass alle Bescheid wussten, und nach der anfänglichen Aufregung hörten die anderen auch bald auf, darüber zu sprechen.

Außer Scarlet.

»Du weißt es, oder?«, fragte sie mich jeden Tag. »Du weißt, ob sie es behält oder nicht.«

»Ich weiß gar nichts«, antwortete ich jedes Mal wahrheitsgemäß. »Warum interessiert es dich überhaupt so?«

»Tut es gar nicht – ich will es bloß wissen«, lautete jedes Mal ihre unlogische Antwort.

Ich wusste nicht, warum Scarlet derart von Babys Zustand besessen war, aber dann erfuhr ich, dass sie und Devin Schluss gemacht hatten, und ich nahm an, dass sie sich für Babys Probleme interessierte, um sich von ihren eigenen abzulenken.

Es war meine Mutter, die mir von der Trennung erzählte. »Du musst deinen Cousin anrufen«, erklärte sie mir eines Sonntags im November, als sie von den Popcorn-Shrimps mit Tante Denise nach Hause kam. »Diese Jessica hat ihm das Herz gebrochen.«

Ich brauchte einen Moment, bis mir einfiel, von wem sie sprach. Dann sah ich von dem Sandwich auf, das ich mir gerade machte. »Was ist passiert?«

»Ich habe Denise gleich gesagt, dass diese Person Ärger macht«, sagte Mom und zog ihren Mantel aus. »Du solltest sie mal sehen. Sie zieht sich an wie eine Prostituierte.«

»Ich sehe sie dauernd, Mom. Jessica und ich arbeiten zusammen.« Es fühlte sich komisch an, Scarlet so zu nennen.

Sie nickte. »Dann weißt du, wovon ich rede.«

Ich widmete mich wieder dem Sandwich und versuchte mir die Neugier nicht anmerken zu lassen. »Weißt du, warum sie Schluss gemacht haben?«

Mom zündete sich eine Zigarette an. »Denise hat gesagt, Jessica hat einfach ihre Sachen gepackt und ist ausgezogen, während Devin bei Denise und Onkel Jim zum Abendessen war.« Sie klopfte Asche ins Waschbecken. »Halt dich bloß fern von dieser Person, Joel. Denise sagt, sie hat ein paar Schrauben locker.«

Meine Mutter war immer schnell, wenn es darum ging, andere Leute für verrückt zu erklären. »Haben wir das nicht alle?«, fragte ich und biss in mein Sandwich.

Mom sah mich böse an. »Ruf deinen Cousin an. Er könnte einen Freund gebrauchen.«

»Alles klar.«

Doch ich rief Devin nicht an. Stattdessen fuhr ich nach meinem Sandwich in der Videothek vorbei.

Vielleicht denkt ihr jetzt, ich wäre ein netter Kerl, weil ich nach dem Rechten sehen und Scarlet fragen wollte, wie es ihr ging. Oder ihr denkt, ich ging aus purem Egoismus hin, um Scarlets Verletzlichkeit zu meinem Vorteil auszunutzen.

Tatsächlich weiß ich selber nicht, welches der beiden Motive ausschlaggebend war, aber es spielt auch keine Rolle, denn Scarlet war nicht da.

Dafür war Baby da, und sie wurde sofort misstrauisch, als sie mich sah.

»Was machst du hier?«, wollte sie wissen, als ich aus dem Flur kam. Sie sortierte Nummern in die Regale, während sich Maverick um einen Kunden kümmerte.

»Ich arbeite hier«, antwortete ich.

»Heute nicht«, entgegnete sie. »Mutierst du etwa zu einem dieser blöden Chefs, die ihre Freizeit im Laden verbringen, weil sie sonst nichts zu tun haben?«

»Wahrscheinlich«, sagte ich. Dann kam mir eine Idee. »Eigentlich wollte ich mir einen Film ausleihen.«

»Ach so«, sagte Baby. Sie ging zur Theke und holte etwas. »Ich habe mir erlaubt, dir schon einen auszusuchen.« Sie zog den gelben Zettel ab und drückte mir das Video in die Hand.

Ich war froh, dass dieser Teil unserer Freundschaft weiterging. Ich mochte Babys Filmgeschmack. Zumindest, bis ich den Titel dieses Films sah.

»*Pretty in Pink*?« Ich zog die Brauen hoch. »Ach, Baby. War *Dirty Dancing* nicht Strafe genug?«

»Das ist was anderes«, versicherte sie mir. »Der hier ist von John Hughes.«

»Na und?«

Sie sah mich streng an. »*Pretty in Pink* ist ein Klassiker. Den musst du gesehen haben.«

»Ich weiß nicht«, sagte ich. »Im Titel kommen die Wörter *Pretty* und *Pink* vor, und das sind eindeutige Hinweise, dass es sich um einen Mädchenfilm handelt.«

»Seit wann hast du was gegen Mädchenfilme?« Baby verschränkte die Arme. »Theoretisch war bis jetzt jeder Film, den ich für dich ausgeliehen habe, ein Mädchenfilm, und du hast dich noch nie beschwert.«

»Genau das meine ich. Ich brauche mal Abwechslung«, erklärte ich. »Wann gibst du mir was mit Explosionen und Toten? Oder wenigstens einer Bikiniszene am Strand?«

»Igitt. Dein Chauvinismus schimmert durch, Solo.«

»Sei nicht so streng. Ich wette, viele perfekte Gentlemen haben den Film auch nicht gesehen.« Als Zeugen rief ich Maverick auf. »Hey, Mav, hast du *Pretty in Pink* gesehen?«

Er machte ein Model-Gesicht und sagte: »Klar, Mann! Der ist von John Hughes!«

»Tja, das ging wohl nach hinten los«, stellte Baby fest.

»Kannst du mir nicht einfach einen Actionfilm aussuchen?« Ich gab ihr die Kassette zurück.

»Okay, na gut.« Sie dachte kurz nach. »Da ist tatsächlich ein Actionfilm, den ich gern sehen würde, aber der läuft nur im Kino.«

»Den kann ich mir wohl nicht ausleihen.«

Sie sah auf die Uhr. »Wollen wir ihn im Kino sehen?«

»Im Kino?«, wiederholte ich. »Du und ich zusammen?«

Baby verdrehte die Augen. »Nein, Solo. Ich dachte, wir sehen den gleichen Film, aber in verschiedenen Kinos, und danach treffen wir uns und reden drüber. *Natürlich zusammen!*«

Jetzt sah ich auf die Uhr. »Wann?«

Sie zuckte die Schulter. »Ich rufe an und frage, wann er läuft.«

»Okay«, sagte ich. Der Vorschlag begann mir zu gefallen. Ich war lange nicht mehr im Kino gewesen, und in Begleitung Gleichaltriger das letzte Mal, als ich mit sechs mit den Wölflingen *Die Goonies* gesehen hatte.

»Willst du wirklich?«, fragte sie beim Wählen.

»Ich habe nichts Besseres vor«, versicherte ich ihr. »Ich bin einer diese blöden Chefs, die außerhalb des Ladens kein Leben haben.«

Baby lächelte. »Ja, das habe ich auch schon gehört.«

Der Film, den Baby sehen wollte, lief zufällig im Main Art Theatre um die Ecke, eine halbe Stunde, nachdem ihr Dienst endete. Wir beschlossen, zu Fuß zu gehen, weil das Wetter gut war und Baby keine Lust auf R.E.M. hatte, womit ich sie garantiert beschallt hätte, wenn wir mit dem Auto gefahren wären, meinte sie.

Sie besorgte die Kinokarten und ich das Popcorn und die Getränke, und wir trafen uns am Einlass wieder. »Saal zwei, viel Spaß beim Film«, sagte der Typ, der unsere Tickets abriss und Baby zurückgab.

»Danke«, sagte ich. Und dann fragte ich Baby: »Was sehen wir eigentlich?«

Sie zeigte auf das Plakat über Kinosaal zwei. Darauf stand: *William Shakespeares Romeo + Julia.*

»Machst du Witze? Das soll dein Actionfilm sein?« Ich kam mir verarscht vor.

Baby aß eine Handvoll Popcorn. »Entspann dich, Solo. Das Stück ist voller Mord und Totschlag. Habt ihr es nicht in der neunten Klasse gelesen wie alle anderen auch?«

Ich hatte es nicht gelesen. Tutor Tim hatte mich stattdessen Shakespeares *Julius Cäsar* lesen lassen.

»Na schön«, gab ich nach. Ich wollte mir den ersten Abend außer Haus seit der Katastrophe im Headlights nicht vermasseln lassen. »Aber wenn nichts explodiert, bin ich sauer.«

Ich folgte Baby in den Saal und ließ sie die Plätze aussuchen.

Für die Verfilmung eines Theaterstücks, das Schullektüre war, war der Saal überraschend voll. Allerdings waren es hauptsächlich Paare, was mir einleuchtete, weil Mädchenfilme typisch für Dates waren.

»Was hältst du von Tybalt?«, fragte Baby.

»Wer ist Tybalt?«

»Julias Cousin«, erklärte sie.

»Ach, *der* Tybalt!!« Ich tat so, als dachte ich darüber nach. »Cooler Typ.«

»Ich meine den Namen – für das Baby«, stellte sie klar. »Falls es ein Junge wird.«

»Oh.« Plötzlich hatte die Frage ein ganz anderes Gewicht. »Na ja, er ist nicht sehr gebräuchlich, also würdest du nie eins dieser vorgedruckten Nummernschilder für sein Fahrrad finden, falls das für dich eine Rolle spielt.«

Doch Baby schien gar nicht zuzuhören. Stattdessen fuhr sie sich durchs Haar und starrte auf die leere Leinwand. »Ich meine, ich habe noch nicht entschieden, was ich mache oder so.« Sie begann mit dem Fuß zu wippen, und die Schuhsohle machte jedes Mal ein schmatzendes Geräusch, wenn sie sie vom klebrigen Kinofußboden anhob. »Aber egal was ich tue, das Kind braucht einen Namen, oder? Und da ich es zur Welt bringe, finde ich, habe ich das Recht, ihn auszusuchen.«

Ich überdachte ihre Logik. »Das klingt fair. Und wenn es ein Mädchen wird?«

»Keine Ahnung«, gab Baby zu.

»Nicht Julia?«

»Im Ernst?« Sie verzog das Gesicht. »Shakespeares Julia ist nicht gerade ein Vorbild, Solo. Na ja, ich schätze, Tybalt ist auch kein netter Kerl, immerhin ermordet er Romeos besten Freund.« Sie zuckte die Schultern. »Ich hoffe echt, dass dieses Baby kein Mörder wird.«

»Das wünschen sich wohl die meisten Mütter«, sagte ich.

Baby schwieg, dann murmelte sie: »Mutter.«

In diesem Moment ging das Licht aus, und die Vorschauen fingen an.

Wie gesagt, ich hatte *Romeo und Julia* nie gelesen, aber ich wusste ungefähr, worum es ging, weil der Rest der Welt *Romeo und Julia* gelesen hatte, und die Geschichte unweigerlich ins Allgemeingut gesickert war. Hier das, was ich wusste: verbotene Liebe zwischen Feinden, »O Romeo, Romeo, warum bist du Romeo?«, alle sterben. Ende.

Doch wie sich herausstellte, passierte noch viel mehr.

Zum Beispiel sprengte eine Gang eine Tankstelle in die Luft.

Na gut, die Szene kam vielleicht nicht in der Originalversion vor, aber so begann die Filmadaption von Baz Luhrmann, und ich war sofort wie gebannt. Es störte mich nicht einmal, dass die Schauspieler die original Shakespeare-Dialoge sprachen – die Action war überzeugend. Es gab Kampfszenen und LSD-Szenen und Dragqueens und Explosionen und ja, diese ganze Liebesgeschichte, aber der Großteil des Films war überhaupt nicht mädchenfilmmäßig.

Am Ende fieberte ich richtig mit. Ich war völlig versunken in die Geschichte, bis sich dieser Priester Pater Laurence einmischte.

Und das war der Punkt, an dem es von Vorteil gewesen wäre, wenn ich das Stück gelesen hätte, denn hätte ich gewusst, wie die verdammte Geschichte endet, hätte ich auch gewusst, dass ich sie nicht verkraften würde.

Jetzt denkt ihr vielleicht: »Wie, du wusstest nicht, wie die Story endet? Du hast doch gerade gesagt, du wusstest, dass am Ende alle sterben.«

Ja, ich wusste, dass sie sterben. Mir war klar, dass es kein Happy End gibt. Ich wusste nur nicht, *wie* sie sterben, und das ist ein kleiner Unterschied.

Ich wurde schon nervös, als der Pater Julia die Schlafdroge gab, um ihren Tod vorzutäuschen. Das war ziemlich halbseiden, und es gab eine Million Möglichkeiten, wie so was schiefgehen konnte. Und als es dann – Überraschung! – schiefging, war bei mir Schicht im Schacht.

Ihr wisst bestimmt, wie die Geschichte ausgeht, aber da ich es nicht gewusst hatte, war ich total geschockt, als Romeo und Julia sich am Ende des Films das Leben nahmen.

»Wow«, war Babys erster Kommentar, als der Abspann lief. »Das war unglaublich.«

Ich sagte nichts.

»Der Regisseur hat sich eindeutig ein paar Freiheiten genommen, aber es hat funktioniert.« Sie trank einen Schluck Limo, und dann machte der Strohhalm das Leerer-Becher-Geräusch. Sie schüttelte die Eiswürfel und versuchte noch einen Schluck herauszuholen. »Wie fandest du ihn, Solo?«

»Nicht so toll«, murmelte ich.

»Echt? Warum nicht?«

»Der Film war grauenhaft.«

»Harte Worte.« Sie zog die Brauen hoch. »Ist das der erste Film, über den wir verschiedener Meinung sind?«

»Ich fasse es nicht, dass Kinder in der Schule gezwungen werden, so was zu lesen. Das ist doch total verantwortungslos.«

Baby stellte den Becher ab. »Wie meinst du das?«

Ich versuchte, meine Stimme fest klingen zu lassen. »Es geht hier um Jugendliche, die sich das Leben nehmen. Und es ist eine romantische Liebesgeschichte. Das sind widersprüchliche Botschaften.«

»Es ist eine *Tragödie,* Solo. Das Stück heißt *Die Tragödie von Romeo und Julia.* Es heißt nicht *Das ABC der Teenager-Beziehungen.* Es ist keine Gebrauchsanweisung.«

»Es ist eine Liebesgeschichte, die Suizid propagiert. Das ist Dreck.«

Baby lachte schnaubend. »Nur weil *in* der Geschichte Selbstmord vorkommt, heißt das nicht, dass die Geschichte Selbstmord propagiert.« Sie fuhr sich durchs Haar. »Wenn es so wäre, würde der Film auch Inzest propagieren, weil Lady Capulet mit ihrem Neffen kopuliert.«

Ich ließ mich nicht beruhigen. »Warum sind sie nicht einfach durchgebrannt? Wäre das nicht ein besseres Ende?«

Baby saugte Luft durch ihren Strohhalm. »Vielleicht. Aber ich glaube, es ging darum, dass erst, als sie sich umbringen, die Fehde zwischen ihren Eltern endet.«

»Na toll! Suizid lohnt sich also! Genau das müssen wir unseren Teenagern beibringen – wenn ihr euch umbringt, löst ihr alle Probleme!«

Baby stand auf. »Okay, reg dich ab, Solo. Ich habe verstanden. Tut mir leid, dass der Film dir nicht gefallen hat.« Sie seufzte genervt. »Du musst nicht gleich durchdrehen.«

Wahrscheinlich hätte ich einfach tief durchatmen sollen. Oder bis zehn zählen. Oder sonst etwas tun, um mich zu beruhigen. Aber der Film hatte etwas bei mir aufgewühlt, das lange geschlafen hatte, und jetzt war es wach, und ich konnte es nicht einfach wegbügeln.

Während des Abspanns lief ein Song von Radiohead. Ich hasste ihn sofort. Ich hasste alles. Die Musik. Den Film. William Shakespeare. Alles.

Und ich war wütend. Unbehandelt wütend, so wütend, dass ich nicht wusste, wohin mit all der Wut. Und weil ich so wütend war und weil ich keine Medikamente mehr nahm, die meine Wut dämpften, tat ich etwas wirklich Dummes.

Ich boxte einen Kinosessel.

Dabei hatte ich in all den Jahren als Verrückter noch nie etwas geschlagen. Weder Mensch noch Wand oder auch nur ein Kissen, an dem ich meine Wut ruhig auslassen durfte, wie mir die Ärzte rieten. Ich war einfach kein gewalttätiger Mensch, und mir war nie der Gedanke in den Sinn gekommen, dass es mir, wenn ich zuschlug, besser gehen könnte.

Aber aus irgendeinem Grund war es das, was ich tat, als ich mit Baby im Kino war. Ich ballte die Faust und schlug mit aller Kraft gegen den leeren Sitz vor uns.

Die Stuhllehne war aus biegsamem Plastik und absorbierte die Wucht meines Schlags. Ich meine, der Stuhl ging nicht kaputt, ich hinterließ nicht einmal eine Delle oder richtete sonst irgendeinen Schaden an. Ich schlug einfach einmal gegen den Sitz und setzte mich dann zurück, als wäre nichts passiert.

Baby sah mich entsetzt an. »Was zum Henker war das denn?«

Ich hatte keine Ahnung. »Ich habe keine Ahnung«, sagte ich.

»Doch«, forderte sie mich heraus, »ich glaube, du hast sehr wohl eine Ahnung.«

»Ich fand den Film einfach echt scheiße.«

»Nein, das ist Quatsch«, widersprach sie. »Genau wie die Sache im Headlights Quatsch war.« Baby sah mich an. »Wir sind zweimal nach der Arbeit ausgegangen, und beide Male bist du ausgetickt und hast danach so getan, als wäre nichts passiert. Was ist los?«

»Ich habe Anämie.«

Sie stöhnte frustriert. »Mann, Solo, ich kann das nicht. Das ist mir echt zu schwer.« Baby nahm ihre Tasche.

»Was denn? Wo willst du hin?«

»Wenn du nach allem, was du über mich und mein Leben und meine *Scheißprobleme* weißt, immer noch nicht ehrlich zu mir sein kannst, Solo, dann habe ich keine Lust mehr. Ich weigere mich, eine vollkommen einseitige Freundschaft zu führen. Erst recht nicht im Moment«, sie zeigte auf ihren Bauch, »und erst recht nicht mit jemandem, der spinnt.« Sie zeigte auf mich. Dann marschierte Baby aus dem Kino.

Ich lief ihr nicht hinterher. Vielleicht hätte ich es tun sollen, aber ich wusste nicht, was ich sagen sollte. Stattdessen blieb ich allein im Kino sitzen, ließ den Abspann zu Ende laufen und wusste nicht, was mehr wehtat, meine Hand oder die Wahrheit.

KAPITEL 14

»Setz dich, Joel. Du siehst gut aus.«

»Danke.«

»Also, mal sehen. Unsere letzte Sitzung ist eine Weile her. Wie läuft es so?«

»Gut. Unterricht läuft gut.«

»Das freut mich sehr. Meinst du immer noch, dass du im Frühling den Abschluss schaffst?«

»Ja.«

»Hast du dir schon überlegt, was danach kommt?«

»Ich weiß noch nicht genau. Vielleicht College. Mal sehen.«

»Schön, schön. Wie war deine Stimmung in letzter Zeit? Auf einer Skala von eins bis zehn.«

»Hm. Ich würde sagen, eine Sieben, schätze ich.«

»Eine Sieben ... beim letzten Mal sagtest du Acht. Hat sich irgendwas verändert?«

»Oh. Nein. Ich habe nicht daran gedacht, was ich letztes Mal gesagt habe.«

»Okay. Fällt dir vielleicht irgendein Grund ein, warum du dich diesmal auf Sieben einschätzt und nicht auf Acht?«

»Ich weiß nicht. Wie gesagt, ich habe nicht an letztes Mal gedacht.«

»Also gut ... Willst du, dass ich dir wieder ein Antidepressivum verschreibe?«

»Nein, es geht schon. Ich meine, ich habe Sieben gesagt. Sieben ist ziemlich gut. Es ist keine Drei oder so was.«

»Aber du hast nicht Acht gesagt.«

»Okay. Ich habe es verstanden. Bevor ich das nächste Mal antworte, frage ich Sie, was ich das letzte Mal gesagt habe, und beziehe es mit ein.«

»Machen wir einfach weiter, in Ordnung? Wie fühlst du dich nach der Beförderung bei der Arbeit?«

»Ganz gut. Ich habe jemanden gefeuert. Das war ziemlich cool.«

»Ach ja? Es klingt, als könnte so etwas eine belastende Erfahrung sein.«

»Nein ... Ich meine, der Typ war voll die Flasche. Er hat es darauf angelegt, deswegen war es keine große Sache.«

»Das heißt, du hast dich durchgesetzt.«

»Ja, na ja, dafür zahlen sie mir jetzt auch die großen Scheine, schätze ich.«

»Hat die Beförderung im sozialen Bereich irgendwelche Wellen geschlagen? Letztes Mal sagtest du, dass du deswegen Bedenken hattest.«

»Eigentlich nicht. Am Ende scheinen sich alle damit abgefunden zu haben.«

»Heißt das, du knüpfst Freundschaften?«

»Ich weiß nicht. Wahrscheinlich ein bisschen.«

»Das könnte unser nächstes Ziel sein.«

»Sie wollen, dass ich mir zum Ziel setze, Freunde zu finden? Das klingt nach einem Rat, den man einem Schulanfänger gibt, Doc.«

»In dieser Hinsicht gibt es tatsächlich Ähnlichkeiten zwischen dir und einem Grundschüler, Joel, und das meine ich nicht negativ. Es ist ganz natürlich, dass du nach allem, was du durchgemacht hast, Mauern um dich errichtet hast, um dich zu schützen, und diese Mauern sind ein Hindernis, wenn du gesunde freundschaftliche Beziehungen knüpfen willst. Gibt es potenzielle Freundschaften, die du gerne weiterverfolgen möchtest?«

»Ja. Ich glaube schon. Eine.«

»Männlich, weiblich?«

»Sie ist ein Mädchen.«

»Schläfst du mit ihr?«

»Was? Nein! Nein, natürlich nicht.«

»Das war nicht übergriffig gemeint, Joel. Es ist nur so, dass du in der Vergangenheit häufiger Gelegenheitssex hattest, und ich fand die Frage wichtig.«

»Ja, okay. So ist es nicht.«

»Erzähl mir von ihr.«

»Was wollen Sie wissen?«

»Warum ausgerechnet sie? Warum bist du gerade an ihrer Freundschaft interessiert?«

»Ach … ich weiß nicht. Ich schätze, sie ist interessant.«

»Kannst du das genauer erklären?«

»Hmm. Sie flucht viel.«

»Ist sie vertrauenswürdig?«

»Ja. Das würde ich schon sagen.«

»Gut. Gut. Und hast du ihr irgendwas von dir erzählt? Von dem, was du durchgemacht hast?«

»*O Gott,* bestimmt nicht.«

»Das ist eine starke Reaktion.«

»Tut mir leid, ich meine, nein. Einfach nein.«

»Warum nicht?«

»Ernsthaft? Sie können sich nicht denken, warum ich für mich behalte, dass ich die letzten paar Jahre regelmäßig in der Anstalt verbracht habe?«

»Natürlich verstehe ich, dass du die Details von dem, was du erlebt hast, nicht jedem auf die Nase bindest, Joel. Aber dir muss klar sein, dass das Thema irgendwann zwangsläufig aufkommt, wenn du eine gesunde Beziehung aufbaust.«

»Nein, ich glaube nicht, dass es so sein muss. Ich bin gerne eine Tabula rasa.«

»Ein unbeschriebenes Blatt?«

»Ja. Sie kennen den Ausdruck?«

»Natürlich.«

»Ich möchte noch mal ganz neu anfangen. Ich finde es gut, dass niemand etwas über mich weiß.«

»Ich verstehe ... Und wie geht es der jungen Frau damit?«

»Wie es ihr damit geht, nicht zu wissen, wie plemplem ich früher war? Ich nehme an, es geht ihr ziemlich gut damit, wo Unwissenheit doch bekanntlich ein Segen ist.«

»Na gut, aber wenn ihr euch unterhaltet, stellt sie dir nie persönliche Fragen? Oder ist sie der Typ, der lieber die ganze Zeit über sich selbst redet?«

»Nein, sie fragt Sachen. Ich antworte nur nicht darauf.«

»Und ist das in Ordnung für sie?«

»Nicht so, schätze ich. Aber das liegt daran, dass sie nicht weiß, was sie nicht weiß. Wenn sie es wüsste, würde sie wünschen, sie wüsste es nicht. Deshalb tue ich ihr eigentlich einen Gefallen.«

»Lass mich dich etwas anderes fragen. Hat sie dir schon mal vertrauliche Dinge aus ihrem Leben erzählt?«

»Ja.«

»Wünscht du dir, du wüsstest nicht, was du weißt, oder tragen diese Dinge auch dazu bei, diesen Menschen interessant für dich zu machen?«

»Worauf wollen Sie hinaus?«

»Ich will darauf hinaus, dass ich das Gefühl habe, du hast die Sache mit dem unbeschriebenen Blatt missverstanden. Wir befinden uns in einem ständigen Zustand des Austauschs miteinander, nicht in einem starren, dauerhaft unbeschriebenen Zustand. Leere Blätter werden ziemlich schnell gefüllt, wenn wir einen Menschen kennenlernen, egal ob er uns die Wahrheit über sich erzählt oder nicht. Und falls es Informationslücken gibt, neigen wir dazu, diese mit unseren eigenen Annahmen zu füttern, bis wir ein klares Bild vor uns haben. Ergibt das Sinn?«

»Ja. Wenn wir voreilige Schlüsse ziehen.«

»Genau. Was mich zurück zu dem Mädchen bringt. Joel, was du erlebt hast, definiert nicht, wer du bist, aber es hat dich auf jeden Fall geprägt, und so etwas kannst du nicht für den Rest deines Lebens verbergen, und das wäre auch nicht ratsam. Deswegen will ich dich ermutigen, dich zu öffnen. Natürlich nur der richtigen Person. Und ich sage nicht, dass dieses Mädchen zwangsläufig die richtige Person ist, aber es klingt, als könnte sie es sein.«

»Was würde ich überhaupt sagen? Muss ich ihr *alles* erzählen?«

»Du *musst* überhaupt nichts. Aber wenn du Freundschaften mit gesunder Nähe erleben willst, wirst du dich irgendwann emotional verwundbar machen müssen.«

»Und wenn ich nicht will?«

»Das kann ich mir nicht vorstellen. Ich glaube, dass du dich nach tiefgehenden Beziehungen sehnst. Ich glaube, das hast du immer gewollt. Ich glaube, deswegen bist du überhaupt hier gelandet.«

»Um eine tiefgehende Beziehung mit Ihnen aufzubauen?«

»Nein. Weil du die einzige tiefgehende Beziehung, die du hattest, mit jemandem hattest, der nicht wirklich existiert hat.«

»Ach ja. Das.«

»Die Lücke in deinem Leben, die ›Crystal‹ gefüllt hat, ist immer noch da. Und wenn du sie nicht mit realen Menschen aus Fleisch und Blut füllst, habe ich Angst, dass du dich vielleicht anderen Dingen zuwendest.«

»Was für andere Dinge? Heroin? Prostituierte? Illegale Hundekämpfe? Ich schätze, die Welt liegt mir zu Füßen und ich kann alles ausprobieren und herausfinden, was mir am meisten liegt ...«

»Joel.«

»Ja?«

»Bitte bleib ernst.«

»Okay.«

»Denk einfach darüber nach, ihr davon zu erzählen, was du durchgemacht hast, in Ordnung?«

»Alles klar.«

»Alles klar, du machst es, oder alles klar, du denkst darüber nach?«

»Alles klar, ich denke darüber nach. Vielleicht.«

»Das ist ein Ziel.«

TEIL 2

KAPITEL 15

Ich bin generell kein Fan vom November. Er ist kalt. Er ist grau. Es wird zu viel Football gespielt. Im Kalender ist er am weitesten von dem Zeitpunkt entfernt, ab dem ich gerne wieder draußen bin. Im November wird mir immer klar, dass ich einen Scheibenwischer verloren habe und dass ich noch keine gute Winterjacke habe. Und er ist der Anfang der schlimmsten Zeit des Jahres: die Kette an Feiertagen von Thanksgiving bis Neujahr.

Ich weiß, dass ich mit meiner Meinung in der Minderheit bin, denn die meisten Leute lieben die Feiertage, aber habt Nachsicht mit mir. Familiengeschichtlich ist das Schlimme, das passiert ist, nie so präsent wie in der Weihnachtszeit. Vorher waren die Teagues in dieser Jahreszeit ein fröhlicher, gut aufgelegter Haufen, genau wic allc anderen auch. In Virginia feierten wir Ende November Thanksgiving bei meinen Großeltern, ganz traditionell mit Truthahn, kratzigen Pullovern, dem Fällen des Weihnachtsbaums und dem jährlichen Familienfoto. Und vier Wochen später, an Weihnachten, machten wir das Ganze noch mal.

Aber dann passierte das Schlimme, und wir zogen nach Michigan, weit weg von allem, was früher war. Jetzt gehen wir an Thanksgiving und Weihnachten zu Tante Denise und Onkel Jim, wo wir uns an nichts beteiligen, außer dass wir auftauchen.

Dieses Jahr an Thanksgiving saß Dad in einer zerlöcherten Jogginghose vor dem Fernseher, während Mom im Morgenmantel kettenrauchend die Sonderangebote in der Zeitung durchging, bis wir nur noch fünf Minuten hatten, bevor wir aufbrechen mussten. Dad zog sich in letzter Sekunde eine richtige Hose an und Mom einen Rollkragenpullover, und dann verließen wir mit einem Kürbiskuchen aus dem Supermarkt das Haus.

Weil ich Moms Wunsch, Dev anzurufen, nicht erfüllt hatte, sah ich meinen Cousin seit der Trennung von Scarlet zum ersten Mal. Als Buße für meinen Ungehorsam musste ich Mom versprechen, besonders nett zu ihm zu sein, weil er den Verlust der schärfsten Braut des Planeten (meine Definition) noch immer betrauerte. Ich war also auf geheuchelte Anteilnahme eingestellt, doch als wir bei meiner Tante ankamen, schmückte er gerade mit einer quirligen Brünetten den Weihnachtsbaum, und der Fall hatte sich erledigt.

Sie hieß Tracey und unterrichtete Aerobic. Sie war freundlich und höflich, wie es neue Freundinnen wahrscheinlich immer sind. Ich wusste nicht, ob sie irgendwas mit der Trennung zu tun gehabt hatte, aber gemessen an dem Grad der Vertrautheit zwischen den beiden schien es gut möglich. Während des Essens teilte ich über dem Süßkartoffelauflauf unwillkürlich böse Blicke aus.

Ich meine, nach der Trennung von einer Frau wie Scarlet hätte ich dem Typ jede schmutzige Affäre als ungesunden Bewältigungsmechanismus nachgesehen, aber das hier wirkte anders. Tracey und Devin hielten die ganze Zeit Händchen, knuddelten sich und lösten das fast übermächtige Bedürfnis in mir aus, meinem Vetter in die Nüsse zu treten.

Eine Weile nach dem Kürbiskuchen bemerkte Devin, dass außer Tracey noch andere Menschen im Raum waren, und er wurde meiner Anwesenheit gewahr.

»Hey, Mann. Was geht, Alter?« Stellt euch vor, wie die größte Football-Dumpfbacke redet, und ihr hört seine Stimme. »Wie läuft's mit deiner Blutkrankheit?«

»Toll«, sagte ich. Und weil ich wusste, dass er keine Ahnung von Anämie hatte, erklärte ich: »Die Transplantation war erfolgreich.«

»Cool, Mann.« Er bat Tracey (oder »Babe«, wie er sie nannte), ihm noch ein Stück Kuchen aus der Küche zu holen. Kaum war sie draußen, wechselte er das Thema. »Du arbeitest immer noch mit Jess, oder?«

»Yep.«

Er spähte in Traceys Richtung. »Wie geht's ihr?«

»Bestens«, log ich. »Sie liebt ihre neue Bude.« Nachdem Scarlet offiziell bei Devin ausgezogen war, hatte sie sich in den Räumen über der Videothek eingerichtet, einem früheren Maklerbüro, das immerhin über eine Küchenzeile und eine funktionierende Dusche verfügte.

»Freut mich für sie«, sagte Devin, aber ich wusste nicht, ob er es auch meinte. »Redet sie von mir?«

»Nein«, log ich wieder. »Sie ist voll konzentriert auf das Kosmetik-College.«

»Oh. Weißt du, ob sie jemand neuen hat?«

»Na ja, ich habe sie mit ein paar Typen gesehen.« Jetzt hatte ich einen Lauf.

»Echt jetzt?« Er wirkte verwirrt, aber so wirkte Devin meistens. »Na, dann sag ihr schöne Grüße.«

Ich log ein letztes Mal: »Mach ich!«

Genau wie bei Indiana Jones, als er nach Baby fragte, widerstrebte es mir, Devin über seine Ex auf den neuesten Stand zu bringen, vor allem, da er Scarlet ausgetauscht hatte wie eine Klopapierrolle. Die Wahrheit war, dass Scarlet seit der Trennung ziemlich litt. Lasst mich elaborieren:

In der Woche vor Thanksgiving hatte ich eines Nachmittags, als ich zur Arbeit kam, Geschrei gehört. Der Lärm kam aus der Kammer, und die Stimmen waren gedämpft, aber ich verstand jedes Wort, das gesagt wurde.

»Zum letzten Mal, Scarlet, das geht dich nichts an!«, schrie Baby. »Jetzt lass mich endlich in Ruhe!«

»Wie kannst du überhaupt darüber *nachdenken,* es zu behalten?«, schrie Scarlet zurück. »Du kannst niemals ein Kind großziehen, Baby. Du würdest sein Leben zerstören! Und deins!«

Ich lief zur Kammer und riss die Tür auf. Dort stand Scarlet mit hochrotem Gesicht, funkelnden Augen und verschränkten Armen vor Baby, die die Fäuste geballt hatte und aussah, als wäre sie zwei Sekunden davon entfernt, Scarlet zu ermorden.

»Was zum Teufel ist hier los?«, fragte ich.

Niemand beachtete mich.

»Du bist viel zu jung! Du wärst eine grauenhafte Mutter!« Scarlet zeigte mit dem Finger auf Baby, und der Schwung, mit dem sie den Arm ausgestreckt hatte, brachte sie fast aus dem Gleichgewicht.

Jetzt, da die Tür ihre Stimmen nicht mehr dämpfte, hörte ich, dass Scarlet lallte.

Baby sah mich an. »Solo, schaff Doof-Barbie lieber hier weg, bevor ich ihr ein blaues Auge verpasse.«

Weil ich Baby, schwanger oder nicht, alles zutraute, folgte ich ihrem Rat. »Scarlet, kommst du mal kurz mit mir ins Büro?«

»Nein!«, schrie sie. »Das ist *mein* Laden! Ich war zuerst hier! Mach, dass Baby weggeht!«

Baby zuckte die Schultern. »Aber, Chef, du hast mich heute zur Inventur eingeteilt, und du weißt, dass ich alles tue, was du mir aufträgst.«

Ich stand zwischen ihnen. »Bitte, Baby? Kannst du uns fünf Minuten geben?«

Baby warf ihr Klemmbrett ins Regal und stürmte aus der Kammer.

Nachdem die Tür mit Schmackes zugeschlagen war, fragte ich Scarlet: »Worum geht es hier?«

»Sie!«, schrie Scarlet und zeigte mit der übertriebenen Gestik einer Betrunkenen zur Tür. Sie nahm einen Schluck aus einer Colaflasche – ich konnte mir denken, dass nicht nur Cola darin war – und stellte sie zurück ins Regal.

»Warum regst du dich so darüber auf, dass Baby schwanger ist?« Unauffällig schob ich die Flasche aus ihrer Reichweite.

»Ich will nicht drüber reden.« Scarlet schmollte und setzte sich auf einen Stapel Süßigkeitenkartons.

»Denk noch mal drüber nach.«

»Ich will aber nicht«, sagte sie wie ein Kind, dass kein Gemüse essen will. »Ich will das.« Plötzlich packte sie mich am Gürtel und zog mich an sich, schlang mir die Beine um die Hüften, und bevor ich wusste, was los war, schob sie mir die Zunge in den Mund.

Zugegeben, von den vielen (vielen) meiner Fantasien, in denen Scarlet vorkam, gab es möglicherweise ein paar, die genauso anfingen: allein mit ihr in der Kammer, wo sie mich überrumpelt, indem sie stürmisch über mich herfällt. Ich meine, der Reiz des Szenarios ist nachvollziehbar, oder?

Aber wenn man hinzufügt, dass Scarlet blau war wie eine Feldhaubitze und sich verhielt wie eine Vierjährige, war das Ganze nicht mehr so verführerisch.

»Hey, komm schon.« Sanft befreite ich mich aus ihren Armen. »Nicht so.«

»Wir dürfen. Devin und ich haben Schluss gemacht.« Sie drückte die Beine fester um mich und presste mir wieder die Lippen auf den Mund.

Ihr Lipgloss schmeckte nach Erdbeer, und ich musste jedes Gramm Selbstbeherrschung aufbringen, das ich besaß. Doch ich nahm ihre Hände, legte sie auf ihren Schoß und befreite mich aus der Umklammerung ihrer Beine.

Scarlet lachte. »Glaubst du ernsthaft, der Arsch interessiert mich noch nach allem, was passiert ist?« Sie zog mich wieder an sich. »Komm schon, Solo, wir machen ein Baby.«

»Whoa, whoa, whoa!« Ich riss die Hände hoch wie Stoppschilder und wich ans andere Ende der Kammer zurück. Ich kann mir nicht vorstellen, dass es für einen siebzehnjährigen Jungen furchterregendere Worte gibt als diese, selbst wenn sie aus dem Mund der instinktmäßig perfekten Paarungskandidatin kamen. »Ich gehe mal davon aus, dass hier der Alkohol spricht, Scarlet, denn das ist die schlechteste Idee, die je einer hatte.«

»Warum?«, fragte sie gekränkt. »Baby kriegt auch eins.«

»Das ist kein Wettbewerb, Scarlet.«

Sie war den Tränen nah. »Ich hasse Devin. Ich hasse sein blödes Gesicht.«

»Gut so! Sein Gesicht ist echt blöd. Du kannst ihn hassen, so viel du willst!« Ich war sehr erleichtert, dass das Gespräch auf meinen Cousin zurückkam. »Du darfst nur Baby nicht deswegen anschreien.«

Dann fing Scarlet an, betrunken zu weinen, was meiner Meinung nach das schlimmste Weinen ist.

Ich will nicht unsensibel klingen. Ich weiß, dass Scarlet traurig war, und wenn einer weiß, wie wichtig es ist, Gefühle zuzulassen, dann ich. Aber als Mann mit einer betrunkenen, weinenden Frau rumzuhängen ist eine gefährliche Situation, weil, egal was du tust, du machst es nicht besser (Alkohol blockiert rationales Denken), aber dafür hast du viele Möglichkeiten, es noch schlimmer zu machen (zum Beispiel mit Scarlet ein Baby zu zeugen).

Ich wusste nicht, was ich sagen sollte, deshalb sagte ich mal wieder den ersten Satz, der mir durch den Kopf ging. »Ich weiß, im Moment ist es schwer, aber der einzige Weg, eine Krise zu überwinden, ist, sie zu durchschreiten.«

Die Worte stammten von einem Poster, das im Weller-Clawson-Zentrum vor meinem Zimmer hing und auf dem ein riesiger Felsbrocken mit einem Loch in der Mitte zu sehen war. Das Foto war echt, aus irgendeinem Nationalpark oder so was. Der Fels lag auf einem Weg, und man sah die Silhouetten der Leute, die durch das Loch gingen.

Ich hatte lange nicht mehr an das Bild gedacht, obwohl es ehrlich gesagt das einzige Motivationsposter ist, dass mir je eingeleuchtet hat. Und ich dankte meinem Unterbewusstsein, denn von allen Bildern, die mein Hirn hätte hervorholen können – von Garfield zu Charlie Brown und allen philosophischen Comicfiguren dazwischen –, passte der Spruch auf diesem Poster sogar auf die Situation.

Scarlet jedoch war nicht in der Stimmung für Ratschläge. »Kannst du jetzt einfach gehen, Solo?«

»Yep.« Ich war erleichtert. Und dann sagte ich, weil es stimmte: »Tut mir leid, dass es dir nicht gut geht.«

Ich verließ die Kammer und sah nach Baby.

Sie stand mit Maverick an der Theke und scannte zurückgegebene Videos.

»Hey, geht's dir gut?«

»Quietschvergnügt«, sagte sie, aber es klang nicht überzeugend.

»Worum ging es denn eben? Worüber hat sich Scarlet so aufgeregt?«

»Keine Ahnung, Solo. Eben zähle ich noch die Kisten mit den Junior-Mints, im nächsten Moment flippt die Ätzkuh aus.«

»Ich gehe mal Nummern aufhängen«, sagte Maverick, der sich offenbar raushalten wollte.

Baby strich sich durchs Haar. »Im Ernst, Solo. Scarlet kam einfach in die Kammer gestürmt und wollte wissen, ob ich das Baby behalte. Und als ich die Aussage verweigerte, fing sie an, mir eine Million Gründe aufzuzählen, warum ich das Baby nicht behalten kann und dass ich die schlimmste Mutter der Welt wäre und so was.« Baby war wütend, und zwar sichtlich wütender als sonst. »Was geht sie das an? Warum interessiert es sie überhaupt?« Sie verschränkte die Arme. »Weißt du, eigentlich wusste ich noch gar nicht, wie ich mich entscheide, aber jetzt überlege ich, ob ich das Baby allein großziehe, nur um Scarlet eins reinzudrücken. Und wenn ich dann die geilste Erziehung der Welt hinlege und mein Kind den Friedensnobelpreis kriegt, kann ich der blöden Kuh sagen, dass sie die Schnauze halten soll.«

»Ja, Rache ist ein toller Grund dafür, ein Kind großzuziehen«, pflichtete ich ihr bei, »wenn sie kalt serviert wird.«

Sie ignorierte meinen Kommentar. »Scarlet hat den Verstand verloren«, stellte Baby fest. »Maverick sagt, sie hat den ganzen Tag im Büro getrunken. Anscheinend hat sie versucht, über ihn herzufallen.«

Aus irgendeinem peinlichen Grund traf es mich, dass ich heute nicht der Erste war, den Scarlet verführen wollte. »Wirklich?«

»Er hat sie abblitzen lassen. Zum Glück.«

Ich warf einen Blick auf das J.-Crew-Model. »Gut gemacht«, murmelte ich, einerseits, weil er das Richtige getan hatte, und andererseits, weil ich hoffte, es hieß, dass er nicht an Scarlet interessiert war. Nicht, dass wir Konkurrenten waren, ich meine nur: falls doch, hätte ich verloren.

»Übrigens muss ich dir wohl nicht sagen, dass es total unzulässig ist, wenn mich meine Chefin wegen meiner Schwangerschaft mobbt«, erklärte Baby. »Für die Gewerkschaft wäre so was ein gefundenes Fressen. Ich könnte sie verklagen.«

»Hast du es vor?«

Sie verzog das Gesicht und zuckte die Schultern. »Klingt anstrengend.«

Plötzlich kam ein lautes Poltern aus dem Flur, gefolgt von einem Schrei.

Ich lief sofort los, und Maverick und ich erreichten gleichzeitig die Kammer. Er öffnete die Tür und dahinter lag ein riesiger Haufen umgeworfener Zwei-Liter-Flaschen und Süßigkeitenkartons. Irgendwo unter dem Gerümpel hörten wir Scarlets Stimme: »Kann mir jemand helfen?«

Wir gruben sie gemeinsam aus, und Maverick hob sie hoch.

»Was ist passiert?«, fragte er, als er sie nach vorne in den Laden trug. »Hast du dir wehgetan?«

»Ich saß ganz normal da, und plötzlich hat sich der Raum gedreht«, sagte sie. »Und dann lag ich auf dem Boden.«

Maverick musterte sie von Kopf bis Fuß. »Tut dir irgendwas weh?«

»Meine Hand«, wimmerte Scarlet mit halb geschlossenen Augen. »Ich fühle mich nicht gut.«

Maverick setzte sie auf die Theke, und sie fiel fast herunter. »Ach Mist. Du blutest.« Er zeigte auf ihre Hand. »Wahrscheinlich hast du dich an einer der Getränkekisten geschnitten. Ein paar haben scharfe ...«

Scarlet warf einen Blick auf ihre Wunde und übergab sich auf Maverick.

Baby warf einen Blick auf den vollgekotzten Maverick und lief ins Bad. Wir hörten die vertrauten Geräusche ihres Würgens.

»Tut mir leid«, sagte Scarlet, bevor sie auf die Theke sank.

Maverick und ich starrten uns schweigend an.

»Ich muss mich umziehen«, sagte er irgendwann. »Hast du das unter Kontrolle?« Er zeigte auf Scarlet.

Nein, ich hatte »das« nicht unter Kontrolle. Ich hatte immer noch nicht begriffen, was »das« eigentlich war. Die zehn Minuten, seit mein Dienst angefangen hatte, fühlten sich an wie eine Folge von *Melrose Place* im Schnelldurchlauf (Mom sah die Serie, nicht ich, okay?). Aber ich sagte nur: »Ja, klar«, und dann sah ich Maverick hinterher, der würgend zur Hintertür stürzte.

Ich tätschelte Scarlets Wange. »Hey, du musst aufwachen!«

Sie stöhnte, aber sie rührte sich nicht.

Ich krempelte die Ärmel hoch und sah mir ihre Hand an. Man konnte nicht sehen, wie tief der Schnitt war, aber ich schätzte, sie brauchte mehr medizinische Versorgung, als ich ihr geben konnte.

»Hey, Scarlet. Komm schon, wach auf! Ich muss dich zum Arzt fahren.«

»Was für ein Arzt?«, murmelte sie.

»Was?« Ich versuchte mich zu erinnern, ab wie viel Blutverlust man den Arm abbinden musste, während ich abschätzte, wie viel Blut sie verloren hatte, während ich außerdem überlegte, wie das Abbinden ging. »Ich weiß nicht. Zum normalen Arzt.«

»Ich bin Arzt«, sagte eine Stimme hinter mir. »Was ist denn passiert?«

Ich hatte ganz vergessen, dass während all der Ereignisse der Laden offen war, und war vollkommen verwirrt, als ich mich umdrehte und Marc Schwartz mit zwei Videonummern und einer Packung Mikrowellen-Popcorn an der Theke stand.

Vor ein paar Minuten war ich wie jeden Tag zur Arbeit gefahren und hatte R.E.M. gehört, und jetzt stand ich mit meinem alten Psychiater aus der Anstalt über einer halb ohnmächtigen, halb verbluteten Scarlet. Ich hatte Träume von Dinosauriern gehabt, die sich echter angefühlt hatten.

»Ich meine einen normalen Arzt, keinen Psychiater.« Ich zeigte auf das Blut.

Marc ließ sich nicht abwimmeln. »Psychiater haben auch Medizin studiert, Joel«, informierte er mich. »Habt ihr einen Erste-Hilfe-Koffer?«

Der Verbandskasten stand im Schrank neben den Werbe-T-Shirts, und ich gab ihn Marc. Er zog ein Paar Latexhandschuhe an und riet mir, den Laden kurzfristig zu schließen, bis er die Situation unter Kontrolle hatte, also sperrte ich die Tür ab und drehte das GLEICH ZURÜCK-Schild um.

Wir trugen Scarlet in den Pausenraum und setzten sie auf den Tisch. Marc tränkte einen Gazetupfer mit Desinfektionslösung. »Wie ist das passiert?«, fragte er ganz ruhig, während er ihr mit dem Tupfer die Hand säuberte.

Ich erklärte die Situation in möglichst wenigen Worten.

»Hat sie was genommen? Drogen? Medikamente? Was ist mit ihr los?«

»Ich glaube, sie ist bloß betrunken.«

»War sie auf einer Party oder so was?« Marc nahm noch einen Tupfer.

»Sie hat Liebeskummer«, sagte ich, ohne ins Detail zu gehen.

»Okay.« Er nickte. »Habt ihr Sekundenkleber?«

»Sekundenkleber?«

»Das ist zulässig, versprochen.«

Weil ich neulich erst das Büromaterial in der Kammer sortiert hatte, wusste ich, dass wir bei den Schreibwaren auch Sekundenkleber hatten. Ich vertraute Marcs Versprechen, dass Scarlets blutende Hand damit am besten versorgt wäre (warum auch nicht? Wahrscheinlich träumte ich ohnehin nur), und ging den Kleber holen.

Als ich zurückkam, hatte sich auch Baby zu Marc in den Pausenraum gesellt.

»Hey, Boss, wenn du willst, dass ich weiterarbeite, musst du rausgehen und die Kotze wegmachen.« Baby sah über Marcs Schulter auf Scarlets Hand und war genauso blass wie an dem Tag, als ich sie kennengelernt hatte. »Sonst muss ich mich für den Rest des Tages übergeben, und ich kann nicht versprechen, dass ich es immer aufs Klo schaffe.«

Seufzend reichte ich Marc den Kleber.

»Danke, Joel«, sagte er. »Am bestens nimmst du ein Mittel mit Bleiche, um die Stelle zu desinfizieren. Und achte darauf, dass du Handschuhe trägst.«

Natürlich wusste ich das alles, aber ich erinnerte ihn nicht daran, dass, was das Wegmachen fremder Körperflüssigkeiten anging, das hier nicht meine Jungfernfahrt war.

Es dauerte eine Weile – ich erspare euch die Details –, und als ich fertig war, stand Baby vor dem Pausenraum. Sie sah noch fertiger als vorher aus, weshalb ich annahm, es wäre noch was passiert.

»Hat Scarlet wieder gekotzt?«

»Nein«, sagte sie zerstreut. »Ich denke nur nach.«

Ich hätte gern gewusst worüber, aber an dem Tag im Kino hatte ich das Recht verwirkt, Baby persönliche Fragen zu stellen, deswegen sagte ich nur: »Alles sauber. Du kannst weiterarbeiten, wenn du Lust hast. Oder heimgehen, wenn dir danach ist. Heute ist ein komischer Tag.«

»Oh. Nein. Schon gut. Ich gehe gleich nach vorne.«

»Bist du dir sicher? Du wirkst irgendwie gebeutelt.«

»Wie du gesagt hast«, sie wich meinem Blick aus, »heute ist ein komischer Tag.«

Baby schob sich an mir vorbei und ging in den Laden. Ich wäre ihr gefolgt, wenn Marc nicht aus dem Pausenraum gerufen hätte.

Scarlet schlief auf dem Sofa. Neben ihr stand ein Eimer. Marc saß auf einem Stuhl und schrieb etwas auf.

»Hey, Joel.« Er blickte nicht auf, sondern zeigte auf Scarlet. »Kannst du mir ihren Namen sagen?«

»Scarlet«, sagte ich. »Warten Sie, ist es für ein Rezept oder so was? Dann Jessica.«

»Nein, es ist nicht offiziell. Ich wusste nur nicht, wie ich sie nennen soll. Vielleicht geht es dir auch so?«

»Hier heißt sie Scarlet. Wie Scarlett O'Hara«, erklärte ich.

»Ach ja. Die Filmnamen.« Marc schrieb in seiner unleserlichen Ärzteschrift weiter, dann sagte er: »Deswegen habe ich dich nicht gleich erkannt, als ich dich zum ersten Mal hier sah. Ich kann mir Namen besser merken als Gesichter. Namen und Gesichter zusammen jedenfalls. Aber keine Angst, an dich erinnere ich mich sehr gut. Nicht, dass du denkst, ich hätte dich vergessen.«

»Danke«, sagte ich. »Oder wäre es nicht eigentlich besser, wenn Sie mich vergessen hätten? Ich muss ziemlich verkorkst gewesen sein, wenn Sie mich bei einer Gegenüberstellung nach Jahren immer noch identifizieren können.«

Er schüttelte den Kopf. »In meinem Fachgebiet ist jeder Patient gleichzeitig unvergesslich und Routine.« Marc schrieb weiter. »Wie ist es dir in den letzten Jahren ergangen?«

»Na ja, ich war nicht in der Klinik, also wahrscheinlich ganz gut.«

Er lachte. »Genau daran erinnere ich mich. An deinen Humor.« Marc lächelte, dann steckte er den Deckel auf den Stift. Er hielt mir den Zettel hin, auf dem eine Liste von Warnzeichen einer Alkoholvergiftung stand (wobei er davon ausging, dass Scarlet keine hatte) und ein paar Ratschläge, wie sie die Wunde an der Hand weiterbehandeln sollte. Schließlich gab er mir seine Visitenkarte.

»Ich weiß, du hast gesagt, sie braucht keinen Therapeuten, aber falls sie wissen will, welcher Quacksalber ihr die Wunde zugeklebt hat, kannst du ihr die hier geben.«

»Danke.«

»Ich freue mich, dich ab und zu zu sehen«, sagte er. »Pass auf dich auf, Joel.«

»Ja. Sie auch.«

Dann ging er und lieh sich die Filme aus, wegen denen er hergekommen war.

Ich nahm eine Decke aus der Kommode und deckte Scarlet zu. Sie atmete schwer durch den offenen Mund. Die verbundene Hand lag über ihren Augen. Ich löschte das große Licht, dann las ich Marcs Anweisungen für Scarlet.

Darunter stand noch folgende Nachricht:

Ich habe gehört, Sie machen gerade eine schwere Zeit durch. Falls Sie mal mit einem Therapeuten sprechen wollen, rufen Sie gerne in meiner Praxis an. Falls nicht, bin ich froh, dass Sie ein paar nette Kollegen haben, die sich um Sie kümmern.

Ich lächelte.

Etwas später kam Maverick zurück, und wir wechselten uns damit ab, auf Scarlet aufzupassen und die Unordnung aufzuräumen.

Kurz vor Feierabend wurde sie von allein wieder wach, und Maverick bot an, sie zum Übernachten zu einer Freundin zu fahren, damit sie nicht allein war. Trotz ihrer Versicherung, dass ihr nicht mehr schlecht war, ließ er sie nicht ohne Mülltüte ins Auto. Ich half ihm, sie anzuschnallen, und sah ihnen hinterher.

Eines, was ich in der Therapie gelernt habe, ist, dass die meisten Menschen, die eine Macke haben, erst ihren Tiefpunkt erreichen müssen. Solange der Preis, die Probleme zu verdrängen, nicht höher ist als der Preis, sich damit auseinanderzusetzen, ist es leichter, die Dose vor sich her zu kicken, bis der Bürgersteig endet und man im Graben landet und keine andere Wahl hat, als den langen, mühsamen Wiederaufstieg anzugehen.

Und die andere Lektion, die ich in der Therapie gelernt habe, ist, dass man den Tiefpunkt meistens nicht im freien Fall erreicht. Man spaziert nicht arglos vor sich hin, und plötzlich öffnet sich der Boden. Meistens ist der Abstieg schleichend.

Es ist ein bisschen wie Treibsand. Und normalerweise ist man nicht allein, wenn man hineingerät. Meistens stehen Leute am Rand, die einem Seile zuwerfen und versuchen, einen rauszuholen, bevor man ganz versinkt. Manchmal kommen sie sogar hüfttief herein, um einem zu helfen, und manchmal, wenn man um sich schlägt, reißt man sie mit runter.

In der Zeit vor dem Schlimmen, das passiert ist, war mir nicht klar, dass meine ganze Familie im Treibsand steckte. Hätte ich es gewusst, hätte ich garantiert alles getan, um es zu verhindern.

Ich sage nicht, dass Scarlet im Treibsand steckte. Vielleicht tat sie es, vielleicht hatte sie aber auch einfach nur getrunken, um Dampf abzulassen, und dann waren ein paar Sachen schiefgegangen. Aber falls sie wirklich auf dem Weg nach unten war, hatte Devin wahrscheinlich zumindest teilweise Schuld daran.

Und das war der Grund, warum ich an Thanksgiving, während er mit unseren Vätern darüber sprach, wie schlecht die Lions in dieser Saison spielten, zu Tracey hinüberging und ihr im Vertrauen erzählte, dass ihr Freund wegen mehrerer Geschlechtskrankheiten in Behandlung war.

KAPITEL 16

Hier ein Tipp: Wenn ihr eure Kollegen in der Vorweihnachtszeit richtig leiden lassen wollt, dann ist Wichteln eine todsichere Methode.

Für die glücklichen Unwissenden unter euch: Wichteln ist ein vorweihnachtlicher Brauch am Arbeitsplatz, bei dem per Losverfahren bestimmt wird, wer wem ein Geschenk besorgt, egal, ob man sich persönlich nahesteht oder nicht.

So zumindest Poppins' Erklärung bei der Teamversammlung Anfang Dezember.

»Wir hängen im Pausenraum Weihnachtsstrümpfe auf, einen für jeden. Ihr müsst zwischen heute und dem Dreiundzwanzigsten drei Geschenke in den Strumpf eurer Person stecken, zwei kleinere und ein Hauptgeschenk, die insgesamt nicht mehr als fünfundzwanzig Dollar kosten«, erklärte sie stolz. »Fragen?«

»Ja«, sagte Baby genervt. »Was ist, wenn wir nicht mitspielen wollen?«

Poppins tauschte einen Blick mit Scarlet, die für sie antwortete. »Pech. Ich habe euch um Input bei der Planung von Weihnachtsaktivitäten gebeten, und Poppins war die Einzige, die einen Vorschlag gemacht hat. Wenn's dir nicht passt, ist das dein Problem.«

Poppins lächelte. »Sonst noch Fragen?«

»Warte mal«, hakte Baby nach. »Willst du mir sagen, dass ich von meinem Arbeitgeber gezwungen werde, meinen hart verdienten

Lohn für ein Weihnachtsgeschenk an jemanden auszugeben, den ich vielleicht überhaupt nicht mag?« Sie sah sich um. »Nicht persönlich gemeint, Leute, aber im Moment habe ich dringendere finanzielle Verpflichtungen, als einem von euch irgendwelchen Mist zu kaufen.« Baby legte sich die Hand auf den Bauch, der inzwischen eindeutig Formen annahm. Irgendwann in den letzten Wochen war bei Baby »der Knoten geplatzt« (ihr Ausdruck), und seitdem ließ sich die Schwangerschaft nicht mehr unter ihren Klamotten verbergen. Sie hatte alle XL-T-Shirts aus dem Werbemittelkarton als Umstandsmode beschlagnahmt, und heute trug sie *Black Sheep*, eine Komödie mit Chris Farley und David Spade.

Scarlet sah Baby nicht an. »Ja, genau das will ich sagen.«

Seit dem Zusammenstoß in der Kammer war das Verhältnis zwischen Baby und Scarlet angespannt. Ich hatte gehofft, die Zeit würde heilen, was immer zwischen ihnen wund war, aber bisher konnte davon keine Rede sein.

Diesmal setzte ich mich für Baby ein, wie ich es schon bei ihrem Protest gegen die Halloween-Verkleidung hätte tun müssen. »Warte mal. Fünfundzwanzig Dollar sind das *Maximum*, oder? Man *muss* nicht so viel ausgeben; man darf nur nicht mehr ausgeben.«

Poppins dachte kurz darüber nach. »Ja, ich schätze schon. Auch wenn es irgendwie unfair wäre, wenn jeder Geschenke für fünfundzwanzig Dollar kriegt außer der, den Baby beschenkt.«

»Ehrlich gesagt habe ich auch keine Lust, fünfundzwanzig Tacken für einen von euch auszugeben«, warf Hannibal ein. »Ich will kein Spielverderber sein, aber meine Mutter hat angefangen, von mir Miete zu kassieren, und ich bin zurzeit auch ziemlich blank.«

Poppins war enttäuscht. »Ach kommt schon, Leute. Es ist Weihnachten.«

»Muss das Geschenk materiell sein?«, fragte der Pate. »Können wir jemandem zum Beispiel auch einen Gefallen schenken? Gefallen kosten nichts, aber sie können viel wert sein.« Sie zog einen

Taschenspiegel heraus und prüfte ihren Lippenstift. »Manchmal sogar unbezahlbar.«

»Ich schätze, es müssen nicht unbedingt *gekaufte* Geschenke sein«, lenkte Poppins ein. »Solange sich die Leute Gedanken machen, ist es in Ordnung, würde ich sagen.«

Anscheinend gingen den anderen die Einwände aus, und wir kamen nicht darum herum, Namen zu ziehen.

Poppins hielt eine Schüssel hoch und warf ein paar Zettel hinein. »Wer will anfangen?«

Maverick, der kein Spielverderber war, hob die Hand. Er griff in die Schüssel, nahm sich einen Zettel, dann grinste er und lehnte sich zurück.

»Ach, was ich vergessen habe – wenn man den eigenen Namen erwischt, muss man noch mal ziehen«, sagte Poppins.

Mavericks Lächeln verschwand. Er warf den Zettel zurück in die Schüssel und nahm einen anderen.

Ich wusste nicht, auf welchen Namen ich hoffen sollte. In den letzten acht Jahren hatte ich fünf Geschenke gekauft, vier davon das Parfum »White Shoulders« für meine Mutter.

Das fünfte Geschenk war eine längere Geschichte, die ich ein andermal erzähle.

Ich beschloss, auf einen Typen zu hoffen, weil ich in Hannibals oder Mavericks Strumpf einfach ein paar Ausgaben von *Rolling Stone* oder *Maxim* stecken konnte, während ich bei jemandem wie Poppins keine Ahnung hatte, in welcher Richtung ich mit dem Nachdenken anfangen sollte. Poppins wirkte, als würde sie sich richtig Mühe geben mit den Geschenken, die sie kaufte, und umgekehrt hatte sie wahrscheinlich hohe Erwartungen an ihren Wichtel. Ihren Namen zu ziehen, wäre eindeutig das Worst-Case-Szenario, da ich so gut wie garantiert eine Riesenenttäuschung für sie wäre.

Als ich in die Schüssel griff und den Paten zog, war ich unschlüssig, ob ich mich freuen oder ärgern sollte.

»Der Witz des Spiels ist auch, zu erraten, wer wessen Wichtel ist«, erinnerte uns Poppins, als alle Zettel gezogen waren. »Also denkt daran: *niemandem* sagen, wen ihr habt!«

Kaum hatte sie es ausgesprochen, tippte mir Baby auf die Schulter und fragte: »Wen hast du?«

Ich war überrascht. Nicht, weil sie Poppins' alberne Regel brechen wollte, sondern weil sie eine Unterhaltung mit mir anfing. Ich meine, wir redeten nicht *nicht* miteinander, aber an dem Tag im Kino, als ich den Sessel verprügelt hatte, hatte Baby ihre Position deutlich gemacht, und bis auf den Zwischenfall mit Scarlet in der Kammer hielt Baby Distanz zu mir.

Doch obwohl wir keine Zeit miteinander verbrachten, dachte ich viel über Baby nach. Und ich dachte darüber nach, was mein Therapeut gesagt hatte, und ich wusste, dass er recht hatte. Ich brauchte einen vertrauten Menschen. Meine Macke hatte auch damit zu tun, dass ich so verdammt lange so verdammt einsam gewesen war. Aber mein Problem war nicht, zuzugeben, dass ich mir emotionale Tiefe mit Baby wünschte. Mein Problem war, immer wenn ich mir vornahm, ihr von meiner Vergangenheit zu erzählen, stellte ich mir unweigerlich vor, wie sie einen schwarzen Marker zückte und auf meine Tabula rasa SPINNER schrieb – so wie sie an dem Tag, als wir uns kennenlernten, auf mein Namensschild SOLO geschrieben hatte – und mich dann zum Teufel jagte.

Ich wartete, bis der Pausenraum leer war, dann zeigte ich Baby meinen Wichtelzettel.

Ihr klappte der Mund auf. »Ich fasse es nicht, dass du es mir verrätst! Du erzählst mir doch sonst nie was, Solo.«

Es tat ein bisschen weh. Sollte es auch.

»Wen hast du gezogen?«, fragte ich zurück.

Sie grinste. »Als würde ich dir das erzählen.«

»Heißt das, du bist mein Wichtel? Es ist nämlich echt schwer, mich zu beschenken.«

»Was schenkt man einem, der schon alles hat? Das hier, schätze ich.« Sie öffnete ihre Tasche und zog einen rosa Umschlag heraus.

»Was ist das? Eine Weihnachtskarte?«

»Mach ihn auf.«

Ich riss den Umschlag auf und nahm eine Karte aus dickem Papier heraus, auf die zwei gezeichnete Raubkatzen in Abendgarderobe eingeprägt waren. Unter der, die wahrscheinlich das Männchen war, stand Bob, und unter dem Weibchen stand Kat.

»Das sind Luchse. Weil sie Bob und Kat heißen, und *Bobcat* heißt Luchs.« Baby schüttelte den Kopf. »Das ist das Peinlichste, was ich je gesehen habe.«

Ich zeigte auf die Zeichnung. »Findest du? Die sind doch obercool!« Ich las die Karte. Die Trauung fand am Valentinstag statt.

»Fühl dich nicht verpflichtet zu kommen.« Baby strich sich durchs Haar. »Ich meine, wie du siehst, bist du eingeladen. Aber im Ernst, ich verstehe total, wenn du keine Lust hast, zur Hochzeit von zwei Leuten zu gehen, die sich selbst BobKat nennen. Wenn ich nicht müsste, würde ich auch nicht hingehen.«

»Meinst du, dass sie mich wirklich dabeihaben wollen?«, fragte ich. »Ich habe Kat nur einmal gesehen. Ist es nicht komisch, wenn ich da aufkreuze?«

Baby trat von einem Fuß auf den anderen. »Nein. Ich meine, nicht, wenn du mit mir hingehst.«

»Ach so«, sagte ich. »Ich wäre *dein* Begleiter?«

»Du musst nicht. Ich würde mich nur zu Tode langweilen, wenn ich allein gehe«, sagte sie schnell. »Und es ist nicht so, dass sie mir zum Valentinstag zurzeit die Bude einrennen.« Sie zeigte auf ihren Bauch.

Ich hatte das Gefühl, Baby reichte mir die Friedenspfeife, und ich würde sie nicht ablehnen. »Wie läuft es eigentlich mit der Schwangerschaft und so? Du hast noch gar nicht erzählt, wie deine Mutter die Neuigkeit aufgenommen hat.«

Baby seufzte. »Ein Vorteil, wenn dich deine Mutter als Teenager gekriegt hat, ist, dass sie dir keine Vorwürfe machen kann, wenn du in der Highschool schwanger wirst.«

»Schön, dass du unter die Optimisten gegangen bist«, witzelte ich.

Baby verdrehte die Augen. »Kat hat gefragt, ob es von dir ist. Ich habe gesagt, natürlich nicht. Da wirkte sie irgendwie enttäuscht.«

»Bitte richte ihr aus, dass ich mich geschmeichelt fühle.«

»Igitt.« Baby schüttelte sich. »Jedenfalls weiß sie es, und sie hat mich nicht umgebracht oder vor die Tür gesetzt, als ich es ihr gesagt habe, also schätze ich, dass bei uns alles in Butter ist.«

»Das ist gut«, sagte ich. Und dann musste ich unbedingt fragen: »Heißt die Einladung, dass bei uns auch alles in Butter ist?«

Baby zuckte die Schultern. »Wir haben uns ja nie gestritten, Solo. Ich meine, du und der Kinosessel, ihr hattet offenbar ein Hühnchen zu rupfen, aber bei dir und mir ist alles klar.«

Das war eine Erleichterung. »Sicher?«

Baby nickte. »Ja. Ich weiß, dass du mir nichts von dir erzählen willst, und deshalb habe ich beschlossen, dass es mir egal ist.«

»Oh.« Überrascht stellte ich fest, dass ihre Worte mir einen Stich versetzten. »Okay.«

Baby sah es mir offenbar an. »Ich will nicht zickig sein, Solo. Ich bin einfach drüber weg.« Sie war offen zu mir. »Anscheinend willst du nicht, dass ich über deinen Mist Bescheid weiß. Das verstehe ich. Ich wünschte, du wüsstest über meinen Mist auch nicht Bescheid, aber dafür ist es eben zu spät. Außerdem, wenn du mir die Wahrheit erzählen würdest, warum du im Headlights ausgeflippt bist, würde ich dir wahrscheinlich noch mehr von meinem Mist erzählen wollen. Und dann würdest du mir noch mehr von deinem Mist erzählen, und dann hätten wir ein schräges Co-Abhängigkeitsverhältnis und müssten uns ständig alles erzählen. Und dann was?« Sie hielt inne. »Was ist, wenn einer von uns irgendwann richtig arschig zum andern ist, und unsere Freundschaft geht kaputt? Ich will niemanden zum Feind haben, der meine dunkelsten Geheimnisse kennt – das Risiko ist viel zu groß.«

Ihre Logik leuchtete mir vollkommen ein. Tatsächlich war es ein gutes Argument gegen alles, was mein Therapeut über Beziehungen und Verwundbarkeit verzapft hatte.

Trotzdem irritierte es mich, wenn Baby es sagte.

»Ich will trotzdem mit dir abhängen, Solo. Wir behalten einfach unsere Probleme für uns und reden lieber über oberflächliche Sachen. Filme zum Beispiel. Auf dem Gebiet habe ich dir noch viel beizubringen.«

Ich zwang mich zu einem Lächeln, aber ich war nicht glücklich. Zu spät wurde mir klar, wie groß mein Wunsch war, nicht nur *oberflächlich* mit Baby befreundet zu sein.

»Dann ist ja alles klar.« Ich steckte die Einladung ein. »Sag BobKat, ich komme. Ich schenke ihnen einen Toaster.«

Baby nickte, aber sie lächelte nicht zurück. »Perfekt.«

KAPITEL 17

Ein Lippenstift der Farbe »Kiss of Death« von Chanel kostete an der Make-up-Theke im Kaufhaus achtundzwanzig Dollar. Es war mir egal, dass er das Budget sprengte, das mir insgesamt zur Verfügung stand, oder dass die mittelalte Frau mit dem Clownsgesicht, die ihn mir verkaufte, fragte, ob ich ihn gleich tragen wollte. Es war der zweiundzwanzigste Dezember, und ich war sehr spät dran mit dem letzten Wichtelgeschenk. Der Lippenstift war das Einzige, das mir einfiel, worüber sich der Pate garantiert freuen würde, und nachdem ich die ersten beiden Geschenke vergeigt hatte, brauchte ich ein starkes Finale.

Wie vorausgesehen war das Wichteln ein Albtraum für mich. In der ersten Runde hatte ich total vergessen, ein Geschenk zu besorgen, und mir eine Tüte Erdnuss-M&Ms aus der Kammer geschnappt, die ich als meine bescheidene Gabe in den Strumpf steckte. Ich hatte nicht gewusst, dass der Pate eine Nussallergie hatte.

»Nicht lustig«, verkündete sie allen, die an jenem Tag da waren, um ihre Gehaltsschecks abzuholen. »Wer das getan hat, soll wissen, dass weitere Anschläge auf mein Leben Konsequenzen haben.«

Beim zweiten Mal lief es kaum besser: Ich schenkte ihr meine volle Bonuskarte von Subway, mit der sie, wenn sie sich ein mittelgroßes Getränk kaufte, ein Truthahn-Maxi-Baguette umsonst dazubekam. Wie sich herausstellte, war der Pate Vegetarierin.

»Ich erkläre meinem Wichtel den Krieg«, sagte sie, bevor sie mein Geschenk in den Müll warf.

Zweiter Streich.

Als wäre das nicht schlimm genug, schien mein Wichtel ein wahrer Zauberer zu sein. Mein erstes Geschenk war ein Miniatur-Han-Solo-in-Karbonit als Schlüsselanhänger, aufwendig verpackt in einer Art Schatulle mit viel gekräuseltem Geschenkband obendrauf. Das zweite Geschenk war ein kleines, aber sehr detailliertes Spritzgussmodell des Millennium Falken. Es war eindeutig ein Sammlerstück und wahrscheinlich nicht billig. Auch hier war die Schachtel sehr professionell verpackt, und auf einem Schild stand mein Name in Kalligrafie.

Alle Zeichen deuteten auf Poppins.

Was für ein Glück, dass ich nicht ihren Namen gezogen hatte.

Ich achtete kaum darauf, was die anderen in ihren Strümpfen fanden, bis auf Baby, die eine Packung Schnuller und eine Packung Beißringe bekam.

Aber da Baby und ich dieser Tage nur über oberflächliche Dinge sprachen, durfte ich sie nicht fragen, wie es ihr damit ging, obwohl ich es gern gewusst hätte.

Es gab noch viel mehr, was ich von Baby wissen wollte, aber nicht fragen durfte. Zum Beispiel: Hatte sie sich schon entschieden, ob sie das Baby behalten würde? Hatte sie Indy überhaupt erzählt, dass sie das Kind bekam? Und hatte sie schon von den Colleges gehört, bei denen sie sich beworben hatte? Stattdessen redeten wir, wenn wir Zeit miteinander verbrachten, über die Bestenliste der Jim-Carrey-Filme oder diskutierten, ob *Stirb langsam* ein Weihnachtsklassiker war oder nicht.

Versteht mich nicht falsch – ich war froh, dass wir noch Freunde waren. Aber es war nicht die Art von Freundschaft, die mir der Arzt verschrieben hatte (buchstäblich).

Die Kosmetikverkäuferin bestand darauf, den Lippenstift für den

Paten hübsch einzupacken, und dann ging ich durchs Einkaufszentrum zurück zu JCPenney (weil ich bei JCPenney geparkt hatte, weil ich nicht wusste, dass man »Kiss of Death« nicht bei JCPenney bekam, weil ich keine Ahnung von Chanel hatte, weil, wieso auch?).

Da die Geschäfte bis Weihnachten nur noch drei Tage geöffnet hatten, war das Einkaufszentrum rappelvoll. Als ich mich durch die Massen schlängelte, wurde mir klar, dass ich noch nie in meinem Leben vor Weihnachten im Einkaufszentrum gewesen war (das Parfum für meine Mutter gab es auch im Drogeriemarkt in unserer Straße), aber dass ich das einzige Geschenk, das ich sonst gekauft habe, aus dem Musikladen hier hatte. Ihr könnt euch denken, dass es ein Geschenk für Crystal war.

Bevor ihr euch wundert, die Ohrringe, das Make-up und die anderen Sachen, die ich für sie besorgt hatte, waren keine Geschenke. Als Crystal aus Virginia kam, hatte sie nichts dabei außer dem Schuhkarton und den Kleidern, die sie am Leib trug, und was ich ihr im Drogeriemarkt kaufte, waren Dinge des täglichen Bedarfs. Das einzige offizielle Geschenk, das ich ihr machte, waren Konzertkarten für Bon Jovis »Keep-the-Faith«-Tour, was ziemlich obercool von mir war, wenn ich das sagen darf.

»Ist das dein Ernst, Joel?« Crystal riss die Augen auf und hielt sich die Hand vor den Mund. »Du gehst mit mir zu Bon Jovi?«

»Na ja, ich gehe bestimmt nicht, weil *ich* besonders auf sie stehe«, sagte ich.

»Danke, danke, danke!«, quiekte sie. »Das ist der Oberhammer! Ich ziehe auf jeden Fall das grüne Kleid an!«

Das Konzert fand im Palace-of-Auburn-Hills-Stadion statt, was eine Herausforderung war, denn das Stadion lag fünfundzwanzig Kilometer außerhalb des Bereichs, in dem ich mit dem Fahrrad fahren durfte, und meine Eltern fanden es garantiert nicht okay, wenn ich als Dreizehnjähriger ohne Begleitung eines Erwachsenen auf ein Rockkonzert ging.

Zum Glück hatte Devin gerade den Führerschein gemacht und stellte nicht viele Fragen. Ich gab ihm das Taschengeld, das ich gespart hatte, um Crystal auf dem Konzert ein T-Shirt zu kaufen, und dafür setzte er mich am Palace ab und versprach, mich um zehn, wenn die benachbarte Baseballanlage zumachte, wieder abzuholen.

Kaum war Devin weg, traf ich mich mit Crystal. Sie war allein gekommen und trug das Kleid ohne Jacke, obwohl es Anfang März noch eiskalt war.

Sie umarmte mich. »Ich fasse es nicht, dass wir hier sind, Joel! Ist es nicht unglaublich, dass wir gleich im selben Raum wie Jon Bon Jovi und Richie Sambora sind?«

»Ich kann mich kaum halten«, gab ich zurück, aber ich war glücklich, dass sie glücklich war.

Zuerst spielte die Jeff Healey Band. Dann kam Bon Jovi auf die Bühne, und selbst von unseren billigen Plätzen aus – den einzigen, die ich mir leisten konnte – war die Show ziemlich toll. Da waren Rauch und Laser und Explosionen und richtig laute Gitarren. Und dann war da Crystal, die sich die Lunge aus dem Hals schrie und jede Sekunde großartig fand.

Für mich war sie die eigentliche Show, nicht die Jungs auf der Bühne. Crystal konnte jedes Lied auswendig, und sie tobte auf ihrem Platz und grölte jedes Wort mit, und ihre braunen Locken hüpften, als hätten sie ein Eigenleben. Crystal an diesem Abend zuzusehen, war eine der wenigen Freuden in meinem Leben. Es müsste ein Wort geben für das Glück, jemandem, den man liebt, bei etwas zuzusehen, das er so liebt wie Crystal Bon Jovi. Ich glaube, es ist noch viel besser, als selbst etwas zu tun, das man liebt.

Ich behielt die Uhr im Auge, weil ich Devin auf keinen Fall verpassen durfte. Um fünf vor zehn sagte ich Crystal, dass ich gehen musste.

»Aber du kannst auf keinen Fall vor ›Livin' on a Prayer‹ gehen«, entgegnete sie. »So lange musst du noch bleiben, es ist mein Lieblingssong!«

»Na gut«, sagte ich widerwillig. Crystal verlangte so wenig, und ich wollte ihr den Wunsch erfüllen. Außerdem konnte sie ja nichts dafür, redete ich mir immer wieder ein, dass die Band den Song erst ganz am Ende spielte, um Viertel nach elf.

»Das war der allerbeste Abend meines ganzen Lebens, Joel«, sagte Crystal, als das Licht auf der Bühne ausging. »So was hat noch nie jemand für mich getan. Ich hätte nicht gedacht, dass es mal jemand tut. Ich hätte dir mehr vertrauen sollen. Tut mir leid.« Sie nahm mich in den Arm und kraulte mir mit ihren Emerald-City-grünen Fingernägeln den Kopf. »Ich wünschte, ich hätte mehr Zeit mit dir verbracht.«

»Sehen wir uns bald wieder?«

»Ja!«, sagte sie. Und dann verschwand sie in der Menge.

Es war Viertel vor zwölf, als ich Devin endlich fand, draußen vor der Arena unter einer Straßenlaterne. Neben ihm stand meine Tante Denise mit saurem Gesicht, ein Polizeibeamter und meine stinkwütende Mutter.

Am nächsten Tag schickten sie mich ins Weller-Clawson-Zentrum.

Ich weiß nicht, ob euch das im Einkaufszentrum auch schon mal passiert ist, aber ich konnte mich absolut nicht erinnern, wo ich die verdammte Karre geparkt hatte. Ich hatte nicht darauf geachtet, in welcher Abteilung von JCPenney ich reingekommen war, deshalb hatte ich auch keine Ahnung, an welcher Stelle ich wieder raus auf den Parkplatz musste.

Statt draußen zu suchen und mir in der Kälte den Arsch abzufrieren, bis ich zufällig über meinen LeBaron stolperte, beschloss ich, im Kaufhaus herumzulaufen, bis vielleicht irgendwas meine

Erinnerung triggerte und mir wieder einfiel, wo es langging. Doch nichts, was ich sah, kam mir vertraut vor – weder die Levi's-Auslage am Eingang der Damenabteilung noch die Schaufensterpuppen mit den »No Fear«-Shirts in der Herrenabteilung. Ich konnte mich nicht mal erinnern, ob ich an dem Typ von der Heilsarmee vorbeigekommen war, so einen Tunnelblick hatte ich auf der Suche nach dem Lippenstift gehabt.

Ich fand mich gerade damit ab, für immer im Einkaufszentrum bleiben zu müssen, als ich an der Schmucktheke plötzlich meinen Vater entdeckte.

Ich musste zweimal hinsehen, um sicher zu sein, aber kein Mensch außer meinem Vater trug noch Members-Only-Jacken, und damit war er selbst von Weitem leicht zu erkennen.

Es war seltsam, meinen Vater im Einkaufszentrum zu sehen, mal ganz abgesehen von dem Zufall. Erstens ging Dad eigentlich nie einkaufen. Für Shopping war meiner Mutter zuständig. Er hatte eine derartige Abneigung dagegen, dass Mom sogar ihre eigenen Weihnachtsgeschenke selbst kaufte, damit Dad keinen Laden betreten musste. Meistens wusste er bis zur Bescherung nicht, was er ihr schenkte.

Außerdem war Sonntagnachmittag, was hieß, dass Dad eigentlich bei Maple Mable's sein müsste. Er machte nie Ausnahmen, außer wenn er krank war, und das war er offensichtlich nicht.

Egal. Ich freute mich, ihn zu sehen, weil er mich mit seinem Auto über den Parkplatz fahren und mir bei der Suche nach meinem Auto helfen konnte.

»Dad!«, rief ich, aber meine Stimme ging im Gewimmel zwischen uns unter.

Neben Dad stand eine Frau mit kurzem blonden Haar, die gerade ein Armband anprobierte. Ich sah, wie sie es Dad hinhielt, und in einer Bewegung, die mein Gehirn nicht sofort verarbeiten konnte, nahm sie seine Hand.

Ich blieb wie versteinert stehen und blockierte den Gang.

Dad verschränkte die Finger mit denen der Frau. Sie lächelte, und er beugte sich vor und küsste sie auf den Mund.

Ach. Du. Scheiße.

Als hätte Dad meinen Blick gespürt, drehte er plötzlich den Kopf und sah in meine Richtung.

Ich verdrückte mich in die Menge der Einkäufer, steuerte den nächsten Ausgang an und lief aus dem Laden.

KAPITEL 18

Als ich nach Hause kam, sagte ich zu Mom, ich würde bei einem Freund übernachten. Die Ausrede war nicht leicht zu verkaufen.

»Das ist das erste Mal, dass ich von einem Freund höre.«

»Hannibal. Von der Arbeit.«

»Ist er vertrauenswürdig?«

»Natürlich.«

»Was habt ihr vor?«

»Videospiele spielen.«

»Hat er eine Freundin?«

»Er hätte gern eine.«

»Sind seine Eltern zu Hause?«

»Klar.«

»Ist Hannibal sein Vorname oder sein Nachname?«

»Sein Videothekenname, Mom.«

»Oh. Und wie heißt er richtig?«

»... Glenn.«

»Na gut. Schreib mir seine Telefonnummer auf.«

Ich schrieb die Nummer der Videothek auf. Denn dort wollte ich eigentlich hin. Da Scarlet nicht mehr im Pausenraum pennte, ging ich davon aus, dass die Couch frei war.

Als ich auf die Straße fuhr, sah ich gerade noch Dads Wagen im Rückspiegel.

Ich war froh, dass wir uns verpassten. Ich wusste noch nicht, wie ich mit dem, was ich im Einkaufszentrum gesehen hatte, umgehen sollte. Fürs Erste wollte ich ihn nicht sehen.

Ich meine, ich war stinksauer, oder? Nur vielleicht nicht aus den richtigen Gründen, denn am meisten ärgerte mich, dass ich von der anderen Frau *zufällig* erfahren hatte, nicht, dass es eine andere *gab*. Falls das merkwürdig klingt, ist es das wahrscheinlich auch, aber es war wahr.

Bei allem, was Dad durchgemacht hatte – das Schlimme, das passiert war; *ich* nach dem Schlimmen, das passiert war –, war er standfest geblieben. Übermenschlich, unerschütterlich. Er schien das Schlimme, den Umzug nach Michigan und unseren Neuanfang viel besser zu verkraften als wir anderen. Was nicht heißt, es hätte ihm weniger ausgemacht, denn das stimmt nicht. Aber nachdem das Schlimme passiert war, drehten Mom und ich völlig durch (auf ganz unterschiedliche Weisen), und ich hatte nie verstanden, wie mein Vater es geschafft hatte, bei sich zu bleiben.

Aber jetzt sah es anders aus. Vielleicht war die Macke meines Vaters, dass er meine Mutter betrog.

Ich hatte keine Lust, darüber nachzudenken. Zum Glück für mein Gehirn hatten Scarlets Eltern den Jahresbericht verlangt, und wenn ich Ablenkung brauchte, war Bürokram die beste Medizin.

Maverick und Poppins machten gerade den Laden zu, und ich sagte ihnen, dass ich das Abschließen für sie übernahm. Dann zog ich mich um, putzte mir die Zähne und machte es mir gemütlich.

Ich stellte den Fernseher an, dessen Antenne so alt war, dass keine störungsfreien Kanäle reinkamen, also lag ich unter Scarlets alter Decke, sah Jay Leno mit Schneegestöber und ließ mich zunehmend von Scarlets Duft ablenken, der noch in der Decke hing.

Scarlet ist genau über dir, flüsterte eine Stimme in meinem Kopf.

Das musste mir die Stimme nur einmal sagen. Ich sprang auf, nahm meine Jacke, und Sekunden später klopfte ich an die Tür, die zu der Wohnung über ROYO Video führte.

Vielleicht hatte ich unlautere Absichten, wenn ich Scarlet direkt nach ihrer Trennung abends besuchen ging, aber diesmal war *ich* der Verwundbare, und deswegen hatte ich kein schlechtes Gewissen. Solange sie nicht betrunken war, war alles drin. Jeder NORMALE Mensch war scharf auf Scarlet, und ich musste mich nicht dafür entschuldigen, dass ich NORMAL war.

»Was gibt's, Solo?«, fragte Scarlet, als sie in einem Friseurkittel und wenig sonst die Tür aufmachte.

»Tut mir leid, wenn ich störe. Hast du was dagegen, wenn ich heute im Pausenraum schlafe?«

Ihre Augenbrauen rutschten hoch, dann rutschten sie wieder runter. »Es ist kalt draußen. Willst du reinkommen?«

Genau darauf hatte ich gehofft. Ohne zu zögern nahm ich ihre Einladung an.

»Was ist passiert?«, frage sie, als ich ihr die Treppe hinauf folgte.

»Krach zu Hause. Das Übliche.«

Die Treppe führte in einen großen Raum, der von Neonröhren erleuchtet wurde und genauso aussah, wie man sich ein ehemaliges Maklerbüro vorstellte. Es standen ein paar verwaiste Schreibtische herum, die Scarlet als TV-Bank und Kleiderablage benutzte. In der Ecke vor dem Fenster mit Blick auf die Washington Street lag eine Matratze auf dem Boden. Links war eine Küchenzeile mit Linoleumboden und einem Stuhl, der in der Mitte stand.

»Willst du was trinken?«, bot sie an. »Ich habe Limo, Sangria, und ich glaube, Bier ist auch noch da ...« Scarlet ging zum Kühlschrank.

Ich folgte ihr. »Nein, danke.«

Sie nahm sich eine Limo aus dem Kühlschrank. »Ich habe keine Ahnung, was du sonst so machst.« Die Flasche zischte, als sie sie öffnete. »Devin hat immer nur gesagt, dass deine Eltern ziemlich streng sind. Sind sie dir auf den Sack gegangen?«

»Können wir bitte nicht über meine Eltern reden?« Ich berührte

Scarlets Ellbogen – zugebenermaßen nicht die hohe Kunst der Verführung, aber ich war eben kein Profi. »Oder gar nicht reden?«

Scarlet ließ meine Hand auf ihrem Arm, aber sie wirkte überrascht. »Ich dachte, du hättest kein Interesse, mit mir ›nicht zu reden‹, Solo.«

»Doch«, sagte ich. »Ich würde wirklich gern nicht mit dir reden.«

Es war schwierig, ihren Gesichtsausdruck zu lesen, als ich mich vorbeugte, um sie zu küssen, vor allem, als ich eine Sekunde später vom Knarren einer Tür unterbrochen wurde und vor Schreck einen Satz quer durch die Küche machte.

Aus dem Bad kam ein Typ mit einem Handtuch um die Hüften.

»Hey, Jessica. Ich hatte überall Haare, deshalb habe ich schnell geduscht ... oh, hallo.«

»Hallo«, sagte ich und kam mir unglaublich dumm vor.

»Chase, das ist Solo«, sagte Scarlet. »Chase ist vorbeigekommen, um sich die Haare schneiden zu lassen.« Sie zeigte auf den Stuhl, und erst jetzt fiel mir auf, dass auf dem Boden Haare lagen.

Chase kam herüber und gab mir die Hand, mit der er nicht das Handtuch hielt. »Du bist bestimmt Jessicas Bruder.«

»Äh, nein. Wir arbeiten zusammen.«

»Unten in der Videothek«, erklärte Scarlet.

Chase zuckte die Schultern. »Cool.« Und statt zurück ins Bad zu gehen und sich anzuziehen, oder ganz zu gehen und Scarlet und mich allein zu lassen, nahm er sich ein Bier aus dem Kühlschrank und setzte sich – immer noch im Handtuch – an den Küchentisch. »Lass dir doch auch die Haare schneiden, wenn du schon hier bist. Jessica ist echt gut.«

»Oh«, sagte ich. »Nein, schon gut. Ich wusste nicht, dass sie beschäftigt ist.« Ich wich zur Treppe zurück.

Wie kam ich darauf, dass Scarlet allein wäre? Mädchen, die aussahen wie sie, waren nie allein. Es gab immer eine Milliarde Chases, die nach ihrer Pfeife tanzten. Ich hätte es wissen müssen, denn ich war einer davon.

»Ja! Ich wollte schon die ganze Zeit deine Haare in die Finger kriegen, Solo«, sagte Scarlet. Sie strich mir ein paarmal durchs Haar, bevor sie mich zu dem Stuhl führte.

»Äh ... na gut, aber nur die Spitzen, okay?«, war alles, was ich rausbekam, bevor Scarlet anfing, mir kaltes Wasser ins Gesicht zu spritzen, was in diesem Moment nicht nur fürs Haareschneiden gut war.

»Und«, fing Chase an, »wie lange arbeitest du schon in der Videobranche?«

»Ein paar Monate«, antwortete ich, innerlich stöhnend. Ich hasste Small Talk. Und ich hasste Small Talk noch mehr, wenn ich ihn unfreiwillig mit einem Mann in einem Handtuch führte, der während des Gesprächs seine Brustmuskeln spielen ließ. Pflichtgemäß stellte ich die Gegenfrage: »Und was machst du so?«

»Ich bin Fitnesstrainer.«

War ja klar.

»Wenn du dich dafür interessiert, könnte ich dir ein paar Probestunden geben. Was wiegst du ungefähr? Fünfzig Kilo?« Ich wusste nicht, ob er mich absichtlich beleidigen wollte, wahrscheinlich schon, aber es war eine ziemlich akkurate Schätzung. »Ich kann dir helfen, in ein paar Monaten das Doppelte auf die Waage zu bringen.«

»Ich denke darüber nach«, sagte ich. »Neues Jahr, neues Glück.«

»Schön, dass du es so siehst, Solo«, sagte Scarlet. Dann zeigte sie mir eine Haarsträhne, die sie eben von meinem Kopf entfernt hatte. Die Länge, die sie abgeschnitten hatte, war beträchtlich.

Na toll. Das war also die Strafe für meinen Verführungsversuch: Ich verlor meine Haarpracht, während ich von einem Muskelfreak Fitnesstipps bekam. Guter Zug, Universum.

Vor die Wahl gestellt, ob ich lieber die nächsten dreißig Minuten oder die Jahre in der Anstalt noch einmal erleben wollte, wüsste ich nicht, wie ich mich entscheiden sollte. Während Chase mir Ratschläge gab, wie ich seine Bauchmuskeln bekam (ich musste sie sogar anfassen), dachte ich darüber nach, ob ich unter der Spüle nach Meister Proper suchen sollte. Natürlich hätte ich nicht genug getrunken, um tot umzufallen. Nur so viel, wie nötig war, um den Albtraum zu beenden.

Als Scarlet fertig war, sagte ich, dass es mir gefiel, ohne richtig in den Spiegel zu sehen, weil es keine Rolle spielte. Und wenn sie mich kahl geschoren hätte, Hauptsache, ich durfte endlich gehen.

Sie brachte mich zur Tür, doch ich wich ihrem Blick aus. »Tut mir echt leid. Ich wusste nicht, dass du verabredet warst.«

»Schon gut.« Sie winkte ab. »Er ist bestimmt nicht eifersüchtig oder so was.«

Es fühlte sich an, als wollte sie meiner Libido in die Eier treten. »Oh. Danke.«

»Ich meine nur, es ist nichts Ernstes. Chase ist es wahrscheinlich völlig egal, ob mich andere Kerle besuchen.«

»Dann ist ja gut.« Ich griff nach dem Türknauf.

»Warte.« Sie legte die Hand auf meine. »Ich weiß, dass du einen Scheißtag hattest. Und wenn ich einen Scheißtag hatte, sagst du immer irgendwas Superschlaues, das total Sinn macht, und ich würde so was auch gern für dich machen.«

»Schon gut, wirklich«, sagte ich.

»Nein. Ich will dich inspirieren«, beharrte Scarlet. Ihre braunen Augen wurden ernst. Es dauerte ein paar Sekunden, aber dann sagte sie: »Ich hab's – den perfekten Rat.« Sie leckte sich die Lippen, räusperte sich, und dann sagte sie: »Jage keine Wasserfälle.«

Ich starrte sie an. »Ist das eine Metapher für irgendwas?«

»Keine Ahnung.« Sie zuckte die Schultern. »TLC haben das gesungen.«

»Meinst du in dem Song über Gangs und Aids und so weiter?«

»Ja.«

»Okay.« Ich schätze, TLC mussten es wissen, oder? Der Rat war genauso gut wie die Sprüche, die ich von den Postern in den Sprechzimmern klaute. »Ich werde keine Wasserfälle jagen«, versprach ich ihr.

Scarlet lächelte zufrieden. Und dann ging ich.

Nachdem ich zu ihr hochgegangen war, hatte es zu schneien begonnen, und ich hinterließ Fußabdrücke in der dünnen Schneeschicht, die inzwischen den Parkplatz bedeckte. Es war auch kälter geworden. Oder vielleicht fühlte es sich nur so an, weil ich fast keine Haare mehr hatte.

Außerdem war es ganz still, wie häufig im Winter. Schnee war der Schalldämpfer der Natur. Kein knisterndes Laub, keine zwitschernden Vögel. Alles war schallisoliert.

Und ... verschwunden.

Mein kleiner Bereich der Welt war zugedeckt. Versteckt. Keine Fußabdrücke im Schnee. Keine Reifenspuren. Niemand kam oder ging. Kein Hinweis auf irgendwen, der mich suchte oder sich Sorgen um mich machte. Niemand, dem genug an mir lag, um mir Gesellschaft zu leisten.

Ich vermisste Crystal.

Diesmal hatte ich keine Angst, es mir einzugestehen. Ich vermisste sie wirklich.

Nicht nur mit einem Prozent. Mit allen.

Ich griff in die Taschen und zog meine Handschuhe an.

Warum hatte sie nicht bleiben können? Crystal hatte niemandem etwas getan. Wenn überhaupt, hatte sie mir geholfen. Sie hatte mir geholfen, das Schlimme, das passiert war, zu überstehen, und zwar mehr als sonst irgendetwas, davon bin ich überzeugt.

Ich schob einen Haufen Schnee zusammen und machte eine Kugel, die ich über den Boden rollte. Am Anfang war sie ganz weiß, aber je mehr Schnee sie vom Asphalt aufnahm, desto schmutziger wurde sie. Ich rollte die Kugel, bis sie zu schwer wurde, dann ließ ich sie neben der Hintertür liegen und machte eine neue.

Ich hatte das Gefühl, ich wusste, wo ich sie finden könnte. Ich hatte schon länger den Verdacht, wo sie hingegangen war, wo sie die ganze Zeit geblieben war. Vielleicht wartete sie auf mich, vielleicht auch nicht. Aber es war eine lange Fahrt. Und selbst wenn sie dort war, wusste ich nicht, was ich heute zu ihr sagen würde.

Ich machte einen zweiten kleineren Schneeball und einen dritten noch kleineren. Dann stapelte ich sie zu einem Schneemann. In meiner Kindheit in Virginia hatte es nie geschneit, und mit dem Umzug nach Michigan hatte meine Kindheit geendet, also war es faktisch mein allererster Schneemann.

Ich machte ihm mit Steinchen Augen und einen Mund, doch weil ich keine Karotte hatte, bekam er keine Nase. Dann steckte ich Äste als Arme in die Seite, nahm meine Handschuhe ab – sie waren grün – und zog sie ihm an. Am Ende trat ich einen Schritt zurück und bewunderte mein Werk.

Ich hatte mein Bestes gegeben.

Dann ging ich in den Laden und schlief.

KAPITEL 19

Am nächsten Tag machte ROYO Video später auf, weil die Belegschaft vorher ihre »Weinachtsfeier« hatte.

Ich drückte die Daumen, dass Scarlets Wichtel ihr ein Wörterbuch besorgte.

Vorher ging ich noch Orangensaft kaufen, mein Beitrag zur Party, zu dem Poppins mich eingeteilt hatte. Im Supermarkt kam mir der Gedanke, dass ich vielleicht für alle Mitarbeiter etwas besorgen sollte, weil ich theoretisch ihr Vorgesetzter war, und gute (und NORMALE) Vorgesetzte schenkten ihren Mitarbeitern etwas. Mein Vater zum Beispiel bekam von seinem Chef vor den Feiertagen immer einen Schinken geschenkt. Was für meine Familie vielleicht geeignet war, aber nach dem Misserfolg mit der Subway-Club-Sandwich-Karte hielt ich mich von Fleischwaren fern. Am Ende entschied ich mich für Pralinen und fand sogar eine Erdnussallergie-freundliche Variante für den Paten.

Als ich vom Supermarkt kam, waren ein paar der anderen schon eingetrudelt. Poppins breitete gerade eine weihnachtlich gemusterte Tischdecke auf dem Tisch im Pausenraum aus. Als sie mich in der Tür sah, schnappte sie nach Luft.

»Solo! Deine Haare!« Maverick und Hannibal rissen die Köpfe herum. »Du siehst aus wie Brad Pitt!«

»Sehr witzig.« Ich lachte, obwohl ich mich insgeheim geschmeichelt fühlte.

»Ernsthaft«, sagte Maverick, »genau die Frisur hatte Brad Pitt in *12 Monkeys*.«

Selbst Baby hatte etwas zu sagen. »Du siehst ganz anders aus. Gut anders, meine ich.«

Ich lächelte. »Scarlet hat sie mir geschnitten.«

»Vergiss es. Ich finde es grauenhaft«, sagte Baby, aber ich wusste, dass sie es nicht ernst meinte.

»Vielleicht lasse ich mir auch von Scarlet die Haare schneiden«, sagte Hannibal und warf sich theatralisch den Pferdeschwanz über die Schulter.

Es war schön, alle so gut gelaunt zu sehen.

Bald war auch der Rest versammelt, und alle brachten volle Schüsseln und Platten mit, die sie auf den Tisch zu den Geschenken stellten. Wie sich zeigte, war ich nicht der Einzige, der für jeden eine Kleinigkeit hatte, und dadurch fühlte ich mich noch NORMALER. Alle außer Hannibal und Baby hatten kleine Gaben besorgt, die sie am Tisch verteilten. Und dann saßen wir um unser Frühstücksbüfett, ließen uns Fertig-Donuts, Obstspieße und von Mavericks Mutter frittierte Kochbananen schmecken und freuten uns über die Zuckerstangen, die selbst gebackenen Brownies, den edlen Kakao und die Ray-Ban-Sonnenbrillen (letztere vom Paten), mit denen wir einander beschenkt hatten.

»Ist das dein Ernst?«, fragte Scarlet, als sie ihre Sonnenbrille anprobierte. »Die sind doch sauteuer.«

Der Pate schnalzte nur mit der Zunge. »Irgendwann zeigt ihr mir vielleicht, wie viel euch die Geste wert war. Falls und wenn ich euch brauche.« Sie sah jedem von uns in die Augen.

Trotz der Angst, die der Pate wie immer bei mir auslöste, genoss ich die Weihnachtsfeier, und zwar nicht nur, weil ich eine supercoole Sonnenbrille abgestaubt hatte.

Vielleicht war für Leute, die Freunde hatten, Weihnachten immer so, aber für mich war es eine ganz neue Erfahrung. Bisher war für mich der schönste Moment an Weihnachten der, wenn ich den Brief mit dem Scheck meiner Großeltern aufmachte. Aber das hier war tausendmal besser.

»Ich weiß nicht, ob die Wichtel mit den Ray-Bans mithalten können, aber ich würde sagen, wir schreiten zur großen Bescherung!«, verkündete Poppins schließlich aufgeregt. Ich hatte das Gefühl, von allen war nur sie noch mehr in Weihnachtsstimmung als ich, und das nicht nur wegen ihres Kleids mit der blinkenden Lichterkette. »Ich fange an!«, bot sie an und stellte eine weihnachtlich dekorierte Schachtel auf den Tisch.

Das Geschenk war nicht so hübsch verpackt wie die ersten beiden, die ich in meinen Strumpf gefunden hatte, aber das machte nichts. Es war der Gedanke, der zählte, und bei den ersten beiden hatte sich Poppins so viel Mühe gegeben, dass es mich nicht störte, wenn das dritte ein bisschen dilettantisch aussah.

Doch sie schob die Schachtel nicht mir, sondern Hannibal hin.

»Oh, cool. Du hattest mich?«, sagte er mit einem zaghaften Grinsen.

»Mach es auf!«, drängte Poppins.

Hannibals Begeisterung war echt, als er einen orangefarbenen Teddybären mit Narrenkragen und Glöckchen aus der Schachtel zog. »Wahnsinn! Ein Grateful-Dead-Bär! Ich nenne ihn Jerry.«

Poppins hüpfte vor Freude. »Ich wusste, dass er dir gefällt!«

Als Nächstes war Hannibal dran, der Scarlet zu beschenken hatte.

Während er ihr eine braune Papiertüte mit einer aufgeklebten Schleife überreichte, grübelte ich, wer, wenn nicht Poppins, sich mit meinen Wichtelgeschenken solche Mühe gegeben hatte.

Scarlet? Ich bezweifelte es. Wer dachte, dass Solo *Hans* hieß, besaß offenbar nicht genug *Star-Wars*-Bildung, um zu wissen, wie cool das Spritzgussmodell des Millennium Falken war.

»Southern Comfort«, las Scarlet auf dem Etikett der Flasche, die sie auspackte. »Super!« Als sie die Flasche hochhielt, fiel mein Blick auf die frische Narbe an ihrer Hand von ihrem betrunkenen Kammersturz.

»Hey, das ist für dich.« Scarlet legte ein Päckchen vor Baby, die es misstrauisch beäugte.

Baby war bisher die Stillste in der Runde gewesen. Als ich sie jetzt ansah, wirkte sie müde, vielleicht sogar ein bisschen traurig.

Aber ihr Gesicht verriet keine Emotion, als sie das Geschenk auspackte. »*Jenseits von Johnny und Jennifer: Fünfzigtausend Namen für dein Baby*«, las sie nüchtern vor, dann wandte sie den Blick ab.

»Ich weiß, die Sachen, die ich gekauft habe, sind mehr für das Baby als für dich«, sagte Scarlet vergnügt, »aber ich dachte, das ist in Ordnung.«

»Klar dachtest du das«, antwortete Baby.

»Ich weiß nicht, ob du schon einen Namen hast«, sagte Scarlet. »Ich fände Taylor für ein Mädchen gut und Tyson für einen Jungen.«

»Ich werde daran denken.«

»Gefällt dir dein Geschenk nicht?«, fragte Scarlet, offenbar enttäuscht von Babys Reaktion. »Ich meine, ich will dich nur unterstützen.«

»Unterstützen?«, wiederholte Baby. »Inwiefern?«

»Na ja, ich will dich ... mit dem Baby unterstützen«, erklärte Scarlet. »Ich weiß, dass ich nicht nett war. Aber ich hatte eine Sinneswandlung. Mir ist klar geworden, dass du alle Hilfe brauchst, die du kriegen kannst.«

Eigentlich klang sie wirklich nett, aber Baby nahm es ihr nicht ab. »Mann, Scarlet, was ist bloß los mit dir und diesem Baby? Erst sagst du, ich wäre nicht in der Lage, ein Leben in die Welt zu setzen, und jetzt willst du mir helfen, einen Namen auszusuchen. Ich kann mich nicht erinnern, dass ich dich je um deine Meinung gebeten habe.«

Scarlet wirkte verletzt. »Oh, entschuldige, dass ich Anteil nehme, Baby. Ich wollte nur nett sein.«

»Seit wann bist du nett zu mir?«, fragte Baby.

Scarlet sah sie finster an. »Warum musst du alles so schwer machen? Ich habe dir was geschenkt. Warum sagst du nicht einfach Danke?«

»Weil ich das Geschenk nicht mag«, gab Baby offen zu. »Und dich mag ich auch nicht.« Sie stand auf und schob Maverick ein Päckchen hin. »Frohe Weihnachten, Mav. Ich hoffe, du brauchst einen Schal.« Dann verließ Baby den Pausenraum, und wie man am Klingeln der Türglocke hörte, auch den Laden.

Wir sahen einander an.

»Was zum Teufel ist ihr Problem?«, schäumte Scarlet.

Aus irgendeinem Grund richtete sie die Frage an mich, und sie sah mich erwartungsvoll an, als müsste ich das Geheimnis lüften.

Ich hatte keine Lust dazu. Baby und ich waren nicht so eng, dass ich für sie sprechen konnte, aber jetzt warteten alle auf einen Kommentar, also tat ich mein Bestes. »Ich glaube, Baby macht im Moment einfach sehr viel mit.«

»Oh, bitte«, Scarlet verdrehte die Augen. »Wer nicht?«

In jeder Gruppentherapiesitzung gab es mindestens einen unsensiblen Teenager, der so etwas sagte. Meistens die verwöhnteste Person im Raum, die sich einbildete, ihr Problem wäre das schlimmste von allen. Nicht, dass sich persönliche Dramen vergleichen ließen, aber Scarlets Trennung von ihrem Freund und Babys Schwangerschaft waren nicht in derselben Liga.

»Baby ist *schwanger*. Kannst du dir vorstellen, wie sie sich in ihrer Situation fühlen muss?«

So gingen Therapeuten gewöhnlich mit diesen Teenagern um (wenn auch vielleicht in einem weniger fiesen Ton). Übung in Empathie nannten sie es – den Versuch, sich in die Schuhe eines anderen einzufühlen.

»Jeder hat sein Päckchen zu tragen, Solo«, verteidigte sich Scarlet. »Ich kapiere einfach nicht, warum Baby immer so wütend ist.

Es ist ja nicht so, als hätte sie jemand gezwungen, das Baby auszutragen.«

Alle starrten sie an.

»Was ist? Sie hätte verhüten können. Oder, ihr wisst schon, das andere Dings. Enthaltsamkeit.«

»Vorschlag«, meldete sich (zum Glück) Maverick zu Wort. »Soll ich vielleicht jetzt mein Geschenk überreichen?« Er hatte Babys Päckchen aufgemacht und trug den Schal um den Hals.

»Ja, machen wir weiter«, stimmte Poppins zu.

Ohne weiteren Zuspruch abzuwarten, stand Maverick auf, nahm ein großes Paket von der Couch, das mit lauter gekräuselten Schleifen geschmückt war, und brachte es zum Tisch. »Frohe Weihnachten, Solo«, sagte er und stellte es vor mich.

»Warte mal. Was?«

Ich brauchte einen Augenblick, bis ich begriff, dass Maverick mein Wichtel war, weil ich die ganze Zeit davon ausgegangen war, es wäre ein Mädchen.

»Überrascht?«, fragte er.

»Ja«, sagte ich. »Mit den schicken Verpackungen hast du mich voll aufs Glatteis geführt. Hat deine Mutter das für dich gemacht?«

»Ja, ja.« Er nickte. »Ich hoffe, es gefällt dir.«

Ich öffnete den Karton, nahm das Geschenk heraus und war sprachlos.

Es war ein gerahmtes, mit Tusche und Aquarellfarben gemaltes Bild. Es zeigte eine *Star-Wars*-artige Weltraumszene, komplett mit schießenden Lasern, X-Wing-Starfightern und einem Todesstern im Hintergrund (mitten in der Explosion). Im Vordergrund stand in der gleichen Schrift wie *Die Rückkehr der Jedi-Ritter* »DIE RÜCKKEHR DER ROYO-RITTER«, und darüber war eine Gruppe zusammengewürfelter *Star-Wars*-Figuren gezeichnet.

»Das ist der Hammer …«, sagte ich, während ich mir alles ansah.

»Schau genau hin«, forderte Maverick mich auf.

Ich beugte mich über die Figuren im Vordergrund. »Bin ich das?«, fragte ich einfältig und zeigte auf einen Typen, der Han Solos Körper und mein Gesicht zu haben schien.

»Ja.« Maverick grinste. »Ich meine, es ist das ganze Team, aber Han Solo bist du. Natürlich vor deinem Haarschnitt.«

Ich war verblüfft, wie gut ich getroffen war und wie geschickt der Zeichner mit ein paar Strichen und ein bisschen Farbe aus Harrison Fords Gesicht meins gemacht hatte.

Die anderen drängten sich um das Bild.

»Lass mich mal sehen!« Poppins beugte sich vor. »O mein Gott! Bin ich Obi-Wan?«

»Ja«, bestätigte Maverick. »Bei *Star Wars* gibt es überraschend wenig Frauen, deshalb musste ich aus ein paar Kerlen Frauen malen. Und aus einem Droiden.«

»Das hast *du* gemalt?«, fragte ich fassungslos. Wahrscheinlich hätte ich es gleich merken müssen, aber das hatte ich nicht.

»Ja. Malen ist mein Hobby«, erklärte Maverick. »Und Poppins meinte, wir können die Geschenke auch selber machen. Ich dachte, das zählt.«

»Wie cool, Mann! Ich bin Chewbacca!« Hannibal, der mir über die Schulter spähte, grinste.

»Ich bin Darth Vader?«, fragte der Pate neugierig. Auf ihren Lippen erschien der schwächste Anflug eines Lächelns. »Gefällt mir.«

»Ich schätze, dann bin ich Prinzessin Leia.« Scarlet kam um den Tisch, um sich persönlich zu überzeugen.

»Nein. Ich glaube, das bist du. C-3PO.« Poppins zeigte auf einen Droiden mit glänzenden Metallbrüsten.

»Was? Warum?«, fragte Scarlet gekränkt. »Wer ist Prinzessin Leia geworden?«

»Baby.« Ich betrachtete das Gesicht des Mädchens mit der Zimtschneckenfrisur und dem halbmondförmigen Lächeln, das Han Solo am Arm hing.

Ich lächelte zurück.

Maverick zuckte mit den Schultern. »Wie gesagt, es gab nicht viele Mädchen.«

»Aha! Und dich hast du als Luke gezeichnet!« Poppins zeigte auf den Jedi-Ritter neben Han, der aussah wie ein J.-Crew-Model. »Er sieht wirklich genauso aus wie du!«

Maverick war die Aufmerksamkeit peinlich, und er wurde rot.

»Nett von dir, dass du mich nicht als Jabba the Hutt gemalt hast, mein Freund.« Hannibal klopfte Maverick auf die Schulter. »Obwohl es sich angeboten hätte. Das werde ich dir nie vergessen.«

»Wie findest du es, Solo?«, fragte Maverick erwartungsvoll. »Gefällt es dir?«

Ich war sprachlos. Ehrlich gesagt kann es sein, dass ich versuchte, die Tränen zurückzuhalten.

Nicht, dass die Konkurrenz groß war, aber das Bild war mit Abstand das tollste Geschenk, das ich je bekommen hatte. Außerdem war es das kreativste und das persönlichste, und es steckte wahrscheinlich am meisten Arbeit drin. Es war der Hammer. Ich hatte kein Talent, das sich mit Mavericks vergleichen ließ. Ich konnte mich gar nicht sattsehen.

»Es ist großartig«, stammelte ich. »Danke.«

»Gern geschehen.«

»Kannst du mir auch eins malen?«, fragte Poppins.

»Ja, Mann. Ich kaufe dir eins ab«, stimmte Hannibal zu. »Das Ding ist einfach saucool.«

Die letzten Wichtelgeschenke wurden mit weniger Spektakel verteilt. Es handelte sich um den Lippenstift, den ich dem Paten gekauft hatte (sie wirkte – für ihre Verhältnisse – gerührt, weil ich den richtigen Farbton gefunden hatte, und verzieh mir die ersten Geschenke), und ein ausgehöhltes Buch als »Versteck für heiße Ware«, das der Pate Poppins schenkte. Das Bild wurde noch lange herumgereicht, während die restlichen Geschenke aufgemacht wurden.

»Hey, Leute, wir müssen öfter was zusammen machen!«, sagte Poppins, als die Bescherung vorbei war. »Ich habe mich lange nicht mehr so gut amüsiert.«

Mir ging es genauso. Ich war bereit, alles zurückzunehmen, was ich je über das Wichteln gesagt hatte.

Wir saßen noch eine Weile da, bis es irgendwann Zeit war, den Laden zu öffnen. Die Party löste sich nach und nach auf, und ich saß mit meinem Bild und dem verwaisten Babynamen-Buch allein im Pausenraum.

Ich versuchte, Babys Abwesenheit zu ignorieren, aber es war schwer. Ihr hätte das *Star-Wars*-Bild richtig gut gefallen, besonders, weil Maverick sie als Prinzessin Leia gemalt hatte und Scarlet deswegen sauer war.

Ich griff nach dem Namensbuch und blätterte darin herum.

Auch wenn ich es nie vor Baby zugegeben hätte, aber ich fand Scarlets Geschenk irgendwie nett. Jedenfalls glaubte ich nicht, dass es böse gemeint war. Wahrscheinlich hätte Baby sowieso nichts gefallen, was von Scarlet kam. Sie schien wild entschlossen, Scarlet zu hassen. Falls Scarlet es verdiente, wusste ich nicht genau, weswegen.

Ich schlug den Buchstaben *N* nach.

Nicole (weiblich): siegreich.

Ich lächelte. Baby war mir nie wie eine Nicole vorgekommen. Der Name war irgendwie zu lasch. Aber ich war froh, dass er eine gute Bedeutung hatte. *Siegreich.* Also eine Gewinnerin. Oder besser, eine Kämpferin und Gewinnerin. Man siegte nur, wenn man kämpfte. Einen Lottogewinner würde man zum Beispiel nicht Sieger nennen. So jemand hatte einfach Glück. Aber Nicole? Nicole *verdiente* sich ihre Erfolge. Sie war eine Kriegerin. Eine Kämpferin. *Siegreich.*

Ich blätterte zu *J.*

Joel (männlich): willensstark.

Nicht halb so cool.

Andererseits passten Babys und mein Name irgendwie zusammen. Ich meine, siegreiche Leute sind siegreich, weil sie sich durchsetzen oder zumindest irgendwas tun, was sie von nicht-siegreichen Leuten unterscheidet, und im Grunde ist Willensstärke nichts anderes. Stur sein. Nicht nachgeben, nicht aufgeben.

Willensstärke führt zum Sieg. Oder, wie man im Uni-Vorbereitungskurs lernt: Willensstark verhält sich zu siegreich so wie Joel zu Nicole. Wenn Solo, dann Baby.

O Gott. Offenbar vermisste ich Baby wirklich, wenn ich schon anfing, mathematische Analogien mit ihr zu erfinden.

Ich meine, natürlich vermisste ich sie. Ich versuchte gar nicht, mir was vorzumachen. Ginge es nach mir, würde ich die ganze Zeit mit ihr verbringen, Arbeit und Freizeit. Aber in Anbetracht der Beschränkungen, die sie über unsere Freundschaft verhängt hatte, war das wahrscheinlich unrealistisch.

Obwohl ...

Theoretisch wäre es eine vollkommen oberflächliche Geste, Baby das Buch vorbeizubringen. Es war ein Buch. Ein Nachschlagewerk. Nichts Tiefgründiges dabei. Ihr das Buch vorbeizubringen würde auf keiner Ebene gegen die von uns vereinbarte Oberflächlichkeit unserer Freundschaft verstoßen. Ich könnte ihr einfach das Buch zurückgeben, ihr vielleicht Mavericks Bild zeigen, ein bisschen über das Wetter reden und dann wieder gehen.

Außerdem, was hatte ich sonst vor? Ich wollte nicht nach Hause, und ich musste erst am späten Nachmittag arbeiten. Wenn ich nicht der langweilige Chef sein wollte, der zehn Stunden unbezahlt bei der Arbeit rumhing, musste ich mich irgendwie beschäftigen.

Ich griff nach dem Autoschlüssel.

Bei geschlossenen Fenstern und leiser R.E.M.-Musik fuhr ich durch Babys Straße und hielt nach ihrem Honda Ausschau. Weil er nicht hier war, kannte ich nur einen anderen Ort, an dem Baby sein könnte, und dort fuhr ich als Nächstes hin.

Der Parkplatz des Headlights war nicht sehr voll, aber dort stand ein schwarzer Honda Accord, und auf der Heckscheibe klebte ein Pearl-Jam-Aufkleber.

Bei seinem Anblick fühlte ich mich ziemlich siegreich.

Eine sexy Kellnerin führte mich zu dem Tisch, an dem Baby über einem Teller Chicken Wings und einem Stapel Papiere saß.

»Hey«, sagte ich von hinten.

Sie drehte sich um und sah mich überrascht an. »Hey.«

Ich legte das Babynamen-Buch auf den Tisch.

»Weißt du, was dein Name bedeutet?«, fragte ich.

Sie sah mich immer noch an. »Nein.«

»Die Siegreiche.«

»Ach«, war ihre desinteressierte Antwort. »Komisch. Ich dachte immer, Victoria heißt Sieg. Nicht Nicole.«

Berechtigter Einwand. »Vielleicht heißt Victoria das Gleiche. Ich habe es nicht überprüft.«

Wir sahen einander an.

»Ist das alles, was du wolltest?«

»Nein«, sagte ich. »Ich wollte auch mit dir reden.«

Sie sah mich skeptisch an. »Worüber?«

»Über Filme«, antwortete ich. »Filme stehen auf der genehmigten Liste der Themen, über die wir reden dürfen, oder?«

»Ja.« Baby runzelte die Stirn. »Aber ich bin hier gerade irgendwie beschäftigt. Hat es Zeit bis zur Arbeit?«

»Ich wollte nur wissen, ob du den Film über das Mädchen gesehen hast, das sich bei der Weihnachtsfeier mit seiner Chefin gestritten hat, weil ich das Ende nicht gesehen habe, und ich hoffe, dass es mit dem Mädchen gut weiterging.«

Baby verschränkte die Arme und sah mich durchdringend an. »Ist das dein Ernst, Solo?«

»Ja. Wie ist der Film zu Ende gegangen? Ich will es wirklich wissen.«

Sie seufzte, aber dann spielte sie mit. »Es war ziemlich enttäuschend. Ich hatte gehofft, dass die Chefin von einem Bus überfahren wird, aber das ist nicht passiert.«

»Und das Mädchen?«

»Es ist in einen Striptease-Schuppen gegangen und hat Hähnchen gegessen.«

Ich zog die Brauen hoch. »Klingt wie das Ende eines europäischen Independent-Films.«

Baby verdrehte die Augen, aber sie sagte: »Bei Kinokino gab es fünf Sterne.«

»Dann ist ja gut«, sagte ich. »Ich freue mich nämlich schon auf die Fortsetzung, wo das Mädchen und sein viel coolerer Kumpel einen Juwelenraub durchziehen, der sie sehr reich und sehr berüchtigt macht.«

Ich sah ihr an, dass sie lächeln wollte. »Du würdest nicht mal die Flucht aus einer Papiertüte durchziehen, Solo.«

»Unterschätze mich nicht«, hielt ich dagegen. »In deinem Buch steht, dass ich einen starken Willen habe.«

Wieder schüttelte sie den Kopf, aber sie bot mir einen Platz an ihrem Tisch an, und ich fühlte mich siegreich.

»Ich weiß, dass ich gesagt habe, ich tue es nicht mehr«, fing sie an. »Aber kann ich mit dir über was reden?«

Ich war hocherfreut. »Über alles.«

»Im Ernst. So toll es ist, alles in mich reinzufressen, weil du mir nie was von deinem Leben erzählst, aber ich bräuchte gerade echt jemanden, mit dem ich reden kann.«

»Ich bin jemand«, erklärte ich. »Du kannst mit mir reden.«

Statt zu reden, schob Baby mir eins ihrer Papiere hin.

Es war ein offiziell wirkendes Schreiben von der Immatrikulationsstelle des Sarah-Lawrence-College.

Sehr geehrte Ms Palmer,
herzlichen Glückwunsch! Im Namen des Lehrkörpers und der Belegschaft des Sarah-Lawrence-College freuen wir uns, Ihnen mitteilen zu dürfen, dass Sie, beginnend im Herbstsemester 1997, als Studentin an unserer ehrwürdigen Institution aufgenommen werden ...

Ich riss die Augen auf. »Mannomann, Baby! Du hast es geschafft!« Ich strahlte sie an. »Das ist ja super! Herzlichen Glückwunsch!«

Baby lächelte nicht. »Was zum Teufel soll ich machen?«

»Äh ... aufs College gehen?«

»Mit dem Baby?«

»Ach so.« Das hatte ich vergessen. »Stimmt ja.«

Baby seufzte. »Ich habe mich entschieden, es zu behalten. Jedenfalls hatte ich das vor. Ich meine, bis dieser Brief kam. Jetzt weiß ich es nicht mehr.« Sie seufzte. »Was für ein Mensch bin ich, wenn ich es mir anders überlege? Was für eine Mutter wäre ich?«

Ich erkannte die Frage als eine von denen, auf die es keine Antwort gab. Aus meiner Erfahrung gibt es viele davon.

Baby fuhr fort. »Kat und Bob sagen, wenn ich will, würden sie sich darum kümmern, bis ich mit dem College fertig bin, aber das fände ich nicht fair. Es wäre echt egoistisch, mein sechs Monate altes Baby allein zu lassen, um auf ein schickes College in New York zu gehen, wenn ich genauso gut am Gemeindecollege um die Ecke studieren könnte, das nur ein paar Kilometer entfernt ist.« Sie rieb sich die Schläfen. »Außerdem sind Bobs Kinder schon erwachsen und er will keine mehr. Mich nimmt er in Kauf, weil ich fast aus dem Haus bin, aber ein Baby war nie Teil des Plans.« Sie seufzte wieder und strich sich durchs Haar. »Entweder ich bleibe und behalte es, oder ich gehe und behalte es nicht, und egal was ich mache, alle verlieren.« Baby schlug die Stirn auf den Tisch. Sie ließ den Kopf ein paar Sekunden liegen. »Mochte Maverick den Schal?«

Ich ließ mich von ihrem Ablenkungsmanöver nicht ablenken.

Wenn Menschen ernste Probleme ansprechen, hören sie häufig mittendrin auf. Es ist eine gesunde Bewältigungsstrategie des Gehirns, das Thema zu wechseln, wenn es brenzlig wird. Als guter Zuhörer sitzt man es aus.

»Er hat ihn sofort angezogen.«

»Ja, aber er ist auch ein total netter Kerl. Er hätte ihn auch angezogen, wenn er ihn scheußlich gefunden hätte.« Sie trank einen Schluck Wasser. »Was hat er dir geschenkt?«

»Du wusstest, dass er mich gezogen hat?«

»Ja.« Baby hob den Kopf wieder. »Er wusste nicht, was er dir schenken soll, da hat er mich gefragt. Ich habe ihm gesagt, irgendwas mit *Star Wars*, aber er hat die Filme nie gesehen.« Sie fingerte an ihrem Strohhalm herum, nur halb interessiert an dem, was sie mir erzählte. »Ich fand die ersten beiden Geschenke ziemlich cool.«

»Ja«, gab ich zu. »Ich habe das letzte Geschenk mitgebracht, weil ich es dir zeigen wollte.«

»Okay.« Sie zuckte die Schultern.

Ich stand auf, um das Bild aus dem Auto zu holen.

Unterwegs grübelte ich darüber nach, was Baby gesagt hatte: Maverick hatte *Star Wars* nie gesehen. Was mir aus zwei Gründen seltsam vorkam.

Erstens, was für ein Typ hat *Star Wars* nicht gesehen?

Und zweitens, sein Bild war so detailliert und die Figuren waren so gut getroffen, dass ich ganz automatisch davon ausgegangen war, Maverick wäre ein ebenso großer Fan wie ich. Ich wusste nicht, wie er es sonst so gut hinbekommen haben könnte. Oder warum er es überhaupt gemalt hätte. Ich meine, er hätte mir auch einfach eine Sandwich-Clubkarte schenken können, und die Sache wäre gegessen.

Komisch.

Als ich Baby das Bild zeigte, war sie genauso hingerissen wie ich.

»Wow! Das ist unglaublich! Ich meine, er könnte ein total erfolgreicher Künstler werden.«

»Ja, oder?«, stimmte ich zu. »Vor allem, wenn er die Filme nicht gesehen hat. Ich fasse es nicht, dass er trotzdem alles so perfekt getroffen hat.«

»Am Ende hat er die Filme ja gesehen«, sagte Baby, ohne den Blick abzuwenden. »Er hat mir erzählt, dass er sie für dein letztes Geschenk sehen muss, aber ich wusste nicht, dass er *so was* vorhat.«

»Echt?« Das Ganze kam mir immer noch komisch vor. »Ich verstehe nicht, warum Maverick sich so viel Mühe gemacht hat, nur für ein Wichtelgeschenk.«

»Ich schon.« Baby zog die Brauen hoch. »Ha! Ich sehe jetzt erst, dass ich Prinzessin Leia bin und Scarlet der bescheuerte C-3PO! Bitte sag mir, dass sie stinksauer war.«

»Warum bist du nicht überrascht, dass Maverick sich so viel Mühe gemacht hat?«, fragte ich und tippte auf den Rahmen.

Baby sah mich an. »Ach komm schon, Solo.«

»Was?« Anscheinend kriegte ich was nicht mit, das sie offensichtlich fand. »Will er eine Gehaltserhöhung oder so was?« Dass er das Wichteln auf die Art missbraucht haben könnte, ärgerte mich. Warum konnten Leute nie was Nettes tun, nur um nett zu sein? Warum erwarteten sie immer eine Gegenleistung?

»Nein, du Blödmann.« Baby schüttelte den Kopf. »O Mann, du *weißt* es, oder?«

»Was soll ich wissen?«

»Von Mav.«

»Was ist mit Mav?«

»Na, dass er ...« Baby zog den Satz in die Länge, damit ich ihn für sie beendete. »... nicht auf Mädchen steht.«

»Was?«, rief ich. »Nein, das glaube ich nicht.«

Baby zuckte nur die Schultern.

»Hat er dir das gesagt? Hat er dir erzählt, dass er schwul ist?« Den letzten Teil flüsterte ich. In einem Schuppen wie dem Headlights das Wort »schwul« laut zu sagen schien mir eine grandiose Art, eine Tracht Prügel zu kassieren.

»Welche Schwulen sagen, dass sie schwul sind?«, fragte Baby zurück. »Da könntest du dir gleich eine Zielscheibe auf den Rücken malen. Schwulsein finden die Leute anscheinend noch schlimmer als schwangere Teenager.«

»Dann weißt du es gar nicht«, entgegnete ich. »Du bist nur fies.«

Sie sah mich missbilligend an. »Was ist fies daran, es zu sagen, wenn ich denke, dass jemand schwul ist?«

»Weil es fies ist!«, entgegnete ich. »So ein Gerücht kann einem das Leben versauen, Baby.«

Sie antwortete langsam. »Wessen Leben wäre versaut, wenn Maverick in dich verknallt wäre – seins oder deins?«

»Das verstehst du nicht.« Ich seufzte tief. »Es kommt einfach überhaupt nicht infrage, dass er auf mich steht.«

»Wieso?« Baby kniff die Augen zusammen. »Hast du was gegen Puerto Ricaner?«

»Was? Nein!«, rief ich, dann wurde ich wieder leiser. »Ich will nicht, dass irgendein Typ auf mich steht.«

Sie schnaubte verächtlich. »Mein Gott, Solo. Ich hätte dich nicht für so homophob gehalten.«

»Du hast doch gerade gesagt, Maverick wäre in mich verliebt. Was für ein Typ würde sich darüber freuen?«

»Ein Schwuler. Maverick ist super.«

»Ich bin aber nicht schwul, falls es dir noch nicht aufgefallen ist«, flüsterte ich.

»Na und? Warum regst du dich so auf, Solo? Maverick ist ein Supertyp. Und er sieht tausendmal besser aus als du. Du solltest dich wenigstens geschmeichelt fühlen.«

»Tu ich aber nicht«, sagte ich. »Warte mal. Hast du etwa gedacht, ich wäre schwul?«

Baby schüttelte den Kopf. »So wie du immer sabberst, wenn Scarlet vorbeikommt? Mir ist sonnenklar, dass du hetero bist. Nur mit einem beschissenen Frauengeschmack.«

»Denkt *Maverick*, dass ich schwul bin?«, fragte ich. »Ich will auf keinen Fall, dass er denkt, es bestünde die leiseste Chance.«

»Ich weiß es nicht, Solo. Aber wenn Maverick in dich verknallt ist, heißt das nicht, dass du davon schwul wirst. Also reg dich endlich mal ab.«

Aber ich konnte mich nicht abregen. Stattdessen sagte ich: »Meine Eltern rasten total aus«, was zugegebenermaßen ein merkwürdiger Aspekt an der ganzen Sache war. Es sei denn, man war ich, denn dann leuchtete es völlig ein, dass mir der Gedanke Sorgen machte, allerdings nur, wenn man gewisse hässliche Aspekte meines Lebens kannte. Was Baby nicht tat.

»Was haben deine Eltern damit zu tun?«, lautete Babys naheliegende Gegenfrage.

»Schon gut.« Ich war so wütend, dass ich zitterte. »Ich muss los.« Ich stand auf.

Das Problem war, ich konnte nicht gehen, weil ich nicht wusste, wohin. Ich machte schon einen Bogen um zu Hause, und jetzt musste ich auch noch einen Bogen um die Arbeit machen – den einzigen anderen Ort, wo ich mich gerne aufhielt –, weil ein männlicher Mitarbeiter es offensichtlich auf mich abgesehen hatte.

Baby packte meinen Arm. »Nein!«

Jetzt horchte ich auf.

»Das tust du mir nicht noch einmal an, Solo! Ich habe gerade hier gesessen und mich dir *mal wieder* anvertraut, und jetzt, wo du dran bist, haust du ab.« Mit übermenschlicher Schwangerschaftskraft zog sie mich runter auf den Platz neben sich. »Ich will keine halbgare Freundschaft mehr mit dir. Entweder sind wir beide dabei oder wir sind nichts. Du kennst meine beschissenen Probleme, verdammt noch mal, und jetzt will ich deine wissen! Selbst wenn es homophobe Kacke ist! Raus damit. Warum ist Mavericks Verknalltheit für dich das Ende der Welt?«

Ich sah Baby in die Augen. Sie waren grün.

Vielleicht fragt ihr euch, warum ich nicht einfach auf ihre Frage antwortete. Schließlich hatte Baby mich nicht nach meiner Macke oder nach dem Schlimmen, das passiert war, gefragt. Aber ich konnte die Frage nicht beantworten, ohne auch die beiden anderen Dinge anzusprechen. Alles hing miteinander zusammen.

Es war wie eins dieser Kindertischsets, die sie einem in Restaurants geben, mit einem Labyrinth und Ausgangspunkten in allen vier Ecken. Egal aus welcher Richtung man kam, wenn man alle Sackgassen überwand, landete man immer irgendwann in der Mitte. Alle Wege führten zu dem Schlimmen, das passiert war.

Ich wusste, wenn ich Babys Frage beantwortete, müsste ich ihr alles erzählen. Doch ich war noch nicht bereit dazu. Und selbst wenn es ihr nicht klar war, sie war es auch nicht.

»Das ist kompliziert.«

Baby verdrehte die Augen. »Was immer du verbirgst, so schlimm kann es nicht sein.«

»Doch, kann es.«

Baby stöhnte, aber sie bot mir einen Kompromiss an. »Na gut. Erzähl es mir nicht. Fang mit etwas anderem an. Erzähl mir nur *eine* Sache. Erzähl von dem Mädchen.«

Ich erstarrte. »Welches Mädchen?«

»Das Mädchen! *Das* Mädchen, Solo! Das Mädchen, das du hier gesehen hast, als du wegen dem Bon-Jovi-Song ausgeflippt bist!« Baby warf die Hände in die Luft. »Was hat sie getan, dass du so durchgeknallt bist? Dich betrogen? Dir das Herz gebrochen? *Was?*«

»Nein.« Ich schüttelte den Kopf. »So war das nicht.«

»Wie war es dann?«

Ich schluckte und dachte nach. Ich könnte Baby von Crystal erzählen, ohne wirklich von Crystal zu erzählen. Vielleicht bekam ich damit sogar meine Tabula rasa auf die NORMALE Spur zurück. Von einer Beziehung traumatisiert zu sein, war als Jugendlicher schließlich ganz NORMAL. Ich musste ja nicht sagen, dass es um ein Mädchen ging, das nur ich sehen konnte.

»Na gut«, lenkte ich ein. »Es gab mal ein Mädchen, und sie hat mir viel bedeutet. Sie hat mich verlassen. Sie hat mich verlassen, als ich sie am meisten gebraucht habe, und danach war ich ein Wrack.«

Babys Ausdruck wechselte in einer Sekunde von Wut zu Mitgefühl.

»Wer war sie?«

Einen Moment starrten wir einander schweigend an.

Eigentlich war ich noch nicht bereit dazu, mehr zu erzählen, aber meine Freundschaft mit Baby stand auf dem Spiel.

Also beschloss ich, alles zu sagen.

... glaube ich.

Ich weiß nicht, ob ich es wirklich getan hätte, denn bevor Baby mich zwingen konnte, ihr zu antworten, gab es einen ohrenbetäubenden metallischen Knall. Dann kamen Schreie aus der Küche und dann Rauch, und dann rannte Kat in den Gastraum und schrie »Feuer!«, und dann ging die Sprinkleranlage an, und dann kam sehr viel sehr kaltes Wasser herunter, und Panik und Chaos brachen aus.

Und so bescheuert es klingt, aber als Baby und ich aus dem Restaurant liefen, hatte ich nur einen Gedanken, nämlich, dass das Universum diesen Zufall eingefädelt hatte, um mir, dem Doogie Howser des Videoverleihs, einen Gefallen zu tun.

KAPITEL 20

Wie sich herausstellte, hatte das Wort »entflammbar« zu einer Verwechslung geführt. Die neue Köchin im Headlights, die die Sprache erst lernte, kannte sich mit den Vorsilben noch nicht so gut aus und hatte »entflammbar« für das Gegenteil von »flammbar« gehalten, als sie die Dose Kochspray auf dem Herd stehen ließ.

Wie durch ein Wunder wurde niemand ernsthaft verletzt.

Wegen der frühen Stunde befanden sich zum Zeitpunkt des Unfalls nur drei Personen in der Küche. Die Köchin erlitt ein paar Verbrennungen ersten Grades, und Kat und eine Kellnerin, die ich nicht kannte, trugen blaue Flecken von herunterfallendem Kochgeschirr davon. Aber hinsichtlich dessen, was hätte passieren können, fanden alle, dass sie Glück im Unglück gehabt hatten.

Es war ein Schock, doch der materielle Schaden hielt sich in Grenzen. Weil die Sprinkleranlage den Laden unter Wasser gesetzt hatte, musste natürlich alles trockengelegt und renoviert werden, aber dafür war das Feuer gelöscht, bevor die Feuerwehr kam, und Rauch und Flammen konnten nicht viel anrichten. Das Headlights musste ein paar Wochen schließen, bis alles wieder auf Vordermann war, aber die Versicherung würde die Verluste übernehmen, tröstete Bob die völlig aufgelöste Kat.

Ich zog mir auf dem Klo der Applebee's-Filiale nebenan die nassen Kleider aus und trockenes Zeug vom Vortag an, das ich im Auto hatte, weil ich in der Videothek übernachtet hatte. Baby musste, weil sie schwanger war, im Krankenwagen einen Krankenhauskittel anziehen und wurde in dicke Decken gepackt, bis sich ihr Puls normalisierte, und am Ende brachten die Sanitäter sie ins Krankenhaus, um zur Kontrolle einen Ultraschall machen zu lassen.

Ich verabschiedete mich von ihr, und sie gab mir mein *Star-Wars*-Bild zurück, das sie bei der Evakuierung gerettet hatte.

Obwohl ich keine Lust auf meine Eltern hatte, fuhr ich nach Hause. Derzeit scheute ich mich noch mehr vor der Begegnung mit Maverick als vor meinem untreuen Vater, und da ein Wochentag war, war die Chance groß, dass ich zu Hause sowieso niemanden traf.

Ich hatte Glück und konnte mich unter die heiße Dusche stellen, so lang ich wollte, und in Frieden über alles nachdenken, was in den letzten abgefuckten Tagen im Leben des Joel Teague passiert war.

Vieles wirbelte durcheinander, aber aus irgendeinem Grund kehrten meine Gedanken immer wieder zu den Flammen zurück.

Ich will nicht sagen, dass das Feuer in der Küche des Headlights Flashbacks des Brennofens auslöste, denn so war es nicht. Aber es rüttelte spezielle Erinnerungen wach, und sie gingen mir in Endlosschleife durch den Kopf.

»Ich hab dich da drin nicht gesehen!«

Die Flammen. Das Wasser. Die Asche.

»Ich hab dich nicht gesehen …«

Der Schlauch. Die Kälte.

»Ich hab nicht …«

Crystal.

»Ich hab dich da drin nicht gesehen!«

Die Flammen. Das Wasser. Die Asche.

»Ich hab dich nicht gesehen …«

Der Schlauch. Die Kälte.

»Ich hab nicht ...«

Crystal.

Crystal.

Crystal ...

»Ich weiß echt nicht, wie du diesen Krankenhausfraß runterkriegst, Joel.« Sie steckte die Gabel in den glibberigen Nudelsalat, der immer noch die Form der Kelle hatte, mit der er ausgeteilt wurde.

»Ich soll nicht mit dir reden«, sagte ich und schloss die Augen. »Die Ärzte sagen, du bist nicht echt, also geh weg.« Ein paar Sekunden später schlug ich die Augen wieder auf. Sie war immer noch da.

»Das ist gemein«, erwiderte Crystal. »Wohin genau soll ich denn gehen?«

»Ich weiß es nicht«, sagte ich. In der Nachttischschublade fand ich die Gebrauchsanweisung für das elektrische Krankenhausbett, in dem ich lag. Ich las das Heftchen durch, um mich von Crystal abzulenken. »Dahin, wo du herkommst, schätze ich.«

»Tja, das geht nicht.« Sie seufzte, zog an einer ihrer Locken und sah zu, wie sie in ihre Form zurücksprang. »Ich dachte, wir wären Freunde, Joel.«

»Ich will dein Freund sein, aber dein Freund zu sein heißt, dass ich verrückt bin«, erklärte ich ihr. »Und ich will nicht verrückt sein.«

»Deine Mutter denkt vielleicht, du bist verrückt, aber sonst niemand«, berichtigte sie mich. »Ich sag's dir, Joel, deine Mutter ist die, die das eigentliche Problem hat.«

Ich legte die Gebrauchsanweisung beiseite und schluckte den Köder. »Warum?«

Crystal lachte in sich hinein. »Sie hat Angst. Wenn jemand so ist wie sie, steckt in den meisten Fällen Angst dahinter.«

Ich wäre nie auf die Idee gekommen, dass meine Mutter vor irgendwas Angst hatte. Wütend? War sie oft. Kritisch? Meistens. Paranoid? Eindeutig. Aber sie hatte keine Angst. »Wovor sollte sie denn Angst haben?«

»Vor den unbekannten Folgen ihrer Irrtümer«, erklärte Crystal. »Davor haben die meisten Menschen Angst.«

Es klang entfernt logisch, aber ich war nicht überzeugt. »Ich nicht. Ich habe nur Angst, dass ich verrückt bin«, entgegnete ich. »Und deswegen musst du gehen.«

»Von wegen. Ich weiß zufällig, dass du auch vor anderen Dingen Angst hast.«

Ich sah sie argwöhnisch an. »Wovor denn zum Beispiel?«

Sie kam um das Bett und lehnte sich lässig an. »Ich kann dir drei Dinge nennen.«

»Wovon redest du?«

»Du weißt schon. *Die* drei Dinge.« Crystals grüne Augen glitzerten.

Ich wusste es wirklich, aber ich glaubte ihr nicht, dass sie es auch wusste. »Davon habe ich dir nie erzählt.«

»Oh doch, das hast du. Drei *Star-Wars*-Dinge, um genau zu sein.« Crystal beugte sich vor und flüsterte mir ins Ohr: »Wampas, Rancors und Banthas.«

Ich spürte, wie ich rot wurde. »Woher weißt du das?«

Sie trat einen Schritt zurück und zuckte die Schultern. Dann flüsterte sie lauter. »Wampas, Rancors und Banthas!«

»Ernsthaft jetzt? Wer hat dir das erzählt?« Ich schüttelte den Kopf. »Davor habe ich keine Angst mehr, seit ich ein Kind war.«

Sie sang die drei Dinge vor sich hin: »Wampas, Rancors und Banthas, o je!«

»Hör auf, es reicht!«

»Wampas, Rancors und Banthas!«

»Das ist nicht witzig!«

Crystal schien anderer Meinung zu sein, denn plötzlich rief sie

»Buh!«, und als ich zusammenzuckte, fing sie hysterisch zu lachen an.

Ich warf die Decke zurück und stand auf. »Ich habe die Nase voll. Ich sag Bescheid!«, rief ich und stampfte aus dem Zimmer.

Doch als ich aus dem Zimmer trat, war ich nicht mehr im Krankenhaus. Der Boden unter meinen Füßen war sandig, die Sonne schien, und es war warm. Ich war draußen. An einem Strand.

»Wampas, Rancors und Banthas!«, hörte ich Crystal wieder rufen, und als ich mich umsah, war das Krankenhauszimmer verschwunden. Und sie sah ich auch nicht mehr.

Die Medikamente haben eine echt komische Wirkung, dachte ich. Dann erkannte ich, wo ich war: am Strand in Virginia.

Gott, wie ich den Strand vermisste.

»Mom? Dad?«, rief ich.

»Wampas ... Rancors ... Banthas ...« Die Stimme schien aus dem Meer zu kommen.

»Sie macht es schon wieder!«, rief ich über den Sand. »Crystal ärgert mich wegen *Star Wars*!«

»Es sind bloß *Puppen!*«, zog ihre Stimme mich auf. »Wie kann man nur vor Puppen Angst haben?«

Der Strand war voll, aber Crystal war nirgends zu sehen. Nur Handtücher und Schirme, so weit das Auge reichte. Meer und Sand, so weit das Auge reichte.

»Weil es Monster sind!«, verteidigte ich mich. »Sie sollen Angst machen, und sie *machen* Angst!« Auf einmal entdeckte ich meinen verschollenen Han-Solo-Blaster, der halb vergraben im Sand steckte. Ich lief darauf zu. »Hier habe ich ihn also gelassen ...« Und ich dachte die ganze Zeit, er wäre irgendwo im Keller.

»Wampas, Rancors und Banthas, o je!«, rief Crystal wieder.

Ich griff nach dem Blaster und drückte den Auslöser. Er machte das Bohrgeräusch. »Wo bist du? Komm raus, dann puste ich dich weg!«

Wo immer sie war, Crystal gackerte los. »Das will ich sehen, *Han Solo*!« Sie lachte lauter. »Wampas, Rancors und Banthas, o je!«

Ich schwang den Blaster herum und zielte willkürlich auf Leute, die nicht Crystal waren. »Komm raus, komm raus aus deinem Versteck, *Prinzessin Leia!*«

»Psst!« Eine andere Stimme. Es war meine Mutter, die mich zurechtwies. »Ich habe es dir gesagt – dieses Spiel wird nicht mehr gespielt!« Von hinten packte sie mein Handgelenk und riss mir den Blaster aus der Hand. »Das Spiel ist aus. Schluss mit Han und Leia. Schluss mit *Star Wars*! Alles aus!«

»Wir tun doch nur so, Mom!«, versuchte ich zu erklären. »Es ist doch nicht echt.«

Sie seufzte. »Du begreifst es einfach nicht!« Und dann schleuderte sie den Blaster, so weit sie konnte, ins Meer.

»Nein!«, schrie ich.

Ich watete ins Wasser, bis ich nicht mehr stehen konnte, und dann begann ich zu schwimmen.

Ich wollte mein Spielzeug zurückhaben. Ich wollte weiterspielen. Aber es war weg, und ich war machtlos.

Ich tauchte den Kopf unter Wasser, und dort endlich fand ich Crystal.

Wenigstens die Hälfte von ihr, die noch nicht vom Meeresboden verschluckt war. Und um alles noch schlimmer zu machen, stand der Meeresboden in Flammen.

Sie hatte die Augen geschlossen und trieb in der Strömung, Arme und Haar im Rhythmus der Wellen, während sie immer tiefer im Sand versank.

Treibsand.

Meerestreibsand.

Ich konnte mich nicht länger damit aufhalten, ob es Unterwasserflammen und Meerestreibsand wirklich gab. Ich musste schnell handeln.

Also tauchte ich unter und schwamm auf sie zu, rief stimmlos im Wasser ihren Namen, wich den Flammen aus, die um mich herumtanzten. Ich erwischte ihr Haar, aber als ich zog, fiel es aus. Büschel für Büschel, bis kaum noch was übrig war. Ohne Haar sah sie ganz anders aus. Wie ein anderer Mensch.

Da begriff ich: Es war nicht Crystal, die ertrank.

Plötzlich schlug er die Augen auf, und er packte mich am Arm, bevor er ganz im Treibsand versank.

Obwohl ich mich wehrte, schaffte ich es nicht, mich aus seinem Griff zu lösen, und Sekunden später wurde ich auch verschluckt.

Mit einem Ruck wachte ich auf. Ich lag in ein Handtuch gewickelt auf meinem Bett, mit rasendem Herzen und von kaltem Schweiß überströmt.

KAPITEL 21

Am Nachmittag meldete ich mich krank, was feige gewesen wäre, wenn ich nicht wirklich krank gewesen wäre. Das Fieberthermometer zeigte 38,7 Grad, und wer war ich, mich über Zahlen hinwegzusetzen?

Ich nahm eine Kopfschmerztablette und legte mich wieder hin. Dreizehn Stunden später, gegen vier Uhr früh, wachte ich auf und stellte mich wieder unter die Dusche, obwohl ich in der Zwischenzeit nur geschlafen hatte.

Ich wartete bis sechs, bevor ich runterging, weil sechs Uhr keine völlig unnormale Zeit war und Mom bestimmt schon in der Bäckerei war, sodass ich weiterhin niemandem begegnen musste. Allerdings hatte ich vergessen, dass Heiligabend war, und wir erschreckten uns beide, als ich in die Küche kam.

»Du hast kurze Haare.« Sie gab mir einen Kuss auf die Wange und fuhr mir durchs Haar. »War aber auch Zeit. Du hast schon ausgesehen wie ein Mädchen.« Dann musterte sie mich aufmerksamer. »Du siehst krank aus, Joel. Bist du erkältet?«

»Ja, aber nicht so schlimm.«

Sie ging zum Kühlschrank und kam mit einer Dose Vernors Gingerale zurück, einer Ingwerlimonade, die in der Region als Hausmittel gegen alle möglichen Krankheiten galt. »Meinst du, du bist fit genug für Tante Denise heute Abend?« Sie nahm eine Zigarette aus der Schachtel und zündete sie sich an.

»Nein«, sagte ich, dankbar für die glaubwürdige Ausrede, das Familienessen ausfallen zu lassen. Ich machte das Gingerale auf und trank einen Schluck.

»Das ist schade.« Sie legte die Stirn in Falten und blies den Rauch in die andere Richtung. »Es täte mir sehr leid, wenn du heute Abend allein zu Hause wärst.«

»Wahrscheinlich schlafe ich einfach.«

Sie trank einen Schluck Kaffee. »Wenn es dir schlechter geht, ruf den Arzt. Ich habe Dad gezwungen, heute die letzten Weihnachtseinkäufe mit mir zu machen, aber wir schauen nachher noch mal rein.« Mom zog lange an ihrer Zigarette. »Irgendwelche letzten Wünsche an den Weihnachtsmann? Dad hat dieses Jahr die Spendierhosen an.«

Ich dachte an die Frau im Kaufhaus und machte ein finsteres Gesicht. Ich wusste genau, warum Dad die Spendierhosen anhatte. »Ich brauche nichts.«

»Wirklich nicht?«, hakte sie nach. »Wir wollen, dass dieses Weihnachten richtig schön wird.«

»Egal. Du findest bestimmt was Gutes.«

Dann kam mein Vater herein, der noch den Bademantel anhatte, und gab meiner Mutter einen Kuss auf den Scheitel.

»Ich lege mich besser wieder hin«, sagte ich zu Mom und schlurfte nach oben.

Ich schlief noch ein paar Stunden. Später stand ich auf, spielte *Tekken*, aß eine Minipizza aus der Mikrowelle und zog mich irgendwann an. Meiner Gesundheit ging es viel besser. Aber mein Kopf war immer noch voll.

Ich holte meine R.E.M.-CD aus dem Auto, in der Hoffnung, Michael Stipe würde mir helfen, meine Gedanken zu klären, aber dann sah ich Mavericks *Star-Wars*-Bild. Weil ich *irgendwas* damit tun musste, nahm ich es mit in mein Zimmer.

Falls ich es behalten wollte (und das wollte ich), musste ich ein

Versteck dafür finden, weil alles, was mit *Star Wars* zu tun hatte, bei uns zu Hause verboten war. (Wie ihr vielleicht bemerkt habt, hatten meine Eltern ein Problem damit.) Den Han-Solo-Schlüsselanhänger und den Spritzguss-Millennium-Falken hatte ich im Handschuhfach verstaut, aber etwas so Großes wie das Bild vor meiner Mutter zu verbergen, grenzte an Unmöglichkeit.

Obwohl mein Psychiatrieaufenthalt inzwischen Jahre zurücklag, schnüffelte Mom immer noch gerne in meinem Zimmer herum. Ich versuchte, mich nicht darüber aufzuregen. Ich wusste, dass sie nicht anders konnte. Sie musste sich regelmäßig versichern, dass ihr Sohn nicht wieder Ohrringe oder Lippenstift für seine imaginäre Freundin hortete.

Als meine Mutter damals das grüne Kleid entdeckt hatte und ich in den Teich gesprungen war, hatten meine Eltern mich zum Kinderarzt gebracht, der die Theorie aufstellte, mein Vorrat an Damenkleidung wäre ein Hinweis auf meine aufkeimende Homosexualität, was zufälligerweise der wundeste Punkt meiner Mutter war.

Im Kampf gegen mein mutmaßliches Schwulsein meldeten meine Eltern mich bei einem von der Kirche geleiteten Jungs-Club an, wo ich lernen sollte, supermännlich zu sein.

Jedes Treffen begann mit einem Kapitel aus der Bibel über die kernigsten Typen aus dem Alten Testament, und den Rest der Zeit verbrachten wir mit Holzhacken, An-Seilen-Hochklettern und Hindernisläufen. Ich erinnere mich auch, dass wir sehr viel Fleisch gegessen haben. Die Frauen der Leiter brieten uns Steaks, und das war das Einzige, was mir an dem Programm gefiel.

Als ich mich nach ein paar Monaten immer noch nicht auf wundersame Weise in einen handfesten Holzfäller verwandelt hatte, nahmen mich meine Eltern wieder aus der Gruppe heraus und meldeten mich bei einer anderen an, die »Vorbereitung auf das Mannsein« hieß.

In diesem völlig absurden Kurs redeten wir viel über natürliche körperliche Anziehungskraft, und wie normal es war, Mädchen küssen und Busen anfassen zu wollen. Ich erinnere mich auch lebhaft, dass sie uns dort Fotos einer fast nackten Frau zeigten und uns ein paar Dinge erklärten, die wir, wenn wir älter waren, vielleicht gerne mit einer Frau wie ihr machen würden.

Es war total demütigend.

Nicht lange nach dem Kurs – oder vielleicht gehörte es zur Abschlussprüfung, ich weiß es nicht mehr – landeten auf ungeklärte Weise ein paar Seiten des Unterwäscheteils aus dem Sears-Katalog auf meinem Bett. Weil ich sie für den privaten Gebrauch behielt, müssen meine Eltern gedacht haben, ich wäre aus dem Gröbsten raus, denn sie hörten endlich mit der Schwulen-Hexenjagd auf.

Womit ich sagen will, ich wusste, wie homophob meine Eltern waren, und konnte mir die Reaktion meiner Mutter vorstellen, falls sie Mavericks Bild entdeckte. Ich hatte vielleicht auf dem Schlauch gestanden, was Mavericks Gründe anging, mich so reich zu beschenken, aber ich ging jede Wette ein, dass bei meiner Mutter sofort die Alarmglocken schrillten, und dann säße ich im nächsten Bus zur Konversionstherapie.

Vorsichtig öffnete ich die Rückseite des Rahmens und schob ein Bild der spärlich bekleideten *Baywatch*-Nixe Yasmine Bleeth über das Bild, das ich aus einer Zeitschrift gerissen hatte. Mom wäre stolz auf mich.

Ich nicht.

Ich war nicht stolz darauf, dass Baby mich für schwulenfeindlich hielt. Ich sah mich selber nicht so. Wenn ich etwas aus den Versuchen meiner Eltern gelernt hatte, mich auf die heterosexuelle Bahn zu lenken, obwohl ich hetero war, dann, dass homophobe Menschen tausendmal furchterregender waren als Schwule und Lesben.

Allerdings hatte ich eine Phobie, was meine Mutter anging, und sie war eindeutig homophob, und wenn es nach mathematischen

Regeln ging, hieß das, ich hatte Angst vor ihrer Angst. Aus irgendeinem Grund – vielleicht, weil sie religiös war, vielleicht, weil sie Angst vor Aids hatte, vielleicht, weil sie sah, wie schlecht Schwule behandelt wurden, vielleicht aus einem anderen mir unbekannten Grund – hatte meine Mutter entsetzliche Angst davor, ein schwules Kind zu haben. Was uns hierherbrachte.

Das Telefon klingelte, während ich im Fernsehen herumzappte auf der Suche nach etwas Spannenderem als Talkshows. Ich wusste, noch bevor ich ranging, dass es Mom war.

»Hey, Mom.«

»Habe ich dich geweckt? Hast du was gegessen?«

»Nein und ja. Mir geht's besser.«

»Gut genug, um heute Abend mit zu Tante Denise zu gehen?«

»Nein, nicht so gut.«

»Na gut. Wir sind bei Chi-Chi Mexikanisch essen«, sagte sie. Dad ließ sich selten überreden, ausländisch essen zu gehen. Offenbar hatte er ein megaschlechtes Gewissen. »Soll ich dir frittiertes Eis mitbringen? Das wäre dann dein Weihnachtsessen.« Sie lachte über ihren eigenen Witz. Sie war bester Laune. Wahrscheinlich hatte sie eine Margarita intus.

»Ja, gerne.«

»Wir haben im Einkaufszentrum jemanden getroffen. Einen deiner alten Ärzte. Jedenfalls glaubt Dad, dass er es war, aber ich dachte, dass er eigentlich einen Schnurrbart hat.«

»Cool«, sagte ich und wollte das Gespräch beenden.

»Er war dort mit seiner Frau und seiner Teenager-Tochter essen, und stell dir vor – die Kleine war *schwanger*«, erzählte meine Mutter. »Offenbar haben sogar Psychiater verkorkste Kinder. Wie findest du das?«

Ich fand es doof, weil Moms Getratsche auf vielen Ebenen voller Vorurteile war, aber ich hatte keine Lust zu streiten. »Kommt ihr bald heim?«

»In einer Weile. Ich wollte erst sehen, wie viel Geld ich heute loswerde«, sagte sie. Dann legte sie endlich auf.

MTV zeigte die beliebtesten hundert Videos des Jahres 1996, und obwohl ich die Top Five schon gesehen hatte, weil sie schon vor ein paar Tagen gelaufen waren, und wusste, dass »Ironic« von Alanis Morissette auf Platz eins landen würde, schaltete ich nicht um.

Und während ich gedankenverloren Soundgardens »Blow Up the Outside World« sah, löste etwas, was Mom gesagt hatte, in meinem Kopf eine Kettenreaktion aus:

Einer meiner alten Ärzte, der früher einen Schnurrbart hatte, ist Marc Schwartz.

Seine Frau hatte mir an Halloween erzählt, dass sie keine Kinder haben.

Was bedeutete, dass das Teenager-Mädchen, mit dem sie Mom gesehen hatte, nicht ihre Tochter gewesen sein konnte.

Vielleicht war der schwangere Teenager, der bei ihnen war, Baby.

Ich dachte einen Moment über diesen Gedanken nach.

An dem Abend, als Scarlet den Unfall hatte, hatte Marc mich Joel genannt, nicht Solo.

Vielleicht hatte Baby geschlussfolgert, dass ich ihn kannte.

Die Gedankenspirale war gnadenlos.

Marc und Baby waren an dem Abend allein im Pausenraum, während ich Scarlets Erbrochenes wegmachte.

Vielleicht hatte er ihr erzählt, dass er Arzt war. Und welche Art von Arzt er war.

Die Vorstellung machte mich nervös. Sie machte mich paranoid.

Vielleicht hatte Baby keine Lust mehr zu warten, bis ich ihr erzählte, was mit mir los war.

Vielleicht war unser Gespräch im Headlights mein letzter Strohhalm gewesen.

Vielleicht hatte sich Baby mit Marc getroffen, um von ihm die Wahrheit über mich zu erfahren.

Ich wollte nicht glauben, dass es so war, aber als sich die Idee erst mal eingenistet hatte, wurde ich sie nicht mehr los.

Würde Baby so etwas tun? Und falls ja, würde Marc ihr etwas erzählen?

Ich hoffte nicht. Aber ich wusste es nicht.

Das Problem bei Paranoia ist, dass die Ungewissheit einen in den Wahnsinn treibt.

Mein Herz raste.

Ich stellte den Fernseher ab.

Ich tigerte durchs Zimmer.

Ich kam zu einem Schluss.

Ich nahm meinen Autoschlüssel und verließ das Haus.

KAPITEL 22

Ich fuhr zum Einkaufszentrum und suchte auf dem Parkplatz nach dem Honda Accord. Als ich ihn dort nicht fand, fuhr ich zu Baby nach Hause.

Mein Schädel brummte, und zu spät fiel mir ein, dass ich besser noch eine Kopfschmerztablette genommen hätte. Doch weil ich wusste, dass keine Schmerztablette der Welt meine paranoiden Gedanken stoppen konnte, fuhr ich weiter. Zum Glück stand Babys Auto in der Einfahrt.

»Was machst du hier?«, begrüßte sie mich. »Und wo ist deine Jacke? Es ist eiskalt draußen.« Sie zog mich ins Haus.

Ich hatte nicht gemerkt, dass ich fror. Und dass ich nicht richtig sehen konnte. Baby und alles um sie herum war verschwommen. »Hast du dich heute mit Marc Schwartz getroffen?«, wollte ich wissen. »Bitte sag, dass es nicht stimmt, dann gehe ich gleich wieder.«

Ich sah ihr Gesicht nicht scharf, also konnte ich ihren Ausdruck nicht lesen, aber sie klang erschrocken, als sie fragte: »Was?«

Dann hörte ich Kat. »Nicole, wer hat geklingelt?«

»Ich muss wissen, worüber ihr geredet habt«, beschwor ich sie mit zitternder Stimme.

»Es ist Joel, Mom«, rief Baby. »Er hat irgendwie eine Macke ...«

»Ich habe keine Macke, das schwöre ich!«, sagte ich. »Hat Marc das erzählt? Früher hatte ich eine Macke, okay? Aber das ist lange her ...« Das Licht war so hell, dass ich blinzeln musste, und ich sah nur noch eine Bank, die im Flur stand. Ich sank darauf zusammen.

Im gleichen Moment kam Kat um die Ecke.

»Joel?« Ich spürte ihre Hand auf meiner Stirn. »Bist du krank, Kleiner?«

»Ich glaube, ich werde blind«, antwortete ich ehrlich. Ich hatte gehört, dass Menschen vor Wut blind geworden waren, aber nicht vor Paranoia. Offenbar war ich der Erste.

»Was soll der Mist?«, war Babys Reaktion.

Ich hätte wahrscheinlich genauso reagiert.

»Ist er high, Nicole?«, fragte Kat besorgt. »Stirbt mir der Junge hier in meinem Hausflur an einer Überdosis?«

»Woher soll ich das wissen?«, fragte Baby.

»Ich nehme keine Drogen«, versuchte ich zu sagen, aber meine Zunge fühlte sich taub an.

»Schaffen wir ihn aufs Sofa«, erklärte Kat. Sie nahmen jede einen Arm und schleppten mich ins Wohnzimmer.

»Joel, Schätzchen, hast du Kopfweh?«, fragte Kat aus irgendeinem Grund.

Ich nickte.

»Okay«, sagte sie. Ihre Stimme wirkte weiter weg. »Bin gleich zurück.«

»Ich kapiere überhaupt nichts mehr«, sagte Baby, als sie mich sanft aufs Sofa schob und meine Beine hochlegte, sodass ich ausgestreckt dalag. »Wehe, du stirbst hier, Solo. Ich schwöre, wenn du an Heiligabend bei uns reinspazierst und auf unserer verdammten Couch abdankst, verzeih ich dir das nie.«

Kurze Zeit später kam Kat mit ein paar Tabletten und einem kalten Waschlappen zurück.

»Hast du manchmal Migräne, Joel?«, fragte sie.

»Nein«, grunzte ich, ohne genau zu wissen, was Migräne war.

»Ich hatte nach der Aufregung mit dem Feuer gestern die ganze Nacht Migräne. Und bei mir kündigt sich Migräne mit Sehstörungen an«, erklärte sie. »Hast du im Moment viel Stress?«

»Ja«, sagte ich, was schändlich untertrieben war.

»Ich glaube, dir geht es gleich wieder besser. Migräne ist meistens sehr intensiv, aber es dauert nicht lang. Kannst du eine Weile hier liegen bleiben?«

Es ging mir so schlecht, dass ich nicht das Gefühl hatte, ich hätte eine Wahl. »Ja.«

Kat gab mir eine Decke, einen kalten Umschlag und einen Eimer für den Fall, dass mir übel wurde, was, wie sie mich warnte, bei Migräne passierten konnte. Dann schaltete sie das Licht aus, und es war so still und dunkel und warm, dass ich sofort einschlief.

Als ich mit einem Ruck aufwachte, wusste ich nicht, wo ich war. Meine Erinnerungen waren weit entfernt und verschwommen.

»Du schnarchst«, informierte mich eine Stimme aus dem Dunkeln.

»Baby?« Langsam erinnerte ich mich an alles.

Eine schwache Lampe wurde angeschaltet und schien auf Baby, die in einem Sessel saß. »Und du sabberst.«

»Tut mir leid.« Ich versuchte mich aufzusetzen. Ein dumpfer Schmerz pochte in meinem Schädel. Es war bloß das Echo der Schmerzen, die ich vorher gehabt hatte, aber er ließ mich immer noch zusammenzucken.

»Du hast wahrscheinlich einen Kopfwehkater«, erklärte sie mir. »Das hat Mom, wenn sie Migräne hatte. Koffein hilft dagegen.«

»Danke für den Rat.« Dann sagte ich überrascht: »Du bist so schick.«

»Weihnachtsessen bei den Przybylskis«, erklärte sie und strich sich das Kleid glatt. Ich war mir nicht sicher, ob ich Baby je in einem Kleid gesehen hatte. Aber vielleicht war ich auch nur so überrascht, weil ihr Bauch so riesig war. Babys Schwangerschaft versetzte mich immer wieder in Staunen, selbst wenn sie die ganze Zeit vor meiner Nase war. »Es hat vor einer Stunde angefangen. Kat musste schon los, weil sie den Kuchen mitbringt.«

»Oh.« Ich versuchte mich aufzurichten. »Ich gehe, dann kannst du los.«

»Nein.« Baby hielt mich auf. »Wir müssen reden, Solo.« Ihr Ton war entschlossen. Sie räusperte sich. »Woher wusstest du, dass ich mich heute mit Marc Schwartz getroffen habe?«

Die Frage riss mich aus meinem Dämmerzustand.

Ein Kennzeichen von Paranoia ist, dass 90 Prozent der Sachen, die ihr befürchtet, nicht wirklich passieren. Das könnt ihr euch sagen, wenn ihr Angst habt, als Erinnerung, dass ihr eigentlich keine Angst haben müsst, auch wenn es euch natürlich nicht davon abhalten wird. Schließlich könnte es ja sein, dass es ausgerechnet die Paranoia ist, die euch auf wundersame Weise vor der Sache, vor der ihr Angst habt, schützt. Solange auch nur die winzigste Möglichkeit besteht, dass das Schicksal so funktioniert, würdet ihr mit eurer Paranoia also immerhin 90 Prozent der schrecklichen Dinge verhindern, die sonst passieren würden. Und nach dem Motto »Einem geschenkten Gaul schaut man nicht ins Maul« klopft ihr euch auf die Schulter und macht euch weiterhin wegen allem Möglichen in die Hose, *nur damit es nicht passiert.*

So fühlt es sich an, bis ihr beim zehnten Mal bei irgendeiner abstrusen Sache, vor der ihr Angst habt, recht behaltet, und dann macht ihr euch erst recht in die Hose.

»Was? Du hast dich *wirklich* mit Dr. Schwartz getroffen?« Die Bestätigung meines Verdachts haute mich um wie ein Backstein. »*Ach du Scheiße.*«

»Warte mal. Jetzt bist du überrascht? Du bist ernsthaft zu mir gefahren, um mich deswegen anzuschreien, und jetzt ist es plötzlich das Allerneueste für dich?«

»Ich war mir nicht sicher, ob es stimmt. Ich habe nur geraten wegen der Beschreibung, die man mir von dir gegeben hat«, gab ich zu. Der Backstein wanderte in meinen Magen. *Was wusste Baby? Was hatte Dr. Schwartz ihr über mich erzählt?*

Sie verschränkte die Arme. »Wer hat mich beschrieben?«

»Meine Mutter«, antwortete ich. »Sie war im Einkaufszentrum. Sie hat euch zusammen gesehen.«

Baby war vollkommen verwirrt. »Deine Mutter kennt mich?«

»Nein, aber mit welchen schwangeren Teenagern sollte Dr. Schwartz sich sonst unterhalten?« Offenbar sah Baby die Sache nicht so klar wie ich. »Ich muss genau wissen, worüber ihr geredet habt, Wort für Wort.«

Baby kniff die Augen zusammen. »Hast du sie noch alle?«

»Hör zu, ich weiß, ich hätte es dir selbst erzählen sollen. Ich wollte es dir ja erzählen, im Headlights. Aber dann ist das Feuer ausgebrochen.«

»Was?« Baby sah mich an wie vom Donner gerührt, ein komischer Ausdruck, weil ich mir darunter nicht viel vorstellen kann, aber in diesem Moment traf er ins Schwarze.

Ich seufzte. »Glaub nicht alles, was Marc gesagt hat, bevor du meine Seite hörst.«

»Deine Seite?« Baby kochte vor Wut. »Wie kommst du darauf, dass du eine Seite hast?«

Das tat weh. »Hör zu, nur weil Marc mein Arzt war, heißt das nicht, er weiß alles, was ich durchgemacht habe. Ich war es, der die Sachen erlebt hat!«

»Wovon zum Teufel redest du, Solo?«, fragte sie. »Marc Schwartz kann gar nicht dein Arzt gewesen sein. Er arbeitet in einer psychiatrischen Anstalt!«

»Ja. *Ich weiß.*«

Während wir einander anstarrten, fiel bei uns beiden der Groschen.

Mein Mund wurde staubtrocken. »Ihr habt heute nicht über mich geredet, oder?«

Baby schüttelte langsam den Kopf. »Wieso sollten wir?«

»Verdammt«, sagte ich.

»Solo.« Baby sprach meinen Namen mit gezwungener Ruhe aus. »Was zum Henker ist los?«

Ich wusste, dass Baby ein Recht auf eine Antwort hatte. Sie vermutete schon eine Weile, dass ich eine Macke hatte, und nun hatte ich ihr den Beweis geliefert. Ich konnte nicht einfach weiter Ausreden erfinden oder einen Sessel verprügeln; und es würde auch nicht wieder ein Feuer ausbrechen und dieses Gespräch vertagen. Ich stand mit dem Rücken an der Wand. Meine Tabula war am Arsch.

Falls ich Baby je von meiner Macke erzählen würde, dann jetzt. Wenn ich es nicht tat, würde sie mir nie wieder eine Chance geben. Nach allem, was ich ihr zugemutet hatte, hatte ich keine weitere Chance verdient.

Ich wog die Möglichkeiten ab. Nichts sagen und Baby verlieren. Alles sagen und Baby wahrscheinlich trotzdem verlieren, weil sie mich für verrückt halten würde.

Es stand ziemlich übel für mich. Die Situation war übel. Meine Macke war übel. Aber Baby war nicht übel. Letztendlich wusste ich, dass ich das Risiko eingehen musste, wenn ich sie in meinem Leben behalten wollte, denn mein Leben ohne sie war noch viel schlimmer.

»Wie spät kannst du zu Bobs Party kommen?«, fragte ich.

Sie lehnte sich zurück. »Ich höre zu.«

In der Gruppentherapie merkte ich recht schnell, dass ich besser nicht als Erstes von mir erzählte. So wie es bei großen Konzerten Vorgruppen gab, ließ ich gewöhnlich zwei oder drei Leute vor, bevor ich mich dem Publikum stellte, weil meine Geschichte immer der Haupt-Act war.

Baby hatte das Pech, dass keine anderen Psychos da waren, um sie einzustimmen.

Ich fing mit dem Brennofen an. Es war zwar nicht der Anfang, aber der wahre Ursprung meiner Macke war das Schlimme, das passiert war, und so weit würde ich auf keinen Fall ausholen. Es war nicht nur Folter, über das Schlimme zu reden; es war auch Folter, davon zu *hören*, und es gab keinen Grund, uns beiden so viel Schmerz zuzufügen.

Dafür erzählte ich Baby ab dem Brennofen so ziemlich alles, was ihr wisst: wie Crystal in meinem Schrank auftauchte, wie sie nach Michigan kam, wie Mom ihre Sachen fand, das Bon-Jovi-Konzert, die Klinikaufenthalte. Ich erzählte Baby sogar von Meister-Proper-Valerie, weil Marc Schwartz bei der Geschichte einen Gastauftritt hatte.

Ich redete lange und wurde nur einmal unterbrochen, als Babys Mutter anrief und fragte, ob alles in Ordnung sei, eine Pause, die ich verlängerte, um bei Tante Denise anzurufen und meinen Eltern zu sagen, dass alles in Ordnung war. Baby stellte während der ganzen Saga keine Fragen, sondern hörte schweigend zu, und ich sah die ganze Zeit aus dem Fenster, als würde ich nicht mit ihr reden, sondern mit jemandem auf der anderen Seite der Scheibe.

Draußen lag Schnee, und die Nachbarn stellten nacheinander die Weihnachtsbeleuchtung an. Rote Lichter, goldene Lichter, blaue Lichter. Grüne Lichter. Ich sah den Autos nach, die vorbeifuhren, wahrscheinlich Familien mit Kindern in kratzigen Pullovern, die zu Weihnachtsessen und Familienfotos bei den Großeltern fuhren, genau wie bei uns früher.

Ich endete mein Geständnis mit meiner letzten Begegnung mit Crystal, von der ich noch nicht einmal euch erzählt habe – habt Geduld. Als ich fertig war, war ich völlig erschöpft.

Weil ich das Ganze noch nie einem NORMALEN Menschen erzählt hatte, hatte ich keine Erwartung, wie Baby reagieren würde. Es war irrational zu hoffen, dass sie mich nicht für verrückt hielt. Ich meine, ich *war* verrückt, und das Beste, worauf ich hoffen konnte, war, dass meine spezielle Art von Verrücktheit für Baby im Bereich des Seltsam-aber-Interessanten lag, und nicht im Bereich des Schnell-weg-hier-Wahnsinns.

Als ich endlich wagte, sie anzusehen, wusste ich noch weniger, was Baby dachte. Ich konnte ihren Ausdruck nicht mit einem Wort zusammenfassen – vom Donner gerührt traf es diesmal nicht –, aber stellt euch vor, jemand würde euch den Lageplan des größten Methangasvorkommens der Welt, den Beweis für die Existenz Außerirdischer und das Heilmittel für Krebs überreichen. Ihr würdet wahrscheinlich denken: »Das ist bestimmt alles ziemlich wichtig, aber was zum Teufel geht das mich an?« So ungefähr sah Baby aus.

Und ich verstand sie sogar. Es war eine Menge zu verdauen. Aber sie sagte buchstäblich kein Wort, und je länger das Schweigen anhielt, desto unangenehmer wurde es. Manche Leute beschreiben das Gefühl von Verletzlichkeit so, als würde man vor anderen nackt dastehen, was ich nachempfinden kann. In der Therapie hatte ich mich vor vielen, vielen Menschen nackt gefühlt. Aber die meisten davon waren auch nackt gewesen, oder wenigstens halb nackt. Bei der Gruppentherapie trug jeder seine Haut zu Markte, um den Vergleich noch weiter zu strapazieren. Aber bei Baby hatte ich das Gefühl, ich hätte mir jeden Fetzen Stoff vom Leib gerissen, während sie für eine Skitour eingepackt war. Und dann hatte ich mir in die nicht vorhandene Hose gemacht und war in meiner eigenen Kacke ausgerutscht, sodass ich nackt und voll Scheiße war, woraufhin sich Baby Fäustlinge überzog.

Nach etwa zehn unerträglichen Minuten Schweigen fragte ich sie schließlich: »Soll ich jetzt gehen?«

»Willst du gehen?«, fragte sie sofort, und ich wage zu behaupten hoffnungsvoll, zurück.

»Ich meine, ich kann gehen.« Der Backstein in meinen Eingeweiden wuchs auf doppelte Größe. »Ich schätze, wir reden irgendwann weiter, oder?«

»Okay«, sagte Baby und stand auf, um mich zur Tür zu begleiten.

Ich erinnere mich nicht, ob ich noch was sagte, während ich mir die Schuhe anzog. Wahrscheinlich entschuldigte ich mich auf irgendeine peinliche Art. Vielleicht bat ich sie, Kat Grüße von mir auszurichten. Auf jeden Fall sagte Baby kein Wort mehr. Ich erinnere mich eindeutig an ihr Schweigen.

Dieses Schweigen klingelte mir noch Stunden später in den Ohren, als ich im Bett lag und den Abend immer wieder durchspielte. All die Zeit war ich paranoid gewesen, weil ich befürchtet hatte, wenn ich jemandem von meiner Macke erzählte, würde er nichts mehr mit mir zu tun haben wollen. Rein statistisch hätte meine Paranoia mich davor beschützen müssen, aber das hatte sie nicht. Genau wie alles andere an mir war auch meine Logik dysfunktional.

KAPITEL 23

Als ich am Weihnachtsmorgen aufwachte, lagen mehr Geschenke unter dem Baum, als ich je gesehen hatte.

Mom und Dad saßen im Wohnzimmer und tranken Kaffee, und im Fernsehen lief irgendeine Parade. Der Weihnachtsbaum war spärlich geschmückt, doch unter ihm breitete sich ein Meer bunt eingewickelter Päckchen aus.

Normalerweise konnte ich am Weihnachtsmorgen mit ungefähr sechs Geschenken rechnen, von denen ich zwei abzog, weil ich wusste, dass sie Socken und Unterhosen enthielten. Typischerweise gab es also vier richtige Geschenke von meinen Eltern. Dieses Jahr sah es aus, als hätte sich die Zahl vervierfacht.

»Was ist das denn?«

»Frohe Weihnachten.« Dad grinste wie ein Gebrauchtwagenhändler. »Wird aber auch Zeit, dass du aufstehst, du Faulpelz!«

Ich sah ihn misstrauisch an. »Faulpelz« war kein Wort, das Dad oder sonst jemand unter sechzig benutzte. »Was ist hier los?«

Mom kam zu mir, um mich zu umarmen.

»Wer ist gestorben?«, fragte ich mit einem Anflug von Panik. »Grandma?«

»Alles ist gut«, sagte Dad. »Wir freuen uns einfach, dass du endlich aufgestanden bist, damit du siehst, was der Weihnachtsmann dir gebracht hat.«

Mom legte mir die Hand auf die Stirn. »Geht's dir heute besser?«

»Ja, mir geht's gut«, antworte ich und merkte dabei, dass es stimmte. Offenbar hatte ich lange genug geschlafen, um das Fieber und den Kopfwehkater auszukurieren. Allerdings fiel mir bei der Erinnerung an die Migräne alles ein, was gestern passiert war, und ich hatte wieder den doppelten Backstein im Bauch. »Mehr oder weniger.«

»Toll!« Dad grinste.

Überrascht fiel mir auf, dass ich in den drei Tagen, seit ich meinen Vater mit der blonden Frau im Einkaufszentrum gesehen hatte, fast gar nicht darüber nachgegrübelt hatte, was erstaunlich war, weil ich mir normalerweise über Dinge den Kopf zerbrach, die viel weniger bedeutsam waren als die Tatsache, dass ich meinen Vater mit einer anderen erwischt hatte. Mein Therapeut hätte wahrscheinlich gesagt, ich verdrängte es, um mich nicht mit den Konsequenzen auseinandersetzen zu müssen. Aber ich glaubte nicht, dass es daran lag.

Denn als ich meinem Vater gegenüberstand, hatte ich weder das Bedürfnis, ihm in die Eier zu treten, noch ihn anzuschreien oder sonst was in der Art. Ich hatte auch keine Lust, ihn an Ort und Stelle vor meiner Mutter bloßzustellen. Was ich sagen will, ist, dass es mir irgendwie egal war, auch wenn mich das ziemlich illoyal meiner Mutter gegenüber machte.

Realistisch betrachtet wusste ich, dass, falls Dad eine Affäre hatte, es nicht das Schlimmste war, was uns je passiert war – bei Weitem nicht. Es gab nur eine kurze Liste von Dingen, die weltbewegender waren als das, was wir in den letzten neun Jahren durchgemacht hatten, und auch wenn ich nicht kleinreden will, dass mein Vater mit einer fremden Frau rummachte, besaß ich genug Durchblick, um zu wissen, dass es wahrscheinlich okay war, die Auseinandersetzung damit auf nach Weihnachten zu verschieben.

Ich lächelte meinen Vater an, und er entspannte sich sofort.

»Komm, mein Junge«, sagte er. »Mach deine Geschenke auf.«

In der Therapie lernt man, für die kleinen Momente dankbar zu sein, wenn das Leben gerade nicht schrecklich ist. Wenn man so viel mitgemacht hat wie wir, ist es ziemlich schwer, einen Silberstreif am Horizont zu sehen. Das heißt, wenn man mal so was wie Freude empfindet, sollte man es sich unbedingt merken, damit man sich an den Tagen, an denen man sich wünscht, die Welt ginge unter, erinnern kann, dass Freude möglich ist.

Insofern war der Weihnachtsmorgen ziemlich toll.

Ich bekam echt coole Geschenke: ein R.E.M.-T-Shirt, *Tekken 2*, lauter neue Anziehsachen, ein Paar Doc Martens, einen DVD-Player *und einen Computer.* Kurz kam mir der Verdacht, sie verschwiegen mir, dass ich unheilbar krank war, und hatten den Scheck von »Make-A-Wish« für mich im Einkaufszentrum auf den Kopf gehauen (Paranoia), aber dann vergaß ich den Argwohn und gestattete mir, das Leben einfach mal zu genießen.

Nach der Bescherung backte meine Mutter Zimtschnecken, und dann setzten wir uns beide an das 500-Teile-Puzzle eines gemalten venezianischen Wochenmarkts, der wahrscheinlich in Wirklichkeit gar nicht existierte, und Dad kam immer wieder vorbei, während er meinen neuen Computer einrichtete.

Solche Momente waren selten – Mom, Dad und ich bewusst zusammen zu Hause und guter Dinge. Normalerweise gingen wir solchen Situationen aus dem Weg, weil beim Zusammensein viel stärker auffiel, was fehlte. Aber aus irgendeinem Grund waren wir an diesem Familienmorgen mit Leib und vielleicht auch mit Seele dabei.

Doch sosehr ich mich bemühte, beim Zusammensetzen eines italienischen Obststands in der Gegenwart zu bleiben, wanderten meine Gedanken immer wieder zu Baby. Wie auch nicht? Weniger als vierundzwanzig Stunden waren vergangen, seit meine größte Angst wahr geworden war, und so was verdaut man nicht in zehn Minuten.

Eigentlich wusste ich natürlich, dass ich Baby nicht übel nehmen durfte, wie sie auf Crystal reagiert hatte. Im umgekehrten Fall hätte ich vielleicht auch nicht anders reagiert. Wäre ich Crystal nie begegnet und Baby hätte mir von ihrer innigen Freundschaft mit jemandem erzählt, den außer ihr niemand sehen konnte, hätte ich mich wahrscheinlich auch verdrückt. Wie jeder NORMALE Mensch.

Aber das hieß nicht, dass ich nicht wünschte, es wäre besser gelaufen. Ich meine, ich wünschte es so stark, dass es wehtat, dass es mir den Magen umdrehte und dass mein Hirn zu explodieren drohte. Ich hätte lügen sollen. Ich hätte eine Geschichte über eine Ex-Freundin erfinden sollen, die mir das Herz gebrochen hatte, indem sie mit meinem besten Freund durchgebrannt war, oder ich hätte einfach die Wahrheit über Valerie erzählen sollen, ohne zu erwähnen, dass wir beide in der Irrenanstalt saßen, weil allein das schon gereicht hätte, einen Teenager zum Wrack zu machen. Im Rückblick war mir klar, dass ich Baby genug Details hätte auftischen können, um ihren Verdacht wegen meiner Macke zu befriedigen, ohne Crystal mit einem Wort zu erwähnen. Ein einziges Mal hätte ich die Geschichte kontrollieren können, statt mich von der Geschichte kontrollieren zu lassen. Aber ich hatte es nicht getan, und ich wusste, warum.

Denn die Wahrheit war, ich hatte Baby nicht anlügen wollen. Wie mir inzwischen klar war, wollte ich nämlich tatsächlich all das, was mein Psychiater mir unterstellt hatte. Ich wollte Nähe und den ganzen Mist. Ich wollte das mit Baby. Ich wollte jemanden, mit dem ich echt sein konnte, und ich wollte, dass diese Person kein Problem mit meiner Macke hatte, also war ich aufs Ganze gegangen und hatte die Wahrheit auf den Tisch gelegt. Und als ich den Ball kicken wollte, hatte sie ihn mir weggezogen.

Mann, das tat weh.

Die Arbeit würde in Zukunft keinen Spaß mehr machen. Auch das entging mir nicht. Ich überlegte, ob ich kündigen und mir einen anderen Job suchen sollte, wo ich mit keinem reden musste. Vielleicht so was wie der Typ, der bei Chuck E. Cheese im Mäusekostüm herumlief. Mit dem redete keiner. Er könnte sonst wer sein – selbst jemand, der mal in der Anstalt gewesen war –; solange er in seinem Mäuseanzug steckte und sich zusammenriss, würde niemand davon erfahren. Außerdem bekam er Gratis-Pizza und konnte Flipper spielen, so viel er wollte, was als Bonus nicht zu unterschätzen war.

Bei ROYO Video zu kündigen schien mir tatsächlich die einzige realistische Lösung des Problems. Baby wäre froh, dass sie nicht mehr mit mir arbeiten musste, und nebenbei erledigte sich auch die Sache mit Maverick. Das mit Maverick war noch etwas, was ich verdrängte, weil ich keine Ahnung hatte, wie ich mich verhalten sollte. Falls Maverick wirklich in mich verknallt war, würde es ihm vielleicht helfen, sich zu entlieben, wenn Baby ihm erzählte, dass ich nicht mehr alle Tassen im Schrank hatte. Das wäre das einzig Positive an der Geschichte.

Egal.

Meine Eltern und ich wurden mit dem Puzzle in weniger als zwei Stunden fertig, und dann zog sich jeder für den Rest des Nachmittags zurück. Dad legte sich aufs Sofa und machte Mittagsschlaf, Mom rauchte Kette und las alte *People*-Ausgaben, und ich versteckte mich in meinem Zimmer und spielte *Tekken 2*, das sich leider kaum von *Tekken 1* unterschied.

Das Abendessen am Weihnachtstag holten wir immer vom Chinesen. Im Großraum Detroit gab es jede Menge internationale Restaurants, deren Wirte nicht Weihnachten feierten, also gab es jede Menge Auswahl für Leute wie uns, die an den Feiertagen nicht kochen wollten. Weil mein Vater alles, was über Huhn, Reis und Frühlingsrollen hinausging, zu exotisch fand, machten wir keine größeren Exkursionen in die nicht-amerikanische Küche, aber Chinesisch zu Weihnachten war bei den Teagues schon vor dem Schlimmen Tradition gewesen, und wir hatten nicht viele Traditionen übrig, also beschwerte ich mich nicht, dass ich lieber Thai oder Indisch probiert hätte.

Ich roch das Kung Pao Chicken schon, bevor Dad mich nach unten rief. Als ich ins Esszimmer kam, nahmen er und Mom gerade die weißen Kartons mit den verschiedenen Gerichten aus den Tüten. Wir setzten uns an den Tisch, um gemeinsam zu essen. Kurz darauf klopfte es an die Haustür.

Wir sahen uns wie versteinert an, als könnte jeden Moment die Gestapo bei uns auftauchen. Eigentlich bekamen wir nie Besuch, außer vielleicht von Tante Denise, und Tante Denise klopfte nicht.

»Wer in aller Welt könnte das sein?«, fragte Dad.

»Wahrscheinlich die Zeugen Jehovas«, sagte meine Mutter.

»Ich glaube, die haben an Weihnachten frei, Maureen. Vielleicht die Sternsinger.« Mein Vater ging zur Tür. Er drückte das Gesicht an den Türspion, richtete sich wieder auf, und dann sah er noch mal hinein. »Oder auch nicht.« Dad warf mir einen besorgten Blick zu, bevor er die Tür öffnete. »Kann ich helfen, Miss?«

»Äh, ja«, sagte eine vertraute Stimme. »Tut mir leid, wenn ich an Weihnachten störe, aber wäre es möglich, dass Sie Joel das hier von mir geben?«

Inzwischen war ich bei Dad an der Tür.

Auf der Veranda stand Baby, die ihren Mantel nicht mehr über dem Bauch zubekam, und sie hatte einen Umschlag in der Hand und ein in Alufolie eingewickeltes Päckchen.

»Was machst du hier?«, fragte ich.

Mein Vater sah von ihr zu ihrem Bauch zu mir und wieder zurück.

»Joel?«, fragte er. »Würdest du uns vorstellen?«

»Dad, das ist Nicole. Wir arbeiten zusammen«, sagte ich, und Baby streckte ihm lächelnd die Hand hin.

Er schüttelte sie und hielt ihr die Tür auf. »Komm doch aus der Kälte herein, junge Dame.«

»Ich bleibe nur eine Minute«, versprach sie und sah mich an.

Ich wich ihrem Blick aus. »Bist du hier, um zu kündigen? Steht das in dem Brief?« Ich zeigte auf den Umschlag. Anscheinend war Baby schneller als ich gewesen.

»Was? Nein.« Sie lachte. »Kat wollte, dass ich euch Kuchen vorbeibringe.« Sie gab mir den in Folie gepackten Teller, und meine Mutter, die inzwischen auch an der Tür stand, nahm ihn mir aus der Hand.

»Ich bin Joels Mutter«, sagte sie reserviert.

Baby nickte. »Freut mich, Sie kennenzulernen.«

»Willst du nicht reinkommen?« Mom winkte Baby ins Haus, dann flüsterte sie mir ins Ohr. »Kann ich mal kurz mit dir reden?«

»Ich bin nicht der Vater, Mom. Ich schwöre es«, flüsterte ich zurück, und sie entspannte sich.

»Ich wollte Sie wirklich nicht an Weihnachten stören. Ich muss nur dringend mit Joel über etwas reden, was nicht warten kann.«

»Papperlapapp«, sagte mein Vater. »Isst du gern Chinesisch? Wir haben mehr als genug. Iss doch mit.«

Baby sah mich verunsichert an. Und weil ich nicht wusste, weswegen sie hier war, wusste ich auch nicht, was ich sagen sollte.

»Wartet Kat mit dem Essen auf dich?«, fragte ich schließlich.

»Nein. Sie ist mit Bob im Restaurant, um den Schaden zu begutachten«, erklärte sie. »Es ist ein ziemliches Durcheinander.«

»Was ist denn passiert?«, fragte Mom. Wenn sie wollte, konnte sie hören wie eine Fledermaus.

»In dem Restaurant, wo meine Mutter arbeitet, hat es gebrannt«, sagte Baby mit einem Blick zu mir. »Hat Joel nichts erzählt?«

»Nein«, sagten meine Eltern im Chor.

»Meinst du den Küchenbrand drüben im Headlights?«, fragte Dad.

»Ja«, bestätigte ich, ohne wissen zu wollen, woher er davon wusste (ich hatte einen Verdacht).

»Meine Mutter managt den Laden. Ihr Freund ist der Besitzer«, erklärte Baby.

»Kat ist deine Mutter?« Dad lächelte. »Ich freue mich für sie und Bob!«

Mom und ich sahen ihn finster an.

»Wie oft gehst du dahin, Craig?«, fragte Mom empört.

Dad tat, als hörte er sie nicht.

»Jedenfalls kommt Mom heute erst spät nach Hause«, fuhr Baby fort und sah mich an. »Also, wenn es *dir* recht ist, *ich* hätte Zeit.«

Ich wusste nicht, ob Baby mir mit der Satzbetonung eine verschlüsselte Botschaft übermitteln wollte, und wenn ja, welche. »Hast *du* Lust?« fragte ich.

Ihre Finger spielten mit dem Umschlag, den sie noch immer in der Hand hielt. Sie schob ihn in die Tasche und nickte.

Wir mussten den vierten Stuhl erst freischaufeln. Da wir nie Besuch hatten, landete dort alles, was wir nicht wegwerfen wollten. Dann holte Dad ein viertes Tischset, und Baby setzte sich neben mich.

»Wie lange arbeitest du schon in der Videothek?«, fragte meine Mutter, als sie Baby die Schachtel mit dem Reis reichte.

»Seit drei Jahren«, antwortete Baby. »Mit fünfzehn habe ich angefangen.«

»Du bist schon achtzehn?«, fragte ich überrascht. Aus irgendeinem Grund hatte ich gedacht, ich wäre älter als sie.

»Ja. Seit Oktober.«

»Da kannten wir uns schon«, sagte ich. »Du hast deinen Geburtstag gar nicht erwähnt.«

»Hätte ich ihn ankündigen sollen? Einen Kuchen verlangen? Ich bin ja nicht fünf.«

Meine Eltern lachten.

»Als junger Mensch ist das eine lange Zeit im selben Job«, sagte meine Mutter anerkennend. Dann zögerte sie. »Wie kommt es, dass

Joel schon dein Vorgesetzter ist, obwohl du viel länger dort arbeitest als er?«

Baby zog die Augenbrauen hoch. »Ja, komisch, oder?« Sie schob sich eine Gabel Reis in den Mund. »Das müssen Sie Scarlet fragen.«

»Sie meint Jessica«, übersetzte ich für Mom. »Devins Ex.«

Mom verzog das Gesicht. »Ach, die. Ich bin kein großer Fan von ihr.«

»Wirklich?« Babys Miene hellte sich auf. »Ich auch nicht.«

Plötzlich hatten Baby und Mom eine Verbindung. »Sie hat meinen Neffen sehr schlecht behandelt. Sein Herz gebrochen.«

»Na ja, ich glaube, er hat sich ganz gut erholt«, erinnerte ich Mom, bevor Baby Mitleid mit Devin bekam, das er nicht verdient hatte.

»Zum Glück«, sagte Mom. »Ich dachte, er kommt nie über den Verlust seines Babys weg.«

Ich hatte mir gerade eine Gabel mit Huhn in den Mund geschoben und musste ein paarmal kauen, bevor ich nachfragen konnte: »Du meinst den Verlust von Scarlet?« Es sah meiner Mutter nicht ähnlich, Frauen »Baby« zu nennen, aber vielleicht versuchte Mom unserem Gast zuliebe cool zu sein.

Mom sah mich überrascht an. »Ach, das weißt du nicht? Ich dachte, Devin hätte sich dir anvertraut.«

»Was?«

»Maureen«, mischte sich Dad ein.

»Er ist alt genug, Craig.« Mom warf Dad einen Blick zu.

Baby warf mir einen Blick zu.

»Darum geht es nicht. Sie ist seine Kollegin«, erinnerte Dad meine Mutter. »Du kannst nicht einfach Dinge aus ihrem Privatleben herumerzählen.«

»Tue ich doch gar nicht«, verteidigte sich meine Mutter. »Ich rede über das Privatleben meines Neffen. Es waren zwei beteiligt, als sie das Baby gemacht haben.«

Baby riss die Augen auf. »Sie meinen, Scarlet war schwanger?«

Ich schluckte runter und starrte Mom an.

Sie nickte. »Jessica wurde schwanger, aber sie wollte das Baby nicht. Also hat sie ...« Mom zog die Brauen hoch und schürzte vielsagend die Lippen. »Devin war am Ende.«

»Maureen«, schaltete sich mein Vater wieder ein. »Das geht niemanden was an.«

»Ach du Scheiße«, hörte ich Baby flüstern, und den gleichen Gedanken hatte ich auch.

»Du hättest deine Tante Denise sehen sollen, Joel. Sie war ein Häufchen Elend.« Mom zeigte mit der Gabel auf mich. »Es wäre ihr Enkelkind gewesen, weißt du.«

Baby und ich schwiegen.

»Wenn ihr mich fragt, sollte so was verboten sein«, fuhr Mom fort.

»Dich fragt aber keiner«, bemerkte Dad.

»Die Mädchen machen es sich heutzutage viel zu einfach. Sie bringen sich in Schwierigkeiten, und dann wollen sie die Konsequenzen nicht tragen«, sagte Mom. »Anwesende natürlich ausgenommen. Du hast wirklich ein Lob verdient, Nicole. Offenbar übernimmst du die Verantwortung für dein Verhalten.«

»Mom!«, rief ich. »Hör endlich auf, so zu reden!« Ich sah Baby entschuldigend an, aber sie war in Gedanken offensichtlich noch bei Scarlet.

»Ich wäre dir dankbar, wenn du mir beim Essen mehr Respekt zeigst, Joel!«, keifte Mom zurück.

»Du kannst es dem Jungen nicht übel nehmen, Maureen«, sagte Dad. »Dir wäre es auch nicht recht, wenn sich die Leute beim Essen über deine Probleme das Maul zerreißen.«

Damit nahm er meiner Mutter den Wind aus den Segeln, die nach kurzem Schweigen das Thema wechselte.

Mehr oder weniger.

»Weißt du schon, was es ist, Nicole?«

»Nein«, antwortete Baby.

»Also«, Mom reichte ihr die Schachtel mit dem Beef Chow Mein, »wenn es ein Junge ist, solltest du viel rotes Fleisch essen. Das hilft bei der Entwicklung seiner Männlichkeit, und das ist heutzutage sehr wichtig.«

»Oh, aha.« Baby griff nach der Schachtel und nahm sich eine kleine Menge.

»Dann denkst du wohl, es wird ein Mädchen.« Mom lächelte und zeigte auf Babys Teller. »Eine rosa Zukunft. Prinzessinnen und Glitzer.«

»Maureen.« Dad seufzte. »Was ist bloß los mit dir?«

»Wieso? Ich dachte nur an das Baby, und kleine Jungs brauchen bestimmte Dinge, damit sie sich gesund entwickeln.« Sie funkelte meinen Vater an.

Dad, der entweder satt war oder meine Mutter satthatte, legte die Serviette auf den Teller und brachte den Teller zur Spüle. »Ich schließe deinen DVD-Player an, Joel. Vielleicht willst du mit deiner Freundin draußen einen Spaziergang machen. Dann habt ihr eure Privatsphäre.«

Kaum war Dad außer Hörweite, machte meine Mutter weiter. »Hast du Bücher über die Schwangerschaft gelesen?«, fragte sie Baby. »Die jüngste Forschung hat ergeben, dass es wohl doch einen Zusammenhang gibt zwischen der Ernährung der Mutter und den Neigungen des Kindes.«

Baby schluckte einen Bissen hinunter. »Das habe ich nicht gelesen.« Sie trank etwas. Und weil sie zu Erwachsenen immer höflich war, fragte sie: »Was für Neigungen meinen Sie?«

Mom sah mich aus dem Augenwinkel an. »Du weißt schon, Mädchen, die sehr burschikos sind, Jungs, die verweiblicht sind. Die Ernährung beeinflusst solche Dinge.«

»Aha.« Baby runzelte die Stirn. »Das habe ich wirklich noch nie gehört.«

»Ja, weil es nicht stimmt«, sagte ich und sah meine Mutter wütend an. Ich trug meinen Teller zur Spüle.

»Doch, es stimmt«, widersprach meine Mutter. »Das sollte man im Hinterkopf haben, wenn man gesunde Kinder großziehen will. Ich erzähle dir nur, was ich gerne gewusst hätte, als ich jünger war.«

Ich kam aus der Küche zurück. »Bist du fertig?«, fragte ich Baby und zeigte auf ihren Teller.

»Klar«, sagte sie, aber sie aß noch schnell drei Bissen. Ich hatte ein schlechtes Gewissen, einer Schwangeren den Teller wegzuziehen, aber mit meiner Mutter am Tisch zu sitzen, wenn sie sich so benahm, war noch schlimmer.

»Wir gehen spazieren«, sagte ich und nahm unsere Jacken.

»Wenn ihr zurück seid, wärme ich den Kuchen auf, den Nicole mitgebracht hat«, rief Mom uns nach, als merkte sie nicht, wie wütend ich war.

Ich schlug die Tür fester zu als nötig.

Wir waren ein paar Schritte gegangen, als Baby fragte: »Hast du vergessen, dass ich hochschwanger bin?« Sie keuchte. »Erst reißt du mir das Essen aus der Hand, und jetzt laufen wir einen Marathon. Was ist los?«

»Tut mir leid. Und das mit meiner Mutter tut mir auch leid.«

Sie musste ein paarmal Luft holen, bevor sie antworten konnte. »Dafür kannst du ja nichts. Aber langsam fange ich an zu verstehen, warum du wegen Maverick so seltsam warst. Die Frau hat offenbar panische Angst vor Schwulen.«

»Du weißt nicht mal die Hälfte.«

»Das glaube ich.« Baby zeigte auf einen kleinen Park mit ein paar überdachten Picknicktischen, und wir gingen hinüber.

Ein paar Minuten saßen wir schweigend da, aber ich konnte mir denken, dass Baby ihren Mut zusammennahm, um mir zu sagen, dass sie mich nie wiedersehen wollte.

Und weil ich der Typ bin, der sich das Pflaster lieber mit einem

Ruck abreißt, machte ich es ihr leicht. »Nur damit du Bescheid weißt, ich reiche morgen meine Kündigung ein, dann bin ich in zwei Wochen weg.«

Baby sah mich verblüfft an. »Du kündigst? Warum?«

Ich seufzte. »Na ja. Schließlich können wir nicht mehr zusammenarbeiten, und du arbeitest viel länger in der Videothek als ich, deshalb find ich es nur fair, wenn ich gehe.«

»Warum können wir nicht mehr zusammenarbeiten?«, fragte Baby.

Ich sah sie an. »Jetzt tu nicht so, als hättest du kein Problem damit, was ich dir gestern Abend erzählt habe. Wenn ich gehe, können wir so tun, als wäre gestern Abend nie passiert.«

»Willst du das?«, fragte sie mich. Bevor ich antworten konnte, erklärte sie: »*Ich* will das nicht.«

»Nein?«

»Nein.«

»Ach. Was willst du denn?«

»Was meinst du?«

»Von mir. Was willst du von mir jetzt, wo du weißt, dass ich eine Vollmeise habe?«, fragte ich. »Ich meine, warum bist du heute Abend hergekommen, wenn nicht, um unsere Freundschaft zu beenden?«

»O Mann, Solo, du bist so was von dramatisch«, sagte Baby. »Es gibt unendlich viele Gründe dafür, dich heute sehen zu wollen, und du gehst automatisch davon aus, dass ich zu dir nach Hause fahre, um dich aus meinem Leben zu schmeißen? Manchmal bist du echt anstrengend.«

»Findest du?«, schnaubte ich zurück. »Nach deiner Reaktion gestern ist es wohl nicht abwegig anzunehmen, dass du die Nase voll hast. Ich meine, ich bin auf vielen Ebenen verrückt, aber ganz bestimmt nicht deswegen.«

»Hör auf«, sagte Baby. »Hör auf, dich verrückt zu nennen.«

»Warum? Ich bin verrückt. Ich habe Jahre in der Anstalt hinter mir«, erinnerte ich sie.

Sie fuhr sich durchs Haar. »Ich finde dich nicht verrückt.« Baby seufzte. »Ich weiß, dass ich gestern Abend arschig reagiert habe, und das tut mir leid. Ich wusste nicht, was ich sagen sollte, weil ich von dem, was du erzählt hast, völlig überrumpelt war, und ich hatte ein total schlechtes Gewissen, dass ich dich gezwungen habe, mir alles zu erzählen.«

»Warte mal. *Du* hast ein schlechtes Gewissen wegen gestern Abend?«

»Natürlich!«, rief Baby. »Ich meine, ich habe die ganze Zeit gedacht, du hast irgendwelche normalen Teenagerprobleme, über die du nicht reden willst. Ich dachte, es geht um deine blöde Ex-Freundin oder darum, dass deine Eltern Krach haben. Und gleichzeitig wusstest du so viel über mich, nur ich hatte keine Ahnung von dir.«

»Oh.« Der Backstein in meinen Eingeweiden fing an sich aufzulösen.

Baby seufzte. »Ich weiß nicht, welche Reaktion gestern Abend richtig gewesen wäre. Aber wahrscheinlich wäre alles besser gewesen, als überhaupt nichts zu sagen.«

»Keine Ahnung«, sagte ich, während ich mich innerlich deutlich leichter fühlte. »Mich mit Weihwasser zu besprühen und zu versuchen, den Dämon zu exorzieren, wäre bestimmt noch schlimmer gewesen.«

»Hat das jemand probiert?«

»Ernsthaft?«, sagte ich. »Das war eine der ersten Maßnahmen meiner Eltern.« Was stimmte, aber es war keine besonders interessante Geschichte, deshalb habe ich sie auch nicht erzählt. Mom brachte mich zu einem Priester, der mich mit Wasser besprühte und irgendwas auf Lateinisch sagte (glaube ich), und dann gingen wir wieder, und ich traf mich mit Crystal im Wandschrank.

Babys Augen wurden groß. »Siehst du? Ich habe so viele Fragen.

Aber ich weiß nicht, was ich fragen darf und was zu unsensibel ist, und ob ich überhaupt das Recht habe, irgendwas zu fragen.«

Das hatte ich nicht erwartet. Ich hätte niemals damit gerechnet, dass Baby noch mehr über meine Macke wissen wollen könnte, nachdem ich ihr einen Vorgeschmack gegeben hatte.

»Ich schätze, du kannst fragen, was du willst.« Ich stützte die Arme auf den Picknicktisch. »Ich bin nur überrascht, dass du mehr wissen *willst*. Seit Jahren bezahlen meine Eltern Leute dafür, dass sie mit mir darüber reden. Es hat noch nie jemanden freiwillig interessiert.«

»Na ja, wie vielen Freunden hast du es denn erzählt?«

»Nur dir.«

»Das ist vielleicht der Grund«, sagte Baby. »Nicht, dass du dich wie eine Jahrmarktsattraktion fühlst oder so, Solo, aber seit du mir von Crystal erzählt hast, bist du ungefähr eine Million Mal interessanter geworden.« Es war seltsam, sie so beiläufig Crystals Namen aussprechen zu hören. »Ich wollte immer einen Geist sehen. Und du hast einen gesehen.«

Ich lächelte schief. »Du glaubst, Crystal ist ein Geist?«

»Du nicht? Was soll sie denn sonst sein?«

»Eine psychische Störung, wie diverse Ärzte gesagt haben.«

»Nee. Ich glaube, sie ist ein Geist«, sagte Baby entschlossen. »Ich meine, mein Wissen über Geister stammt zwar hauptsächlich aus Filmen, aber aus filmischer Sicht ist das die wahrscheinlichste Erklärung.«

»Ich weiß nicht.« Viele der anderen Kinder in der Klinik hatten den gleichen Schluss gezogen. Aber woher sollte ich wissen, ob Crystal ein Geist war? Bei Leuten, die an Geister glaubten, und Leuten, die psychische Probleme hatten, gab es eine große Schnittmenge.

»Überleg mal, Solo. Es gibt Hunderte Filme über Geister. Glaubst du nicht, dass ein paar davon auf reale Ereignisse zurückgehen? Ich habe zum Beispiel immer gehofft, dass *Feld der Träume* auf einer wahren Geschichte beruht. Oder dieser andere, *Ghost*. Oder *4 himmlische Freunde* mit Robert Downey Jr. Wenn du mich fragst, könnte jeder dieser Filme realistisch sein.«

»Ich habe keinen davon gesehen.«

Baby schloss die Augen und schüttelte den Kopf. »Du wirst sie noch sehen«, entschied sie. »Du muss eine Menge Filme sehen, wenn wir Crystal auf den Grund gehen wollen.« Sie strich sich durchs Haar. »Und das wollen wir.«

»Nach Jahren der Therapie und Dutzenden von Ärzten, die versucht haben, Crystals Geheimnis zu lösen, glaubst du, *du* kommst dahinter, indem du Filme siehst?«

»*Wir* werden es lösen.« Baby lächelte.

»Du willst also immer noch mit mir befreundet sein?«, stellte ich klar. »Du findest Crystal nicht abschreckend? Oder mich? Oder diese ganze Geschichte?«

»Nein.« Sie schwieg eine Weile, dann sagte sie: »Ich glaube dir alles, was du mir gestern Abend erzählt hast. Man müsste schon irre sein, um sich so was auszudenken. Und wie gesagt, ich glaube nicht, dass du verrückt bist.« Baby zuckte die Schultern. »Außerdem ist dir vielleicht schon mal aufgefallen, dass ich die meisten Leute nicht mag. Ich werde mich also nicht von dem besten Freund, den ich habe, abwenden, nur weil er ein bisschen kompliziert ist.«

Als sie das sagte, hüpfte mir buchstäblich das Herz, und es ist mir völlig egal, ob das kitschig klingt. Wenn ihr ein Junge wärt wie ich, und jemand so was zu euch sagen würde, hättet ihr Glück, wenn ihr vor Schreck nicht tot umfallen würdet. »Du bist auch meine beste Freundin.«

Die Worte auszusprechen war fast so schön, wie sie von Baby zu hören.

Der Augenblick war groß, aber dann unterbrach ihn Baby. »Wir können uns später im Einkaufszentrum Beste-Freunde-Kettchen kaufen.«

»Joel und Nicole, beste Freunde für immer.«

»Baby und Solo«, berichtigte sie mich.

Ich lächelte.

Baby zitterte. »Ich mache mich besser langsam auf den Weg. Ich erfriere.«

Ich nahm ihr nicht übel, dass sie nicht noch mal mit reinkam, um Kuchen zu essen, nach dem Eindruck, den meine Mutter hinterlassen hatte. Ich wunderte mich auch nicht, dass wir nicht über Scarlets Geheimnis gesprochen hatten. Später vielleicht. Ich wusste nur, dass ich plötzlich in einer ganz anderen Realität lebte als vor vierundzwanzig Stunden, und die Veränderung war ausnahmsweise mal positiv.

Ich begleitete Baby zum Auto. »Bevor ich es vergesse, hier.« Sie legte mir den Briefumschlag, den sie mitgebracht hatte, in die Hand.

»Was ist das?«, fragte ich.

Sie öffnete die Autotür. »Weißt du noch, wie die Sanitäter mich nach dem Feuer zum Ultraschall geschickt haben?«

Ich nickte.

»Es war alles in Ordnung. Aber als sie sich da unten umgesehen haben, haben sie auch das Geschlecht erkannt. Ich habe ihnen gesagt, sie sollen es aufschreiben.« Sie zeigte auf den Umschlag. »Ich will, dass du es hast.«

»Okay. Warum?«

Baby schüttelte den Kopf. »Ich habe es mir nicht angesehen. Ich will es nicht wissen.« Sie zuckte die Schultern. »Aber ich will, dass du es weißt.«

»Im Ernst?«

»Ich will, dass du alles weißt«, sagte Baby und stieg ins Auto. »Frohe Weihnachten, Solo.« Sie schloss die Tür und startete den Wagen.

Ich lächelte. »Frohe Weihnachten, Baby.«

Der Schnee knirschte unter ihren Reifen, als sie losfuhr, und ich sah ihr nach, bis der Honda um die Ecke verschwand. Dann öffnete ich den Umschlag.

Mädchen.

Ich würde es keiner Menschenseele verraten.

KAPITEL 24

Die nächsten Wochen waren die besten meines Lebens.

Wahrscheinlich ist euch das nicht neu, aber das Leben macht viel mehr Spaß, wenn man jemanden hat, mit dem man es teilt. Besonders wenn der andere über eure Macken Bescheid weiß und euch trotzdem mag.

Nach Weihnachten verbrachten Baby und ich viel Zeit miteinander, sowohl in der Videothek als auch außerhalb. Wenn das hier ein Film wäre, würden sie an dieser Stelle einen Zusammenschnitt von uns zeigen: Baby und ich lachend bei ROYO Video oder filmschauend auf der Couch oder Pizza essend bei Buddy's – all die Dinge, die NORMALE Leute tun. Ja, das Gespräch kam hin und wieder auch auf Crystal, aber Crystal war nicht der Mittelpunkt unserer Freundschaft. Seltsamerweise führte die Tatsache, dass ich mein Riesenproblem nicht mehr vor Baby verstecken musste, dazu, dass es mir gar nicht mehr so riesig vorkam. Im Hintergrund des Zusammenschnitts läuft natürlich irgendein peppiger R.E.M.-Song. Wahrscheinlich »Shiny Happy People« oder »Radio Free Europe«. Man sieht lauter halbmondförmige Lächeln und lauter Joels, die ich hätte sein können, und vom Zusehen würdet ihr feuchte Augen kriegen, weil, *sieh mal an, wie weit Joel es gebracht hat.*

Na ja, vielleicht bekämt ihr keine feuchten Augen. Ich hoffe mal, ihr habt die ganze Zeit an mich geglaubt. Aber leider freuen sich die Menschen nicht immer mit, wenn es einem mal gut geht. Manchmal werden sie misstrauisch, und das war der Fall bei den meisten meiner Kollegen.

»Du und Baby geht miteinander ins Bett, oder?«, fragte mich Hannibal, als wir zusammen den Werbeaufsteller von *Phenomenon* aufbauten.

»Nein«, versicherte ich ihm, während ich die Papplaschen in die vorgesehenen Schlitze schob. »Wir sind nur gut befreundet.«

»Ach komm, mein Freund. Das Baby ist von dir, oder?«

»Nein«, sagte ich nachdrücklicher. »*Wir sind nur gut befreundet.*«

Hannibal reichte mir den nächsten Teil des Displays. »Ja, ja«, sagte er. »Ganz bestimmt.«

War das etwas, worüber NORMALE Leute logen? *Keinen* Sex mit jemandem zu haben?

»Ernsthaft, Mann. Warum sollte ich lügen?«

Hannibal zuckte die Schultern und blies die Luft aus. »Weil du ihr Vorgesetzter bist?«

»Spielt das hier eine Rolle? Wir arbeiten doch nicht in einem Konzern.«

»Nee, wahrscheinlich nicht.« Er rieb sich nachdenklich das Kinn. »Aber vielleicht verheimlichst du es, damit es Scarlet nicht mitkriegt.«

»Was hat das mit Scarlet zu tun?«

»Komm schon, Mann. Baby und Scarlet hassen sich. Wenn die eine rauskriegt, dass du die andere nagelst, kommst du bei ihr wahrscheinlich nie zum Zug.«

Ich folgte seiner Logik. »Du meinst also, ich habe Baby davon überzeugt, regelmäßig mit mir zu schlafen und nicht darüber zu reden, um mir die Möglichkeit offenzuhalten, irgendwann auch mit Scarlet zu schlafen?«

»Wir reden hier von *Scarlet*«, entgegnete Hannibal. »Für die Option würde man einiges auf sich nehmen.«

»Na ja, trotzdem. Wir schlafen nicht miteinander.«

Später bekam ich ähnliche Unterstellungen von Poppins und Maverick zu hören.

»Ihr seid wie Zack und Kelly aus *California Highschool*«, behauptete Poppins. »Gib's endlich zu.«

»Was heißt das überhaupt?«, fragte ich.

»Du weiß schon, on-off, aber total verliebt«, sagte Poppins.

»Nein, so ist es bei uns nicht«, versicherte ich ihr. »Wir sind eher wie die anderen beiden aus der Serie.«

»Jessie und Slater?«, fragte Poppins.

»Genau.«

»Die sind auch zusammen.«

»Echt? Und was ist mit dem Streber? War der nicht mit einem Mädchen einfach nur befreundet?«

»Du meinst Screech und Lisa?« Poppins schüttelte den Kopf. »Screech war wahnsinnig in Lisa verknallt. Das war ein wichtiger Erzählstrang.«

Offenbar wusste ich nicht viel von der Serie. »Hmm. Wie wäre es mit …« Mein Kopf war leer. »Keine Ahnung. Nenn mir eine Serie mit einem Jungen und einem Mädchen, die nur gut befreundet sind, und das sind wir.«

»Die Serie gibt es nicht, weil es die Leute nicht gibt«, sagte Poppins sachlich. »Es wäre nicht glaubhaft. Männer und Frauen verhalten sich nicht, wie ihr euch verhaltet, außer sie stehen heimlich aufeinander. Oder einer von ihnen ist homosexuell.«

Mein Blick wanderte automatisch zu Maverick, der mich gerade ansah.

Ich wusste immer noch nicht, ob Maverick schwul war, und falls ja, ob er auf mich stand – ich hatte keinen Beweis für Babys Theorie mitbekommen –, aber warum ein Risiko eingehen?

»Tja, dann haben wir wohl die erste nicht-sexuelle und nicht-homosexuelle Freundschaft zwischen Mann und Frau in der gesamten Menschheitsgeschichte.«

Poppins war nicht überzeugt. Maverick wirkte verlegen.

In diesem Moment streckte Scarlet den Kopf aus dem Büro und bat mich, einen Bericht auszudrucken.

»Hey, Scarlet«, rief Poppins. »Hilf uns mal. Solo sagt, er und Baby sind ›nur gut befreundet‹. Kaufst du ihm das ab?«

Ich sah Poppins böse an.

Scarlet lachte. »Als könnte jemand scharf auf Baby sein. Wer will mit einer Schwangeren ins Bett?«

Seit meiner Mutter (absichtlich) rausgerutscht war, dass Scarlet abgetrieben hatte, wunderte ich mich weniger, dass Babys Schwangerschaft sie beschäftigte. Ich wusste zwar nicht genau, welchen Zusammenhang sie sah, aber ich war mir sicher, dass es den gab. Es war plausibel, dass zwei Leute, die an der gleichen Weggabelung verschiedene Wege eingeschlagen hatten, neugierig waren, wo der andere landete.

»Okay«, gab Poppins zu. »Aber du weiß schon, dass das ein vorübergehender Zustand ist, oder? Baby bleibt nicht den Rest ihres Lebens schwanger. Irgendwann wird sie wieder was mit Männern haben.«

»Du stehst doch nicht auf Baby, Solo, oder?«, fragte Scarlet, als wäre die Möglichkeit undenkbar.

Ich seufzte genervt, weil das Thema immer noch nicht vom Tisch war. »Wir sind einfach gut befreundet.«

»Siehst du?«, sagte Scarlet zu Poppins. »Typen sind mit Mädchen nur ›einfach gut befreundet‹, wenn sie sie unattraktiv finden.«

»Aber Baby ist hübsch«, antwortete Poppins. »Ich meine, sie war hübsch, bevor sie schwanger wurde. Aber sie ist auch fies, und ich kann mir vorstellen, dass sie das weniger attraktiv macht.«

»Ach, und das ist nicht fies?«, erwiderte ich, selbst wenn ich wusste, dass Poppins es nicht böse gemeint hatte.

»Ich meine ja nur, dass sich der Charakter auf die Attraktivität auswirkt, das ist alles.«

»Und du sagst, dass Baby einen schlechten Charakter hat«, stellte ich fest. Und weil ich fand, es war meine Freundespflicht, Baby zu verteidigen, erklärte ich: »Übrigens verbringe ich sehr gerne Zeit mit Baby.«

»Aber du willst nicht mit ihr schlafen«, sagte Scarlet, als wäre das eine Tatsache. »Ist doch klar.«

Ich wusste nicht, was ich sagen sollte, um Baby nicht zu beleidigen. Ob ich es abstritt oder bestätigte, beides klang mies.

Offenbar war mein Zögern auch eine Antwort.

»Dann tut ihr es doch?«, fragte Maverick.

Alle sahen mich gespannt an.

Langsam wurde ich sauer. »Gibt es nur zwei Optionen? Entweder Baby ist ein schrecklicher Mensch oder ich will mit ihr schlafen? Liegt es nicht mal im Bereich des Möglichen, dass Baby eine attraktive, unterhaltsame Frau ist, die ich mag, auch wenn ich nicht mit ihr schlafe?«

»Nein«, sagte Scarlet. »Würdest du, wenn sie wollen würde?«

Endlich schlug ich mit der Faust auf den Tisch. »Das reicht.«

»Genau.« Maverick hatte offenbar einen Sinneswandel. »Baby ist nicht hier, und es ist voll uncool, hinter ihrem Rücken über sie zu reden.«

Scarlet verdrehte die Augen. »Na schön. Dann will ich es mal so ausdrücken.« Sie beugte sich über die Theke. »Wenn du irgendeine deiner Mitarbeiterinnen nackt in deinem Bett haben könntest ... würdest du dir Baby aussuchen?«

Meine Wangen brannten.

Erstens, weil ich mit der Frage nicht gerechnet hatte, und zweitens, weil Scarlet die Wörter »nackt« und »Bett« in einem Satz gesagt hatte.

Alle Augen waren auf mich gerichtet, und je länger ich wartete, desto heißer wurde mein Gesicht. Also versuchte ich es mit Ehrlichkeit, die bekanntlich am längsten währt.

»Nein«, sagte ich in die Runde, und dann sah ich Scarlet in die Augen.

Sie grinste mich an. »Das dachte ich mir.«

An einem Sonntagabend Mitte Januar veranstalteten Baby und ich im Pausenraum der Videothek unseren privaten Geisterfilm-Marathon. Baby musste am nächsten Tag nicht zur Schule, weil Martin Luther Kings Geburtstag und damit Feiertag war, und ich musste nicht zur Schule, weil ich nur Schule hatte, wenn ich Lust dazu hatte.

Ich hatte mich vor ein paar Tagen mit Tim getroffen, und er war mit mir den Rest des Lehrstoffs durchgegangen, den ich für die Abschlussprüfungen im Mai lernen musste. Noch sechs Fächer, dann war ich das, was ich hätte sein können. Das Ende war in Sicht, und ich gebe zu, es fühlte sich gut an, mit dem ganzen Mist fast fertig zu sein.

Tim ermahnte mich auch, falls ich mich für Colleges bewerben wollte, müsste ich langsam in die Gänge kommen, und obwohl ich nicht wusste, ob ich wollte, hörte ich auf seinen Rat. So gern ich in der Videothek arbeitete, zehn Dollar Stundenlohn würden auf lange Sicht nicht reichen.

Im letzten Jahr hatte ich stapelweise College-Broschüren erhalten. (Wie jeder in meinem Alter; das war nichts Besonderes.) Weil es bei mir in der Familie lag, die Post liegen zu lassen, landeten sie alle in einem Plastikkorb in meinem Zimmer. Nach dem Gespräch mit Tim ging ich den Stapel durch, wählte die drei nächstgelegenen Colleges aus, füllte die Formulare aus und schickte sie ab, mit jeweils vierzig Dollar Bewerbungsgebühr. (Was für eine Abzocke!) Heimlich hatte ich Tim gebeten, mir auch die Bewerbungsunterlagen einer gewissen Hochschule in New York zu besorgen, selbst wenn ich davon ausging, dass ich am Sarah-Lawrence-College keine Chance hatte. Trotzdem, ich fand, ich hatte nichts zu verlieren, außer den *sechzig Dollar* Bewerbungsgebühr. Ihr wisst ja inzwischen, wenn ich mich mal für eine Sache entscheide, dann mit Haut und Haar, und daher sollte es niemanden wundern, dass ich seit dem Moment, da Baby und ich offiziell beste Freunde geworden waren, bereit war, mit ihr in den Big Apple zu ziehen und den Rest unseres Lebens gemeinsam zu bestreiten.

Allerdings erzählte ich Baby nichts von der Bewerbung. Genauso wenig wie meinen Eltern. Es war mein kleines Geheimnis. Denn wahrscheinlich wurde ich sowieso nicht angenommen.

»Bevor wir anfangen«, Baby hielt drei Videokassetten hoch, als wir es uns auf der Couch bequem machten, »habe ich noch ein paar Fragen zu Crystal.«

Ich hatte mich daran gewöhnt, dass Baby über Crystal redete, als wäre sie echt. Ich meine, das war sie natürlich, aber bisher war ich der Einzige gewesen, der davon ausging.

»Was willst du wissen?«

»Also, ich habe viel darüber nachgedacht. Wenn Crystal ein Geist ist, und das ist für mich immer noch die einzige logische Erklärung, dann muss sie doch der Geist *von* jemandem sein«, erklärte Baby. »Die Frage ist also – von wem?«

Ich sah sie an. »Muss ich die Antwort darauf kennen?«

»Denk darüber nach«, sagte sie und lutschte nachdenklich an einem Twizzler. »Als du in Virginia gewohnt hast, gab es irgendeine Crystal, die gestorben ist? Einen ungeklärten Mord oder so was? Ein verschollenes Mädchen? Irgendwelche Legenden aus der Gegend?«

Ich schüttelte den Kopf. »Nein. Aber ich war noch klein. Wahrscheinlich hätte ich so was gar nicht mitbekommen, oder?«

»Stimmt.« Sie seufzte. »Schade, dass du Crystal nicht in Michigan kennengelernt hast, dann wäre es leichter zu recherchieren.«

»Nächstes Mal nehme ich mir einen Geist aus der Region, damit du es einfacher hast.«

Baby schlug mit der Lakritzstange nach mir. »Im Ernst. Wenn wir wüssten, wer Crystal war, würden wir vielleicht verstehen, warum sie dich ausgesucht hat, um ihren Tod zu rächen.«

»Crystal hat mir nicht den Eindruck gemacht, als hätte sie Rache im Sinn«, stellte ich klar. »Wir haben einfach Zeit miteinander verbracht. Ich hatte nicht das Gefühl, dass sie sich an irgendwem rächen wollte.«

Baby wirkte unzufrieden. »Es macht mich verrückt, wenn wir nicht rauskriegen, wer sie ist.«

»Siehst du?«

»Oh«, sagte sie und kämmte sich mit den Fingern durchs Haar. »Stimmt.«

Nach *Feld der Träume* und *Ghost* waren Baby und ich der Wahrheit über Crystal auch nicht näher, aber ich fand beide Filme gut, und wie immer machte es Spaß, mit Baby darüber zu reden. Dasselbe hätte ich wohl auch über *4 himmlische Freunde* gesagt, aber es war fast drei Uhr morgens, als wir ihn einschalteten, und wir schliefen beide ein.

Wahrscheinlich hätten wir bis zum Morgen durchgeschlafen, wenn unsere Kollegen den Laden aufgemacht hätten. Was zweifelsfrei die Gerüchte angeheizt hätte, obwohl wir voll bekleidet an entgegengesetzten Enden der Couch lagen.

Aber so weit kam es nicht, denn Stunden vorher klingelte das Telefon und riss uns beide aus dem Tiefschlaf.

Völlig verpeilt suchte ich nach dem schnurlosen Telefon, aber fand es nicht.

»Warum gehst du überhaupt ran? Es ist mitten in der Nacht«, murmelte Baby schlaftrunken.

»Vielleicht ist es meine Mutter«, erklärte ich.

»Richte ihr einen Gruß von mir aus«, sagte Baby und schloss die Augen wieder, »und dass sie eine blöde Kuh ist, weil sie mich aufgeweckt hat.«

Ich ging nach vorn in den Laden und nahm das Telefon von der Theke.

»ROYO Video, Solo am Apparat«, sagte ich gähnend.

»Solo?«, fragte die Stimme in der Leitung.

Es war nicht meine Mutter. »Ja, wer ist da?«

»Komm hoch.«

»Scarlet?« Plötzlich war ich hellwach. »Was ist los? Geht's dir nicht gut?«

Aus dem Pausenraum hörte ich Baby: »Mist! Jetzt muss ich auch noch aufs Klo!« Sie stampfte ins Bad.

»Ist Baby bei dir?«

»Was? Ja. Wir haben Filme gesehen und sind eingeschlafen.« Ich sah auf die Uhr. »Es ist Viertel nach fünf. Warum bist du wach?«

»Ich war aus. Bin gerade reingekommen«, sagte sie. »Ich bin ganz allein und will nicht allein sein. Komm hoch.«

»Warst du mit Chase aus?«, fragte ich aus irgendeinem Grund.

»Spielt das eine Rolle? Ich will dich hier.«

»Warum?«

»Ernsthaft, Solo?« Sie redete lauter. »Ich frage dich, ob du Lust hast hochzukommen. Jetzt. Um Sex zu haben.«

Offenbar träumte ich noch, denn ich stand voll auf dem Schlauch. »Was?«

»O Mann!« Scarlet wurde ungeduldig. »Komm schon. Tu nicht so, als wärst du nicht interessiert. Wir wissen beide, dass du mich gemeint hast, als ich dich neulich gefragt habe, mit wem aus dem Laden du schlafen willst. Jetzt hast du die Chance. Komm hoch.«

»Ich, äh ...«, begann ich den Satz, ohne zu wissen, wie er weiterging.

»Du hast fünf Minuten, bevor ich die Tür abschließe. Enttäusche mich nicht.« Dann war die Leitung tot.

Kennt ihr die Szene in Comics, wenn eine Figur so schnell wegläuft, dass nur noch der Umriss und eine Staubwolke übrig sind?

Eigentlich hätte Baby nur noch diese Staubwolke von mir sehen sollen, als sie vom Klo kam.

Aber ich stand nach Scarlets Einladung dermaßen unter Schock, dass ich mich überhaupt nicht bewegen konnte.

»Was ist denn?« Baby nickte gähnend in Richtung Telefon.

»Es war Scarlet«, sagte ich, ohne darüber nachzudenken, ob es eine gute Idee wäre, Baby einzuweihen. Das Gleiche galt für den nächsten Satz: »Sie will, dass ich zu ihr hochkomme, um mit ihr zu schlafen.«

Plötzlich war Baby hellwach. »Machst du Witze?«

»Nein.«

»Macht *sie* Witze?«

»Ich glaube nicht. Sie hat mir fünf Minuten Bedenkzeit gegeben.«

Baby und ich starrten uns an.

»Gehst du hoch?«

»Ich weiß nicht.«

»Du weißt nicht?«, wiederholte sie.

»Ja. Das habe ich gesagt. Ich weiß nicht.«

»Warte mal. Wie kannst du es nicht wissen?« Babys Ton wurde schärfer. »Es ist deine Entscheidung, du musst doch wissen, ob du hochgehst oder nicht.«

»Na ja, sie hat mich irgendwie überrumpelt, und ich hatte noch keine Zeit darüber nachzudenken.«

»Aber du denkst tatsächlich darüber nach? Du würdest tatsächlich mit Scarlet ins Bett gehen?«

»Vielleicht.«

»Ich hätte nicht gedacht, dass du ernsthaft auf sie stehst.«

»Tue ich nicht. Aber darum geht es nicht.«

»Nein?«, sagte Baby. »Du schläfst mit Leuten, auf die du nicht stehst?«

Ich hörte die Sekunden meiner fünf Minuten verrinnen. »Es wäre nicht das erste Mal. Das weißt du.«

»Ich nehme dir nicht übel, was du in der Psychiatrie getan hast, Solo. Im Gefängnis machen die Leute ständig komisches Sexzeug, weil sie keine andere Wahl haben. Aber du bist in einer anderen Situation.«

»Siehst du irgendwelche anderen Frauen, die gerade mit mir schlafen wollen? Ich nämlich nicht.«

»So ist das also? Du schläfst mit jeder, die will? Gefühle spielen keine Rolle, solange das Mädchen scharf und bereit ist?« Baby sah mich angewidert an. »Ich lerne gerade eine Menge über dich, Solo. Und nichts davon gefällt mir.«

»Ich wusste nicht, dass dir so viel daran liegt, mit wem ich schlafe, Baby.« *Ticktack, ticktack.* »Verdammt. Warum machst du so eine große Sache daraus? Ich weiß nicht mal, ob ich es mache.«

Das war eine Lüge. Ich war mir ziemlich sicher.

»Weil ich nicht will, dass du mit Scarlet schläfst«, antwortete Baby ganz direkt.

»Warum interessiert es dich?«

»Kennst du den Ausdruck: ›Können heißt nicht müssen‹?«

»Ja«, sagte ich. »Aber was spricht dagegen?«

»Dass sie bescheuert ist. Und wahrscheinlich holst du dir Filzläuse«, sagte Baby. »Und, ich weiß nicht, aber sollte Sex nicht etwas bedeuten?«

Es war ein Rennen gegen die Zeit, und ich überlegte nicht lang, bevor ich antwortete: »Hat es etwas bedeutet, als du mit Indy geschlafen hast?«

Anscheinend war das ein Schlag unter die Gürtellinie, und ich sah den Schmerz in ihrem Gesicht. Ich kannte wohl nicht die ganze Geschichte.

»Geh einfach.« Baby zeigte zur Tür. »Wir wissen beide, dass du es willst, also hau ab.«

Die Uhr tickte, und ich konnte nicht bleiben, um Baby zu überzeugen, dass es okay war, wenn ich mit Scarlet schlief, weil ich sonst die Gelegenheit verpasst hätte, mit ihr zu schlafen. Deshalb sagte ich nur: »Aber du bleibst meine beste Freundin, verstanden?«

»Alles klar. Benutz ein Gummi.« Baby klang tief enttäuscht, aber ich hatte keine Zeit zum Grübeln.

Sie wandte sich ab, und ich ging, so schnell mich meine Füße trugen.

KAPITEL 25

Die Tür war offen. Ich schloss hinter mir ab. Scarlet stand am Küchenfenster und starrte auf den Parkplatz. Ihr Outfit sah aus, als wäre sie feiern gewesen.

Sie drehte sich um und lächelte mich selbstgefällig an. »Ich wusste, dass du kommst.«

Ich ging auf sie zu, und wir küssten uns. Es war genauso, wie ich es mir vorgestellt hatte.

Sie setzte sich auf die Küchentheke, schlang die Beine um meine Hüfte und küsste meinen Mund, meinen Hals, meine Brust und wieder zurück.

»Trag mich zum Bett«, flüsterte sie mir ins Ohr, und ich hob sie hoch und gehorchte.

Doch es war schwerer als gedacht, weil Scarlets Wohnung viel unordentlicher war als an dem Abend, an dem sie mir die Haare geschnitten hatte.

Tatsächlich sah es aus, als wäre eingebrochen worden. Überall lagen Kleider, Schuhe, Kisten, eine umgekippte Topfpflanze und Teller mit Essensresten. Ganz zu schweigen von den Nestern aus altem Haar, das sie nicht weggefegt hatte, wahrscheinlich von all den Chases, die sie in letzter Zeit unter der Schere gehabt hatte.

Egal – Scarlets Zunge war in meinem Mund. Was kümmerte mich das Chaos?

Als wir die Matratze erreichten, die auf dem Boden lag, musste ich sie erst freiräumen, bevor wir sie benutzen konnten. Ineinander verschlungen fegte ich die Bündel alter Kleider vom Bett. Als ich dachte, wir hätten freie Bahn, legte ich Scarlet ab und rollte mich auf sie.

»Au!«, schrie sie.

Ich richtete mich auf. »Was ist?«

Sie griff unter sich und zog eine leere Wodkaflasche hervor, die ich übersehen hatte. Als sie sie aus dem Weg geschafft hatte, begann sie, meine Brust zu küssen.

Scarlets Hände glitten zu meinem Gürtel, und ich sah auf sie hinunter. Sie machte sich an der Schnalle zu schaffen.

Ich konnte mein Glück kaum fassen. Alle meine Fantasien, in denen sie vorkam, wurden wahr. Seit Valerie hatte ich mich nicht mehr auf ein Mädchen eingelassen, und nun belohnte das Schicksal meine Entbehrungen, indem es mir die verdammte Helena von Troja in den Schoß legte. Ich wagte nicht zu blinzeln, für den Fall, dass sie eine Art Sex-Fata-Morgana war, die jeden Moment verschwinden konnte.

Aber natürlich blinzelte ich trotzdem. Ich musste blinzeln. Nicht blinzeln ging gar nicht.

Als ich die Augen wieder aufschlug, war Scarlet nicht verschwunden, wie ich befürchtet hatte … doch etwas anderes war passiert.

»Was ist?«, fragte Scarlet, während sie mein Hemd aufknöpfte. »Warum machst du nicht weiter?«

Ich sah mich um. Neben der Matratze lag nicht nur eine leere Flasche. Da lagen viele. Mehr als nötig für ein bisschen Spaß. Genug für ziemlich wenig Spaß.

Mein Blick fiel auf die Haarnester und die Müllberge, die in der ganzen Wohnung herumlagen. Es sah nicht aus wie bei NORMALEN Leuten. Es sah irgendwie so aus, als hätte Scarlet eine Macke.

Und plötzlich dämmerte mir, was hier los war. Scarlet hatte eine tiefe Krise. Und sie bediente sich einiger sehr ungesunder Bewältigungsmechanismen. Ich war einer davon.

Ehrlich gesagt war mir das Ganze viel zu vertraut. Ich hatte das Gleiche selbst häufig getan, als ich in der Klinik war. Bedeutungsloser Sex als Ablenkung, als Trostpflaster. Ich kannte das Programm. Es hatte ein schlechtes Ende. Ich hatte mir geschworen, es nie wieder zu tun.

VERDAMMT.

Warum kam mir die Erkenntnis in diesem Moment? Hätte mein Hirn nicht die paar Minuten warten können, bis wir fertig waren (realistisch betrachtet), um das Rätsel zu lösen? Denn jetzt, als mir klar war, *warum* es geschah ... konnte ich es nicht mehr geschehen lassen.

Scarlet hörte auf, meinen Hals zu küssen, und holte Luft. »Hey, was ist los?«

Ich seufzte und schluckte den Frust herunter, und dann stellte ich die Frage, die an meinem verdammten Gewissen nagte. »Scarlet, ist bei dir ... alles in Ordnung?«

Sie zuckte zusammen. »Wie meinst du das?«

»Ich meine, geht's dir gut? Du kommst mir in letzter Zeit traurig vor.«

Sie sah mich genervt an. »Darüber willst du jetzt reden?«

Hätte der triebhafte Teil meines Gehirns gegen mein Gewissen meutern können, hätte er mir sicher das Maul gestopft, bevor ich alle meine Chancen in den Sand setzte, heute Nacht flachgelegt zu werden.

Aber weil er nicht konnte, sagte ich: »Ich mache mir Sorgen um dich. Ich glaube, du hast eine Krise.«

Scarlet kniff die Augen zusammen. »Machst du Witze?«

»Leider meine ich es vollkommen ernst.« Ich seufzte wieder und setzte mich auf. »Du hast gerade eine schlimme Trennung hinter dir. Du hast dir betrunken die Hand verletzt. Deine Wohnung sieht ... na ja, so aus.« Ich zeigte auf die Unordnung. »Ich glaube ... vielleicht solltest du mal mit jemandem reden.«

Scarlet wich zurück. »Ich will Sex von dir, und du sagst mir, ich brauche einen Psychiater?«

»So meine ich das nicht.« Ich wusste nicht, wie ich es sonst ausdrücken sollte. »Es ist nur, ich weiß, dass Babys Schwangerschaft schwer für dich ist …«

»Wovon redest du?«, fiel sie mir ins Wort. »Warum soll das schwer für mich sein?«

Verdammt.

Ist euch das auch schon mal passiert? Dass ihr aus Versehen etwas sagt, was ihr eigentlich gar nicht wissen dürft?

»Ich weiß nicht …«

Sie durchschaute mich. Ich sah es an ihrem blutrünstigen Blick.

»Du weiß es. *Du weißt es.*«

Ich nickte langsam.

»Hau ab!«, kreischte sie mich an. Im Bruchteil einer Sekunde stand Scarlet auf den Füßen. »Verpiss dich, Solo!«

»Es tut mir leid.« Ich stand auf.

»Geh!«, schrie sie wieder, und über ihr Gesicht liefen Tränen. »Hau einfach ab!«

Ich stolperte dreimal, bevor ich die Tür erreichte. Dann hatte ich es geschafft und verließ Scarlets Wohnung.

KAPITEL 26

Es war das erste Mal, seit ich in Michigan war, dass mir die Minustemperaturen guttaten. In der Kälte zogen sich meine Eier in meinen Körper zurück, und ich konnte über das, was passiert war, mit dem Gehirn nachdenken statt mit dem Schwanz.

Ich hatte das Richtige getan, beschloss ich für mich. Zwar hätte ich mir dafür am liebsten selbst eine reingehauen, aber es war das Richtige gewesen.

Ich hatte noch nie einer Frau Sex abgeschlagen (Scarlet in der Kammer zählte nicht, weil man mit einer betrunkenen Frau, die ein Baby will, sowieso nie schlafen sollte, erst recht nicht mit siebzehn), und ich wusste nicht, was ich als Nächstes tun sollte. Ihr ein Entschuldigungskärtchen schreiben? Jemanden anrufen, der nach ihr sah? (Aber wen? Ihre Eltern? Chase?) Ihr vielleicht einen Schuldschein ausstellen, damit wir das Ganze noch mal probieren konnten, wenn es ihr besser ging?

Mir wurde kalt, und ich hatte immer noch keinen Entschluss gefasst. Ich suchte in der Tasche nach meinem Autoschlüssel, bis ich begriff, dass ich in der Eile, Sex zu haben, meine Sachen im Pausenraum hatte liegen lassen.

Auch im Pausenraum? Meine Jacke.

Mist.

Ein kurzer Blick auf die geparkten Autos sagte mir, dass Baby noch da war, also ging ich zur Hintertür und klopfte.

Und klopfte. Und klopfte.

Irgendwann kam eine sehr genervte Baby den Gang heruntergewatschelt, schwangerer Bauch voraus. Sie blieb an der Tür stehen, ohne aufzumachen.

»Du warst ganze acht Minuten weg.« Die Tür dämpfte ihre Stimme (aber nicht ihren Ton). »Scarlet hat ja richtig Glück.«

»Kannst du mich bitte reinlassen?«, flehte ich sie an. »Ich friere mir hier draußen die Eier ab!«

»Ist wahrscheinlich das Beste für sie«, sagte Baby. »Vielleicht tötet die Kälte ein paar der Krankheitserreger ab, die du dir gerade geholt hast.«

»Es war nichts, okay? Wir haben nicht miteinander geschlafen«, sagte ich. »Bitte mach auf!«

Ihr Blick sagte mir, dass Baby mir kein Wort glaubte. Dann bestätigte sie: »Ich glaube dir kein Wort.«

»Aber es stimmt.« Warum dachten ständig Leute, ich würde lügen, wenn ich sagte, ich hatte *keinen* Sex?

»Solo, vor weniger als zehn Minuten hast du mich sitzen lassen, um deinen Schwanz in Doof-Barbie reinzustecken, und jetzt willst du mir weismachen, du hättest auf die Chance verzichtet?« Sie schüttelte den Kopf.

»So würde ich es nicht ausdrücken. Aber es hat einfach nicht gepasst, okay? Jetzt lass mich bitte rein, bevor ich erfriere.«

Sie hatte die Hand auf dem Riegel, aber sie öffnete ihn nicht. »Warum sollte ich? Du bist angeblich mein bester Freund, aber eben hast du mich hängen gelassen, um eine Frau zu vögeln, die ich nicht leiden kann.«

Ich zog die Hände in die Ärmel zurück, um den letzten Rest meiner Körperwärme zu erhalten. »Es war dumm von mir. Ich tue es nie wieder.« Das Versprechen war leicht zu halten, da Scarlet mich von nun an hasste. »Bitte, ich flehe dich an, lass mich rein!«

Baby überlegte noch ein bisschen. »Na gut«, sagte sie dann.

»Aber ich bin immer noch stinksauer.« Schließlich öffnete sie die Tür und ersparte mir den Kältetod. Schlotternd rannte ich in den Pausenraum und zog meine Jacke an.

Baby kam hinter mir her. »Was war los?«

»Es ist kompliziert.«

»Was? Hatte sie schon mit jemand anderem Sex, als du hochgekommen bist? Musstest du eine Nummer ziehen?«

»Nein«, seufzte ich. »Sie war nur völlig durch den Wind. Ich hatte das Gefühl, ich würde ihren Zustand ausnutzen.«

Baby sah mich an. Ich wusste, dass sie wusste, was ich meinte, aber sie weigerte sich aus Prinzip, Mitgefühl für Scarlet aufzubringen. »Egal, Solo. Es interessiert mich nicht, und ich will auch nicht, dass es mich interessiert.« Sie fuhr sich durchs Haar. »Scarlet ist nicht mein Problem.«

»Du hast recht.«

Wir schwiegen eine Minute.

»Ich wollte mir was zu essen besorgen. Kommst du mit?«, fragte Baby schließlich.

Meine Zähne klapperten immer noch. »Bist du nicht mehr sauer?«

»Ich bin sauer und ich habe Hunger«, stellte sie klar. »Aber wenn du mit Nicht-mit-Scarlet-Schlafen fertig bist, kannst du ja mitkommen.«

»Bin ich.«

»Schön«, sagte sie. »Hauen wir ab. Ich fahre.«

Das Headlights wurde immer noch renoviert, aber Baby hatte einen Schlüssel und die Kühlkammer war voll mit Essen, das verderben würde, wenn es nicht bald wegkam.

Wir gingen durch den Kücheneingang. Alles roch neu. Neues Holz, neue Farbe, der zitrusfrische Geruch nach Putzmitteln. Baby hängte ihren Mantel an einen Haken, und dann hängte sie auch meinen auf.

»Worauf hast du Lust?«, fragte sie, als sie die Tür des Kühlraums öffnete. »Steak und Eier?«

Ich war zum ersten Mal in einer Profiküche; alles glänzte und war Hightech und aus Metall. Baby bewegte sich wie zu Hause, als sie aus dem Schrank zwei Teller und aus der Schublade das Messer nahm. Mir fiel ein, dass Kat seit über fünfzehn Jahren im Headlights arbeitete. Wahrscheinlich war Baby hier aufgewachsen.

Einen Moment lang beneidete ich sie. Ich meine, es war zwar nicht ideal, an einer »Tanktopstelle« aufzuwachsen, aber trotzdem. Die Welt ihrer Kindheit war auch die Welt ihrer Gegenwart. An den Orten, wo man aufgewachsenen ist, bewegt man sich mit einer ganz eigenen Selbstverständlichkeit. Bei mir gab es solche Orte nur weit weg von hier, in Virginia, und sie waren seit Jahren Tabu. Als ich Baby in dieser Küche beim Kochen zusah, hatte ich plötzlich Heimweh.

Später setzten wir uns mit unseren Tellern in die gleiche Nische wie an dem Tag, als das Feuer ausgebrochen war. Baby stellte den Getränkespender an und holte zwei Gläser Cola.

»Die Putzleute haben tolle Arbeit geleistet«, bemerkte Baby. Dann zeigte sie auf einen Bereich, wo der Boden mit Planen abgedeckt war. »Da vorne müssen die Dielen erneuert werden. Aber Bob meint, bis zum Hochzeitsempfang wird alles fertig.« Sie steckte die Gabel in ihr Frühstück.

Ich war schon mittendrin. Es schmeckte großartig. Ich wusste gar nicht, dass man von keinem Sex solchen Hunger bekommen konnte. »Wegen der Hochzeit«, fiel mir plötzlich ein. »Was soll ich anziehen?«

Baby kaute und schluckte. »Einen Anzug wahrscheinlich. Hast du so was?«

Hatte ich nicht. Seit dem Schlimmen hatte ich keinen Anzug getragen. »Ich finde schon irgendwas.«

»Ich ziehe ein rosa Kleid an, falls es für dich eine Rolle spielt«, sagte Baby. »Aber bis dahin bin ich gigantisch. Noch dicker als jetzt. Ich werde aussehen wie ein riesiges Marzipanschwein.«

»Nein, wirst du nicht«, sagte ich, obwohl sie wahrscheinlich recht hatte.

»Der Geburtstermin ist der fünfundzwanzigste Februar, aber der Arzt sagt, Frauen in meinem Alter übertragen meistens. Wer weiß, wann es rauskommt.«

»Gibt es irgendwelche Warnzeichen?«, fragte ich. Ich hatte noch gar nicht daran gedacht, dass ich vielleicht mit Baby zusammen war, wenn die Wehen anfingen, und ich wollte vorbereitet sein.

Sie zuckte die Schultern. »Ich schätze, wahnsinnige Schmerzen sind ein Anhaltspunkt dafür, dass der kleine Mensch in mir auszubrechen versucht.«

»Das klingt echt ekelhaft«, sagte ich, ohne nachzudenken.

Baby funkelte mich an. »Danke für die Unterstützung.«

Das Gespräch flaute ab. Ich hätte gerne etwas Ermutigendes gesagt, aber da ich kein Motivationsposter zum Thema Geburt kannte, fiel mir nichts ein.

Baby brach das Schweigen. »Warum, glaubst du, hat sie es getan?«

Seltsamerweise wusste ich genau, wovon sie sprach.

Ich formulierte die Antwort vorsichtig. »Ich kann es natürlich nicht wissen, aber vielleicht hatte sie die gleichen Gründe wie du, als du es fast getan hättest?«

Baby nickte, als hätte ich ihre Vermutung bestätigt. »Glaubst du, Scarlet geht es im Moment so schlecht, weil sie die falsche Wahl getroffen hat?«

Ich schüttelte den Kopf. »Wenn jemand eine Krise hat, heißt das nicht automatisch, dass er einen Fehler gemacht hat. Alle Optionen waren schwer, oder?«

Baby nickte wieder, und wir aßen schweigend weiter.

»Ich habe beschlossen, ans Sarah-Lawrence-College zu gehen«, sagte Baby irgendwann.

Ich wusste nicht, ob ich ihr gratulieren sollte, weil die Nachricht dem anderen sensiblen Thema gegenüberstand, also stellte ich lieber die nächstlogische Frage: »Heißt das, du hast beschlossen, das Baby nicht zu behalten?«

Baby stocherte in ihrem Rührei herum, bevor sie antwortete. »Ich konnte mich nicht entscheiden, bis ich dieses Ehepaar kennengelernt habe, bei denen ich einfach weiß, dass sie super Eltern wären. Sie sagen, mein Baby zu adoptieren wäre für sie, als würde ein Traum wahr«, sagte sie. »Ich wünsche diesem Kind Eltern, für die mit ihm ein Traum wahr wird, und ich weiß, dass es bei mir nicht so wäre.«

»Es ist für jedes Kind ein Traum, wenn mit ihm für jemanden ein Traum wahr wird.«, sagte ich. »Glaube ich jedenfalls. Ich spreche nicht aus Erfahrung, weil ich für meine Eltern ein ziemlicher Albtraum war.«

»Kenne ich. Kat hatte auch nicht geplant, alleinerziehende Mutter zu sein und in einer Kaschemme wie dem Headlights zu arbeiten«, bestätigte Baby. »Sie erzählt immer, dass sie nach Los Angeles gehen und modeln wollte, bevor sie einen Braten in der Röhre hatte. Auch wenn sie es nicht laut sagt, aber ich bin mir sicher, sie gibt mir die Schuld, dass daraus nichts geworden ist.«

Ich wollte Baby versichern, dass Kat nicht wie ein Mensch wirkte, der sein Kind für seine Entscheidungen verantwortlich machte, aber ich glaubte nicht, dass ich sie hätte überzeugen können – Baby hätte sich die Gedanken trotzdem gemacht. Deshalb sagte ich einfach: »Kat hätte es als Model sowieso nicht geschafft. Sie ist viel zu klein. Du hast ihr ein Leben voller Demütigungen erspart.«

Baby lachte, und ich fühlte mich siegreich.

»Es wird eine offene Adoption. Das heißt, dass ich im Leben des Kindes eine Rolle spielen kann. Wie eine coole Tante, die alle paar Monate zu Besuch kommt.« Sie strich sich durchs Haar. »So kann ich mein Leben leben und trotzdem mein Kind kennen.«

»Klingt nach einer Win-win-Situation.«

Baby zuckte die Schultern, und das Gespräch war vorbei.

Wir aßen zu Ende und spülten die Teller. Dann brachte mich Baby zur Videothek zurück, wo mein Wagen stand. Als wir auf dem Parkplatz ankamen, ging die Sonne auf.

»Wir haben *4 himmlische Freunde* nicht zu Ende gesehen«, stellte Baby fest, als ich aussteigen wollte.

»Verdammt. Dann müssen wir uns wohl noch mal treffen.«

»Ja. Verdammt.« Sie gähnte. »Ich fahre jetzt nach Hause und schlafe erst mal sechzehn Stunden.« Bei Tageslicht sah Baby gerädert aus.

Ich wahrscheinlich auch. »Gute Nacht.«

Ich saß im Auto und wartete, bis der Motor warm wurde. Sogar der CD-Player war eingefroren und die R.E.M.-CD drehte sich ohne Ton. Ich stellte das Radio an.

»Ihr hört Planet 96.3, wo wir den Montagmorgen mit Bon Jovi starten. Auf Hörerwunsch vom Album *Cross Road* der Song ›Always‹ ...«

Meine Finger bewegten sich unwillkürlich zum Ausschaltknopf, aber ich hielt mich zurück. Ich zögerte ein paar Sekunden, und dann drehte ich stattdessen die Lautstärke auf.

Als ich losfuhr, fiel mein Blick auf mehrere Mülltüten am Fuß der Treppe zu Scarlets Wohnung, die noch nicht dagestanden hatten, als ich heute Nacht gegangen war.

Ich lächelte.

Wenn Scarlets Versuch, mich zu verführen, nicht ihr Tiefpunkt gewesen war, war meine Zurückweisung vielleicht der Weckruf gewesen, den sie gebraucht hatte. Die Tatsache, dass sie direkt nach meinem Verschwinden anfing, ihr Leben in Ordnung zu bringen, war den Verzicht auf meine einzige Chance, mit ihr zu schlafen, wert ...

... hoffentlich.

KAPITEL 27

Eines Sonntags Anfang Februar ließen meine Eltern ihre Rituale ausfallen, um mit dem Frühjahrsausmisten weiterzumachen, das sie am Samstag begonnen hatten, obwohl es bis Frühling noch einen ganzen Monat hin war.

Als ich zum Frühstück kam, saß Mom mitten im Inhalt des Garderobenschranks, der im ganzen Wohnzimmer ausgebreitet war.

»Es gibt frischen Kaffee«, sagte sie, als sie mich sah.

»Trinke ich Kaffee?«

»Du bist alt genug.« Sie stellte den Fernseher auf lautlos. »Wie groß bist du jetzt, Joel? Ich will wissen, was ich aussortieren kann.«

»Du kannst davon ausgehen, dass die Ninja-Turtles-Skihose nicht mehr passt«, sagte ich. »Das gilt wahrscheinlich auch für den Rest.«

Ich riss ein Päckchen Zimt-Zucker-Pop-Tarts auf und schob sie in den Toaster.

»Wie bist du nur so schnell so groß geworden?« Mom hielt eine Bart-Simpson-Mütze hoch, die mindestens vier Nummern zu klein war.

»Gute Zeiten rasen.« Ich betrachtete mein Spiegelbild im Toaster. Bei den kurzen Haaren hatte ich immer noch nicht raus, wie viel Gel ich brauchte, um wie Brad Pitt auszusehen. Wenn die Mütze gepasst hätte, hätte ich mir vielleicht Bart Simpson darübergezogen.

Mom kam in die Küche. »Irgendwas, das ich unbedingt aufheben soll, wenn es mir in die Hände fällt?«

»Den Matisse würde ich gern behalten. Den Renoir kannst du verkaufen. Ist nicht sein bestes Werk.«

»Klugscheißer.« Mom grinste und zündete sich eine Zigarette an. »Ich meine es ernst.«

Ich dachte kurz nach. »Wenn du auch mein altes Spielzeug aussortierst, ich würde gern die He-Man-Sachen behalten. Vielleicht sind sie was wert.«

»Sind das die Soldaten?«

»Nein, das ist G. I. Joe. Die He-Man-Figuren sind größer und haben die dickeren Muskeln. Dad weiß Bescheid.«

Sie schrieb die Beschreibung wortwörtlich auf die Rückseite eines alten Kassenbons. »Sonst noch was?«

Mein Frühstück sprang aus dem Toaster. »Ach, ja.« Ich überlegte kurz, wie ich meinen nächsten Wunsch formulieren sollte. »Ich hatte früher so ein Spielzeuggewehr. Schwarz, mit einem gelben Bohrer dran. Ich habe gehört, es ist ein Sammlerstück, deshalb will ich es unbedingt behalten.«

Mom notierte sich die verkürzte Beschreibung. Offenbar war ihr nicht klar, dass ich von meinem *Star-Wars*-Blaster sprach, den sie mir als Kind verboten hatte. »Was noch?«

»Ach, ich brauche einen Anzug.«

Sie zog an der Zigarette und sah mich an. »Einen Anzug? Meinst du einen deiner alten Jogginganzüge?«

»Nein. Unabhängig vom Aussortieren. Mir ist nur gerade eingefallen, dass ich einen Anzug brauche. Einen schicken Anzug.«

»Wofür?«

»Für die Hochzeit von Babys Mutter. Ich meine, Nicoles Mutter.«

»Einen Smoking oder so was?«

»Ich glaube nicht. Ich heirate ja nicht selbst. Ich bin bloß Nicoles Begleiter, und da muss ich schick sein.«

»Begleiter?« Mom zog die Brauen hoch.

»Gast«, korrigierte ich mich.

Auf der Kellertreppe kamen Schritte herauf, und mein Vater erschien mit einer Kiste. »Oh, hallo, Joel!« Er wirkte überrascht, mich zu sehen. »Ich dachte, du wärst schon bei der Arbeit.«

»Ich wollte gerade los.«

Seit ich Dad mit der anderen Frau gesehen hatte, war mehr als ein Monat vergangen, und wir schafften es beide, einer Aussprache aus dem Weg zu gehen. Es war wie mit der Post früher in Virginia – seine Affäre war einfach da. Sie zu ignorieren war unsere Art, uns damit auseinanderzusetzen. Seltsamerweise machte es mir nichts aus.

»Joel braucht einen Anzug für eine Hochzeit, bei der er eingeladen ist«, sagte Mom zu Dad, worauf ein seltsamer Dialog zwischen ihnen begann. »Ist das eine Sache, die du gern mit ihm machen willst?«

Er setzte die Kiste ab. »Nicht, wenn du es mit ihm machen willst.«

Mom drückte die Zigarette aus und nahm sich eine neue. »Ich dachte, es ist vielleicht so eine Vater-Sohn-Sache.«

»Ich würde mich freuen.« Dad zögerte, bevor er sagte: »Wenn du einverstanden bist.«

»Wie du willst.«

Ich sah sie beide an. »Warum seid ihr so komisch?«

»Wir sind nicht komisch.« Mom zündete sich die zweite Zigarette an. »Wie wär's, wenn wir alle zusammen gehen? Dann fühlt sich niemand ausgeschlossen.«

»Klingt gut.« Dad lächelte künstlich.

»Toll! Wir gehen heute Nachmittag. Und anschließend gehen wir essen. Das wird ein besonderer Abend«, beschloss Mom.

»Schön. Ich werde da sein.« Dad nahm seine Kiste und ging raus. Ich folgte ihm, aber wir sagten nichts mehr.

Es war ein träger, ereignisloser Sonntag im Videoladen, aber ich arbeitete mit Baby, also war ich froh über den Leerlauf.

Nach unserer Nachtschicht neulich hatten wir weitere Geisterfilme gesehen, aber zu Hause bei Baby statt in der Videothek, um keine Sex-Anrufe von Scarlet zu riskieren, wie sie sagte. Nicht, dass ich je wieder mit einem Angebot rechnete. Bei Baby zu Hause war ich gern, vor allem, weil der Kühlschrank voll mit Essen aus dem Headlights war.

Seit Scarlet mich aus der Wohnung geschmissen hatte, hatte ich sie kaum noch gesehen. Ich wusste nicht, wer von uns beiden dem anderen aus dem Weg ging, oder ob wir es beide taten. Wenn sie mit mir redete, dann nur wegen des Dienstplans. Scarlet war nicht unfreundlich zu mir, wenn wir uns sahen, aber sie zog sich zum Beispiel nicht mehr vor meiner Nase um, wie sie es früher getan hatte. Ich wusste, dass diese Scarlet vermutlich besser für mich war (und für sie), daher versuchte ich, es positiv zu sehen.

Baby und ich sahen in dieser Woche *Wie verrückt und aus tiefstem Herzen* und *Ein himmlischer Liebhaber* und dann noch *Hello again – Zurück aus dem Jenseits* mit Diane aus *Cheers*. Kein Film erinnerte mich an Crystal, aber gleichzeitig erinnerte mich sowieso immer weniger an sie, seien es Filme oder sonst was. Je mehr Zeit ich mit Baby verbrachte, vor der ich meine Vergangenheit nicht verstecken musste, desto weniger dachte ich daran. Und ich will nicht lügen: Es tat gut.

Diesen Sonntag hatten Baby und ich die Aufgabe, für den Valentinstag ein Regal mit romantischen Filmen aus dem ROYO-Video-Sortiment zu bestücken. Baby hatte das letztes Jahr schon gemacht, deshalb sammelte sie die Filme ein, die zum Fest der Verliebten Hochsaison hatten, während ich das Regal mit Papierherzen beklebte.

»*Dirty Dancing* packe ich nicht dazu«, erklärte Baby, als sie einen Stapel VHS-Schachteln auf die Theke stellte. »Jedes Mal, wenn er beworben wird, steigt die Zahl der Leute, die ›Niemand stellt Baby in die Ecke‹ zu mir sagen, um 500 Prozent.«

»Meinen Segen hast du.«

Sie sortierte eine Reihe romantischer Komödien. »Hey, wen findest du schöner: Meg Ryan oder Julia Roberts?« Sie hielt die Schachteln von *Zauberhafte Zeiten* und *Pretty Woman* hoch.

»Julia Roberts.«

»Wirklich? Ich finde Meg Ryan viel hübscher.«

»Ich schätze, wir haben einen unterschiedlichen Frauengeschmack.«

Baby stellte die Schachteln zurück und hielt zwei weitere Meg-Ryan-Filme hoch. »Was ist mit Tom Hanks und Billy Crystal?« Sie wog *Schlaflos in Seattle* und *Harry und Sally* miteinander ab. »Wer ist der attraktivere Mann?«

Ich sah sie an. »Ich stehe nicht auf Typen.«

»Na und? Ich bin auch nicht lesbisch, und ich kann dir trotzdem sagen, dass Meg Ryan attraktiver als Julia Roberts ist«, sagte sie.

»Schön für dich. Aber bei mir funktioniert es nicht so.«

»Ich weiß, ich weiß. Dir geht nur einer ab, wenn du Scarlet siehst«, zog sie mich auf.

»Und Julia Roberts.«

»Was glaubst du, woran das liegt?« Sie lehnte sich an die Theke und legte die Hand auf ihren Bauch. »Warum sind wir auf manche Leute scharf und auf andere nicht?«

»Entscheidet das nicht der?« Ich hielt eine Pappfigur von Amor hoch. »Er schießt den Leuten einen Pfeil in den Hintern. Und dann verlieben sie sich.«

Baby ignorierte meinen Kommentar. »Es muss doch eine wissenschaftliche Erklärung dafür geben, oder? Biologie. Chemie. Es ist keine blöde Zauberei wie in Märchen oder in Filmen.« Sie nickte zu dem Display. »Was, glaubst du, ist es, das dich scharf auf Scarlet macht?«

»Im Ernst? Du willst darüber reden, warum ich deine Erzfeindin sexuell attraktiv finde?«

»Wenn ich die Krankheit nicht verstehe, wie soll ich dann ein Heilmittel dafür finden?«, fragte sie halb ernst zurück.

Ich lenkte ein. »Na schön. Mir gefällt ihr Körper. Und ihr Gesicht.«

»Die meisten Mädchen, die ich kenne, haben einen Körper und ein Gesicht«, wandte Baby ein. »Was macht sie so besonders?«

»Ich weiß die Antwort darauf nicht«, lavierte ich. »Vielleicht läuft es auf Instinkt hinaus?«

Baby fuhr sich durchs Haar. »Ich wünschte, wir könnten kontrollieren, zu wem wir uns hingezogen fühlen. Es ist nicht so, dass ich Indiana Jones attraktiv finden *wollte*.«

»Nein? Warum nicht?« Ich wusste immer noch sehr wenig über ihn.

»Ich würde lieber auf jemanden stehen, der schlau und ambitioniert ist, und Indy war nicht gerade hochbegabt.«

»Warum warst du dann mit ihm zusammen?«

»Ich weiß es nicht«, gab sie zu. »Am Anfang hat es Scarlet geärgert, dass er mehr auf mich stand. Sie war es nicht gewohnt, die Nummer zwei zu sein. Sie war zwar mit deinem Cousin zusammen, aber sie hat trotzdem mit jedem, der reinkam, geflirtet, und dass Indy ihr die kalte Schulter gezeigt hat, hat ihr mächtig gestunken.« Baby schwieg, als suchte sie nach den richtigen Worten. »Manchmal denke ich ... Ich glaube, ich habe nur deswegen mit ihm geschlafen. Ich glaube, ich habe es nur getan, um Scarlet zu ärgern. Ich wollte etwas haben, was sie nicht haben kann.«

Es hörte sich an wie eine Beichte. »Heißt das, du warst nicht in Indy verliebt?«

»Ich fand es gut, dass er auf mich stand«, gab Baby zu. »Aber er war irgendwie schwer von Begriff. Und total unreif.« Sie seufzte und sah weg. »Jetzt kriege ich ein Kind von ihm, und ich habe eine Riesenangst, dass das Kind so mittelmäßig wird wie sein Vater, und ich bin verantwortlich dafür, was ich der Welt damit antue. Gibt es ein größeres Verbrechen gegen die Menschheit?«

Baby klang nicht, als machte sie Witze, deshalb lachte ich nicht. »Ich glaube, du vergisst, dass das Kind zur Hälfte von dir ist. Also, du weißt schon. Ganz so schlimm kann es nicht werden.«

Baby wandte das Gesicht ab, aber ich spürte, dass sie lächelte. Halbmondförmig.

»Willst du mal was Komisches fühlen?«

Ich zögerte, weil ich in der Psychiatrie mehrfach bereut hatte, die gleiche Frage mit Ja beantwortet zu haben, aber dann sagte ich: »Okay.«

Baby nahm meine Hand und legte sie sich auf den Bauch.

»Halt ...«, murmelte sie.

Ich nahm an, sie meinte, ich sollte kurz warten, nicht, dass ich ihren Bauch festhalten sollte oder so was, also stand ich einfach nur da, mit der Hand auf Babys Bauch, während ihre Hand auf meiner ruhte.

Und dann spürte ich es.

»War das ein Tritt?«

»Oder ein Ellbogen. Ich weiß es nie genau.«

Ich war völlig überwältigt. »Es hat Ellbogen?« Ich sah Babys Bauch an, und dann wieder sie. »Es hat da drin Ellbogen?«

»Hoffentlich«, gab Baby zurück. »Ich meine, theoretisch sollte schon alles dran sein. Der Arzt sagt, ab jetzt wird es nur noch dicker.«

Wieder fühlte ich einen kleinen Stoß unter meiner Hand, und meine Augen wurden groß.

»Du meinst, da ist ein vollständiger Mensch in dir drin?«

»Hat dir dein Tutor nie den Film *Wunder des Lebens* gezeigt?«

»Das gibt's doch nicht!« Es bewegte sich stärker, und diesmal hatte ich das Gefühl, etwas Großes drückte gegen meine ganze Hand. »Tut es weh, wenn es das macht?«

Sie zuckte die Schultern. »Meistens nicht.«

»Das ist so bizarr. Nicht böse gemeint.«

»Ich glaube, das werde ich vermissen«, sagte Baby. »Wenn es draußen ist, fühle ich mich bestimmt irgendwie einsam.« Sie sah mich an.

»Ich bin ja da«, erklärte ich. »Und wenn es dich tröstet, boxe ich dir auch ab und zu in den Bauch.«

Sie verzog das Gesicht. »Danke.« Baby nahm meine Hand von ihrem Bauch, aber sie ließ sie nicht los.

Ein paar Sekunden vergingen, dann sah sie meine Hand näher an und betrachtete meine Finger. »Mensch, Solo. Hat dir schon mal jemand gesagt, dass du Handmodel sein könntest?«

Ich lächelte. »Ja, das habe ich schon mal gehört.«

Ich hätte mir denken können, dass Mom bei JCPenney nach Anzügen schauen wollte. Sie kaufte sowieso nur bei zwei Läden ein, und der andere war der Farmer-Jack-Supermarkt, wo sie arbeitete. Was man in diesen beiden Läden nicht bekam, existierte für sie nicht.

Mit meinem Vater durchs Kaufhaus zu gehen fühlte sich an, als würden wir an einen Tatort zurückkehren. Wir kamen auf dem Weg zu den Anzügen an der Schmucktheke vorbei und starrten beide auf den Boden.

»Was hältst du von dem grauen?«, fragte meine Mutter, als ich drei Anzüge anprobiert hatte. »Ist der dunkelblaue besser?«

»Ich finde beide gut«, sagte ich. Mir war es echt egal, welchen wir nahmen. Ich wollte nur nicht der Banause sein, der in Kapuzensweatshirt und Jeans bei der Hochzeit auftauchte.

Dad sagte nichts dazu, sondern lief nur nervös um ein Hosenregal herum, als müsste er dringend pinkeln und fände das Klo nicht.

»Craig?«

»Sieht gut aus!«, rief er, ohne richtig hinzusehen.

»Und welche Farbe soll die Krawatte haben?« Mom hielt ein paar an das graue Jackett, das ich noch anhatte. »Welche Farbe hat Nicoles Kleid?«

»Rosa.«

»Na ja, eine *rosa* Krawatte ziehst du nicht an«, erklärte Mom, als wäre es eine Sünde. »Wie wäre es mit dem grauen Anzug und einer dunkelblauen Krawatte?«

»Von mir aus.« Ich ging in die Umkleidekabine zurück.

Ich brauchte auch Schuhe, die es in einer anderen Abteilung gab. Mein Vater sah sich verlegen bei den Turnschuhen um. Dann gingen wir zum Food-Court.

Wir fanden eine Nische im Raucherbereich. Dad bestellte sich schon bei der Kellnerin ein Bier, noch bevor wir am Tisch saßen, was untypisch für ihn war. Offenbar hatte ihm der Besuch bei JCPenney zugesetzt.

Auf dem Namensschild unserer Kellnerin stand LINDSAY H. und sie trug mindestens zwanzig Buttons an den Hosenträgern mit Sprüchen wie: *Free Hugs!* und *Rettet den Regenwald!* und *Selber!* Sie brachte Dad das Bier und nahm unsere Bestellung auf.

Als sie wieder weg war, trank meine Mutter einen Schluck Wasser und zog den Aschenbecher näher zu sich heran. »Hast du bald einen Arzttermin, Joel?«

»In ein paar Wochen schauen sie noch mal wegen der Anämie nach.«

Mom lächelte, als ich das Codewort benutzte. »Gut.«

»Wie läuft es so bei dir?« Seit wir das Haus verlassen hatten, sprach mich Dad zum ersten Mal an.

Ich zog das Papier von meinem Strohhalm und machte einen Knoten hinein. »Ehrlich gesagt geht es mir so gut wie seit ...« Ich ließ eine Pause. »Seit Virginia nicht mehr, schätze ich.«

Mom und Dad wirkten beide sehr erleichtert.

»Wir haben uns schon gedacht, dass du glücklicher wirkst«, sagte Dad. »Das Leben eines arbeitenden Menschen bekommt dir.«

»Danke.«

Meine Mutter warf einen entschlossenen Blick in die Runde, und dann ergriff sie das Wort: »Da ist etwas, was Dad und ich besprochen haben, und weil es dir jetzt so gut geht, finden wir, dass wir dich einweihen sollten.« Sie zündete sich eine Zigarette an und sah zu Dad.

»Okay ...«, sagte ich langsam. »Was ist los?«

Dad holte Luft und sah sein Bier an. »Also, deine Mutter und ich dachten, dass wir eine kleine Pause einlegen. Wir haben beide ein paar Sachen für uns zu klären. Erwachsenensachen, Ehesachen. Wir glauben, ein bisschen räumlicher Abstand tut uns gut.«

Ich war völlig überrumpelt. »Was heißt das?«

Dad rutschte auf seinem Stuhl herum. »Na ja, du weißt schon ... Es heißt, wir trennen uns.«

»Warum? Was ist passiert?« Ich sah Dad an, aber er wich meinem Blick aus. Hatte Mom ihn erwischt?

Meine Mutter fing die Frage mit einer Nicht-Antwort ab. »Es steht schon lange im Raum, Joel.«

Ich war völlig verwirrt. Ich hatte nicht gemerkt, dass irgendwas im Raum stand. Für mich kam es so plötzlich wie eine Autopanne. »Wir lange soll diese Trennung dauern? Eine Woche? Zwei Wochen?«

»Es ist langfristig, Joel.« Endlich sah mir Dad in die Augen. »Zuerst zieht Mom zu Tante Denise und Onkel Jim. Dann, wenn ich meine eigene Wohnung habe, kommt sie wieder nach Hause.«

»Ihr meint, ihr trennt euch richtig? Ihr lasst euch scheiden?«

Mom seufzte. »Es geht in die Richtung, ja. Aber wir bleiben Freunde, Joel. Für dich wird sich gar nicht viel ändern. Deswegen haben wir so lange gewartet, bis wir es dir gesagt haben. Wir wollten dich erst einweihen, wenn du auf festen Füßen stehst.«

Ich sah sie an wie vom Donner gerührt. »Wie lange genau habt ihr gewartet? Wie lange wisst ihr schon, dass ihr euch trennt?«

Meine Eltern tauschten einen schuldbewussten Blick, bevor Dad antwortete. »Ehrlich gesagt haben wir es schon vor langer Zeit entschieden. Ich bin nur statt auszuziehen ins Gästezimmer gezogen. Wir wollten alles so normal wie möglich für dich machen, bis wir das Gefühl hatten, dass du mit der Veränderung zurechtkommst.«

»*Normal?*«, schrie ich praktisch. »Was ist daran normal, wenn Eltern ihren Kindern nicht sagen, dass sie sich trennen? Wie lange läuft das schon?«

Sie wichen meinem Blick aus.

»Seit drei Jahren«, sagte Mom.

»*Was?*« Ich war so weit jenseits von vom Donner gerührt, dass der Donner hundert Jahre gebraucht hätte, um mich zu erreichen. »Ihr habt euch vor *drei Jahren* getrennt und es mir nicht gesagt?«

Lindsay H. spürte, dass sie störte, und stellte Moms Kaffee und meine Cherry Coke wortlos auf den Tisch.

»Wir haben es wirklich versucht, Joel«, sagte Dad, als sie wieder weg war. »Und es war uns beiden wichtig, nichts offiziell zu machen, solange du in der Krise warst.«

»Oh. Wie rücksichtsvoll von euch. Das rechtfertigt natürlich, mich drei Jahre lang anzulügen. Danke, dass ihr an meine Gefühle gedacht habt.«

Dad seufzte. »Es ist nicht gelogen, wenn ich sage, dass ich deine Mutter liebe, Joel. Ich werde sie immer lieben. Und dich auch. Wir werden dich immer genauso lieben, wie wir dich immer geliebt haben.«

»Wir haben so lange durchgehalten, wie es ging, Joel«, mischte sich meine Mutter ein.

»Die Chancen standen schlecht. Statistisch gesehen haben wir länger durchgehalten als die meisten Paare, die erleben, was wir erlebt haben«, sagte Dad.

»Ach, okay. Es ist also *meine* Schuld?«, sprach ich aus, was er nicht aussprach. Das war genug. Am liebsten hätte ich ein paar entflammbare Spraydosen auf den Herd geworfen und das verdammte Restaurant bis auf die Grundmauern niedergebrannt.

Dad schüttelte nachdrücklich den Kopf. »Nein, Joel. Es hat nichts mit dir zu tun. Du bist an überhaupt nichts schuld. Die absolute Mehrheit der Ehen übersteht es nicht, wenn so etwas wie das Schlimme passiert. Irgendwann mussten wir uns eingestehen, dass unsere Ehe es auch nicht überstanden hat.«

»Irgendwann vor drei Jahren, meinst du.«

Mom drückte die Zigarette aus und schürzte die Lippen. »Kannst du uns wirklich vorwerfen, dass wir dich nicht eingeweiht haben, Joel? Du sagst selber, es geht dir so gut wie seit Jahren nicht, und trotzdem fällst du aus allen Wolken.«

Ich starrte sie verblüfft an. Meine Mutter hatte mich wegen einer fundamental wichtigen Sache mehr als tausend Tage lang angelogen (und als sie mich einzuweihen gedachte, suchte sie sich den verdammten Foud-Court im Einkaufszentrum dafür aus), und sie wunderte sich, dass ich aus allen Wolken fiel?

»Maureen, lass den Jungen die Sache doch erst mal verdauen, verflixt noch mal«, sagte Dad. »Er hat das Recht, sauer zu sein. Ich an seiner Stelle wäre auch sauer. Wir hätten es ihm sagen müssen.«

Jetzt richtete Mom ihre Feindseligkeit gegen Dad. »Das hatten wir auch vor, schon vergessen? Aber dann hat seine Anstaltsfreundin Spüli getrunken und wäre fast gestorben! Und so, wie er darauf reagiert hat, wollte keiner von uns ihm noch mehr schlechte Nachrichten aufhalsen. Das war nicht bloß ich!«

»Es war Meister Proper, und sie war nicht meine verdammte Freundin!«, schrie ich, weil, wenn dir schon jemand die Highlights deiner Anstaltskarriere aufs Brot schmiert, sollten wenigstens die Reinigungsmittel stimmen.

»Nicht so laut!«, zischte meine Mutter.

Eine bleierne Stille folgte.

»Es tut mir leid, dass ich es dir nicht gesagt habe, Joel«, sagte Dad schließlich. »Ich fand es schrecklich, Geheimnisse vor dir zu haben.

Ich wusste einfach nicht, ob du es verkraften kannst.« Seine Stimme brach. »Ich wollte dir nicht wehtun.«

Angesichts meiner (begründeten) Stinkwut überraschte mich, dass Dads Entschuldigung eine Wirkung hatte, aber die hatte sie. Ich meine, ich war zwar immer noch wütend – die Wunde war noch zu frisch –, aber wenigstens reichte Dad mir ein Pflaster.

Mein Leben lang, wenn ich wegen Sachen, die meine Eltern mir antaten, wütend war – Männlichkeitskurse, Aufenthalte in der Psychiatrie usw. –, hatten sie mich irgendwie überzeugt, dass ich ihnen keine Wahl ließ. Die Beweislast lag immer bei mir, und weil sie sowohl Richter als auch Jury waren, kam ich nie durch.

Doch gerade hatte mein Vater etwas getan, was keiner von ihnen je getan hatte. Er hatte einen Fehler zugegeben. Und dadurch fiel es mir leichter zuzuhören, was er noch zu sagen hatte.

Mom spürte wohl, dass mein Vater einen Zugang zu mir gefunden hatte, und offenbar passte es ihr nicht. Ein anderer Grund für das, was sie als Nächstes sagte, fiel mir nicht ein.

»Tut es dir auch leid, dass du eine Frau bei der Arbeit vögelst? Denn wenn du hier gerade Entschuldigungen verteilst, würde ich auch eine nehmen.«

Mein Blick sprang zwischen meinen Eltern hin und her.

Dad biss die Zähne zusammen. »Wir waren uns einig, dass das hier nicht die Zeit und der Ort sind, um darüber zu sprechen«, flüsterte er.

»Tja, da du anscheinend so bereust, deinem Sohn nicht die Wahrheit gesagt zu haben, dachte ich, du hast deine Meinung vielleicht geändert.«

»Du und ich führen seit Jahren getrennte Leben, Maureen«, sagte Dad ... zur Entschuldigung? Begründung? Erklärung? Rechtfertigung? Ich weiß nicht, wie es gemeint war, aber da ich von der Affäre bereits wusste, war die einzige Überraschung für mich, dass auch Mom Bescheid wusste.

»Ich bin immer noch deine Frau«, war ihr Trumpf. »Es ist immer noch Untreue.«

Dad sagte nichts, aber er ließ die Schultern hängen und sah aus wie ein Häufchen Elend.

Mom verschränkte die Arme und lächelte triumphierend. Sie kämpfte immer mit harten Bandagen, und Dad gab immer schnell klein bei. Aber diesmal hatte meine Mutter ihre Waffen gegen mich abgefeuert, um meinem Vater eins reinzudrücken. Denn sie konnte nicht wissen, dass ich von der Affäre wusste. Offenbar wollte sie, dass ich noch einmal aus allen Wolken fiel, aber nur, damit sie Dad dafür die Schuld in die Schuhe schieben konnte.

Doch diese Genugtuung gönnte ich ihr nicht. »Ich will bei Dad leben«, sagte ich stattdessen.

Dad riss verblüfft den Kopf hoch. Mom wirkte tief getroffen. Und aus irgendeinem Grund fühlte ich mich in diesem Moment siegreich.

Dann kam Lindsay H. und stellte zur Vorspeise einen Korb Kartoffelschalenchips mit vier Tellern auf den Tisch. Offenbar hatte sie sich verzählt, auch wenn ich nicht wusste, wie das gehen sollte. Jeder sah, dass die Teagues nur drei waren. So war es schon seit langer Zeit.

KAPITEL 28

Ich wusste nicht, ob es der offizielle Beginn ihres vorläufigen Auszugs war, jedenfalls ging Mom an diesem Abend zu Tante Denise. Dad verbrachte den Rest des Abends im Keller; nachdem die Ausrede mit dem »Frühjahrsputz« aufgeflogen war, begann er ganz offen Kisten mit der Aufschrift CRAIGS KLEIDUNG und CRAIGS AUTOHEFTE und CRAIGS VERMISCHTES in seinen Pritschenwagen zu wuchten. Wohin er die Sachen brachte, wusste ich vorerst nicht.

Ich versuchte Baby anzurufen, aber am nächsten Tag war Schule, und sie schlief schon. Ich bat Kat nicht, ihr etwas auszurichten. Ich wusste, dass es auch bis zum nächsten Nachmittag in der Videothek Zeit hatte, obwohl ich Baby am liebsten sofort von meinem ereignisreichen Abend erzählt hätte. Ehrlich gesagt war das Einzige, was ich wollte, zu Baby zu laufen und ihr von meinem haarsträubenden Abend berichten. Doch stattdessen ging ich früh ins Bett, schlief ein und wurde am nächsten Morgen vom *Monster*-Album geweckt, das auf Wiederholung lief.

Kurz vor acht war ich bei der Arbeit, zwei Stunden bevor die Videothek aufmachte. Ich beschloss, die Zeit zu nutzen, um in den Schränken und Regalen hinter der Theke gründlich sauber zu machen. Natürlich hatte ich die Aktion nötiger als das Inventar.

Gegen zehn hatte ich den Laden von alten Presse-Videos und kaputten Kassetten befreit, jede Menge Papierkram abgeheftet und jedes sichtbare Staubkorn entfernt, das mir vor die Flinte kam. Dann räumte ich die Schränke wieder ordentlich ein und gratulierte mir dazu, eine weitere niedere Aufgabe mit Bravour erledigt zu haben. Es tat gut, etwas abzuhaken, egal wie unnötig es war. Außerdem lenkte es mich ab, und das war, was zählte.

Ich war so wütend auf meine Eltern (wer wäre das nicht?), und ich war nicht besonders gut darin, wütend zu sein. Vielleicht wisst ihr das nicht, aber Wut ist eine Fähigkeit, die man trainieren muss. In der Therapie hatte ich gelernt, dass Wut produktiv sein kann und sein sollte – als Motivation, sich gegen Ungerechtigkeit zu wehren und Konflikte zu lösen. Doch das war bei mir nicht der Fall. Meine Wut stellte mir meistens ein Bein. Ich vertrug Wut schlecht, wie andere Leute Alkohol schlecht vertrugen. Wenn ich stinksauer war, wurde ich irrational und unbesonnen. Ich wurde laut. Manchmal fing ich einfach zu heulen an. Und ja, ich schlug vielleicht hin und wieder einen Stuhl.

Ich will damit sagen, je weniger Zeit ich hatte, um über die Lügen meiner Eltern nachzudenken, desto besser, und ich musste immer noch sieben Stunden totschlagen, bis Babys Dienst begann und ich den ganzen Mist endlich loswerden konnte.

Nicht, dass ich erwartete, Baby würde alles wiedergutmachen. Ich wusste, dass sie das nicht konnte. Wahrscheinlich hatte sie nicht einmal einen Rat für mich. Wahrscheinlich würde sie mich nur ansehen und etwas sagen wie: »Deine Eltern haben sich vor drei Jahren getrennt und nur so getan, als wäre alles in Ordnung? Was für eine Scheiße, Solo. Kein Wunder, dass du in die Psychiatrie musstest, wenn das die Leute sind, die dich großgezogen haben.« Und ich würde ihr zustimmen.

Ehrlich, es tat einfach gut jemanden zu haben, dem ich die blöden Neuigkeiten erzählen konnte, ohne dass er dafür bezahlt wurde. Auch wenn Baby streng genommen dafür bezahlt wurde, wenn ich es ihr in der Arbeitszeit erzählte, aber ihr wisst schon, was ich meine. Baby interessierte sich dafür, egal wo ich es ihr erzählte, weil wir Freunde waren, und das reichte mir, um mich auf unser Gespräch zu freuen. Außerdem tut es immer gut, wenn jemand bestätigt, wie ätzend der Kram ist, den ihr gerade durchmacht. Es hilft, sich ein bisschen weniger verrückt zu fühlen, und für jemanden wie mich ist das sehr viel.

Ich sperrte den Laden auf und beschloss ein Video einzulegen, um mir die Zeit zu verkürzen, während ich die Umsatzzahlen vom Wochenende ausdruckte. Die Frühschicht am Montag war eine der langweiligsten der Woche, und ich tat alles, damit sie schneller vorbeiging.

Nachdem mir bei den Neuerscheinungen nichts Interessantes ins Auge fiel, sah ich mich im Rest des Ladens um. Die Romantik- und Horror-Abteilungen ließ ich links liegen. Bei den Komödien blieb ich kurz stehen, aber dann wanderte ich weiter. Meine Gedanken waren rastlos und unaufmerksam. Vielleicht hätte ich mich besser gefühlt, wenn ich ein paar Stühle geschlagen hätte.

Ich überlegte, ob ein Actionfilm half. Schließlich könnte es kathartisch sein, einer Bande Bösewichte zuzusehen, die von jemandem wie Jackie Chan die Hucke vollkriegte. Gerechtigkeit für alle, kalt serviert von einem unwahrscheinlichen Helden wider Willen. Danach verlangte ein Tag wie dieser.

Ich griff nach Jean-Claude Van Dammes *Leon*, als mein Blick auf das Regalfach darunter fiel. Von dort sprangen mir drei Filme praktisch entgegen.

Krieg der Sterne. Das Imperium schlägt zurück. Die Rückkehr der Jedi-Ritter.

Ich schauderte buchstäblich.

Obwohl die *Star-Wars*-Filme meine Lieblingsfilme waren, hatte ich sie seit zehn Jahren nicht gesehen. Natürlich gab es Gründe dafür. Manche davon gingen viel tiefer als das Embargo meiner Mutter gegen das ganze Franchise. Doch sosehr ich sie liebte, hatte ich in den letzten zehn Jahren irgendwie keine Lust gehabt, sie mir wieder anzusehen. Ehrlich gesagt war ich dazu einfach noch nicht bereit. Vielleicht, dachte ich, war jetzt die Zeit reif.

Bevor ich es mir anders überlegen konnte, holte ich den Film aus dem Regal und schob ihn in den Videorekorder hinter der Theke. Ein paar Sekunden später erschienen die Worte auf dem Fernseher oben an der Wand:

Es war einmal vor langer Zeit in einer weit, weit entfernten Galaxis ...

Im Jahr 1984 kostete ein Videorekorder fünfhundert Dollar. Nicht fünfhundert Dollar von heute – fünfhundert 1984er-Dollar, was sehr viel mehr Geld war. Wir Teagues gehörten in der Kleinstadt Fairfax zwar nicht zu den oberen Eintausend, aber an Weihnachten 1984 lag trotzdem unser erster Videorekorder unter dem Baum, nebst unserer ersten VHS-Kassette: *Krieg der Sterne.*

Ich war noch klein und ich war mit mir und der Welt im Reinen.

Ich weiß noch genau, wie aufregend an diesem Weihnachtsfest alles war. Meine Eltern hatten für den Videorekorder monatelang gespart und behandelten ihn voller Ehrfurcht. Als Dad ihn angeschlossen hatte, wischte Mom seine Fingerabdrücke mit einem Lappen weg. Dann setzten wir uns der Reihe nach aufs Sofa, löschten das Licht und schalteten unseren Zenith-Röhrenfernseher ein. Es gab selbst gemachtes Popcorn aus rot-weiß gestreiften Popcornschachteln, die Mom vom Kino aufgehoben hatte, und ich sah zum ersten von vielen Hundert Malen *Star Wars.*

Ab da lief der Film bei uns zu Hause ständig. *Star Wars* sickerte tief in unsere Psyche. Der Text wurde zu unserer Privatsprache. Wir nannten einander Wookietreiber und taten so, als würden wir die Macht gegeneinander verwenden. Wenn wir Bitten hatten, bekräftigten wir sie mit: »Du bist meine einzige Hoffnung!« – »Hilf mir den Tisch decken, Joel – du bist meine einzige Hoffnung!«; »Trag den Müll raus – du bist meine einzige Hoffnung!«; »Bring mir die

Zeitung, bitte – du bist meine einzige Hoffnung!«. Monatelang wurde ich, wenn ich zum Frühstück kam, begrüßt mit: »Bist du nicht ein bisschen klein für einen Sturmtruppler?« Und wenn einer von uns frech wurde, sagte meine Mutter unweigerlich: »Lach nur, du dämliches Pelzvieh.«

In den kommenden zwei Jahren erweiterten wir unsere Privatvideothek um *Das Imperium schlägt zurück* und *Die Rückkehr der Jedi-Ritter*, und unser Wortschatz vergrößerte sich: »Luke, ich bin dein Vater!« (Besonders wenn einer von uns an einem Ventilator vorbeiging). Und wenn einer zum anderen »Ich hab dich lieb« sagte, antworteten wir, wie Han zu Leia, mit: »Ich weiß.«

Ich verstehe, wenn euch das kitschig vorkommt, und das ist okay, ehrlich. Die Insider-Witze eurer Familie fände ich wahrscheinlich auch merkwürdig. Das ist es ja gerade. Solcher Quatsch macht nur Spaß, wenn man dazugehört. Wenn man eingeweiht ist. Wenn man Teil der Gruppe ist.

Für uns Teagues war die *Star-Wars*-Trilogie eine große Sache. Sie war eine wichtige Zutat meiner Kindheit. Unauflöslich damit verbunden. Ich kann das eine nicht vom anderen getrennt betrachten, egal wie sehr meine Mutter es verlangte, nachdem das Schlimme passiert war.

An diesem Montag wollte ich mir die Filme in der Videothek mit voller Aufmerksamkeit ansehen – Luke und Obi-Wan und Darth Vader. Han und Leia. Ich wollte mich an die Geschichte erinnern, die ich so sehr geliebt hatte. Der Jedi, die Prinzessin, der Einzelgänger. Aber die Filme rührten zu viel auf. Zu viele Erinnerungen.

Den ganzen Tag bewegte ich mich wie ein Zombie. Ich weiß, dass ich Kunden bediente, Filme wegräumte, Listen ausdruckte, aber ich könnte euch nichts davon erzählen. Ich war nur körperlich bei der Arbeit. Als Luke und Leia in der Mitte von *Rückkehr der Jedi-Ritter* auf dem Waldmond von Endor ihre Aussprache hatten, war ich völlig weggebeamt, und meine Gedanken rasten mit Lichtgeschwindigkeit zwischen Fairfax, Virginia, und einer weit, weit entfernten Galaxis hin und her.

Was wahrscheinlich der Grund dafür war, dass ich nicht hörte, als Maverick seine Stechkarte abstempelte und die Nachmittagsschicht antrat.

»Die Szene habe ich nicht verstanden.« Er stand an der Theke neben mir, ohne dass ich sein Kommen bemerkt hatte.

»Hoppla!« Ich zuckte erschrocken zusammen.

»Tut mir leid, ich wollte mich nicht anschleichen«, sagte Maverick.

Ich spielte cool und drückte auf Pause. »Schon gut. Ich war so in den Film vertieft, dass ich dich nicht gehört habe.«

Er nickte und sah zum Bildschirm. »Weil du der Experte für *Star Wars* hier bist, kannst du mir was erklären?« Maverick zeigte auf das Standbild von Luke und Leia. »Die beiden sind doch verwandt, oder?«

»Sie sind Bruder und Schwester.«

Maverick runzelte die Stirn. »Ist es dann nicht komisch, dass sie im ersten Teil praktisch rumgeknutscht haben?«

»Ja. Damit haben viele ein Problem.« Ich stellte den Fernseher aus.

Maverick kam um die Theke und nahm sich sein Namensschild. »Hier sieht es so anders aus«, stellte er fest. »Ordentlich anders.«

»Ich habe aufgeräumt«, sagte ich gedankenverloren. Ich war immer noch ganz benebelt von zu vielen Erinnerungen.

Er zog die Brauen hoch. »Alles in Ordnung?«

»Ja, warum?«

»Ich habe gehört, du bist ein Stress-Aufräumer. Je ordentlicher der Laden, desto gestresster bist du.«

Ich lachte schnaubend. »Wer hat dir das denn erzählt?«

»Baby.«

Ich grinste. Mir gefiel, dass Baby solche Dinge von mir wusste. »Was hat sie noch gesagt?«

»Sonst nichts. Sie hat mich nur davor gewarnt, als ich angefangen habe. Sie meinte, du räumst auf, wenn du schlecht drauf bist, und wenn der Laden plötzlich blitzsauber ist, müsste ich mich in Acht nehmen.«

»Da ist was dran«, gab ich zu.

Maverick griff nach dem Goldfischglas, sah, dass keine Nummern wegzuräumen waren, und stellte es wieder hin. »Was ist los?«, fragte er und lehnte sich lässig an die Theke, die Daumen in den Jeanstaschen. »Alles klar bei dir?«

Da er schon wusste, dass etwas los war, wäre ich mir wie ein Lügner vorgekommen, wenn ich ihm nichts erzählt hätte. »Ich habe nur Ärger mit meinen Eltern«, sagte ich in der Hoffnung, er würde das Thema fallen lassen.

Aber ich hatte kein Glück. »Ja? Was für welchen?« Offenbar interessierte es ihn ernsthaft.

»Sie trennen sich.« Ich versuchte, locker zu klingen, aber da es sich um eine ziemlich große Enthüllung handelte, war das Gespräch nicht so schnell erledigt, wie ich gehofft hatte.

»Ach du Scheiße, Mann. Tut mir leid. Geht's dir okay?«

»Ja, ja, ja, alles gut«, antwortete ich wenig überzeugend.

Maverick sah mich skeptisch an. Mitfühlend.

Inzwischen war ich ganz kribbelig. Meine Nerven lagen blank. Wenn ich nicht schnell einen Weg fand, die Unterhaltung zu beenden, würde alles aus mir herausplatzen. Ich spürte es kommen.

»Du musst nicht cool bleiben, Solo«, sagte Maverick, was verdammt noch mal genau die richtige Reaktion war. Ich fragte mich, ob Maverick auch eine Therapie gemacht hatte. »Das ist eine große Sache.«

»Ja, ich weiß«, sagte ich und versuchte, NORMAL zu klingen. »Es läuft wohl schon lange darauf hinaus … Sie haben echt harte Zeiten hinter sicher … Ich meine, die meisten Ehen überstehen nicht, was unsere Familie erlebt hat …«

Verdammt. In meiner Bemühung, *nichts* zu sagen, hatte ich *alles* angedeutet.

Meine Gefühle wallten auf. Das Einkaufszentrum und *Star Wars*, alles spitzte sich gleichzeitig zu, und ich sah nur noch verschwommen.

Aber diesmal war es keine Migräne. Es war schlimmer. Ich sah verschwommen, weil mir die Tränen kamen.

Ich fing zu heulen an. Bei der Arbeit, vor Maverick.

Natürlich bekam er es mit. »Hey, Solo …«, sagte er sanft. »Es ist okay.«

Ich nickte und schaffte es, einen Schluchzer runterzuschlucken, der mir fast rausgerutscht war. Ich legte den Kopf zurück, um die nicht geweinten Tränen zurück in die Augenhöhlen sickern zu lassen. Es war knapp, aber ich hatte es gerade noch geschafft, nicht die Fassung zu verlieren.

Maverick legte mir die Hand auf die Schulter. »Hey, Mann. Das wird schon wieder.«

Ich nickte nur. »Danke.«

Wir standen ein paar Sekunden da, bis mir klar wurde, dass Mavericks Hand immer noch da war.

Ich sah seine Hand an, dann sah ich Maverick an.

Plötzlich blitzte Angst in seinen Augen auf, und er ließ mich los und schob die Hände in die Hosentaschen. »Tut mir leid«, sagte er.

Ich stand wie versteinert da.

Kurz darauf ging die hintere Tür auf, und eine Stechkarte wurde abgestempelt.

»Hey, Leute«, sagte Baby. »Es ist so beschissen kalt draußen.« Sie öffnete den Schrank, um ihr Namensschild zu holen. »Ich schwöre, bei der ersten Chance, die sich mir bietet, ziehe ich irgendwohin, wo es nicht schneit. Wenn ich in Sibirien leben wollte, wäre ich nach Russland gezogen.«

Maverick und ich starrten uns immer noch an.

»Was ist los?«, fragte Baby, die die Spannung wahrnahm. Sie stand neben mir. »Habe ich was verpasst?«

Ich sah sie an, dann sah ich Maverick an, dann wieder sie. Und dann drehte ich mich ohne nachzudenken zu Baby, nahm ihr Gesicht in beide Hände und küsste sie.

Küsste sie *richtig*. Küsste sie, als meinte ich es ernst. Als müsste ich irgendwas beweisen.

Und dann hörte ich so abrupt wieder auf, wie ich angefangen hatte, und sah beide völlig schockiert an, genauso überrumpelt wie sie.

»Tut mir leid! Ich weiß nicht, warum ich das getan habe.«

Jetzt war es Maverick, dem die Tränen kamen, denn er hatte mich durchschaut. »Doch, das weißt du.« Er stürmte an Baby und mir vorbei und verschwand im Flur.

Baby, die mit offenem Mund zugesehen hatte, fand die Sprache wieder. »Was zum Teufel?«, rief sie. Sie sah dem flüchtenden Maverick hinterher, und dann sah sie mich an. »Was sollte die Scheiße?«

»Es tut mir leid, okay?«, wiederholte ich. »Ich wusste nicht, was ich sonst tun sollte.«

»Wegen was?«, wollte Baby wissen. »In was für einer Situation war *mich zu küssen* dein einziger Ausweg?«

»In der Situation, wo du recht hattest wegen Maverick, okay?«, gab ich zurück. »Er hat mich angemacht, und ich bin durchgedreht. Deswegen habe ich dich geküsst.«

»Maverick hat dich angemacht?«, wiederholte Baby. »Maverick hat dich *angemacht*?«

»Ja, hat er. Er hat meine Schulter angefasst!« Ich seufzte wütend. »Herzlichen Glückwunsch zu deinem Schwulenradar.«

Baby verengte die Augen, während sie das Puzzle zusammensetzte. »Also, Maverick *fasst deine Schulter an* – was nicht mal unbedingt eine Anmache ist –, und um zu beweisen, dass du nicht auf ihn stehst, knutschst du *mich* ab?«

»Genau.«

Babys Blick begann Funken zu sprühen. »Ich weiß nicht, wem gegenüber du dich beschissener verhalten hast, mir oder Maverick.« Sie packte ihren Mantel und zog ihn wieder an.

»Wohin gehst du?«, fragte ich erschrocken. Den ganzen Tag hatte ich nur darauf gewartet, mit Baby zu reden – sie konnte mich nicht einfach stehen lassen, erst recht nicht, wenn sie wütend war. »Bitte geh nicht.«

»Von dir kriege ich Krämpfe«, antwortete sie. »Ich muss mich hinlegen.« Sie wandte sich zur Tür.

»Wann kommst du zurück?« Meine Stimme zitterte. Ich zitterte.

»Ich komme nicht zurück.« Sie versuchte um mich herumzugehen. »Jedenfalls nicht heute Abend. Wenn ich dich noch länger ansehen muss, habe ich Angst, dich zu erwürgen.«

Ich stellte mich ihr in den Weg. »Du kannst mich erwürgen. Aber bitte, geh nicht.«

Doch Baby hielt mir stand. »Lass mich durch, Solo! Du benimmst dich wie ein Verrückter!«

Wahrscheinlich war das der einzige Kommentar, der mich davon abhielt, sie noch weiter zu belagern. Obwohl Baby mehr Argumente als jeder andere dafür hatte, dass ich verrückt war, hielt ich die Vorstellung nicht aus, dass sie es wirklich glaubte.

Ich trat beiseite. Sie schob sich an mir vorbei und stürmte zur Hintertür.

Dann stand ich wieder allein in dem Laden.

Verdammt noch mal, war ich allein.

KAPITEL 29

Ich wollte gehen, aber niemand konnte für mich einspringen. Scarlet hatte Abendkurse. Hannibal hatte kein Auto. Poppins war nicht zu Hause, und die Nummer vom Paten, die ich hatte, entpuppte sich als der Anschluss eines Beerdigungsinstituts. Das hieß, ich saß bis Ladenschluss um zehn in der Videothek fest, was laut meiner Uhr vierzehn Stunden seit meiner Ankunft und mehrere Stunden seit meiner Zurechnungsfähigkeit waren.

Ich brauchte alle meine gesunden Bewältigungsmechanismen, um den Rest der Schicht zu überstehen. Noch mehr aufräumen. Noch mehr doppelt aufräumen. Die Gebrauchsanweisung des Videorekorders lesen. Den Laden saugen. Die Gebrauchsanweisung des Staubsaugers lesen. Den Staubsauger säubern.

Trotzdem zog sich der Abend wie Kaugummi. Um zehn vor zehn hielt ich es nicht mehr aus. Ich zählte das Geld in der Kasse und ging zur Tür, um das GEÖFFNET-Schild umzudrehen. Falls in den nächsten zehn Minuten jemand einen Film ausleihen wollte, hatte er Pech gehabt. Ich ging. Mit dem Tag musste endlich Schluss sein.

Ich ertrug den Gedanken nicht, wie bescheuert ich alles verkackt hatte. Mein schlechtes Gewissen machte mich fix und fertig. Ich brauchte erst mal zwölf, vielleicht achtzehn Stunden Schlaf – so lange es eben dauerte, die Lage nüchtern zu betrachten. Ich hätte mich auch künstlich ins Koma legen lassen. Mich zwei oder drei

Tage totgestellt, bis Baby bereit war, mir zu vergeben, und ich mein NORMALES Leben weiterführen konnte. Wobei NORMAL hieß, dass ich mich immer noch mit meinen Eltern auseinandersetzen musste und mit der Sache mit Maverick, aber alles gleichzeitig überforderte mich.

Als ich das Licht im Laden ausmachte, konnte ich durchs Schaufenster auf Downtown Royal Oak sehen. Das Chaos in meinem Innern spiegelte sich nicht auf der anderen Seite der Scheibe. Jenseits der Videothek war es dunkel und friedlich. Die Sterne hatten kein Problem damit, aufzugehen, nur weil mein Tag kolossal beschissen gewesen war, und es war seltsam erfrischend, dass es eine ganze große Welt jenseits von ROYO Video und Han Solos Dramen gab.

Beim Abschließen fiel mir im Café gegenüber eine Frau auf, die durch *ihr* Schaufenster in meine Richtung sah. Ich spürte ihren Blick. Ich fragte mich, ob sie beobachtete, wie ich die Straße beobachtete.

Für einen flüchtigen, naiv optimistischen Augenblick hoffte ich, es wäre Baby. Ich drückte das Gesicht an die Scheibe, um besser sehen zu können, aber mein Atem ließ das Glas beschlagen. Ich wusste, dass die Chance gleich null stand, aber für den sehr unwahrscheinlichen Fall, dass es wirklich Baby war, die da drüben einen Kaffee trank und mich im Auge behielt, wollte ich sie wissen lassen, dass ich sie bemerkt hatte.

Als ich die Tür öffnete, stand die Frau in dem Café auf, zog sich den Mantel an und ging ebenfalls zur Tür. Dann trat sie heraus in den Schein einer Laterne, wo ich sie besser sehen konnte.

Es war nicht Baby. Sie war größer, hatte Locken und war (wahrscheinlich der verräterischste Hinweis) nicht schwanger. Enttäuscht wollte ich zurück in den Laden gehen, aber dann kam mir noch ein Gedanke, der mir Gänsehaut machte.

Sie sah ein bisschen aus wie Crystal.

Ich drehte mich auf dem Absatz um.

Mein Herz klopfte schneller, und ich hielt den Atem an.

»Crystal?«, sprach ich zögernd ihren Namen aus. »Bist du das?«

»Hey!« Die Frau winkte. »Hey, komm rüber!«

An dem Abend auf dem Parkplatz war ich überzeugt gewesen, dass Crystal da wäre, dabei war es Indiana Jones. Auch im Headlights war ich mir sicher, dass Crystal den Bon-Jovi-Song ausgewählt hätte. Jetzt, als ich die Frau auf der anderen Straßenseite anstarrte, war ich mir nicht so sicher. Andererseits war ich mir auch nicht sicher, dass es nicht Crystal war.

»Crystal?«, fragte ich noch einmal lauter.

»Ich komm einfach rüber zu dir!«, rief sie zurück.

Je länger ich darüber nachdachte, desto möglicher schien es mir. Falls Crystal irgendwann wieder in meinem Leben auftauchte, war heute ein guter Zeitpunkt dafür. Ich fühlte mich so überfordert und verrückt wie seit Jahren nicht. Vielleicht hatte Crystal auf diese Gelegenheit gewartet – wenn ich mal wieder ganz unten war.

»Ja, komm!«, rief ich ihr zu, und dann wappnete ich mich für Crystals Rückkehr.

Ich lag im Weller-Clawson-Zentrum im Bett. Vor zwei Tagen hatte Valerie eine Überdosis genommen (ich weiß nicht, ob man bei Meister Proper von einer Überdosis spricht, weil es keine empfohlene Dosis gibt), und als ich wegen all der Vorwürfe verhört worden war, die sie in ihrem Abschiedsbrief aufgelistet hatte, war ich vollkommen ausgerastet und musste fixiert und sediert werden.

Ich weiß nicht, wie lange ich so dalag, denn in meinem Zustand schien die Zeit gleichzeitig zu rasen und stehen geblieben zu sein. Doch irgendwann wurden meine Medikamente gedrosselt, und als Dr. Schwartz ins Zimmer kam und sagte, dass Valerie durchkommen würde, war ich in der Lage, ihn zu verstehen.

Ich erinnere mich, dass ich zwar erleichtert war, aber gleichzeitig hätte es mir nicht leidgetan, wenn sie vom Bus überrollt worden wäre. Ich hasste sie. All ihre Vorwürfe waren gelogen. Aber wie schon gesagt, wenn man eine Macke hat, hat man praktisch keine Glaubwürdigkeit, und deshalb glaubte mir keiner, als ich alles abstritt.

Aber ihr wisst ja, dass Valeries Lügen über mich später aufflogen. Was ihr nicht wisst, ist, welche Rolle Crystal bei der Geschichte spielte, und die war ziemlich groß.

Während der ersten Tage nach dem Vorfall hatte Crystal sich rargemacht, zumindest dachte ich das. Vielleicht saß sie auch die ganze Zeit an meinem Bett, und ich war zu verpeilt, um es mitzukriegen. Doch als man mir attestiert hatte, dass ich nur mittelverrückt war statt total verrückt, und ich wieder in meinem alten Zimmer lag statt in der Gummizelle, kam sie und besuchte mich.

Abends, nachdem die Schwestern die letzte Runde gemacht hatten, ging die Tür auf, und Crystal kam auf Zehenspitzen zu mir ans Bett und kroch unter meine Decke. Sie legte den Kopf auf meine Brust und sagte: »Es tut mir so leid, Joel.«

»Solange ich lebe, fange ich nie wieder was mit einem verrückten Mädchen an«, schwor ich.

»Das ist eine gute Idee«, antwortete sie. »Aber bitte gib nicht dir die Schuld. Du konntest nichts dafür.«

»Aber Valerie gibt mir die Schuld«, erwiderte ich. »Sie schreibt in ihrem Brief, dass ich ihr Leben zerstört habe und sie meinetwegen sterben will. Was witzig ist, weil ich jetzt am liebsten ihretwegen tot wäre.«

Crystal und ich holten gleichzeitig tief Luft und seufzten den gleichen Seufzer.

»Das meinst du nicht ernst, oder?«, fragte sie mich nach ein paar Sekunden. »Dass du sterben willst?«

Aus meiner Erfahrung in der Psychiatrie wusste ich, dass die Antwort auf diese Frage großen Einfluss auf die Art der Therapie hatte, die man erhielt, also flüsterte ich ihr die Antwort ins Ohr, für den Fall, dass irgendwer lauschte.

»Manchmal.«

Ich hatte es noch nie ausgesprochen. Ich hatte es noch nie zugegeben. Vor meinen Eltern nicht, vor den Ärzten nicht, nicht einmal in den Tagebüchern, die man mich zu führen zwang. Es auszusprechen fühlte sich unheimlich an. Aber es war auch eine Erleichterung.

Denn es stimmte. Manchmal wollte ich nicht mehr leben.

Es lag nicht nur an Valerie, dass es mir so ging, obwohl sie mit ihrer bescheuerten Aktion dazu beigetragen hatte. Ich hatte mein Leben einfach satt. Es lag nicht an mir; vieles war ziemlich ätzend. Zum Beispiel hatte ich die Therapie satt. Ich hatte es satt, über das Schlimme und meine Macke zu reden. Ich hatte die weißen Wände satt und die Motivationsposter und den aseptischen Geruch der Klinikflure. Ich hatte die misstrauischen Blicke meiner Mutter satt, wenn wir in der Drogerie durch die Kosmetikabteilung gingen, und ich hatte es satt, dass meine Eltern meinen Schrank filzten und mir Unterwäschekataloge aufs Bett legten. Ich hatte die »Anämie« satt und den kläglichen Sex mit beliebigen Mädchen. Aber vor allem hatte ich das Heimweh nach Fairfax und Virginia Beach und *Star Wars* satt, nach Halloween und den Spielen im Brennofen und nach jedem einzelnen Tag meines Lebens, bevor das Schlimme passiert war. Ich hatte es satt, immer allein zu sein, außer wenn Crystal da war, und ich hatte es satt, dass alle dachten, Crystal wäre das Problem, dabei war es in Wirklichkeit alles andere, das mich in den Wahnsinn trieb.

»Das habe ich befürchtet«, flüsterte Crystal zurück. Sie hielt meine Hand und malte Kreise auf meinem Daumennagel, und ich schlief ein.

Ich will ehrlich sein, die nächsten Wochen waren nicht meine besten. Nach dem Meister-Proper-Vorfall hatte ich die Motivation verloren, mit meinen Therapeuten zu kooperieren, und nach meinem Entschluss, nicht mehr mit verrückten Mädchen zu schlafen, hatte ich nichts mehr, was mich von meinem Trübsinn ablenkte. Die Medikamente wirkten nicht mehr, oder vielleicht wirkten sie, aber nicht genug. Ich muss wohl nicht dazu sagen, dass ich eine tiefe Depression hatte, und ich konnte mir nicht vorstellen, dass sich in nächster Zeit irgendwas daran änderte.

Crystal hielt Distanz. Ich sah sie ein paarmal von Weitem in einer Tür oder im Wandschrank. Sie hielt sich im Hintergrund und beobachtete mich. Doch das war okay für mich, weil ich sowieso nicht viel zu sagen hatte, und es reichte mir zu wissen, dass sie nicht weit war, um mich nicht einsam zu fühlen.

Eines Tages, als ich von einer langen Sitzung einer neuen experimentellen Therapie namens EMDR zurückkam, die mir helfen sollte, das Schlimme zu verarbeiten, stand Crystal in ihrem grünen Kleid bei mir im Zimmer und starrte aus dem Fenster.

»Hey«, begrüßte ich sie überrascht. Es war untypisch, dass sie sich so offen zeigte. Falls irgendjemand mitbekam, dass ich sie sah, war die Kacke am Dampfen, das wussten wir beide. »Was ist los?«

»Es ist so schön draußen«, sagte sie, ohne den Blick vom Fenster abzuwenden. »Es sieht warm aus. Erinnert mich an Virginia.«

Ich ging zu ihr, stellte mich neben sie und bemerkte den Koffer, der zu ihren Füßen stand. Auf dem Messingschild daran stand BAT.

»Verreist du?«, fragte ich.

Sie sah mich an. »Es ist Zeit für mich zu gehen, Joel.«

»Wohin?«

Sie holte tief Luft und zwang sich zu einem Lächeln. »Weg. Es wird Zeit, dass ich gehe.«

Ich fing sofort zu zittern an. »Was? Warum?«

Crystal seufzte. »Wenn ich bleibe, schade ich dir mehr, als ich dir nutze. Das habe ich jetzt begriffen. Wenn ich bleibe, wirst du nicht gesund. Deswegen … gehe ich.« In ihrer Stimme lag eine Entschlossenheit, die ich nicht von ihr kannte.

»Aber das stimmt nicht!«, protestierte ich. »Ich werde gesund.

Die Ärzte haben mir gerade gesagt, dass ich bald nach Hause kann. Dass es mir bald wieder gut geht!«

Crystal wusste, dass ich log. »Joel, wir wissen beide, dass ich nicht für immer bleiben kann. Es wäre nicht richtig. Es tut dir nicht gut.«

»Weißt du, was mir nicht guttut? Dieses verdammte Alleinsein, und genau das passiert, wenn du gehst«, erinnerte ich sie. »Bitte, bitte geh nicht jetzt, Crystal. Ich würde es nicht ertragen. Ich kann nicht noch mehr ertragen. Ich kann einfach nicht.«

»Ich weiß.« Sie nickte. »Deswegen gehe ich jetzt, solange du noch hier bist. Wo die Ärzte auf dich aufpassen.« Ihre Augen wurden feucht, und Tränen liefen ihr über die Wangen. »Ich würde es mir nie verzeihen, wenn du dir was antust, Joel.«

»Ich tue mir nichts an«, sagte ich. »Ich verspreche es.«

»Joel ...« Crystal seufzte. »Es ist Zeit.«

»Heißt das, das war's? Ich habe gar nichts mitzureden? Du verlässt mich einfach?« Ich begann zu weinen. »Wenn ich dich am meisten brauche?«

Crystal seufzte tief und biss die Zähne zusammen. »So ist es nicht. Es ist zu deinem Wohl. Ich tue, was richtig ist.« Sie nahm ihren Koffer.

Ich hielt den Griff fest. »Nein, ich lasse dich nicht gehen!«

»Joel. Du weißt, dass du mich nicht aufhalten kannst. Das weißt du, oder? Du weißt es.«

»Ich weiß überhaupt nichts«, antwortete ich trotzig.

Inzwischen weinten wir beide. »Du musst. Du musst wissen, dass ich der Grund bin, warum du hier gelandet bist. *Ich* bin der Grund, dass das alles überhaupt angefangen hat. *Ich* bin der Grund für alles.«

»Nein.« Ich schüttelte den Kopf. »Hör auf! Sag das nicht! Du kannst nicht gehen! Weißt du nicht, was mit mir passiert, wenn du gehst?«

»Doch«, sagte sie. »Aber es ist schlimmer, wenn ich bleibe, glaub mir.«

Ich zerrte an ihrem Koffer, versuchte ihn ihr aus der Hand zu reißen, aber ich hatte keine Chance.

»Du musst dich jetzt selbst retten, Joel.« Sie berührte mein Gesicht. »Du brauchst deine ganze Energie, um dafür zu kämpfen, dass du wieder gesund wirst, und solange ich hier bin, tust du das nicht.«

»Wovon redest du?«, weinte ich. »Ich verstehe dich nicht.«

»Joel«, sagte sie scharf. »Hör auf so zu tun, als wüsstest du nicht, wer ich bin.« Sie hielt inne, dann senkte sie die Stimme. »Ich weiß, dass du mich hier drin siehst.« Sie zeigte auf sich. »Das hast du immer getan, und das wissen wir beide.«

Ich ließ den Koffer los und starrte sie an. Ihre Augen waren grüner als je zuvor.

»Wohin gehst du?«, fragte ich.

Sie wischte sich mit dem Handrücken die Augen ab und schniefte. »Du wirst es wissen. Wenn du bereit bist, weißt du, wo ich bin.«

Crystal beugte sich zu mir und gab mir einen Kuss auf die Wange, und ich hielt sie mit beiden Händen fest.

Dann riss sie sich los und lief aus dem Zimmer, ohne sich noch einmal umzusehen. Ich stand ein paar Sekunden wie versteinert da, bevor ich ihr in den Flur nachjagte und ihren Namen rief. Aber natürlich war sie schon weg. Endgültig.

Nach jenem Tag hatte ich lange nach Crystal gesucht. Manchmal war ich überzeugt, dass Crystal wieder da wäre. Aber wenn ich ehrlich bin, war es meine Paranoia, die mir Streiche spielte. Und vielleicht hoffte ich ab und zu, dass sie mir Streiche spielte. Tatsache war, dass Crystal recht hatte – ich hatte eine ziemlich klare Vorstellung von dem Ort, wo sie war. Und der Ort, an dem ich sie vermutete, war gleichzeitig der Ort, vor dem ich die größte Angst hatte.

Doch an diesem Abend nach der Arbeit war es Hoffnung, nicht Paranoia, die mich glauben ließ, dass dort drüben in dem Café vielleicht Crystal saß. Es war Hoffnung, die mich wie angewurzelt auf dem Bürgersteig stehen ließ, als die Frau über die Straße auf mich zukam. Es war Hoffnung, die mich warten ließ, bis wir uns Auge in Auge gegenüberstanden und die Enttäuschung einsetzte, weil sie nicht Crystal war.

Das Mädchen war verlegen. »Du sahst von Weitem aus wie jemand, den ich früher mal gekannt habe. Als du gewinkt hast, dachte ich, du wärst es.«

»Ging mir genauso«, sagte ich.

Sie nickte. Aus der Nähe sah sie überhaupt nicht aus wie Crystal. Sie war zu groß, zu alt. Ich sah an ihrem Blick, dass sie auch gerade all meine Unterschiede zu ihrem Bekannten registrierte und genauso enttäuscht war.

Wir standen ein paar Sekunden da und machten Bemerkungen über die peinliche Situation. Kurz bevor wir wieder getrennte Wege gingen, fasste das Mädchen einen Entschluss.

»Ich glaube, ich schlage ihn im Telefonbuch nach. Und dann rufe ich ihn an«, sagte sie. »Du hast mir gezeigt, wie sehr er mir fehlt.« Sie lachte in sich hinein. »Findest du das verrückt?«

Ich schüttelte den Kopf. »Überhaupt nicht.«

»Und du?«, fragte sie. »Die Frau, für die du mich gehalten hast – machst du dich auch auf die Suche nach ihr?«

Ich zog die Brauen hoch. »Also, das wäre wirklich verrückt.«

Sie lachte. »Ich schätze, dann bist du noch mal heil davongekommen. Seltsam, wie so was läuft. Was für den einen eine glückliche Fügung ist, ist für den anderen nur Zufall.«

»Ja. Schon komisch.«

Wir winkten noch einmal, und dann trennten wir uns, und der

Abend des Mädchens hatte plötzlich eine Wendung genommen (hoffentlich zum Guten), während sich an meinem nichts verändert hatte.

Ich schloss den Laden, stempelte um sieben nach zehn meine Stechkarte ab und beendete die längste Schicht in der Geschichte von ROYO Video.

KAPITEL 30

Ich schlief in dieser Nacht zwar nicht sechzehn Stunden, aber wenigstens acht, bis meine Mutter, die offenbar wieder zu Hause war, direkt vor meiner Tür die Treppe saugte und mich damit weckte.

»Du verschläfst hier nicht den ganzen Tag«, begrüßte sie mich, als ich die Tür aufmachte. »Es gibt jede Menge zu tun.« Sie machte sich nicht die Mühe, beim Sprechen den Staubsauger abzustellen oder die Zigarette aus dem Mund zu nehmen. Passiv-aggressiv war eine Sprache, die ich beherrschte, weil ich mit ihr aufgewachsen war, und deshalb wusste ich, dass sie immer noch sauer war.

Ich wies sie nicht darauf hin, dass sieben Uhr wohl kaum »den ganzen Tag« war, und sagte auch nicht, dass sie gerade Asche auf dem frisch gesaugten Teppich verteilte, oder erwähnte, dass sie *noch nie* so früh am Morgen gestaubsaugt hatte, *und warum sagte sie nicht einfach, warum sie sauer war, statt wegen anderer Sachen rumzumeckern?* Stattdessen ging ich duschen und zog mich an und hoffte, dass sie, wenn ich runterkam, schon bei der Arbeit war.

Leider hatte ich kein Glück, denn wie sich herausstellte, hatte sich Mom die ganze Woche freigenommen, um »ihre Angelegenheiten in Ordnung zu bringen«, bevor sie und Dad sich am Freitag mit den Anwälten trafen. Anscheinend bestand jetzt, da die Bombe geplatzt war, kein Grund mehr, die Sache künstlich in die Länge zu ziehen.

»Freitag ist Valentinstag«, sagte meine Mutter, als ich frühstückte. »Wahrscheinlich verlangt der Anwalt einen Feiertagszuschlag.«

Wahrscheinlich wollte sie witzig sein. Als ich nicht lachte, räumte sie meinen Teller weg (obwohl ich noch nicht fertig war) und verdonnerte mich dazu, ihren Setzkasten zu putzen. Ich verkniff mir das, was mir auf der Zunge lag, und murmelte: »Ja, Ma'am.«

Das mit dem Setzkasten sollte wahrscheinlich eine Strafe sein – Mom besaß Dutzende von Porzellanfigürchen, und sie bestand darauf, dass sie mit einer Zahnbürste und Pine-Sol gereinigt wurden, weil sie den Piniengeruch liebte. Doch insgeheim war ich froh über die Aufgabe, weil ich nicht in der Videothek arbeiten musste und sonst nichts zu tun hatte, außer neben dem Telefon zu warten, dass Baby anrief.

Moms Witz über den Valentinstag erinnerte mich daran, dass am Freitag Kats und Bobs Hochzeit stattfand. Ich hatte also nur drei Tage Zeit, um mich mit Baby zu vertragen, und ich war mir nicht sicher, ob die Zeit reichte, um meine Schuld abzubüßen.

Obwohl ich nur acht Stunden geschlafen hatte, sah ich die gestrigen Ereignisse heute etwas nüchterner. Leider änderte das nichts an meinem schlechten Gewissen.

Ganz ehrlich, wäre ich in die Videothek spaziert und von Baby rücklings abgeknutscht worden, wäre ich auch erschrocken, und wahrscheinlich böse, wenn ich gecheckt hätte, dass ihr Motiv reine Feigheit war, was, wenn ich ehrlich bin, bei mir der Fall war.

Und an Mavericks Stelle würde ich mich abgrundtief hassen. Im Ernst, wenn ich in jemanden verknallt wäre, und der knutscht vor meinen Augen jemand anderen ab, nur um mir zu zeigen, dass er meine Gefühle nicht erwidert, würde ich den Typ für ein echtes Arschloch halten. Und das zu Recht.

Andererseits, falls man irgendwas zu meiner Verteidigung sagen kann (ich bin mir nicht sicher), dann erinnert euch, dass meine Vergangenheit durch die Homophobie meiner Mutter extrem vorbelastet war. Ich hatte mein Leben unter Homophoben verbracht, und wie ihr wisst, hatte ich darunter gelitten. Ich hoffe, ihr erkennt das an und gebt mir wenigstens die Chance, mich zu rehabilitieren.

Ich dachte über meine Buße nach, als Mom vorbeikam, um meinen Fortschritt zu kontrollieren.

»Wie läuft's?«, fragte sie. Ich war grade mit zwei Reihen Bauernhoftieren in Latzhosen mit Glasglöckchen fertig, die Mom in den sechzehn Staaten gekauft hatte, die sie besucht hatte.

»Gut. Auch wenn sie nicht sehr staubig waren und du wahrscheinlich keinen Unterschied merkst.«

»Mach trotzdem weiter«, ordnete sie an. »Das Haus muss spiegelblank sein, wenn der Makler kommt.«

»Der Makler?«

Sie zündete sich eine Zigarette an. »Wir müssen den Wert des Hauses schätzen lassen. Das ist eine wichtige Information, falls wir uns zum Verkauf entschließen.« Mom setzte sich an den Tisch.

Ich hatte gerade eine neue Reihe angefangen – diesmal waren es Engel, jeder mit einem Monatsnamen und einem inspirierenden Bibelvers beschriftet. Als ich bei März war, redete sie weiter.

»Wir hatten eigentlich beschlossen, dass du bei mir bleibst, Joel, verstehst du?«

Ich vermied ihren Blick. »*Wir* haben überhaupt nichts beschlossen.«

Mom schürzte die Lippen. »Ich kann es nicht fassen, dass du dich auf die Seite deines Vaters stellst. Er ist der, der eine Geliebte hat. Ich habe deinem Vater die besten Jahre meines Lebens geschenkt, und er dankt es mir, indem er mich betrügt und mir meinen Sohn wegnimmt.«

Ich ignorierte ihr Selbstmitleid. »Ich dachte, dass ihr euch trennt, ist eure gemeinsame Entscheidung gewesen. Oder hast du die Einzelheiten vergessen, weil es schon so lange her ist?«

Sie blies den Rauch durch die Nase aus. »Wenn du bei deinem

Vater leben möchtest, nur um mir wehzutun, mach das. Aber wenn du dir einbildest, er macht es dir leichter als ich, hast du dich geirrt. Dein Dad und ich haben die gleichen Werte.«

»Wovon redest du?«

»Du kommst nicht damit durch, egal bei wem von uns du lebst. Über gewisse Dinge waren wir uns immer einig. Und das ändert sich auch nicht, wenn wir uns trennen.«

Sie redete um den heißen Brei, und ich stand völlig auf dem Schlauch. »Okay ...«

Mom zerdrückte die Zigarette im Aschenbecher. »Ich weiß, du hältst mich für blöd, Joel. Aber vertrau mir, ich bin nicht blöd. Ich weiß alles, was unter diesem Dach vor sich geht.«

Ich stellte den Engel hin, den ich gerade geputzt hatte, und sah sie immer noch verständnislos an. »Mir ist sehr bewusst, dass du alles mitkriegst, Mom. Im Gegensatz zu mir, der nicht mal mitgekriegt hat, dass du und Dad seit drei Jahren eure Ehe vortäuscht, bist du ein wahrer Sherlock Holmes.« Inzwischen ließ ich das Passive fallen, und das Aggressive trat hervor.

Sie verschränkte die Arme vor der Brust. »Tja, dann wird es dich nicht überraschen, dass ich dein hübsches Bild gefunden habe. Das Bild, das du hinter der Badenixe versteckt hast, wo du dir eingebildet hast, ich würde es nicht finden.« Sie klang, als wäre ich fünf und hätte kindischerweise den Brokkoli unter der Serviette versteckt und gedacht, es würde keiner merken.

Ich zuckte zusammen, doch ich beherrschte mich; ich wollte nicht, dass sie sah, wie wütend ich war. »Wie kommst du darauf, dass ich es versteckt habe? Vielleicht brauchte ich nur einen Rahmen für ein sexy Mädchen. Schon mal darüber nachgedacht?«

Sie lachte schnaubend. »Wann hast du dir je das Foto eines Mädchens ins Zimmer gehängt? Ich musste nur den Rahmen sehen, und mir war klar, dass was dahintersteckte, was ich nicht sehen sollte.«

»Und da hast du natürlich nachgesehen.« Ich gab die Ausreden auf, weil sie mich sowieso durchschaut hatte. »Weil ich offensichtlich kein Recht auf Privatsphäre habe.«

»Ich lag richtig, oder?«

Ich seufzte. »Na und? Ich habe eine *Star-Wars*-Zeichnung. Ich wette, eine Million Eltern wären überglücklich, wenn das das Schlimmste wäre, was sie bei ihren Teenagern im Zimmer finden.«

»Tun wir nicht so, als wäre das das Schlimmste, was ich je bei dir gefunden habe«, konterte Mom. »Die Tatsache, dass du Sachen versteckst, lässt bei mir die Alarmglocken schrillen. Und dann noch etwas, von dem du genau weißt, dass es bei uns verboten ist.«

Ich stöhnte innerlich. »Nur damit ich dich richtig verstehe. Ich hätte wissen müssen, dass eine Zeichnung meiner Kollegen als *Star-Wars*-Figuren bei uns ›verboten‹ ist?«

Mom sah mich wütend an. »Sonst hättest du sie wohl nicht versteckt.«

»Na schön«, sagte ich und griff nach dem April-Engel. »Ich hätte die Zeichnung anzünden sollen, als ich sie geschenkt bekommen habe, und hätte die Flammen mit Weihwasser löschen sollen. Ist es jetzt gut?«

»Nein, ist es nicht«, entgegnete meine Mutter. »Nicht, bis du mir gesagt hast, warum du wieder Sachen vor mir versteckst.«

»Ich verstecke gar nichts!«, schrie ich. »Ich wollte nur nicht, dass du das Bild siehst.«

»Warum nicht?«, wollte sie wissen.

»Weil du *Star Wars* hasst«, antwortete ich.

»Hat das schwangere Mädchen dir die Zeichnung geschenkt?« Meine Mutter drehte sich im Kreis. »Hast du sie deswegen versteckt? Weil du denkst, ich heiße deine Freundschaft mit einem lockeren Mädchen nicht gut? Aber so voreingenommen bin ich nicht, Joel.«

Ihr letzter Satz war witziger als all ihre Versuche, Witze zu machen, nur dass sie ihn vollkommen ernst meinte. Aber ich sagte nur: »Sie hat einen Namen.« Allerdings brauchte ich eine Sekunde, bis er mir wieder einfiel. »Und nein, ich habe die Zeichnung nicht von Nicole.«

»Von wem dann?«, wollte sie wissen.

Ich überlegte, welchen Sinn es hätte, ihre Frage zu beantworten. Moms eigentliches Problem mit dem Bild war das *Star-Wars*-Motiv; aus irgendeinem Grund war das allein schon ein Schwerverbrechen. Sie wusste nichts von Maverick, oder warum er sich solche Mühe für mich gegeben hatte, oder dass er der eigentliche Grund war, warum ich nicht wollte, dass sie das Bild sah.

Was ich damit sagen will, ist: Ich hätte schwindeln können. Ich hätte einfach sagen können, Poppins hätte es gemalt. Dass sie in mich verknallt wäre und dachte, ich würde auf *Star Wars* stehen, weil ich bei der Arbeit Solo hieß. Ich hätte meiner Mutter sagen können, ich hatte das Bild angenommen, weil ich Poppins' Gefühle nicht verletzen wollte, und ich hatte es vor Mom versteckt, weil ich Moms Gefühle nicht verletzten wollte. Und dann hätte ich noch eins draufsetzen können, indem ich sagte, Poppins würde mir auch was bedeuten, aber ich wusste nicht, wie ich es ihr sagen sollte, weil ich seit Valerie ein gebranntes Kind war. All das hätte ich ihr erzählen und ausschmücken können, und Mom hätte keinen Schimmer gehabt, was wirklich dahintersteckte, weil es eine wasserdichte Lüge gewesen wäre. Und da diese Lüge zu einer für meine Mutter akzeptablen Version meines Lebens passte, hätte es wahrscheinlich keine weiteren Diskussionen über das Bild gegeben. Natürlich hätte Mom sich nicht dafür entschuldigt, dass sie bei mir herumgeschnüffelt hatte, aber wenigstens hätte das Märchen diese Unterhaltung beendet und mir keinen Ärger mehr eingebracht.

Ich hatte aber keine Lust zu lügen.

Ich würde gern behaupten, ich wollte nicht lügen, weil ich Lügen für falsch hielt, aber ich will euch nichts vormachen. Der wahre

Grund, warum ich meiner Mutter die Wahrheit erzählen wollte, war, dass sie komplett ausrasten würde, und in diesem Moment wollte ich ihr wehtun.

Es klingt vielleicht schlimm, so was über seine eigene Mutter zu sagen, aber es ist wahr, also sage ich es. Ich hasste sie für alles, was sie mir in den letzten neun Jahren angetan hatte. Und deshalb war ich von reiner Bosheit motiviert, als ich sagte, was ich als Nächstes sagte. Dass es außerdem die Wahrheit war, spielte nur eine Nebenrolle.

»Ein Typ aus der Videothek hat es für mich gemalt. Er ist schwul, und er ist in mich verknallt. Das Bild ist das schönste Geschenk, das ich je bekommen habe.«

Mom starrte mich sprachlos an, deshalb redete ich weiter.

»Ich meine, erst wusste ich nicht, dass er schwul ist. Aber gestern hat er mich irgendwie angemacht, und jetzt bin ich mir sicher.« Ich polierte den Engel fertig, dann stellte ich ihn hin. »Er sieht aus wie ein J.-Crew-Model.«

Ich sah zu, wie sich das Gesicht meiner Mutter zu allen möglichen Grimassen verzog, und fragte mich, ob ich an dem Abend, als ich Baby von Crystal erzählt hatte, auch so ausgesehen hatte. All die Zeit war meine Mutter paranoid gewesen, dass ich schwul sein könnte, was aus irgendeinem Grund ihre größte Angst war. Obwohl ich es nicht war, ließ ich die Information erst einmal sacken und gönnte ihr die verdrehte Genugtuung, dass sie mit dem Verdacht, der sie so quälte, die ganze Zeit recht gehabt hatte.

Aber ich hatte das dritte Newtonsche Gesetz vergessen (das ich gerade in Physik gelernt hatte), nämlich, dass auf jede Aktion eine gleich große, entgegengerichtete Reaktion folgt.

Und die gleich große, entgegengerichtete Reaktion meiner Mutter war: »Das war's mit der Videothek. Keine zwei Wochen Kündigungsfrist. Du gehst nicht mehr hin. Damit ist Schluss.«

»Was?«, schrie ich. »Das kannst du nicht machen!«

Sie hielt die Hand hoch, um mich zum Schweigen zu bringen. »Du wirst diesen Jungen nie wiedersehen.« Sie zündete sich noch eine Zigarette an. »Hast du mich verstanden?«

»Nein, ich habe dich nicht verstanden! *Ich habe dich noch nie verstanden!*« Ich verlor die Fassung. »Ich lasse nicht zu, dass du mir meinen Job wegnimmst, Mom! Ich bin kein Kind, und das ist kein Spielzeug! Das ist mein *Job*!«

»Du bist noch nicht achtzehn, Mister. Das hast du nicht zu entscheiden!« Sie stürmte zum Telefon. »Ich rufe jetzt deinen Vater an. Er ist auf meiner Seite.«

Als sie zu wählen begann, setzte nun wieder bei mir die gleich große, entgegengerichtete Reaktion ein, und die bestand darin, dass ich Moms Porzellanengel mit voller Wucht an die Wand schleuderte.

»Ich!« (Mai.) »Werde!« (Juni.) »Meinen!« (Juli.) »Job!« (August.) »Nicht!« (September.) »Kündigen!« (Oktober.)

Bei jedem Aufprall zuckte sie zusammen, und als die Engel in Scherben zersprangen, hinterließen sie tiefe Kerben in der Wand, die dem Makler garantiert nicht entgehen würden.

»Und ob«, knurrte Mom und riss den Hörer von der Gabel. »Weil du wieder in die Klinik wanderst! Du hast offensichtlich den Verstand verloren, Joel! Und ich mache das nicht noch einmal mit!«

In einem Punkt hatte sie recht. Ich verlor tatsächlich den Verstand. Ich verlor den Verstand, weil sie ihn mir raubte.

In den letzten neun Jahren hatte ich alles dafür getan, ein ganz NORMALER Junge zu werden, und ich hatte es endlich geschafft. Oder ich war nach dem ganzen Mist, den ich hinter mir hatte, wenigstens verdammt nah dran. Und das würde ich mir nicht kampflos nehmen lassen.

Falls ich unterging, würde ich sie mitnehmen.

Ich stampfte auf meine Mutter zu, bis ich ihren Rauch einatmete. »Ich gehe nicht wieder in die Klinik.« Meine Stimme war ruhig, aber fest. »Und wenn du versuchst, mich einliefern zu lassen, bringe ich mich um.«

Das war die Atombombe. Der Todesstern, wenn ihr so wollt. Ich hatte es immer gewusst, aber weil ich meiner Mutter nie so wehtun wollte, wie es diese Worte taten, hatte ich sie nie ausgesprochen. Aber sie ließ mir keine Wahl.

Wir standen Auge in Auge da. Ich hatte sie schwer getroffen, und ich wartete, dass sie zu bluten anfing.

Sekunden später brach sie in Tränen aus. »Bitte, Joel! Bitte nicht!«, schluchzte sie. »Bitte nicht! Ich tue alles! Lass uns bitte Hilfe holen.«

Ich stand über ihr, als sie weinte, und spürte, wie abwechselnd Wellen der Schuldgefühle und der Entschlossenheit über mich hinwegspülten. »Du bist die, die Hilfe braucht, Mom.«

Und dann ging ich.

KAPITEL 31

Dank meiner Paranoia nahm ich nicht das Auto, als ich das Haus verließ. Trotz allem besaß ich die Voraussicht, dass meine Mutter bei der Polizei anrufen könnte, worauf eine öffentliche Fahndung nach einem Chrysler LeBaron mit einem lebensmüden Ex-Irren am Steuer rausgehen würde. Stattdessen flüchtete ich still und leise auf Dads Zehn-Gang-Rad, dem Letzten, was von ihm noch in der Garage stand.

Ich war mir sicher, dass Mom auf Motorengeräusche lauschte, und nutzte den Vorsprung, bevor sie begriff, dass ich weg war, um an einen Ort zu fahren, wo sie mich niemals suchen würde: zu Baby.

Ich wusste nicht, ob Baby bei ihrer Wut auf mich lange genug auf Pause drücken konnte, bis ich ihr alles erzählt hatte, aber da ich keine Wahl hatte, ging ich das Risiko ein. Wenn sie endlich die Sache von meinen Eltern hörte, verzieh sie mir vielleicht sogar, was ich getan hatte. Oder auch nicht. Vielleicht wollte sie mir immer noch den Kopf abreißen. Ehrlich gesagt war es mir egal. Ich wollte trotzdem zu ihr.

Der Weg zu Baby war weit und kalt, und dank der zehn Zentimeter Schnee, die über Nacht gefallen waren und die keiner geräumt hatte, dauerte es noch länger. Zum Glück verlieh mir die Wut Flügel.

Ich war natürlich stinksauer auf meine Mutter, aber als ich durch den matschigen Schnee strampelte, kochte noch ein anderer alter, schaler Zorn in mir hoch. Wenn man so was erlebt wie das Schlimme, das passiert war, ist es, als steckte man sich mit einer unheilbaren Krankheit an. Egal was man gegen die Symptome macht, wenn sie auftreten (Therapie, Medikamente, Zeit), das Virus wird man nie richtig los. Es bringt einen vielleicht nicht um, aber es lauert für immer in deinem System, wo es ruht, nur um irgendwann wieder auszubrechen.

Der Streit mit meiner Mutter hatte die alte Krankheit geweckt, die sich jetzt mit der neuen Wut mischte, und als ich endlich bei Baby zu Hause war und keiner aufmachte (es war Dienstag und sie hatte Schule), hatte ich in der Einfahrt fast einen Nervenzusammenbruch.

Doch irgendwie schaffte ich es, mich zusammenzureißen (nach einer Menge Flüche ... einer *Menge*), und statt mit meinem aufgestauten Zorn Dads Fahrrad zu einer Brezel zu knoten und auf die Straße zu werfen, fuhr ich die verbleibenden Kilometer zu ROYO Video (wohin sonst?), wider bessere Einsicht hoffend, dass dort keine freundlichen Männer mit Zwangsjacken auf mich warteten.

Glücklicherweise war nur Hannibal da, der mich kaum beachtete, als ich mich mit wirrem Blick und halb erfroren durch die Tür schleppte. Ich wankte an ihm vorbei zum Pausenraum, wo ich mir Scarlets Decke schnappte. Dann schloss ich mich in der Kammer ein, legte mich auf den Boden und schlief sofort ein.

Es gibt zwei Sorten von Menschen auf der Welt: Die einen können nicht schlafen, wenn sie wütend sind, und bei den anderen schaltet das Gehirn auf dem Höhepunkt der Wut einfach ab. Ich gehöre zur zweiten Sorte, und das ist eine der wenigen Eigenschaften meines Gehirns, für die ich ihm dankbar bin, vor allem in diesem Moment, denn ich brauchte dringend ein Time-out.

Vier Stunden lang schlief ich tief und fest zwischen Cola-Kisten und M&M-Kartons. Es war ein dunkler, traumloser Schlaf, und auch dafür war ich dankbar.

Als ich irgendwann von allein wieder aufwachte, fiel das Nachmittagslicht durch die Glasbausteine des Fensters. Ich hatte seit dem Frühstück nichts mehr gegessen und durchsuchte die Snackvorräte, bis ich eine Tüte Combos-Käseflips fand, die niemand vermissen würde, und sie mit einem warmen Sunkist runterspülte (Obst ist wichtig). Dann überlegte ich, was ich tun sollte.

Mit inzwischen kühlerem Kopf konnte ich den Schlamassel, in den ich mich gebracht hatte, klarer sehen. Ich muss sagen, es war der größte Schlamassel seit Jahren, vielleicht sogar seit dem Bon-Jovi-Konzert. Die Drohung, *mich umzubringen*, war auf der Alarmglocken-Skala von eins bis zehn eine glatte Elf.

Zu meiner Verteidigung muss ich sagen, dass ich die Selbstmorddrohung nie ausgepackt hätte, wenn meine Mutter mir nicht den letzten Stoß versetzt hätte. Ganz ehrlich, ich habe keine Suizidgedanken; ich wollte Mom nur unmissverständlich klarmachen, dass ich mich auf gar keinen Fall wieder in die Klinik einweisen lassen würde. Und da mir im Kampf gegen meine Mutter nur wenige Waffen zur Verfügung standen, hatte ich im Eifer des Gefechts, als es hart auf hart kam, ihre Achillesferse ins Visier genommen. Leider fiel mir erst im Nachhinein auf, dass mein Gegenschlag gleichzeitig das wirksamste Mittel war, genau das Szenario einzuleiten, das ich um jeden Preis vermeiden wollte.

Jetzt würde mich meine Mutter erst recht einweisen lassen. Und bei den Ärzten würde ich mich auch nicht rausreden können. Suizid ist die größte Angst aller Psychiater, weil ihr Ruf auf dem Spiel steht, wenn sie ihren Patienten den Wunsch, sich umzubringen, nicht ausreden können. Auch Dr. Singh wäre garantiert auf Moms Seite, nachdem er schon nervös wurde, wenn meine Laune bei Sieben war und nicht bei Acht. Mit Selbstmord zu drohen war auf der *Wie-geht's-uns-heute*-Skala wahrscheinlich minus einhundert.

Verdammt. Ich wusste echt nicht, wie ich da wieder rauskommen sollte.

Die Rädchen in meinem Kopf drehten sich auf Hochtouren, ohne eine Lösung hervorzubringen, die an der Klapse vorbeiführte, als jemand am Türknauf rüttelte.

»Warum ist hier abgeschlossen?«, hörte ich Scarlets Stimme auf der anderen Seite, gefolgt von einem weiteren Versuch, die Tür zu öffnen. »Hannibal?«, rief sie. »Hast du die Kammer abgeschlossen?«

Ich schloss die Tür auf.

»Hallo«, sagte ich.

Scarlet war so erschrocken, dass sie fast das Gleichgewicht verlor. »O Mann, Solo? Was machst du hier drin?«

Ich öffnete die Tür weiter und zeigte auf die Decke. »Ich habe geschlafen.«

»Warum?«

»Warum nicht?«

»Okay ...« Scarlet ging an mir vorbei und holte einen Karton Druckerpapier. Dann blieb sie stehen. »Hat das was mit Baby zu tun?«

»Nicht direkt«, sagte ich. »Warum?«

Scarlet schob den Karton von einem Arm in den anderen. »Sie hat sich für den Rest der Woche freigenommen. Sie meinte, sie muss ihrer Mutter bei den Hochzeitsvorbereitungen helfen, aber das kaufe ich ihr nicht ab. Sie klang wütend. Oder traurig. Aber egal. Es war komisch, und das hier auch.« Sie zeigte auf die Decke. »Ich dachte, die zwei Sachen hängen vielleicht zusammen.«

»Sie hat mir nicht gesagt, dass sie sich freinimmt.« Ich seufzte. Es war zwar möglich, dass Kat Babys Hilfe bei der Hochzeit brauchte, aber wahrscheinlicher war, dass Baby mir aus dem Weg gehen wollte, und ich schämte mich wieder wegen des Kusses.

Scarlet legte die Stirn in Falten. »Ich dachte, ihr erzählt euch alles.«

»Offenbar nicht.«

Scarlet zögerte. »Heißt das, du hast ihr nicht von meiner Situation erzählt?«

»Welche Situation?«

Scarlet verpasste mir einen Blick, als müsste ich wissen, wovon sie redete, und da fiel es mir wieder ein.

»Nein, ich habe es Baby nicht erzählt, aber sie weiß es. Ich meine, wir haben es gleichzeitig gehört. Meine Mutter hat es erzählt.«

Scarlet wurde blass, als ihr klar wurde, wer noch alles von ihrem Geheimnis wusste. »Verdammte Tante Maureen«, murmelte sie vor sich hin. »Ich weiß, dass sie deine Mutter ist, Solo. Aber das war echt scheiße! Es geht sie überhaupt nichts an.«

»Du hast recht. Es tut mir leid.«

Scarlet fuhr fort. »Devin kann sie nicht ausstehen. Er hat mir erzählt, wie sie ihn zusammengeschissen hat, als er dich mal mit zu einem Konzert genommen hat. Er denkt, sie ist total verrückt.«

»Ja, dafür spricht manches.«

Scarlet lehnte sich an die Wand. »Heißt das, Baby hasst mich jetzt noch mehr? Hält sie mich für einen schlechten Menschen?«

»Nein«, sagte ich. Dann stellte ich klar: »Es hat nichts an ihrer Meinung geändert«, weil Baby Scarlet nie leiden konnte, aber das hatte nichts mit der Abtreibung zu tun.

Sie seufzte. »Ja, ganz bestimmt. Wahrscheinlich wartet sie nur auf die richtige Gelegenheit, es mir um die Ohren zu hauen. Wahrscheinlich, wenn sie ihr Baby hat und mir reindrückt, dass sie die beste Mutter auf der ganzen beschissenen Welt ist.«

Ich wollte nicht für Baby sprechen, aber ich war mir sicher, dass in ihrem Sinn war, was ich sagte. »Das würde sie niemals tun. Wenn überhaupt, glaube ich, dass Baby dich in dieser Sache versteht. Sie weiß, wie es ist.«

»Aber sie kriegt das Kind«, wandte Scarlet ein.

»Schon, aber ich glaube, wenn man in einer schwierigen Situation ist, versteht man andere, die in der gleichen Situation waren, auch wenn sie eine andere Entscheidung getroffen haben.«

Scarlet seufzte. »Na gut. Egal. Wie man so sagt – wenn man immer zurückblickt, verpasst man, was vor einem liegt.«

Ich sah sie an. »Wer sagt das?«

»Ich weiß nicht genau.« Sie hielt inne und dachte nach. »Ich glaube, ich habe es irgendwo gelesen.«

Plötzlich wurde es mir klar. Scarlet zitierte ein Motivationsposter. Ich kannte das Bild: Es zeigte einen Mann, der falsch herum auf einer Rolltreppe steht. Und ich wusste auch, wo ich das Poster gesehen hatte: in Dr. Schwartz' Praxis. Es hing im Wartezimmer. Jedenfalls hatte es vor zwei Jahren dort gehangen, als ich nach meiner Entlassung aus dem Weller-Clawson-Zentrum zur Nachkontrolle bei seinem Kollegen gewesen war.

Natürlich konnte Scarlet es auch sonst wo gesehen haben. Dr. Schwartz hatte bestimmt nicht die Exklusivrechte dafür. Aber Poster wie dieses hängen nur an ganz bestimmten Orten. An Orten, wo Leute mit Kindheits-Anämie behandelt werden.

Ich freute mich für Scarlet. Und ich war stolz auf sie. »Ja, das stimmt.«

Sie trug den Karton zur Tür. »Ich habe die Wohnung aufgeräumt«, sagte sie. »Du brauchst keine Angst mehr zu haben, dass du über irgendwas stolperst, wenn du das nächste Mal hochkommst, um dir die Haare schneiden zu lassen.« Sie zeigte auf meinen Kopf. »Warte nicht zu lang, sonst wächst der Schnitt raus.«

»Ich komme bald«, versprach ich, und sie ging.

KAPITEL 32

Poppins und der Pate übernahmen die Abendschicht, und keine von beiden fragte, warum ich in der Videothek herumhing, obwohl ich keinen Dienst hatte. Poppins war zu sehr damit beschäftigt, von ihrem Valentinstag-Date zu schwärmen, das sie am Freitag nach der Arbeit hatte (er hieß Jeremy und fuhr einen Camaro und er spielte – seufz! – in einer Band), während der Pate im obligatorischen Schwarz durchs Fenster den fallenden Schnee beobachtete.

Da ich nirgends sonst hinkonnte, versuchte ich mich zu beschäftigen, selbst wenn ich nicht dafür bezahlt wurde. Irgendwie musste ich die Zeit rumbringen, bis ich wieder zu Baby fahren konnte (diesmal würde ich ein Taxi nehmen), um sie auf Händen und Knien um Vergebung anzuflehen. Angenommen, wir vertrugen uns wieder – und dahinter stand ein fettes Fragezeichen –, würden wir gemeinsam überlegen, wie ich meinen Job behalten und die Klinik vermeiden konnte, während wir außerdem die Sache mit Maverick ins Reine brachten. Wenn man den letzten fünf Minuten jeder beliebigen Privatsender-Sitcom glaubte, ließen sich solche Konflikte leicht lösen, indem man einen guten Witz machte, in eine schlechte Verkleidung schlüpfte und/oder Umarmungen verteilte (ich war zu allem bereit), weil alles möglich ist, wenn zwei beste Freunde die Köpfe zusammenstecken.

Das Problem war: Immer wenn ich kurz davor war, zu ihr zu fahren, ließ ich mich von irgendeinem Filmplakat ablenken, das ausgetauscht werden musste, oder ein paar neuen Mitgliedschaftsformularen, die abzuheften waren (im Klartext: ich drückte mich), und dann musste ich mich jedes Mal von Neuem überzeugen, dass es eine gute Idee wäre, jemanden zu belagern, der mir mit aller Macht aus dem Weg ging.

Gegen Abend herrschte Hochbetrieb, und ich stand an der Kasse, solange die anderen Pause hatten. Der Trubel legte sich erst um neun, was bedeutete, jetzt oder nie, wenn ich zu Baby wollte.

Ich ging mit den Gelben Seiten und dem schnurlosen Telefon in den Pausenraum, um mir ein Taxi zu rufen, als ich aus dem Laden eine vertraute (aber völlig aus dem Zusammenhang gerissene) Stimme hörte.

»Ich habe vergessen, wie ihr ihn hier nennt«, sagte die Stimme. »Irgendwas aus *Star Wars*. Ich muss wissen, ob ihr ihn heute gesehen habt ...«

War das ... *Dad*?

Verdammt. Ich hätte wissen müssen, dass Mom ihn als Ein-Mann-Suchtrupp losschicken würde. Ich hätte ihn im Büro angerufen, wenn ich eine Chance gesehen hätte, dass Mom ihn nicht längst von meiner Unzurechnungsfähigkeit überzeugt hatte (sodass ich nicht mehr glaubwürdig war). Jetzt war es zu spät. Er war hier und würde bei seinem allerersten Besuch in der Videothek meine Tarnung als NORMALER Mensch auffliegen lassen.

Ich stürzte nach vorn in den Laden und sah, wie mein Vater mit einem Foto von mir herumwedelte, das er im Portemonnaie hatte. »Er ist seit heute Morgen verschwunden«, sagte er zu meinen verwirrten Mitarbeiterinnen. »Hatte er heute Dienst? War er hier?«

»Ich bin nicht verschwunden«, sagte ich, als ich aus dem Flur kam. »Ich bin hier.«

Er drehte sich um, und als er mich sah, seufzte er so laut, als hätte er stundenlang den Atem angehalten. »Gott sei Dank«, sagte er und wiederholte es noch zwölfmal, während er mich in einer linkischen Umarmung zusammendrückte, bis ich keine Luft mehr bekam.

»Ich kriege keine Luft mehr«, ächzte ich. Dad war weder groß noch stark, aber in dem Moment hatte ich das Gefühl, er würde mich zermalmen.

»Ich hatte solche Angst, dich zu verlieren!« Seine Stimme zitterte, als er den eisernen Griff lockerte.

»Jetzt hast du mich gefunden«, erinnerte ich ihn und holte tief Luft.

Poppins und der Pate suchten meinen Blick. Poppins sah besorgt aus, der Pate misstrauisch.

»Kennst du diesen Mann, Solo?«, fragte der Pate leise, während ihre Hand in ihre Handtasche glitt. »Soll ich ihn unschädlich machen?«

So neugierig ich war, was sie damit meinte, versicherte ich meinen Kolleginnen, dass alles gut war. Dann zog ich Dad in die Ecke des Ladens zu den staubigen Klassikern, die keiner wollte, und fing sofort mit den Entschuldigungen an.

»Es tut mir wirklich leid, Dad. Ich wollte dir keine Angst machen. Ich hatte nur einen Riesenstreit mit Mom, und ich wusste nicht, was ich tun sollte.« Zur Sicherheit sagte ich: »Ich hatte gerade das Telefon in der Hand, um dich anzurufen«, was gelogen war.

Der Ausdruck meines Vaters war irgendwo zwischen wütend und erleichtert. »Was zum Teufel ist heute Morgen passiert?«, fragte er mit fester Stimme, während er mir liebevoll den Nacken streichelte. »Deine Mutter war vollkommen außer sich, als sie anrief!«

Ich erklärte ihm meine Seite der Geschichte möglichst schnell und leise, damit es keiner mitbekam, und versuchte dabei, das mit der Selbstmorddrohung herunterzuspielen. »Ich habe das nur gesagt, um ihr wehzutun, Dad, und ich weiß, dass es total falsch von mir war. Es tut mir wirklich leid. Ich würde so was niemals tun. Das schwöre ich.«

Mein Vater sah aus, als würde er mir gern glauben, aber nach dem Schlimmen, das passiert war, konnte ich sein Zögern verstehen. Doch er hörte mir zu, und wenn man in meinen Schuhen steckt, ist man schon froh, wenn man aus Mangel an Beweisen freigesprochen wird.

»Es war also dieses Bild, mit dem alles angefangen hat?«, stellte Dad klar, als ich fertig war. »Deine Mutter wollte dich einweisen lassen, weil dir jemand ein Bild gemalt hat?«

»Mehr oder weniger«, sagte ich. Dann fügte ich hinzu: »Und weil ich es versteckt habe«, was Mom gegenüber fairer schien, obwohl sie wahrscheinlich genauso ausgerastet wäre, hätte ich es ihr gleich gezeigt.

Dad rieb sich seufzend das Kinn. »Verdammt, Maureen.« Er sah mich lange an (was sich komisch anfühlte, aber ich hielt es aus), bevor er fragte: »Joel, kommst du mal kurz mit raus zum Wagen?«

Weil sein *Verdammt* gegen meine Mutter gerichtet war und nicht gegen mich, hoffte ich, dass es sich nicht um eine Falle handelte, als ich ihm folgte.

Im Wagen war es noch warm, als ich die Beifahrertür öffnete. Er stieg auf der Fahrerseite ein und räumte mir Platz zwischen den Kisten frei, die er aus dem Haus geräumt hatte.

»Ich bereue vieles in meinem Leben, Joel«, begann er, als er bereit war. »Wahrscheinlich geht es allen Männern in meinem Alter so, aber nach dem, was unsere Familie mitgemacht hat, wage ich zu behaupten, ich bereue mehr als der Durchschnittstyp. Doch ich kann nichts tun, um etwas daran zu ändern. Das Einzige, was ich tun kann, ist, mir alle Mühe zu geben, meine Fehler nicht zu wiederholen.« Er knipste das Licht an, suchte nach einem bestimmten Karton und stellte ihn mir auf den Schoß. »Hier. Mach ihn auf.«

Als ich den Deckel öffnete, klappte mir die Kinnlade herunter. Oben auf meinen He-Man-Figuren lag mein original *Star-Wars-*

Han-Solo-Blaster mit der Bohrspirale in all seiner schwarz-gelben Plastikpracht.

»Mensch, Dad!«, rief ich glücklich. »Unglaublich! Du hast ihn wiedergefunden!«

»Ich habe ihn nicht wiedergefunden«, entgegnete er. »Ich wusste die ganze Zeit, wo er war.«

Ich nahm den Blaster aus der Kiste und drückte den Plastikauslöser. Die Spirale ruckelte ein bisschen, aber sie bewegte sich noch. Meine Hände waren viel größer als beim letzten Mal, als ich ihn gehalten hatte, und der Blaster fühlte sich leichter als früher an. Doch das vertraute Gefühl löste immer noch eine Flut von Erinnerungen aus, und ich sah verschwommen. »Ich dachte, Mom hätte ihn weggeworfen.«

»Das denkt sie auch, aber ich habe ihn gerettet«, erklärte Dad. »Ich habe auch vieles anderes gerettet, das sie wegwerfen wollte.« Er zeigte auf eine andere Kiste, auf der CRAIGS AUTOHEFTE stand. Dad sah mich an. »Ich habe nie Autozeitschriften gesammelt«, sagte er und nahm den Deckel ab.

Darin lagen alle drei *Star-Wars*-Videokassetten und weitere Actionfiguren, ein paar Bon-Jovi-Poster und mehrere T-Shirts, die nicht mir gehörten, die meisten davon grün.

»Warum hast du das alles aufgehoben?«, fragte ich, den Blaster immer noch an mich gedrückt.

Er zuckte die Schultern. »Wahrscheinlich aus demselben Grund, aus dem Mom es loswerden wollte. Die Sachen erinnern mich an früher.« Dad räusperte sich, als auch er von seinen Gefühlen übermannt wurde. »Ich will vor der Vergangenheit keine Angst mehr haben, Joel. Ich kann nicht so weiterleben, aber deine Mutter … Sie kann nicht anders. Deswegen können wir nicht mehr zusammen sein.«

»Ich verstehe.«

»Ich weiß, dass das meiste nicht deins ist, aber ich will trotzdem, dass du die Sachen hast«, sagte Dad. »Ich meine, wenn du willst. Wir können sie in meiner neuen Wohnung aufbewahren, damit du dir keine Sorgen wegen Mom machen musst.«

»Ich will sie«, sagte ich. »Ich will alles.«

Dad nickte, und bevor er die Kiste wieder zumachte, zog er etwas hinter dem Sitz hervor. »Willst du das auch behalten?«

Es war Mavericks Zeichnung. Mom hatte sie ihm wahrscheinlich als Beweis gegeben, dass Maverick mein Liebhaber war, bevor sie ihn losgeschickt hatte, um mich einzufangen.

»Ja ...«, sagte ich zögernd für den Fall, dass es diesmal eine Falle war. »Es bedeutet mir viel.«

»Klar.« Dad legte das Bild auf die T-Shirts und schloss den Deckel der Kiste. »Der Zeichner ist ein echter Künstler«, war alles, was er dazu sagte. Dad wusste, dass das *Star-Wars*-Bild zwischen Mom und mir den Dritten Weltkrieg ausgelöst hatte, und es schien ihn nicht zu stören. Daraus schöpfte ich den Mut, um ihm meinen Fall darzulegen.

»Mom hat gesagt, ich muss meinen Job kündigen und wieder in die Klinik. Aber ich will auf keinen Fall kündigen und ich will auf keinen Fall in die Klinik.«

Dad holte tief Luft. »Hast du vor, dir etwas anzutun?«, fragte er mit bohrender Ernsthaftigkeit. »Und bitte, Sohn. Sag mir die Wahrheit.«

»Nein. Ich schwöre es, nein«, sagte ich. »Das würde ich niemals tun, Dad. Bis auf heute Morgen bin ich wirklich so froh wie seit ... du weißt schon. Außerdem habe ich jetzt meinen Blaster wieder.«

Er fand es nicht lustig (wahrscheinlich weil es nicht lustig war). Er sah mich nur sehr nachdenklich an. Schließlich sagte er: »Ich werde nichts unterschreiben, was dich gegen deinen Willen in die Klinik bringt, Joel. Das tue ich nie wieder. Du bist so gut wie erwachsen, und wenn du das Gefühl hast, du musst nicht in die Klinik, dann nehme ich dich beim Wort.« Ich sah ihm an, dass er besorgt war, und deswegen war ich ihm umso dankbarer für seine Unterstützung. »Deine Mutter wird stinksauer sein, dass ich mich gegen sie stelle«, sagte er. »Aber was soll sie machen? Die Scheidung einreichen?«

Diesmal lachten wir beide.

»Am besten hältst du ein paar Tage den Ball flach, bis sie sich wieder beruhigt hat. Ich glaube sowieso, eine kleine Pause täte euch beiden gut«, riet er mir. »Ich schlafe zurzeit bei einer Bekannten, deshalb kann ich dir noch kein Zimmer anbieten. Hast du einen Ort, wo du ein paar Tage übernachten kannst? Vielleicht das Mädchen, das schwanger ist? Oder soll ich dir ein Hotelzimmer mieten?«

»Ich finde schon was«, versicherte ich ihm. »Vielleicht verlasse ich die Stadt. Ich meine, wo bleibt der Spaß, wenn man auf der Flucht ist und nicht mal aus dem Viertel rauskommt?«

»Keine schlechte Idee. Du könntest ein paar Tage nach Fairfax fahren. Deine Großeltern würden sich freuen«, schlug Dad vor.

Wieder lachte ich. Dad war heute ein richtiger Komiker.

»Ernsthaft, Joel«, sagte er. »Es würde dir guttun. Mir tut es immer gut.«

Seit dem Schlimmen, das passiert war, war Dad der Einzige von uns, der hin und wieder nach Virginia zurückfuhr. Gewöhnlich verbrachte er im Sommer eine Woche bei seiner Familie. Wegen meiner Macke hatten meine Eltern es bisher nie für eine gute Idee gehalten, dass ich mit ihm fuhr, und ich hatte nie protestiert.

»Mir fällt schon was ein.«

»Na gut«, sagte er. »Tu, was du tun musst.« Dann gab er mir eine Telefonnummer, unter der ich ihn erreichen konnte, und fünfzig Dollar für Essen. »Ich denke mir eine Ausrede für deine Mutter aus. Aber es wird auf jeden Fall eine Lüge, also spiel einfach mit, wenn du zurückkommst, egal was sie sagt.«

Ich war einverstanden und dankte ihm.

»Bevor du gehst, habe ich noch was für dich.« Er griff in die Jackentasche und zog eine wattierte Plastiktüte von JCPenney heraus. »Ich habe heute an vielen Orten nach dir gesucht. Auch im Einkaufszentrum. Und wo ich schon mal da war, habe ich dir das hier mitgebracht.«

Ich nahm die Tüte an und spähte hinein.

»Ich weiß nicht, ob du sie anziehst oder nicht«, sagte Dad. »Aber ich wollte, dass du sie hast. Nur für den Fall.«

Ich griff in die Tüte und zog eine rosa Krawatte heraus.

»Ich wollte dir noch sagen …«, begann er. Er holte ein paarmal Luft, dann setzte er noch mal an. »Ich will, dass du eines weißt: Was immer du willst, das will ich für dich, Joel. Ich meine es ernst. Rosa Krawatte. Blaue Krawatte. Lila Krawatte. Es spielt keine Rolle für mich. Du hast keine Macke, Joel. Egal welche Farbe deine Krawatte hat.« Er räusperte sich. »Ich habe dich lieb.«

Die Geste war vielleicht klein, aber der Moment war riesengroß. So groß, dass viele Momente, die sich groß angefühlt hatten, klein dagegen wirkten. So groß, dass der Moment manche von Dads Irrtümern der Vergangenheit aufwog. So groß, dass der Moment eine neue Seite aufschlug und Dad und mir eine nagelneue Tabula rasa schenkte.

Ich nickte, als ich sein Geschenk in der Hand hielt. »Ich weiß, Dad«, sagte ich. »Ich habe dich auch lieb.«

KAPITEL 33

Wie so häufig in Michigan Mitte Februar führte heftiger Schneefall dazu, dass am nächsten Tag die Schule ausfiel. Die Straßen waren erst am frühen Nachmittag geräumt, und dann schleppten die örtlichen Mütter ihre vom Stubenhocken aufgedrehten Kinder zu ROYO Video in der Hoffnung, dem unerwartet schulfreien Tag dank eines Films zwei ruhige Stunden abzutrotzen.

Zumindest war das meine Erklärung, als das schrille Gejammer durch den Flur hallte: »*Mom*, ich will *Die Schwanenprinzessin* sehen, nicht *In einem Land vor unserer Zeit*!« Ein Blick auf die überwiegend minderjährige Menge vorne im Laden bestätigte meinen Verdacht. Wenn Schule war, war nie so viel los.

Nach dem Wut-Schlaf am Vortag war mein Biorhythmus durcheinander, und ich hatte bis vier Uhr früh Videos geglotzt, bis ich auf der Couch im Pausenraum eingeschlafen war. Als ich wieder aufwachte, stellte ich fest, dass bereits Nachmittag war und ich diesmal wirklich den Tag verschlafen hatte.

Ich bediente mich an Pizzaresten und abgestandener Limo, der fadenscheinige Versuch eines gesunden Frühstücks, aber ich hatte sowieso nicht viel Appetit. Das schlechte Gewissen lag mir schwer im Magen. Nachdem mein Vater die Drohung meiner Mutter entschärft hatte, wurde mir erst bewusst, wie mies es war, was ich zu ihr gesagt hatte. Ich weiß nicht, ob es jedem so geht, aber selbst wenn ich meine Mutter manchmal für alles hasste, was sie mir antat, schämte ich mich trotzdem, dass ich ihr wehgetan hatte. Egal ob sie mich provoziert hatte.

Mein Vater hatte recht, dass ich den Ball flach halten sollte, aber ich wusste nicht, wie viel Raum und Zeit ich meiner Mutter geben sollte, bevor ich wieder nach Hause ging. Zu viel oder zu wenig könnte die Lage verschlimmern, und ich wollte auf keinen Fall eine Fortsetzung unseres Streits – wie jeder weiß, waren Fortsetzungen immer schlechter als das Original.

Das Telefon klingelte, als ich gerade fertig gefrühstückt hatte, und weil vorne im Laden Hochbetrieb war, ging ich ans schnurlose.

»ROYO Video, Han Solo am Apparat. Wie kann ich helfen?«

»Hey, Solo.«

Ich schnappte nach Luft. »Baby?«

»Ja. Ich bin's.«

»Wie geht es dir?« Ich war so glücklich über ihren Anruf, dass mir nichts Originelleres einfiel.

Sie ignorierte die Frage. »Arbeitest du gerade oder hängst du nur so in der Videothek rum?«

»Nur so«, gab ich zu.

»Hätte ich mir denken können.«

»Hör zu«, begann ich, um die Gelegenheit am Schopf zu packen, »es tut mir wahnsinnig leid wegen allem. Du hattest total recht, es war richtig doof von mir, dich zu küssen ...«

»Solo, hör auf«, schnitt mir Baby das Wort ab. »Ich will nicht darüber reden, okay?«

»Echt nicht? Aber du hattest recht. Ich habe mich total danebenbenommen.«

»Ich weiß. Jetzt hör auf damit«, sagte sie ungeduldig. »Es ist mir egal.«

Ich war verblüfft. Mit dem Kuss hatte ich eine Million unausgesprochene Regeln unserer Freundschaft gebrochen, und sie hatte jeden Grund, sauer zu sein. Dass mich Baby einfach so vom Haken ließ, war nicht nur überraschend, es war verdächtig. »Ist alles in Ordnung?«

»Kannst du mich bitte abholen?« Sie klang ziemlich müde. »Ich muss wohin und ich will nicht allein gehen.«

Sofort vergaß ich meinen Argwohn und überließ mich dem plötzlichen Gezeitenwechsel. Wenn Baby mich um sich haben wollte, würde ich keine Zeit damit verschwenden, ihre Motive zu hinterfragen.

»Ja, natürlich!«, sagte ich und suchte nach meinem Autoschlüssel. Da fiel es mir ein. »Oh, Mist. Ich habe kein Auto. Ich bin mit dem Fahrrad unterwegs. Es dauert ein bisschen, aber ich fahre gleich los.«

»Mit dem Fahrrad? Was soll das, Solo? Wo ist dein Auto?«

»Lange Geschichte. Es ist eine Menge passiert, seit wir uns das letzte Mal gesehen haben.«

»Wem sagst du das«, seufzte Baby. »Egal. Komm einfach her. Per Anhalter, wenn es sein muss, mir egal.«

»Alles klar.« Ich zog mir die Jacke an. Ihr Ton weckte wieder meine Sorge, dass etwas nicht stimmte, und ich konnte nicht auflegen, bevor ich noch mal nachfragte: »Ist wirklich alles in Ordnung, Baby?«

»Alles in Ordnung«, war ihre Antwort. »Wir sehen uns gleich.« Dann legte sie auf.

Zwei Minuten später strampelte ich wieder mit dem Zehn-Gang-Rad über die verschneiten Bürgersteige. Doch diesmal ging es besser, weil ich wusste, dass am Ziel Baby wartete und sie mich nicht hasste.

Das Herz klopfte mir bis zum Hals, als ich klingelte, sowohl wegen des Rekordtempos, mit dem ich hergeradelt war, als auch aus Vorfreude, sie zu sehen.

»Hey«, sagte Baby, als sie die Tür aufmachte. Sie stand in eine Decke gewickelt im Flur, das Haar in einem struppigen Knoten, das Gesicht kreidebleich.

Sie war ein Labsal für meine müden Augen. »Hey!«, antwortete ich enthusiastischer als sie. Ich widerstand dem Impuls, sie an mich zu reißen, weil ich mit meiner letzten einseitigen Zärtlichkeitsgeste fast unsere Freundschaft zerstört hätte. »Ich freue mich sehr, dich zu sehen.«

»Ebenfalls«, sagte sie ohne ein Anzeichen jeglicher Freude.

Ich zog die Schuhe aus und stellte sie auf den Vorleger, dann folgte ich ihr ins Wohnzimmer. »Bist du froh, dass wegen dem Schnee die Schule ausgefallen ist?«, war mein Versuch, eine Unterhaltung anzufangen.

»Es hat geschneit? Habe ich gar nicht gesehen.«

»Oh. Bist du krank?«, riet ich, indem ich Babys Tod-auf-Latschen-Look und die Tatsache, dass sie nicht in der Schule war, kombinierte.

»So was Ähnliches.« Sie ließ sich auf die Couch fallen und nahm offenbar die gleiche Stellung wieder ein, in der sie sich vor meiner Ankunft befunden hatte.

Ich setzte mich in den Sessel. »Soll ich dich zum Arzt bringen?«

Sie zog das Laken enger um sich und seufzte. »So ähnlich. Ich muss ins Krankenhaus.«

Ich erschrak. »Ins Krankenhaus?«, wiederholte ich. Dann fiel mir ein, dass Baby schwanger war. »Glaubst du, das Baby kommt?«

Vielleicht war die Frage dumm, aber ich kannte mich eben nicht aus. Wie wahrscheinlich die meisten Jungs in meinem Alter hatte ich null Erfahrung mit Geburten. In Filmen kamen keine auf dem Sofa schmollenden Leute vor, wenn es um das Thema ging. Wenn im Kino und Fernsehen Frauen Babys bekamen, hechelten, stöhnten und kreischten sie und schrien nach einer »gottverdammten PDA« (keine Ahnung, was das war), während sie den Kindsvätern die Pest an den Hals wünschten, weil sie sie geschwängert hatten und die Wehen so hardcoremäßig wehtaten.

»Nein, das Baby kommt nicht«, versicherte Baby. Dann hob sie zu meinem Schock die Decke und sagte: »Der Zug ist abgefahren.«

Mir fielen fast die Augen aus dem Kopf. Der riesige Bauch, den sie bei unserer letzten Begegnung vor sich hergeschoben hatte, war weg, und stattdessen schlug das ausgeleierte, viel zu große T-Shirt von Pauly Shores *Jury Duty* Falten.

»O Gott!«, rief ich schockiert. »Was ist passiert?«

Baby zuckte die Schultern. »Die ›Krämpfe‹, die ich neulich hatte, als du dich danebenbenommen hast?« Sie verzog das Gesicht. »Anscheinend waren das die Wehen.«

Ich starrte wie gebannt auf Babys eingefallenen Bauch. »Du hast das Baby schon gekriegt? Du meinst, es ist weg? Es ist rausgekommen?«

Baby verdrehte die Augen. »Ja, Joel, mit ein bisschen Anstrengung ist es rausgekommen.«

»Oh«, war meine wortgewaltige Reaktion auf diese gewaltige Neuigkeit. Vielleicht hätte ich nicht so überrascht sein sollen, denn eine Geburt ist das typische Ende einer Schwangerschaft, doch andererseits hatte ich noch nicht damit gerechnet, dass Babys Schwangerschaft zu Ende war, und deshalb war ich überrumpelt.

Weil sie nicht auf eine besser formulierte Antwort warten wollte, redete Baby weiter. »Als ich nach Hause kam, ist die Fruchtblase geplatzt – was übrigens total ekelhaft war. Dann hat Kat mich ins Krankenhaus gebracht, und der Muttermund war schon sechs Zentimeter geöffnet.«

Ich nickte, ohne genau zu wissen, wo die Furchtblase oder der Muttermund waren.

»Ab da war alles verschwommen. In allen Büchern, die ich gelesen habe, steht, solche Sachen können bis zu vierzig Stunden dauern und am Ende müssen die Ärzte einem das Ding trotzdem aus dem Bauch schneiden. Falls das stimmt, weiß ich nicht, wie die Leute es überleben, weil, bei mir hat es nur zwei Stunden auf die altmodische Art gedauert, und es hat so saumäßig wehgetan, dass ich dachte, ich sterbe.«

Es war surreal, Baby zuzuhören, als würde sie mich bei meiner Lieblingsserie auf den neuesten Stand bringen: *In einem* Baby-und-Solo-*Special heute Abend erlebt Baby den bedeutendsten Moment in ihrem Leben, während Solo bei ROYO Video den Staubsauger poliert, um seine fragilen Gefühle zu ordnen. Kanal und Sendetermin finden Sie in Ihrer Fernsehzeitschrift.*

Baby erzählte weiter: »Es war, als hätte ich in einem Moment die schlimmsten Bauchschmerzen meines Lebens, und im nächsten drücke ich einen Fußball durch ein golfballgroßes Loch in meinem Körper, und im übernächsten bringt mir die Krankenschwester eine Schüssel Pudding, als wäre nichts passiert.« Sie sah mich an. »In der Zwischenzeit ist die Weltbevölkerung um einen Menschen angestiegen, und niemanden schien es groß zu beeindrucken.«

»Nicht mal dich?« Ich wusste nicht, ob die Frage angemessen oder auch nur fair war, aber sie kam einfach raus. »Ich meine, war alles in Ordnung?«

»Ich glaube schon. Ich habe das Baby nicht gesehen«, antwortete Baby nach einer langen Pause. »Ich meine, ich habe gesehen, wie die Ärzte es mitgenommen haben, sobald es draußen war, aber ich habe es nicht im Arm gehalten und es mir angesehen oder so was. Ich wollte auch nicht wissen, ob es ein Mädchen oder ein Junge ist. Ich wollte, dass die Schwester es direkt zu der Mutter bringt, die es adoptiert. Ich dachte, das wäre das Richtige, verstehst du?«

Baby löste ihr Haar aus dem unordentlichen Knoten und ließ es über ihre Schultern fallen. »Der erste Mensch, der das Baby hält, sollte seine Mutter sein. Ich weiß, dass es wahrscheinlich keinen großen Unterschied macht, aber ich wollte niemanden in Verwirrung stürzen.«

Mit »niemand« meinte Baby das Baby, aber wahrscheinlich auch sich selbst.

»Also, ja. Ich habe ein Baby zur Welt gebracht, das ich nicht gesehen habe, und ich weiß weder sein Geschlecht noch seinen Namen«, fasste sie zusammen. »Ist das verrückt?«

Aus Erfahrung wusste ich, solange jemand den Verstand besaß, jemand anderes zu fragen, ob etwas verrückt war, war es das meistens nicht. Verrücktsein ist ziemlich unbewusst, und es schien mir, als hätte Baby in die Entscheidungen, die sie getroffen hatte, logisches Denken gesteckt. »Nein. Es klingt, als hättest du getan, was du tun musstest.«

»Ja, und jetzt muss ich noch etwas tun.«

»Was denn?«

Baby sah auf die Uhr. »Ich muss mich zu irgendeiner offiziellen Sache mit den Adoptiveltern treffen, bevor sie das Baby aus dem Krankenhaus mitnehmen dürfen.«

»Was für eine offizielle Sache?«

»Ich weiß nicht genau, aber das Baby wird da sein, und ich auch. Und deswegen bist du hier.« Baby strich sich durchs Haar. »Ich will nicht allein sein, wenn ich das Kleine zum ersten Mal sehe. Ich meine, Kat kommt auch, aber ... ich weiß nicht. Ich will einfach noch jemanden dabeihaben.«

Ich fühlte mich geehrt. »Ich bin richtig gut darin, noch jemand zu sein«, sagte ich. »Ich will nicht angeben, aber ich kenne niemanden, der so gut darin ist, noch jemand zu sein, wie ich.«

Baby zwang sich zu einem Lächeln, das nicht halbmondförmig war. »Dann ziehe ich mich mal an.« Sie stand auf, aber dann blieb sie noch mal stehen. »Ich weiß, du hast gesagt, dass dir in den letzten Tagen auch ziemlich viel passiert ist, aber im Moment kann ich mich mit keinem anderen Mist auseinandersetzen als meinem eigenen. Solange es nicht Crystal ist, die mit irgendeiner bahnbrechenden Erkenntnis über das Leben nach dem Tod bei dir aufgekreuzt ist, können wir uns heute bitte nur um mich kümmern?«

»Kein Problem«, sagte ich. »Crystal hat sich nicht blicken lassen. Der heutige Tag gehört ganz allein dir.«

»Verdammt«, sagte Baby. Dann ging sie sich anziehen.

Auf der Fahrt zum Krankenhaus hörten wir Hole, und am Rückspiegel hing ein neuer Kokosduftbaum. Das sind die Details, an die ich mich erinnere, weil unsere Sinnesorgane, wenn wir etwas Außergewöhnliches erleben (wie ins Krankenhaus zu fahren, um das Kind einer Freundin kennenzulernen, von dem du dachtest, es wäre noch nicht geboren), auf Hochtouren laufen. Kein Witz; es stimmt. Unsere Sinne und unsere Gefühle sind eng miteinander verbunden, genau wie unsere Sinne und unsere Erinnerungen. Deswegen musste meine Mutter nach meinem letzten Klinikaufenthalt von Meister Proper zu Pine-Sol wechseln – ich konnte Meister Proper nicht mehr riechen. Deswegen kann ich die Ratschläge sämtlicher Motivationsposter herunterrasseln, die ich in psychiatrischen Einrichtungen gelesen habe. Und deswegen kann mich die Farbe Grün jederzeit aus der Fassung bringen.

Während Baby am Steuer saß, überlegte ich, welche Verbindungen ihr Gehirn wohl in den letzten drei Tagen geknüpft hatte. Ob sie in den kommenden Jahren je wieder Courtney Love »Violet« grölen hören konnte, ohne an die Autofahrt zum Krankenhaus zu denken, um ihr Kind kennenzulernen. Konnte sie je wieder Pudding essen, ohne daran zu denken, dass es das Erste war, was sie nach der Geburt bekommen hatte? Würde sie den Kuss von mir für immer mit ihren Wehen in Zusammenhang bringen? Damit kein Missverständnis aufkommt: Ich hatte keine Intention, Baby wieder zu küssen. (Beim ersten Mal hatte ich auch keine Intention gehabt, dass möchte ich an dieser Stelle wiederholen.) Aber die Vorstellung, die wandelnde Erinnerung an eine wirklich extreme Erfahrung in Babys Leben zu sein, bereitete mir Sorgen, und zwar aus diesem Grund:

Ich wusste, es war egoistisch, an diesem Tag, an dem es ausschließlich um Baby ging, an mich zu denken, aber nach dem Schlimmen, das passiert war, hatten meine Eltern beschlossen, den gesamten Staat Virginia aus unserem Leben herauszuschneiden, weil er ein großer, dicker Zeigefinger war, der auf schmerzhafte Dinge zeigte. Versteht mich nicht falsch, ich weiß, dass das Schlimme, das passiert war, nicht mit der Adoption von Babys Baby vergleichbar ist, aber beides waren zutiefst emotionale und potenziell traumatische Ereignisse. Je nachdem wie Babys Lebensweg weiterging, konnte es sein, dass sie die Hole-CD wegschmiss und nie wieder Pudding aß, falls diese Dinge sie zu sehr an die schwere Zeit erinnerten. Aus den gleichen Gründen könnte sie dann vielleicht auch mich loswerden wollen, und davor hatte ich eine Heidenangst. Ich hoffte natürlich, unsere Freundschaft hatte genug positive Seiten, um die schmerzhaften Erinnerungen, die ich bei ihr auslösen könnte, aufzuwiegen, aber sicher war ich mir nicht. Schließlich gab es in Virginia außer Fairfax Hunderte von Städten, wo wir hätten hinziehen können, aber wir waren bis nach Michigan gegangen und hatten nie zurückgeblickt.

Nach der Hälfte von »Doll Parts« parkte Baby im Parkhaus des Beaumont Hospital. Sie stellte die Musik ab, aber ließ den Motor laufen.

»Ich glaube, es ist besser, wenn du mir sagst, ob es ein Mädchen oder ein Junge ist«, sagte Baby. »Ich habe genug zu verdauen, wenn ich das Baby sehe, wahrscheinlich ist es gut, wenn ich eine Überraschung schon hinter mir habe.«

»Bist du dir ganz sicher?« Ich hatte das Geheimnis seit Weihnachten gehütet, was angesichts meiner Übung im Verdrängen nicht schwer gewesen war.

Baby nickte. »Ich will es wissen.«

Ich öffnete meinen Geldbeutel, nahm den Zettel, den Baby mir gegeben hatte, aus dem Scheinfach und reichte ihn ihr.

»Du hast ihn behalten?«

Es war eindeutig eine rhetorische Frage, deshalb antwortete ich nicht. Ich sah nur zu, wie sie den Zettel auseinanderfaltete und las, was darauf stand.

»Mädchen«, sagte sie, nickte und atmete tief durch. »Ich habe eine Tochter bekommen.«

»Das hast du«, sagte ich. »Gut gemacht.«

Sie faltete den Zettel wieder zusammen und behielt ihn in der Hand. »Ich hoffe, sie haben ihr einen guten Namen gegeben«, sagte sie irgendwann. »Wenn sie sie Taylor nennen, mache ich einen Aufstand.«

»Ich dachte, du wolltest den Namen aussuchen?«

Sie schüttelte den Kopf. »Ich habe den Adoptiveltern nur einen Vorschlag gemacht. Ich weiß nicht, ob sie ihn angenommen haben.« Dann sagte sie: »Ich meine, *ich* habe die Eltern ausgesucht, also kommt der Name am Ende sowieso irgendwie von mir.«

Ich verstand, was sie meinte. Trotzdem fragte ich: »Sagst du mir, wie du sie nennen wolltest? Nur damit ich, wenn wir dort sind, weiß, ob sie ihn übernommen haben?«

»Ich habe keinen konkreten Namen genannt. Ich habe ihnen eher eine Bedeutung empfohlen.« Baby fuhr sich durchs Haar. »Ich habe ihnen gesagt, egal ob es ein Junge oder ein Mädchen ist, ich hätte gern, dass der Name des Babys ›Sieg‹ bedeutet.«

»Oh«, sagte ich. »Wie deiner.«

»Beinahe. Meiner heißt ›siegreich‹«, berichtigte sie mich. »Was als Bedeutung wahrscheinlich ganz okay ist. Aber das bin nicht unbedingt *ich*. Ich meine, ein Mensch wird nicht siegreich geboren. Man wird erst siegreich, indem man etwas erreicht. Einen Sieg zum Beispiel.« Baby hatte die gleichen Schlussfolgerungen gezogen wie ich. »Ich weiß auch nicht. Vielleicht ist es blöd, aber wenn der Name des Babys Sieg bedeutet, legitimiert es irgendwie, dass ich Nicole heiße.«

Für mich legimitierte nichts, dass Baby Nicole hieß, aber ich fand es gut, dass sie ihr Baby trotz allem für einen Sieg hielt. Jedes Kind sollte das Glück haben, dass seine Mutter einen Sieg in ihm sah.

»Meinst du, sie haben sie Victoria genannt?«, fragte ich.

»Wahrscheinlich«, sagte sie wenig begeistert. »Aber wenn, nenne ich sie Tori, nicht Vicky«, erklärte sie mir. »Als Kind, das den großen Teil der Grundschulzeit auf dem Schulhof Zicki-Nikki genannt wurde, will ich meiner Tochter ähnliche Demütigungen ersparen.«

»Das ist ein guter Grund.« Aber dann kamen mir Bedenken. »Es könnte auch sein, dass sie sie Idio-Tori nennen. Das wäre noch schlimmer.«

Baby seufzte. »Ich habe keine Hemmungen, ein paar Achtjährige übers Knie zu legen, wenn es sein muss.«

Ich stimmte ihr zu. »Bist du bereit?«

Ich rechnete mit etwas in der Art von: »Jetzt oder nie«, aber stattdessen seufzte Baby wieder und sagte: »Scheiße ...«, was wohl aufs Gleiche hinauslief.

Dann stiegen Baby und ich ohne weiteres Wort aus und gingen zusammen los, um ihre Tochter kennenzulernen.

KAPITEL 34

Die Leute, die den Wartebereich der Sozialstation eingerichtet hatten, hatten dabei kein bisschen Rosa verwendet. Tatsächlich war der Raum mit seinen mintgrünen Wänden, den gerahmten Gemälden geometrischer Formen und dem Fehlen jeglicher Motivationsposter das angenehmste Vorzimmer, in dem ich je gewartet hatte.

Allerdings wartete ich hier auch nicht darauf, von irgendeinem Psychiater oder Therapeuten auseinandergenommen zu werden, eine Tatsache, die wahrscheinlich noch entspannender auf mich wirkte als das Farbkonzept. Diesmal war Baby die Patientin (falls man es so nennen kann), und sie war so damit beschäftigt, das Zimmer auf und ab zu schreiten, dass sie gegen den beruhigenden Effekt der abstrakten Kunst immun war.

»Warum dauert das so lange?«, jammerte sie Kat vor. »Wenn ein Termin um zwei Uhr anfangen soll, dann soll er auch um zwei Uhr anfangen, verdammt. Ich will es hinter mich bringen.«

»Vielleicht hatte das Baby Hunger«, sagte Kat, die gerade von ihrem Brautfriseur- und Kosmetiktermin zurückkam. »Babys richten sich nicht nach der Uhr, Nicole. Das hat das Kleine schon bewiesen, indem es vor dem Termin zur Welt kam.« Sie wechselte das Thema. »Bob hat heute Morgen übrigens dein Brautjungfernkleid zum Ändern gebracht, damit du nicht im Zelt zur Hochzeit kommen musst.« Sie lächelte Baby halbmondförmig an. »Er hat sechs Schneidereien angerufen, bis er eine gefunden hat, die es so schnell hinkriegt, aber er hat es geschafft.«

»Dann ist ja alles gut.« Babys Stimme triefte vor Sarkasmus. »Seit Tagen denke ich an nichts anderes. Ob mir mein Brautjungfernkleid passt, ist echt das Allerwichtigste, was mich im Moment bewegt.«

»Nicole«, entgegnete Kat gelassen. »Alles wird gut. Bitte versuche einfach, dich zu entspannen. Es dauert bestimmt nicht mehr lange.«

Baby fuhr sich durchs Haar. »Ich gehe aufs Klo. Sollten sie anfangen wollen, wenn ich weg bin, sag ihnen, dass *sie* warten müssen.« Eilig ging sie über den Flur davon.

»Sie flippt aus«, stellte Kat fest, als ihre Tochter versehentlich in die Herrentoilette ging. »Sie flippt total aus.«

»Eindeutig«, sagte ich. »Aber nachvollziehbar. Wenn es eine ausflippenswerte Situation gibt, dann diese.«

»Wem sagst du das.« Kat sah mich an. »Es ist zwar über achtzehn Jahre her, aber ich erinnere mich sehr gut an die ersten Tage nach der Entbindung. Alles tut weh und die Hormone spielen verrückt. Du fühlst dich, als wärst du nicht du selbst. Und dann noch diese ganze Adoptionsgeschichte ...« Sie ließ eine Pause. »Ich bin wirklich froh, dass du hier bist, Joel. Im Vergleich zu gestern ist ihre Laune bedeutend besser.«

Ich wusste nicht, ob das eine gute oder eine schlechte Nachricht war.

Kat betrachtete ihre Fingernägel. »Im Kreißsaal war Nicole ein echter Champion. Sie hat natürlich geflucht wie ein Kutscher, aber sie hat das Kind ohne Narkose zur Welt gebracht. Zäh wie Juchtenleder, meine Kleine.«

»Baby ist hart im Nehmen.«

»Das ist sie. Meistens.« Kat seufzte. »Ich weiß nur nicht, wie sie den nächsten Teil übersteht. Nicole hat noch nie jemanden verloren.

Bei uns in der Familie leben alle noch. Es ist noch nicht mal eine Freundin weggezogen oder so.« Kats Stimme wurde rau, und sie wischte sich mit der Hand über die Augen. »Ich hoffe, sie verkraftet es.«

Kat sprach ein Problem an, über das ich noch gar nicht nachgedacht hatte. In der kurzen Zeit, seit ich über Babys Baby nachdachte, hatte ich hauptsächlich an die Schwangerschaft gedacht und weniger an die Realität, dass sie das Kind zur Welt bringen und weggeben musste.

»Ich meine nicht, dass es ein Fehler ist«, fuhr Kat fort. »Nicole hat eine große Zukunft vor sich. Sie würde es bereuen, wenn sie nicht aufs College nach New York geht, das weiß ich. Aber das heißt nicht, dass es nicht wehtut.«

Die Tür der Damentoilette flog auf, und Baby kam heraus.

»Jedenfalls danke, dass du hier bist«, sagte Kat. »Ich bin froh, dass Nicole dich hat.«

»Na klar.«

Baby stürmte in den Wartebereich zurück und wollte gerade wieder losmeckern, als hinter uns eine Tür aufging und eine Sozialarbeiterin mit viel Lidschatten sagte: »Ms Palmer und Familie? Wir sind jetzt so weit.«

Baby blieb nicht stehen, um auf uns zu warten. Kat und ich gingen ihr hinterher.

Die Frau, die LaDonna hieß, bot uns Kaffee und Wasser an, machte Kat ein Kompliment für ihr Styling (und gratulierte ihr, als Kat das mit der Hochzeit erzählte), und dann erklärte sie uns den offiziellen Teil.

»Zuerst kommen die Adoptiveltern herein. Dann bringt eine Krankenschwester das Baby, und Sie dürfen es gern alle halten.« Sie wandte sich an Baby. »Nicole, wie ich gehört habe, kennen Sie das Paar und es handelt sich um eine offene Adoption, was bedeutet, dass Sie weiterhin Kontakt zur Familie halten. Beide Parteien haben während des ersten Jahres ein eingeschränktes Besuchsrecht vereinbart, das im Anschluss noch einmal neu verhandelt wird. Ist das korrekt?«

»Ja«, sagte Baby. »So will ich es.«

»Ausgezeichnet. Nachdem Sie alle das Baby willkommen geheißen haben – und dabei können Sie sich so viel Zeit lassen, wie Sie wollen, sagen Sie mir einfach, wenn Sie bereit sind fortzufahren –, beginnen wir mit der eigentlichen Zeremonie. Nicole, ich werde Ihnen ein paar Fragen stellen, und dann werde ich den Adoptiveltern ähnliche Fragen stellen. Dann müssen Sie und die Adoptiveltern ein Dokument unterschreiben, und die Zeugen auch.« Sie zeigte auf Kat und mich. »Und dann verabschieden wir uns fürs Erste. Gibt es irgendwelche Fragen?«

Wir hatten keine, also entschuldigte sich LaDonna und ging durch eine andere Tür, und wir hörten ihre gedämpfte Stimme sagen: »Alle sind bereit!«, bevor sie zurückkam.

Die ganze Zeit hatte ich Baby im Auge. Sie war angespannt, hatte die Zähne fest aufeinandergebissen und den gleichen entschlossenen Ausdruck wie an Halloween, als sie der Welt ihre Schwangerschaft verkündet hatte.

Es kam mir nicht so vor, als wären seitdem über drei Monate vergangen, und gleichzeitig fühlte es sich an wie ein ganzes Leben. Inzwischen hatte sich alles verändert – bei Baby, bei mir, bei Baby und mir –, und jetzt würde sich alles noch einmal verändern.

Ich war so auf Baby konzentriert, dass ich nicht darauf achtete, wer hinter LaDonna hereinkam. Erst als ich meinen Namen hörte, erinnerte ich mich, dass Baby und ich nicht die einzigen Menschen im Raum waren.

»Joel?«

Mein Blick fiel auf ein bekanntes Gesicht, mit dem ich so wenig gerechnet hatte, dass mein Gehirn mehrere Ansätze brauchte, bis ich ihn erkannte. »Dr. Schwartz? Was machen Sie denn hier?« Ich sah von ihm zu Baby zu Kat zu LaDonna und wieder zu ihm. Panik stieg in mir auf. »Hat meine Mutter Sie geschickt?«

Wahrscheinlich dachte er, ich machte Witze, denn er lachte. »Nein, natürlich nicht.« Er schüttelte mir die Hand und strahlte wie ein Honigkuchenpferd. »Ich bin wirklich froh, dass du kommen konntest.« Er drückte Baby und gab Kat einen Kuss auf die Wange.

Neben ihm stand eine Frau, die ich aus der Videothek kannte, aber ich hätte nicht mehr gewusst, dass sie die Mrs Schwartz war, die ihren säumigen Ehemann aus ihrem Konto geworfen hatte. Auch sie strahlte und machte mit Händeschütteln und Umarmungen die Runde.

»Jana«, stellte sie sich mir noch einmal vor und umklammerte meine Hand. »Schön, dich wiederzusehen.«

»Sie auch«, sagte ich.

Ich musste ein paarmal zwischen Baby und den Schwartzens hin- und hersehen, bis mir endlich klar wurde, dass wir nicht zufällig alle in einem Raum gelandet waren. Marc und Jana Schwartz waren die Adoptiveltern.

Doch ich hatte nicht viel Zeit, um die Neuigkeit zu verdauen, denn kaum hatten wir uns alle begrüßt, rief LaDonna die Krankenschwester herein, die das Baby brachte. Den Schock, dass der Mann, der mich nach dem Meister-Proper-Vorfall als sabberndes Wrack hochgepäppelt hatte, der Vater von Babys Baby sein würde, musste ich später verarbeiten, denn wie ich Baby versprochen hatte, ging es heute nicht um mich.

Und so stand ich ihr bei, als die Krankenschwester Babys Tochter hereinbrachte, auch wenn ich wegsah. Ihre erste Begegnung mit ihrem Kind war ein zu persönlicher Moment, um sie dabei zu beobachten. Selbst wenn ich ihre Privatsphäre nur vor meinen Blicken schützen konnte, wollte ich es tun.

»Hier ist sie!«, sagte die Schwester und hielt einen unfassbar winzigen Menschen im Arm.

Zuerst sah ich nur einen schwarzen Schopf, der aus einer Fülle weißen Stoffs hervorsah. Das Baby hatte Puppenkleider an, jedenfalls hätten sie einer Puppe gepasst. Es trug ein langes Spitzenkleid, das seine Füße bedeckte, wie die Taufkleider meiner Cousinen. Nachdem die Schwester es mit sanften Bewegungen in ihrem Arm zurechtgerückt hatte, konnte ich auch die anderen Teile besser sehen, die nicht zum Haar oder zum Kleid gehörten. Und obwohl ich völlig überwältigt war von allem, was in diesem Moment passierte, bestand meine gleich große, entgegengerichtete Reaktion auf das kleine Wesen darin, es anzulächeln.

Die Kleine war ganz ruhig und schlief, die rosa Lippen leicht geöffnet, mit winzigen geballten Fäusten zu beiden Seiten des Gesichts, als wäre sie selbst im Schlaf für jeden Kampf bereit. Das reichte mir, um zu wissen, dass sie Babys Baby war.

»Welche Augenfarbe hat sie?«, fragte Kat hinter mir. Ihre Stimme war belegt, und sie hatte einen Kloß im Hals.

»Blau«, sagte Jana. »Aber viele Babys kommen mit blauen Augen zur Welt, wir wissen nicht, ob sie so bleiben oder die Farbe verändern.«

Sie streckte die Hand aus, um die Wange des Babys zu streicheln.

In diesem Moment räusperte sich Baby. »Sie werden nicht braun«, sagte sie mit fester Stimme. »Ich habe grüne Augen und der biologische Vater hat blaue. Das sind beides rezessive Allele.« Sie sprach zu Jana, aber ihr Blick ruhte auf ihrer Tochter.

Marc lächelte Baby an. »Stimmt«, sagte er. Ich war mir nicht sicher, ob er im Studium Genetik gehabt hatte oder ob es zu seinem Allgemeinwissen gehörte, wie bei Baby.

Danach fragte die Schwester Baby, ob sie das Kind halten wollte, und sie nickte. Sie legte es Baby in die Arme, die verunsichert war, wie sie das kleine Wesen halten sollte. Doch Jana trat vor, um ihr zu helfen, und plötzlich wurde es ganz still im Raum, während alle zusahen, wie Baby ihr Kind hielt.

»Wie habt ihr sie genannt?«, fragte sie schließlich und sah von dem Baby zu Marc und Jana.

»Wir haben deinen Vorschlag angenommen und einen Namen ausgesucht, der ›Sieg‹ heißt.« Jana strahlte. »Nicole, das ist Daphne.«

»Daphne Palmer Schwartz«, sagte Marc.

Baby seufzte tief. »Du kannst sie jetzt halten, Mom.«

Kats Begegnung mit Daphne war tränenreicher als Babys, und als sie Daphne schließlich mir übergab, lief ihr die Hochzeitswimperntusche in schwarzen Strömen über das Gesicht.

Ich glaube nicht, dass ich während der ganzen Zeit, in der ich Daphne hielt, einen Atemzug machte. Eigentlich wollte ich das Wunder des Lebens bestaunen und mir all die Gedanken durch den Kopf gehen lassen, die Babys auslösen, aber gleichzeitig hatte ich eine Heidenangst, etwas kaputt zu machen, sodass ich sie schnell an Jana weitergab.

Danach begann der offizielle Teil, der (wie LaDonna angekündigt hatte) aus Fragen und Antworten und ein paar eingestreuten blumigen Sätzen bestand. Bevor die Tinte auf die Papiere kam, mit denen die Adoption vollzogen wurde, wollten Marc und Jana noch ein paar Dinge zur Mutter ihres Babys sagen.

Zuerst las Jana aus einem Brief vor, den sie vorbereitet hatte und in dem sie über ihren unerfüllten Kinderwunsch sprach. Neben anderen netten Worten bezeichnete sie Baby als »selbstlosen Engel« und vergoss Tränen der Dankbarkeit, dass sie nun endlich Mutter werden durfte. Dann sprach Marc. Er hatte sich nicht vorbereitet, aber er redete genauso herzlich, versprach Baby, dass er alles für sie und für Daphne tun würde und dass er es kaum abwarten konnte, dem kleinen Mädchen der beste Vater der Welt zu sein.

Alle der Anwesenden weinten an der einen oder anderen Stelle (auch ich), bis auf Baby, die offenbar die Willenskraft von tausend Titanen hatte.

Auf die Frage, ob sie etwas zu den Schwartzens sagen wollte, brauchte sie eine Minute, bis sie Ja sagte.

»Ich schätze, ich will nur, dass ihr mir versprecht, sie zu lieben, egal was passiert«, erklärte sie mit dünner Stimme. »Egal was für ein Mensch sie ist, selbst wenn sie anders ist, als ihr es euch erhofft. Selbst wenn ihr sie nicht versteht, ihr müsst sie immer lieben.« Baby ließ eine Pause. »Denn das ist das Einzige, von dem ich weiß, dass ich es auch hingekriegt hätte.«

Jana und Marc Schwartz versprachen es ihr. Dann wurden die Unterschriften geleistet, und alle umarmten sich zum Abschied. Kat hatte es eilig, und dann war es Zeit für Daphnes Fläschchen. Marc und Jana baten Baby, sie anzurufen, sobald sie bereit war, sie zu besuchen, und bevor ich mich versah, waren Baby und ich allein und gingen zum Parkhaus zurück.

Ohne ein Wort zu sagen, gab mir Baby ihren Schlüssel. Ich schloss auf, und sie setzte sich auf den Beifahrersitz.

Falls es die richtigen Worte in diesem Moment gab, fielen sie mir nicht ein. Es ging mir viel durch den Kopf, aber das meiste waren Variationen der Beobachtung, die ich schon während der Adoptionszeremonie gemacht hatte: Baby war sehr still.

Hätte ich in meinem Leben nicht an Milliarden Gruppentherapiesitzungen teilgenommen, hätte ich Baby vielleicht darauf angesprochen. Vielleicht hätte ich die Tatsache, dass sie nicht in Tränen aufgelöst war, als sie ihr Kind einem Ehepaar überschrieb, das sich sonst bei ihr Videos lieh, fälschlicherweise für Stärke gehalten. Ich hätte sie für ihre Besonnenheit gelobt. Ich hätte gedacht, sie hätte das Ganze überstanden.

Aber ich wusste es besser. Wenn es um Gefühle ging, sah man meistens nur die Spitze des Eisbergs. Wenn Babys Reaktion äußerlich nicht sichtbar war, sagte das nichts über ihr Innenleben aus.

Ich wusste, wenn ich lange genug wartete, würde sie sich äußern. Also wartete ich, und sie äußerte sich.

Allerdings nicht mit Worten.

Plötzlich war das Auto von einem schrillen, ohrenbetäubenden Geräusch erfüllt. Mein erster Gedanke war, der Honda ginge in die Luft – Fahrzeugexplosionen gehören zu den Standardängsten paranoider Menschen –, aber dann sah ich zum Beifahrersitz und begriff, dass das Geräusch von Baby kam.

Sie hatte das Gesicht zur Grimasse verzogen, die Augen zusammengekniffen und den Mund weit aufgerissen, und stieß den längsten, lautesten, durchdringendsten Schrei aus, den ich je gehört hatte. Er war so irrsinnig hoch, dass er wie eine Sirene aus nächster Nähe klang, und wahrscheinlich hätten mir noch tagelang die Ohren geklingelt, wenn ihm Stille gefolgt wäre statt einem Sperrfeuer aus Flüchen und Schlägen gegen das Armaturenbrett.

»Verfluchte kack… (unverständlich) mit ihrer verfickten kack… (unverständlich) drecks… (unverständlich) beschissenen Kackscheiße!« war alles, was ich mitbekam, der Rest ging in ihrer Prügelattacke gegen das Auto unter.

Als ihr Wutanfall weiter ausartete, drückte ich mich an die Tür, um dem Zorn ihrer Fäuste auszuweichen.

Paff, paff, Schrei! Fluch, *paff, paff!* Fluch, Fluch, *paff!* Schrei, Schrei, *paff!* (Wiederholung.)

Von außen erinnerte der Tumult im Wagen wahrscheinlich an die Szene in *Jurassic Park,* in der Newman aus *Seinfeld* von dem spuckenden Dinosaurier gefressen wird. Das Auto wackelte, die Fenster waren beschlagen, und es sah echt so aus, als würde keiner hier lebend rauskommen.

Doch wie durch ein Wunder blieb ich unversehrt. Was man von der Blende ihrer Anlage nicht sagen konnte, die beim Finale der Abreibung aus dem Schacht sprang und reglos zu Boden sackte.

Was ein abschließendes und sehr lautes »Scheiße!« nach sich zog, woraufhin Baby endlich Luft holte.

Zu diesem Zeitpunkt sah sie aus wie ein wildes Tier. Ihr Gesicht war rot und nass geschwitzt. Ihre Knöchel bluteten und ihre Kleider waren verrutscht. Sie sah aus wie das Opfer eines tätlichen Angriffs, und weil außer uns niemand im Wagen war und wahrscheinlich jeden Moment ein Parkwächter vorbeikommen konnte, um der Meldung des mutmaßlichen Dinosaurierangriffs nachzugehen, fand ich, es war höchste Zeit für den Aufbruch.

Wortlos drehte ich den Schlüssel im Zündschloss und fuhr rückwärts raus.

Wir schafften es einen ziellosen Kilometer, bevor die zweite Runde des Geschreis begann.

»Sie hätten sie Kelsey nennen können!«, kreischte Baby. »Sie hätten sie Laura nennen können! Sie hätten sie Colette nennen können! Veronica! Alle heißen ›Sieg‹, und alle sind besser als *Daphne*!« Sie spuckte den Namen aus. »In Scarlets bescheuertem Buch standen über fünfzig Mädchennamen mit derselben Bedeutung, und sie nennen mein Kind nach einer verdammten *Scooby-Doo*-Figur! Und nicht mal nach der schlauen! Nein, sie suchen sich das dumme Flittchen aus!«

Ich wartete, um sicherzugehen, dass Baby fertig war, bevor ich etwas dazu sagte. »Um fair zu sein, ich glaube nicht, dass die Daphne aus *Scooby-Doo* ein Flittchen sein soll. Ja, sie zieht manchmal allein mit Fred los, aber selbst wenn sie in der Werbepause mit ihm ins Bett geht, kannst du nicht behaupten, die beiden hätten keine anständige, monogame Beziehung.«

Als Antwort brach Baby in unkontrolliertes Schluchzen aus.

Ich hatte Baby noch nie weinen sehen. Es machte mir zehnmal so viel Angst wie ihr Schreianfall.

Ich möchte gern zurücknehmen, was ich an früherer Stelle gesagt habe, nämlich, dass das schlimmste Weinen das Weinen betrunkener Frauen sei. Es gibt ein Weinen, das so viel schlimmer ist als das Weinen betrunkener Frauen, dass die beiden nicht einmal im selben Sonnensystem sind.

Das Weinen, das ich meine, ist ein hoffnungsloses Weinen. Ein leeres Weinen. Ein zweckloses, niederschmetterndes, brüllendes Weinen. Ein Weinen, dem keine Worte gerecht werden.

Es ist das Weinen einer trauernden Mutter.

Dieses Weinen wühlte mich dermaßen auf, dass ich an den Straßenrand fahren musste. Sofort schlang Baby die Arme um mich und schluchzte in meine Schulter.

»*Warum?*«, rief sie flehend. »*Warum musste das passieren?*«

Ich wusste keine Antwort.

Ich strich ihr übers Haar. Ich ließ sie weinen. Ich beruhigte sie nicht. Ich ließ sie nicht los.

Nach langer Zeit bat sie mich weiterzufahren, immer noch unter Tränen. »Egal wohin«, krächzte sie. »Ich will einfach nicht mehr hier sein.«

»Okay.« Ich nickte. »Soll ich zur Videothek fahren?«

»Nein!«, sagte sie energisch. »Woandershin!«

»Okay, okay!«, sagte ich. »Versuch dich zu entspannen.«

Baby rollte sich auf dem Sitz ein und starrte aus dem Fenster. In der Zwischenzeit überlegte ich fieberhaft, wohin ich sie bringen konnte.

Als mein Blick auf den Straßenatlas fiel, der in der Fahrertür steckte, hatte ich eine Idee.

»Wie weit ist zu weit, Baby?«

Sie schniefte. »Nichts ist zu weit.«

Auch wenn sie nicht herübersah, nickte ich wieder. Dann rollte ich auf die Straße und fuhr los.

TEIL 3

KAPITEL 35

Es sind ungefähr 850 Kilometer von Royal Oak in Michigan bis Fairfax in Virginia. Wenn man sich an das Tempolimit hält, dauert die Fahrt rund neun Stunden. Ich hielt mich nicht an das Tempolimit, aber ich musste einmal tanken und einmal pinkeln, und als alles gesagt und getan war, kamen wir nach achteinhalb Stunden an.

In Toledo hatte sich Baby in den Schlaf geweint. In Cleveland musste ich tanken und benutzte das Münztelefon an der Tankstelle, um vor Ladenschluss in der Videothek Bescheid zu sagen, dass ich am nächsten Tag nicht kam.

»Ich musste die Stadt verlassen«, sagte ich dem Paten.

»Ich gebe dir ein Alibi«, bot sie sofort an. Irgendwie hatte ich gewusst, dass sie mich decken würde. »Aber dafür haben wir den zwölften November letztes Jahr zusammen verbracht, falls jemand danach fragt.«

»Deal.«

Eins der vielen Dinge, die ich beim Start nicht bedacht hatte, war der Umstand, dass man, wenn man nachmittags um vier zu einer neunstündigen Fahrt aufbricht, das Ziel gegen ein Uhr morgens erreicht. Was selten eine ideale Ankunftszeit ist und problematisch wird, wenn man keine Bleibe organisiert und deswegen kein Dach über dem Kopf hat, wenn man dort ist.

In fast jeder anderen Situation hätte ich um das miese Stundenmotel am Highway kurz vor Fairfax einen großen Bogen gemacht, aber ich war zu erschöpft, um durchzuhalten, bis das nächste Holiday Inn auftauchte.

Die Absteige war so schlimm, wie man sie sich vorstellt, wenn man weiß, dass das Motel direkt gegenüber von Fairfax' einzigem »Gentlemen's Club« gelegen war. Aus den benachbarten Zimmern wurden Baby und ich, als wir einzuschlafen versuchten, mit einer Geräuschkulisse beschallt, die wir hoffentlich nie wieder hören müssten. Es ging hoch her.

Irgendwann schliefen wir doch, und als ich morgens aufwachte und die Sonne durch das schmutzige Fenster schien, kamen mir ernsthafte Zweifel an meinen Gründen, den ganzen Weg bis nach Virginia gefahren zu sein.

Ich erinnerte mich zwar, wie ich auf die Idee gekommen war, als Baby von ihrer Trauer überwältigt wurde. Zuzusehen, wie ein undurchdringlicher Mensch wie Baby in einen flüssigen Aggregatszustand übergeht, ist harter Tobak, besonders für jemanden wie mich. Und wenn sich ein Mensch, an dem euch wirklich was liegt, in seine Bestandteile auflöst, wärt ihr in der Hitze des Gefechts auch zu allem bereit, um ihn aus dem Treibsand zu zerren.

Aber jetzt war die Hitze des Gefechts vorbei, und ich fühlte mich weniger wie ein Held wider Willen und mehr wie ein verdammter Trottel, weil ich mir eingebildet hatte, ich könnte einfach nach Virginia zurückkehren, ohne selbst wieder durchzudrehen.

Als ich mich auf die Seite rollte, sah ich, dass Baby schon wach war und mich beobachtete. Ich zwang mich, mich zu beruhigen. Sie hatte im Moment mehr Recht auf Drama als ich.

»Wie geht's dir?«, fragte ich.

Ihre Augen waren rot, und ihr Gesicht war müde und verquollen vom vielen Weinen.

»Ich muss mir ein paar Hygieneprodukte besorgen oder es wird bald extrem eklig hier.« Baby stand auf und nahm den Schlüssel vom Nachttisch.

Ich stellte keine Fragen, aber ich war froh, dass sie in der Lage war rauszugehen. Sie wirkte jetzt schon stabiler als gestern.

»Ich habe neben dem Stripclub einen Truckstop gesehen«, erklärte sie.

Mir war nicht klar gewesen, dass Truckstops Hygieneprodukte verkauften, aber ich nahm an, dass Baby sich besser auskannte.

Wir hatten beide in unseren Jacken geschlafen, als Extraschicht gegen die potenziellen Krankheiten, die in den Betten lauerten. Als Baby ihren Reißverschluss zumachte, fragte sie: »Wo sind wir eigentlich?«

»In Virginia.«

Sie schien unbeeindruckt. »Okay«, sagte sie nur, und dann ging sie raus.

Während sie unterwegs war, überlegte ich, ob ich duschen sollte. Das Bad war allerdings aktuell in einem Zustand, bei dem man sich garantiert Hepatitis holte, und die einzige Reinigungskraft, die ich auf dem Gelände traf, war Mitte siebzig und hinkte. Weil ich von ihr nicht verlangen wollte, dass sie sauber machte, lieh ich mir ein Paar Gummihandschuhe und Desinfektionsmittel von ihrem Karren und schrubbte unser Bad selbst.

Ja, es war so widerlich, wie es klingt, was zeigt, wie dringend ich Ablenkung brauchte. Falls ich den Tag überstehen wollte, durfte ich auf keinen Fall zum Nachdenken kommen.

Ich war gerade fertig, als Baby zurückkehrte.

»Hier.« Sie reichte mir eine Tüte. Darin waren Boxershorts und ein Flanellhemd, Zeug, das nach Truckstop aussah.

»Danke«, sagte ich. »Ich geb dir das Geld später zurück.«

Sie zuckte nur die Schultern. »Sie hatten keine Frauensachen. Ich musste meine Unterhose nebenan kaufen.«

»In dem Stripclub? Dort verkaufen sie Wäsche?«, fragte ich. »Ist das nicht ein Interessenkonflikt?«

»Anscheinend muss man was anhaben, um sich auszuziehen.«

Baby kramte in einer anderen Tüte herum. »Neu, mit Etikett«, versicherte sie mir und hielt eine beängstigende Unterwäschegarnitur hoch. »Das Ding war teuer. Zum Glück konnte ich mit Kreditkarte zahlen, auch wenn Kat wahrscheinlich ein paar Fragen hat, wenn sie die Rechnung bekommt.«

Ich lächelte. Baby schien in Rekordzeit ihren Humor wiedergefunden zu haben, was eine große Erleichterung war. Vielleicht hatte sie nur ein bisschen Zeit und Raum gebraucht, um ihre Situation in Perspektive zu bringen, und wir mussten bloß duschen und was essen, und dann konnten wir wieder nach Michigan zurück.

»Das Bad ist sauber«, erklärte ich.

Baby bestand darauf, dass ich zuerst ins Bad ging, weil sie Kat anrufen und ihr sagen musste, wo sie war. Nachdem ich mich seit achtundvierzig Stunden nicht gewaschen hatte, nahm ich ihr Angebot gern an.

Ich duschte schnell und zog mir die Truckstop-Sachen an (sie passten gut). Als ich fertig war, telefonierte Baby nicht mehr. Sie sagte nichts, bevor sie sich im Bad einschloss und das Wasser laufen ließ.

Ich trat hinaus an die frische Luft. Anders als in Michigan herrschten in Virginia auch im Februar erträgliche Temperaturen, und solange mir draußen nicht das Gesicht einfror, sah ich keinen Grund, eine weitere Sekunde in dem widerlichen Motelzimmer zu verbringen.

Ich setzte mich auf die Motorhaube des Hondas und starrte auf den Highway. Wir befanden uns im Nordwesten von Fairfax, und nichts von diesem Teil der Stadt kam mir bekannt vor, nicht mal auf die verschwommene Art, die bleibt, wenn sich alles verändert. Ich war mir nicht sicher, ob ich überhaupt etwas wiedererkennen würde, denn ich war noch ein kleiner Junge gewesen, als wir in Fairfax gelebt hatten. Wenn man klein ist, lebt man in einer kleinen Welt, und man begreift die Orte nicht wie Zeichen auf einer Landkarte. Man kennt, was man sieht, und der Rest der Welt fühlt sich hypothetisch an.

Aber so fühlte sich hier nichts an. Es fühlte sich alles hyperreal an. Besonders, weil ich wusste, warum ich zurückgekehrt war.

Ich hatte beschlossen, Baby von dem Schlimmen, das passiert war, zu erzählen.

Die Grundlage der Gruppentherapie ist die Annahme, dass Wunden in der Gemeinschaft besser heilen. Wenn wir merken, dass wir nicht die Einzigen sind, die etwas Schlimmes erlebt haben, können wir Hoffnung schöpfen, dass das Leben nicht immer so schwer ist. Wenn ich Baby mein Geheimnis anvertraute und es ihr irgendwie half, ihre Krise zu bewältigen, dann war es gut. Ich würde es für sie tun.

Andererseits war ich mir nicht sicher, ob Baby ihre Krise nicht bereits allein überwand, und falls sich herausstellte, dass sie meine Hilfe nicht brauchte, um wieder normal zu werden, würde ich die Klappe halten.

Es gibt schlimme Dinge, die man anderen anvertrauen kann, ohne dass es größere Auswirkungen auf sie hat. Angenommen, ihr bekommt einen Strafzettel wegen zu schnellem Fahren. Das wäre echt doof, oder? Und wenn ihr einem Freund davon erzählt, sagt er wahrscheinlich: »Du Armer.« Aber auf lange Sicht verändert der Strafzettel nichts an eurer Freundschaft. Eurem Freund kommen nicht jedes Mal die Tränen, wenn er euch sieht. Das Wissen, dass ihr einen Strafzettel bekommen habt, löst keine Verzweiflung bei ihm aus. Die Wahrscheinlichkeit, dass er deswegen Depressionen bekommt, ist eher niedrig. »Du Armer« ist wahrscheinlich das Erste und Letzte, was er zu dem Thema sagt, bevor er es vergessen hat.

Aber das Schlimme, das in meinem Leben passiert war, gehörte nicht zu dieser Kategorie. Das Schlimme, das passiert war, war etwas, was die Leute nie wieder vergaßen, wenn man es ihnen erzählte. Stattdessen wurden sie sehr, sehr traurig, und dann bekamen sie Angst. Und manchmal fingen sie an, Urteile zu fällen.

Sie wollten sich absichern, dass das Schlimme auf keinen Fall auch ihnen passieren könnte. Sie wollten, dass man Zeichen übersehen hatte, die ihnen bestimmt aufgefallen wären. Sie wollten, dass man das Schlimme irgendwie *verdient* hatte. Sie wollten besser sein oder anders sein, nur um davor gefeit zu sein, dass das Schlimme jemals ihnen passieren könnte. Sie wollten die Ängste vor dem Schlimmen loswerden, und die einfachste Art, ihre Ängste loszuwerden, war, euch loszuwerden, weil eure Gegenwart sie immer an das Schlimme erinnern würde.

Dann wollten sie, dass ihr nach Michigan zieht, damit sie in Frieden ihr Leben weiterleben konnten, ohne sich anstrengen zu müssen, nett zu euch zu sein.

Womit ich nicht sagen will, dass Baby so reagiert hätte, wenn ich ihr von dem Schlimmen erzählt hätte, aber auf jeden Fall wäre sie traurig gewesen, und wahrscheinlich war sie schon traurig genug und es war besser, wenn ich ihr noch mehr Kummer ersparte.

Ich lehnte mich an die Windschutzscheibe und starrte in den Himmel. Wenig später kam Baby aus dem Motel, in einem T-Shirt, auf dem BIG RIGGER BABES GENTLEMEN'S CLUB stand, und mit einem Handtuch um den Kopf.

»Da bist du ja«, sagte sie.

»Da bin ich«, antwortete ich und setzte mich auf.

Baby kam zu mir, lehnte sich ans Auto und sah in die gleiche Richtung wie ich. »Hattest du vor, mich nach Virginia zu bringen, oder ist Virginia nur dein magnetischer Norden?«

»Ich weiß es nicht«, war die kurze Antwort auf die Frage. »Ich bin einfach an irgendeinen Ort gefahren, den ich kenne.« Es fühlte sich nicht wie eine Lüge an, also zählte ich es nicht als eine.

»Hast du hier deine Kindheit verbracht?«, fragte Baby und kletterte neben mich auf die Motorhaube. »In einem miesen Motel gegenüber von einem Stripclub?«

»Nein, aber nicht weit von hier«, sagte ich. Und bevor sie mir weitere Fragen stellen konnte, fragte ich: »Geht es dir besser?«

Sie hielt inne, bevor sie antwortete. »Klar«, sagte sie dann und seufzte. »Ich bin echt froh, wenn sich alles wieder normalisiert. Ich will die Schule fertig machen und danach aufs Sarah-Lawrence-College. Ich habe wirklich tolle Pläne.« Sie klang wenig überzeugt und wenig überzeugend.

»Vor dir liegt eine glänzende Zukunft, das steht fest«, lautete mein allgemeingültiger Versuch einer Ermutigung.

»Mein ganzes Leben liegt vor mir.«

Dann wurden wir still.

»Was hast du heute vor?«, fragte ich schließlich. »Wir können machen, wozu du Lust hast.«

Sie zuckte die Schultern. »Kat ist stinksauer, dass ich gestern Nacht nicht nach Hause gekommen bin. Dabei habe ich ihr nicht mal erzählt, *wo* ich bin.« Sie nickte in Richtung des Motels. »Sie denkt, wir wären zu Bobs Hütte in Traverse City gefahren. Wenn ich ihr erzählt hätte, dass wir den Staat verlassen haben, wäre sie zur Polizei gegangen, das weiß ich. Dann gäbe es ein Riesendrama, und ich hätte schon wieder was angestellt, was ihre kostbaren Hochzeitsvorbereitungen verpfuscht.«

»Verstehe«, sagte ich und tat so, als hätte ich nicht völlig vergessen, dass ihre Mutter am nächsten Tag heiratete. »Wir können gleich fahren.«

»Mir ist egal, was wir machen«, sagte Baby, und diesmal glaubte ich ihr. Baby begann sich das Handtuch vom Kopf zu wickeln. »Aber wir sollten wahrscheinlich irgendwann frühstücken, weil ich ...«

»*Was ist mit deinen Haaren passiert?*«, unterbrach ich sie und fiel von der Motorhaube. Hastig stand ich auf und starrte Baby fassungslos an.

Das hüftlange Haar, das ihr über den Rücken gefallen war, als sie vor ein paar Minuten ins Bad ging, war verschwunden. Das bisschen, das übrig war, reichte ihr kaum bis zu den Ohren.

»Sind sie ausgefallen?« Ich wusste zufälligerweise, dass es nach traumatischen Ereignissen manchmal zu spontanem Haarausfall kam, auch wenn die Leute, denen das passierte, danach eine Glatze hatten. Aber Baby sah eher aus, als wäre Edward mit den Scherenhänden über sie hergefallen.

»Beruhig dich, Solo! Mein Gott.« Baby sah mich finster an, während sie sich durchs Haar fuhr (durch das sich kaum fahren ließ). »Ich habe auch nicht so reagiert, als du deinen Look verändert hast.«

»Was?« Ich konnte es nicht glauben. »Du hast das extra gemacht?«

(Kurzes Time-out.

Bevor ihr mich für einen Arsch haltet, weil ich mich so darüber aufregte, lasst mich erklären, dass mir eigentlich vollkommen schnuppe ist, was Frauen mit ihren Haaren machen. Im Ernst – kurz, lang, sonst was, mir gefällt alles. Ich meine, natürlich mochte ich Babys langes Haar, aber es war *ihr* Haar und sie konnte damit machen, was sie wollte. Aber was sie damit getan hatte, sah nicht so aus, als hätte sie es mit Absicht getan. Was von ihrem Haar übrig war, war Kraut und Rüben, als hätte jemand in einem Wutanfall zur Nagelschere gegriffen – was ehrlich gesagt wahrscheinlich genau das war, was geschehen war.

Time-in.)

»Ja, ich habe mir die Haare geschnitten.« Baby strich sich ein paar widerspenstige Strähnen aus den Augen. »Na und?«

»Warum? Ich dachte, du magst dein Haar?«

Sie zuckte kaum die Schultern.

»Komm schon, Baby«, beharrte ich, während die Nerven in meinem Magen rumorten. »Tu das nicht. Rede mit mir. Bitte.«

»Was ist? Ich wollte eben mal anders aussehen.«

»Nein«, sagte ich mit wachsender Sorge. »Nein, Baby, das ist nicht der Grund ...«

»Was willst du hören, Solo?« Baby schnaubte genervt. »Ich habe mein langes Haar geliebt, okay? Ich habe es geliebt. Es hat Ewigkeiten gedauert, es so lang wachsen zu lassen, und ich wollte es für den Rest meines Lebens lang lassen, aber dann habe ich es abgeschnitten, und jetzt ist es weg. Und ich kann es nicht rückgängig machen, selbst wenn ich es bereue. Geschehen ist geschehen, verdammte Scheiße, und ich muss mit der Entscheidung, die ich getroffen habe, leben.« Tränen schossen ihr in die Augen und rannen über ihre Wangen. »So. Bist du jetzt zufrieden?«

Ich sah meine Freundin an, die weinend vor mir saß, ohne zu weinen, völlig leer und immer noch auslaufend. Sie versank, und ich musste etwas dagegen tun. Wenn der Treibsand sie hinunterzog, musste er es auch mit mir aufnehmen, denn ich sprang hinterher und würde sie retten.

»Hol deine Sachen«, sagte ich. »Wir müssen wohin.«

KAPITEL 36

Ich musste zweimal nach dem Weg fragen, aber irgendwann fand ich die Adresse.

Ich parkte am Straßenrand nicht weit von 1819 W. Ivystone Avenue. Fünf Minuten nachdem ich den Motor abgestellt hatte, saß ich immer noch neben Baby im Wagen und starrte auf das weiße Häuschen mit den schwarzen Fensterläden, in dem ich fast zehn Jahre meines Lebens verbracht hatte.

Die neuen Besitzer behandelten es gut. Ich meine, es konnte natürlich auch sein, dass nach uns verschiedene Familien ein- und ausgezogen waren, aber wenigstens eine davon hatte das kaputte Gartentor repariert, die Garage gestrichen und ein paar Bäume in den Garten gepflanzt. Das Haus wirkte gepflegt, was mehr war, als man über den Zustand sagen konnte, in dem wir es verlassen hatten. Der optische Eindruck war das Letzte gewesen, worüber wir uns damals Gedanken gemacht hatten.

»Steigen wir irgendwann aus?«, fragte Baby endlich. Sie hatte sich wieder gefangen, nachdem wir das Motel verlassen hatten und sie während der Fahrt an ihrem Haar herumgefummelt hatte, bis sie es schließlich aufgab und auf dem Rücksitz eine Mütze fand, die sie aufsetzte.

»Wir warten.« Ich zeigte auf den Minivan, der mit laufendem Motor in der offenen Garage stand. »Wir steigen aus, wenn sie weg sind.«

»Wer sind ›sie‹?«

»Die Leute, die hier wohnen«, sagte ich.

Sie sah mich komisch an. »Und ich hatte gedacht, du bringst mich zu einem Friseur, der meine Haare rettet. Stattdessen nimmst du mich mit zu einer Observation.«

»Es gibt einen Grund dafür«, sagte ich.

Baby seufzte, aber sie widersprach nicht, was davon zeugte, wie ausgelaugt sie war.

Ein paar Minuten später ging endlich die Haustür auf, und eine Frau und ein kleines Kind stiegen in den Van. Baby und ich sahen schweigend zu, sanken in unsere Sitze und benahmen uns auffällig unauffällig.

Als der Van außer Sichtweite war, stiegen wir aus.

»Im Ernst, Solo. Wo zum Teufel sind wir hier?«, fragte Baby, als sie neben mir auf dem Bürgersteig stand.

»Du hast mich doch gefragt, wo ich meine Kindheit verbracht habe«, erinnerte ich sie. »Hier.« Ich zeigte auf das kleine Haus.

»Okay«, sagte sie. »Und was zum Teufel wollen wir hier?«

Was *ich* wollte, war, nicht auf den Bürgersteig zu kotzen, als die Angst in Wellen über mich hinwegspülte, aber zu Baby sagte ich nur: »Komm. Folge mir.«

Sie kam murrend mit. »Ich habe diese Woche schon ein paar erste Male hinter mir, und ich habe keine Lust, auch noch Einbruch auf die Liste zu setzen.«

»Wir brechen nicht ein«, versprach ich. »Komm, schnell.«

Ich hatte keine Angst, dass die Nachbarn uns sahen, als wir nicht-sehr-unsichtbar um das Haus herumgingen. Falls sich die Nachbarschaft nicht drastisch verändert hatte, gehörte diese Ecke von Fairfax nicht zu den Gegenden, wo sich die Leute um irgendwas kümmerten, das nicht sie selbst betraf. Aber ich hatte trotzdem das Gefühl, wir taten etwas Verbotenes.

Es ist ein Klischee, aber der Garten hinter dem Haus war viel kleiner, als ich ihn in Erinnerung hatte. Trotzdem war er so vertraut, wie es Kindheitsorte immer sind. Man erinnert sich an ganz spezielle Dinge. Zum Beispiel wusste ich noch genau, wo das Loch in der abfallenden Wiese war. Instinktiv wich ich dem Baumstumpf der Zeder aus, die wir gefällt hatten. Und als Baby und ich den Brennofen erreichten, schlug ich wie früher mit einem Stock dagegen, um die Nager zu vertreiben, bevor ich hineinkroch.

Baby war still, als wir uns in das alte (aber immer noch solide) Gemäuer quetschten. Dann saßen wir nebeneinander mit dem Rücken an der Wand und blickten durch die Tür zum Haus zurück.

»Das ist also der Brennofen«, sagte sie, als säßen wir auf geweihtem Boden. »Crystals Brennofen.«

»Ja«, bestätigte ich.

»Ich habe ihn mir größer vorgestellt.«

»Ich war früher kleiner.«

Wir schwiegen ein paar Minuten, dann sagte Baby: »Ich weiß, dass es eine große Sache für dich ist, mich hierherzubringen, Solo. Aber ich verstehe nicht, warum du es gerade *jetzt* tust.« Sie sah mich an. »Weißt du es?«

Ich nickte. Und dann, vielleicht, weil sie spürte, dass ich es brauchte, oder vielleicht, weil sie es brauchte, griff Baby nach meiner Hand. Es war eine kleine Geste, aber sie half mir, den Mut aufzubringen, um anzufangen.

»Lange Zeit bevor ich die Post verbrannte, habe ich immer hier gespielt. Ich habe gespielt, der Brennofen wäre der Millennium Falke. Ich habe es dir nie erzählt, aber der Grund, warum ich mir den Namen Han Solo ausgesucht habe, ist, dass ich früher, als ich klein war, so genannt wurde«, erzählte ich. »Von meiner Familie, meine ich. Manchmal.« Ich zögerte. »Ich war Han Solo, und mein Bruder war Luke Skywalker.«

Die Worte hingen ein paar Sekunden in der Luft.

»Ich wusste nicht, dass du einen Bruder hast, Solo.«

Ich sah Baby an. Ihre Augen waren grün. »Weil ich dir nie von ihm erzählt habe«, sagte ich. »Aber jetzt bin ich bereit dazu.«

Er war acht Jahre älter als ich. Mom witzelte immer, dass einer von uns ein Versehen gewesen sei, aber sie sagte nie, wer.

In meinen frühesten Erinnerungen ging er längst zur Schule. Als er klein war, kannte ich ihn natürlich nicht, aber alle sagten (damals, als noch über ihn gesprochen wurde), er sei ein stilles Kind gewesen. Bis ich auftauchte, war er viel allein, wie die meisten Einzelkinder. Er las gerne. Er hörte gern Platten. Er war gern am Strand. Und er war natürlich ein begeisterter *Star-Wars*-Fan, als die Filme rauskamen.

Als ich zur Welt kam, nahm mein Bruder seine Rolle als großer Bruder sehr ernst, was hieß, dass er mir viel beibrachte und mich gnadenlos ärgern konnte. Ihm verdanke ich, dass ich alle US-Präsidenten in der richtigen Reihenfolge aufsagen kann (er hat es mir beigebracht, als ich fünf war), aber auch, dass ich auf Fotos beim Lächeln nie die Zähne zeige (er hat sich über meinen Überbiss lustig gemacht, gegen den ich später eine Zahnspange bekam). So ist es mit älteren Geschwistern, man kriegt die Vor- und die Nachteile ab. Und weil es praktisch ihr Geburtsrecht ist, dass man sie vergöttert, bleiben sowohl das Gute als auch das Schlechte für immer an einem kleben.

Als ich aufwuchs, verbrachten wir viel Zeit zusammen, was ich NORMAL fand, weil ich ein Kind war, und als Kind findet man alles NORMAL, was ist. Ich dachte nicht darüber nach, dass andere Zwölfjährige nicht ständig mit ihren kleinen Brüdern abhingen. Ich fand es nicht komisch, dass mein Bruder außer mir keine Freunde hatte. Alle Jungs in seinem Alter, die ich kannte, waren Arschgeigen. Ich wäre auch nicht gern mit ihnen befreundet gewesen.

Für viele Kinder ist der Übergang zur Mittelstufe eine harte Zeit, aber als ich sah, was mein Bruder alles abbekam, machte mich der

Gedanke ans Älterwerden nervös. Er wurde verprügelt. (»Jungs sind Jungs«, sagte der Schuldirektor, als Dad meinen Bruder mit einer blutigen Lippe von der Schule abholte.) Er wurde gehänselt. (Mehr als einmal wurde sein Sportzeug geklaut und in die Mädchenumkleide geworfen.) Er hatte Probleme im Unterricht. (»Er scheint sich einfach nicht für die Schule zu interessieren«, sagten alle Lehrer.) Doch alle beharrten: Es bestehe kein Grund zur Sorge, und sie benutzten Wörter wie *Phase*, um alles wegzuerklären.

Als mein Bruder in der achten Klasse war, wurde es besser. Er lernte einen Jungen namens Kevin kennen, und die beiden verstanden sich richtig gut. Kevin war keine Arschgeige, soweit ich es sah. Er mochte *Star Wars*, was wichtig war, und obwohl er und mein Bruder eigentlich zu alt dafür waren, spielten sie immer noch manchmal *Star Wars* mit mir. Allerdings wollten sie beide Luke Skywalker sein, weil Luke Jedi war und deswegen unser einziges Lichtschwert bekam. Weil Kevin der Gast in unserem Haus war, überließ mein Bruder ihm meistens Luke und war dafür Leia, weil er zu klein für Chewbacca war, wie er sagte, und sich nicht als Darth Vader der dunklen Seite anschließen wollte. Es leuchtete mir vollkommen ein. Ich war auch zu klein, und ehrlich gesagt machte mir Darth Vader Angst, und wenn man nicht Han Solo oder Luke sein konnte, war Leia die naheliegende Wahl. Sie war Lukes Schwester und teilte seine DNA. Wahrscheinlich war Leia auch Jedi, und wer wollte kein Jedi sein, selbst wenn man ein Mädchen sein musste, oder?

Ein paar Jahre lang war Kevin das neue NORMAL. In der Highschool waren er und mein Bruder unzertrennlich, bis es plötzlich komisch zwischen unseren Familien wurde. Kevin durfte nicht mehr vorbeikommen. Mein Bruder durfte nicht mehr mit Kevin telefonieren. Und dann schickten Kevins Eltern ihn nach Richmond zu seinen Großeltern. Mein Bruder war am Boden zerstört. Ich konnte nicht nachvollziehen, was er durchmachte, als er auf diese Art seinen allerbesten Freund verlor. Heute kann ich mir besser vorstellen, wie er sich gefühlt haben muss, und glaubt mir, einen solchen Verlust wünscht man keinem.

Im selben Monat, als Kevin wegzog, brachten meine Eltern meinen Bruder zu lauter Ärzten (wegen seiner Traurigkeit, schätze ich). Gleichzeitig erließen sie das *Star-Wars*-Verbot und verbannten auch alles andere, was Spaß machte, aus unserem Haus, was meinen Bruder *noch trauriger* machte. Es war für uns alle nicht schön, aber am schlimmsten war es für ihn. Egal welche Opfer wir bringen mussten, er war es, der Kevin verloren hatte.

Ein paar Monate nachdem Kevin weggezogen war, nahm mein Bruder mich eines Tages mit in den Park. Ich erinnere mich gut an diesen Tag, aus dem Grund, den ich schon mal erwähnt habe – es war außergewöhnlich, und deswegen nahmen meine Sinne alles extrascharf wahr und prägten es mir tief ein. Worüber ich froh bin, denn im Rückblick (leider oft die einzige Perspektive, aus der so mancher Mist Sinn ergibt) stellte sich der Tag als extrem wichtig heraus.

Es war kalt, aber die Sonne schien. Mein Bruder und ich flitschten am Teich Steine ins Wasser und hangelten eine Weile auf einem Klettergerüst herum. Dann bot er an, mich auf der Schaukel anzuschubsen, was seltsam war, weil ich schon seit Jahren niemanden mehr zum Anschubsen brauchte, aber ich ließ ihn machen, weil er mein Bruder war und es ihm wichtig zu sein schien.

»Aber nicht über die Stange!«, warnte ich, als ich immer höher flog. In der Schule ging das Gerücht, irgendwo im Umkreis sei ein Junge so hoch geschaukelt, dass er über die Stange geflogen wäre und sich sein Körper nach außen gestülpt hätte. Ich hatte keine Lust, den Wahrheitsgehalt dieser Geschichte am eigenen Leib zu überprüfen.

»Keine Angst«, beruhigte mich mein Bruder.

»Am Himmel ist keine einzige Wolke«, beobachtete ich laut. »Er ist richtig blau.«

Nach ein paar Schubsern stellte mir mein Bruder eine Frage: »Was wäre, wenn ich dir sagen würde, der Himmel ist gar nicht blau? Wenn ich dir sage, dass der Himmel für mich … ich weiß nicht, grün ist?«

»Ich würde dir sagen, du brauchst eine Brille«, war meine Antwort. »Weil er blau ist.«

»Na gut«, sagte er. Dann stellte er mir eine andere Frage. »Stell dir vor, ich gehe zum Arzt und der Arzt sagt, mit meinen Augen ist alles in Ordnung, aber ich sehe immer noch grün, wenn ich in den Himmel schaue. Was dann?«

»Meinst du in echt?«, fragte ich. Ich versuchte seit einer Weile zu verstehen, warum es bei uns zu Hause so komisch war. Ich hätte zwar nie gedacht, es könnte damit zusammenhängen, dass mein Bruder nicht wusste, welche Farbe der Himmel hatte, aber wer weiß. »Passiert dir das wirklich?«

»Nur mal angenommen, Joel«, sagte er. »Was würdest du tun, wenn der Arzt dir sagt, der Himmel ist blau, aber für dich sieht er grün aus?«

»Aber der Himmel ist doch blau«, beharrte ich.

Mein Bruder ließ nicht locker. »Okay. Dann stell dir vor, dass du den Himmel blau siehst, aber alle anderen sehen ihn grün. Was würdest du machen?«

»Ich würde ihnen sagen, dass sie sich irren, weil er eindeutig blau ist.«

»Na gut. Aber was wäre, wenn alle *Leute im Land* dir sagen, dass du dich irrst, wenn du ihn blau siehst? Was wäre dann?«

»Ich weiß nicht. Wahrscheinlich würde ich sie alle hauen«, sagte ich genervt. Mir gefiel das Spiel nicht, das mein Bruder spielte. Aus irgendeinem Grund war mir unbehaglich.

»Genau«, gab er zu. »Ich würde sie auch hauen wollen.« Mein Bruder klang traurig, als er das sagte, und das machte mich auch traurig. »Glaubst du, du hättest irgendwann das Gefühl, dass du verrückt bist? Als hättest du eine Macke oder so was? Ich meine, wie lange hält man es aus, bis man den Verstand verliert, wenn einem alle sagen, dass man sich irrt, obwohl man verdammt noch mal weiß, dass man recht hat?« Er murmelte hinterher: »Tut mir leid, dass ich geflucht habe.«

Ich versprach, ihn nicht zu verpetzen. Statt auf seine Fragen zu antworten (weil ich noch klein war und keine Ahnung hatte), stellte ich ihm auch eine Frage. »Geht es dir gut?«

Er ließ mich ausschaukeln und wartete, bis die Schaukel stillstand, bevor er sich vor mich stellte. »Versprichst du mir was?«, sagte mein Bruder. »Versprich mir, egal wie viele Leute dir sagen, der Himmel wäre grün – wenn du ihn blau siehst, dann sagst du es auch.«

Obwohl es nicht klang, als würde mir so was je wirklich passieren, hatte ich das Gefühl, es war eine wichtige Entscheidung. »Ja, ich verspreche es.«

Mein Bruder hob mich hoch und stellte mich auf die Schaukel, sodass ich ihn überragte. Dann schlang er die Arme um meine Taille und hielt mich lange fest, was merkwürdig war, aber mir das Gefühl gab, etwas Besonderes zu sein.

Als wir so dort standen, kam mir ein Gedanke. »Wenn du zu mir sagen würdest, der Himmel ist grün, würde ich dir glauben«, sagte ich. »Dann würde ich einfach denken: *Aha, mein Bruder hat besondere Augen, mit denen er den Himmel grün sieht. Habe ich ein Glück, dass ich jemand kenne, der solche Augen hat.*«

Mein Bruder lächelte und drückte mich noch fester. »Danke, Joel.«

Wenn man jung ist, begreift man vieles nicht. Man versteht nichts von Treibsand, von Warnzeichen und Hilferufen, oder was wirklich mit Kevin passiert war. Alles, was passiert, ist NORMAL, selbst wenn es das nicht ist, und niemand hat eine Macke, selbst wenn jemand eine hat.

An dem Tag, als mein Bruder mit mir über die Farbe des Himmels sprach, wusste ich nicht, dass er am Ertrinken war. Ich wusste nicht, dass er um Hilfe rief. Ich wusste nicht – konnte nicht wissen –, dass es das letzte richtige Gespräch war, das ich mit ihm führte. Aber das war es.

Vier Tage nachdem er mich im Park auf der Schaukel angeschubst hatte und mir von grünen Himmeln erzählt hatte, nahm sich mein Bruder das Leben.

Vielleicht habt ihr es kommen sehen. Vielleicht seid ihr an irgendeinem Punkt in der langen Geschichte, die ich euch hier erzähle, zu diesem Schluss gekommen. Wenn ja, könnt ihr froh sein. Ich hatte nicht vor, euch zu überrumpeln, und hoffe, ihr wart darauf gefasst, denn ich sage euch eins, mich hat es vollkommen aus heiterem Himmel getroffen. Es brach mir das Genick. Es machte mich zum Wrack. Es zerstörte mein verdammtes Leben.

Danach ... Na ja, was danach passierte, wisst ihr, oder? Jetzt wisst ihr alles. Ihr wisst, wie sehr der Verlust meines Bruders mich aus der Bahn warf. Ihr wisst, wie viele Jahre ich zu reparieren versuchte, was kaputtging, als er verschwand. Ihr wisst von meiner Paranoia, meiner Zwanghaftigkeit, meinen Angstzuständen. Ihr wisst von meinen Macken (und dass ich wahrscheinlich nie ganz NORMAL sein werde).

Und jetzt wisst ihr warum. Und Baby auch.

Als ich Baby alles erzählt hatte, was ich zu sagen hatte, stellte sie mir keine unsensiblen Fragen (*Wie hat er es getan? Wer hat ihn gefunden? Hat er einen Brief hinterlassen?*), obwohl ich wusste, dass sie neugierig war. Daran erkennt ihr gute Freunde – selbst wenn sie die Details des Schlimmen, das ihr mitgemacht habt, interessieren, fragen sie aus Respekt vor euren Gefühlen nicht nach. Auch zu erwähnen ist, dass Baby nicht schnellstmöglich das Weite suchte, wie sie es getan hatte, als ich ihr von meiner Macke erzählte, auch wenn ich diese Möglichkeit in Betracht gezogen hatte. Andererseits war sie nicht mehr derselbe Mensch wie im Dezember. Inzwischen hatte Baby selbst etwas Schlimmes erlebt, und dadurch lernt man, mit emotionaler Verwundbarkeit umzugehen.

»Ich weiß nicht, wie du das überlebt hast«, sagte sie nach dem angemessenen Schweigen, das dem Ende der Geschichte folgte. Wir hatten beide Tränen in den Augen, aber ich zitterte nicht mehr, wie bevor und während ich erzählt hatte.

Ich holte tief Luft (Therapietrick) und antwortete: »Ich schätze, es ist wie bei allem. Du überlebst einen Tag nach dem anderen. Und zwischendurch hast du ein paar Nervenzusammenbrüche.«

Baby nickte. »Das verstehe ich.«

»Ich will, dass du weißt, dass ich für dich da bin. Vielleicht fühlt es sich so an, als würde die Welt untergehen, aber du bist nicht allein. Ich war auch mal ganz unten, und ich bin immer noch da. Alles wird gut, Baby«, versprach ich ihr. »Und du bist weit davon entfernt, verrückt zu sein. Wenn du irgendwann anfängst, Leute zu sehen, die es nicht gibt, können wir noch mal darüber reden, aber bis dahin glaube ich, dass du ganz normale Trauer durchmachst.«

Baby legte den Kopf an meine Schulter. »Du hast dir Crystal nicht eingebildet, Solo.«

Es war ein schöner Gedanke.

»Ein bisschen habe ich geglaubt, dass sie vielleicht heute hier auftaucht«, gestand ich. »Bei unserer letzten Begegnung sagte sie, wenn ich bereit wäre, würde ich wissen, wo ich sie finde. Ich habe immer gedacht, sie meint den Brennofen. Ich hätte mich gefreut, euch beide miteinander bekannt zu machen.«

»Das wäre schön gewesen.«

Weil wir unser Glück mit den Hausbesitzern nicht überstrapazieren wollten, blieben Baby und ich nur noch ein paar Minuten. Dann krochen wir aus dem Ofen und machten uns auf den Rückweg zum Auto.

Ich drehte mich noch einmal um. Ich wusste, ich würde nicht

wiederkommen, aber diesmal nicht, weil ich Angst davor hatte, was ich hier finden würde. Diesmal, weil es nichts mehr zu finden gab.

Als ich mich von dem Brennofen verabschiedete, fiel mein Blick auf einen der Backsteine. Vor Ewigkeiten hatten mein Bruder und ich unsere Initialen dort eingeritzt, und nach all der Zeit waren sie immer noch da.

JAT
BAT

Ich hielt inne.

Manchmal ist der Weg zur Akzeptanz kurz. Manchmal folgt er sogar der Luftlinie. Ich weiß zum Beispiel, dass etwas, wenn ich es loslasse, herunterfällt. Die Schwerkraft zu akzeptieren ist einfach. Das Konzept ist ziemlich schlicht.

Doch der Weg zur Akzeptanz kann auch eine längere Reise sein. Eine Odyssee sogar. Manchmal dauert es Jahre, etwas zu akzeptieren, obwohl du es tief im Herzen längst geahnt hast. Fast ein Jahrzehnt. Und manchmal musst du eine weite Strecke zurücklegen, 850 Kilometer zum Beispiel. Oder du musst viele Stunden Therapie machen und träumen, du versinkst im stürmischen Ozean, und versuchen NORMAL zu sein, und manchmal muss deine beste Freundin ihren größten Verlust erleben, bevor du zu akzeptieren bereit bist, dass der Himmel vielleicht für dich nicht grün ist, aber für deinen Bruder war er es.

Und manchmal musst du Crystal erst an der falschen Stelle suchen, bevor dir klar wird, dass du die ganze Zeit wusstest, wo sie ist.

»Hey, Baby. Da ist noch ein Ort, wo ich hinwill.«

»Okay.« Sie sah mich an. »Du führst.«

KAPITEL 37

Als wir die W. Ivystone Avenue verließen, übernahm Baby das Steuer und ich übernahm die Navigation. Unser Ziel war kaum einen Kilometer von unserem alten Haus entfernt. Damals hatte meine Mutter die Wahl des Orts mit seiner Nähe begründet, die paradoxerweise wenig später dann auch ihr Argument dafür gewesen war, wegzuziehen.

Der Friedhof, auf dem mein Bruder beerdigt war, lag neben einer Kirche mit angeschlossenem Kindergarten. Daran erinnerte ich mich, weil bei der Beerdigung, als der Flaschenzug ratternd den Sarg in den Boden ließ, eine Gruppe Kinder auf der Wiese gespielt hatte, als wäre nicht gerade die ganze Welt untergegangen.

Selbst als kleiner Junge kam es mir fehl am Platz vor, dass Kinder Fangen spielten, während wir einen Steinwurf entfernt meinen Bruder beerdigten. Dass wir einen Steinwurf entfernt waren, wusste ich, weil ich einen Stein aufhob und in ihre Richtung warf (keine Angst, ich traf nur einen Laternenpfahl), woraufhin die Kindergärtnerin die Kinder hastig in die Kirche scheuchte und wahrscheinlich den Rest des Vormittags für meine Seele beten ließ.

Jedenfalls war es derselbe Laternenpfahl, der mir ins Auge fiel, als Baby und ich auf der Wicklow Street nach dem Friedhof suchten, und ich zeigte Baby die Einfahrt zum Parkplatz.

Sie stellte den Motor ab und sah mich an.

»Ich bin gleich wieder da«, sagte ich.

»Lass dir Zeit.«

Mein einziger Anhaltspunkt auf der Suche nach dem Grab meines Bruders war der Winkel, aus dem ich den Stein geworfen hatte. Ich war froh, dass mein Gehirn das Detail als wichtig empfunden und all die Jahre aufbewahrt hatte, weil ich damit mehrere Gräberreihen überspringen und direkt zu dem Bereich in der Nähe der Kirche gehen konnte. Erleichtert stellte ich fest, dass an diesem Morgen keine Kinder draußen spielten.

Ich war seit der Beerdigung nicht mehr hier gewesen. Ich schätze, ich habe nie einen Zweck in Friedhöfen gesehen, außer der Tatsache, dass Tote irgendwo hinmussten. Es kommt mir einfach merkwürdig vor, was wir mit den Menschen tun, die wir lieben, wenn sie tot sind. Wir ziehen sie schick an, legen sie in eine superteure Kiste, und dann graben wir ein Loch, werfen sie rein, markieren die Stelle mit einem großen Stein und kommen ab und zu vorbei, um mit dem Stein zu reden, als könnten uns die Toten, die darunter liegen, hören. Es macht mich wütend, wenn ich darüber nachdenke, dass ich, weil ich mit Crystal geredet habe, eingewiesen wurde, aber Tausende von Menschen reden jeden Tag mit leblosen Grabsteinen und dürfen frei herumlaufen.

Da ich nie wieder hier gewesen war, hatte ich auch den Grabstein, den meine Eltern für meinen Bruder ausgesucht hatten, nie gesehen, und so wusste ich auch nicht, wonach ich suchte. Das hieß, ich musste viele Grabsteine mit (für mich) bedeutungslosen Namen lesen, bevor mir bei seinem fast das Herz stehen blieb.

BRIAN ALAN TEAGUE
3. MÄRZ 1971 – 29. APRIL 1987
GELIEBTER SOHN

Ich sah den Grabstein lange an, und meine Sinne schalteten in Hyperdrive.

Meine Eltern hatten einen stehenden asymmetrischen Grabstein ausgewählt. Ich weiß nicht, welches Detail sie zu der Auswahl bewogen hatte. Ich weiß nicht, wie man so etwas entscheidet. Ich meine, es ist bestimmt ein Prozess. Wahrscheinlich gibt es einen Verkäufer mit einem Ordner voller Optionen, die Farbtöne haben schicke Namen (Anthrazit, Grafit, Basalt), und es gibt verschiedene Schrifttypen (Antiqua, Schreibschrift, Fraktur). Aber ich verstehe nicht, wozu das alles gut sein soll, vor allem wenn man, nachdem man die perfekte Kombination ausgesucht hat, 850 Kilometer weit wegzieht.

Ich kniete mich vor dem Grab hin. Die Schrift war eingemeißelt, nicht aufgesetzt (noch eine der vielen Optionen aus dem Ordner wahrscheinlich), und in manchen Buchstaben klebte Moos, Überbleibsel des feuchten virginianischen Sommers. Ich pulte es heraus und streifte es am toten Wintergras ab.

Es kam mir seltsam vor, seinen Namen ausbuchstabiert zu sehen, so ganz offiziell. Wenn wir in der Familie seinen Namen sagten (was wir nicht mehr taten), klang es wie »Brine« mit einer Silbe, nicht wie »Bri-an«; so wie sich mein Name auf »hole« reimte, wenn man missachtete, dass er eigentlich zwei Silben hatte. Wir hießen nicht *Bri-an* und *Jo-el* wie bei feinen Leuten. Wenn wir zum Essen gerufen wurden, waren wir ein einziger zusammengenuschelter Brine'n'Jole.

Das hatte ich ganz vergessen – wie es war, mit meinem Bruder zusammengenuschelt zu werden, als wären wir eine Einheit. *Die Jungs*, nannten sie uns. *Die Kinder*, Brine'n'Jole. Jetzt fiel es mir wieder ein. Mir fiel viel zu viel wieder ein.

»Ich vermisse dich«, hörte ich mich flüstern.

Und dann war ich nicht mehr allein.

Ich starrte zu Boden, als sie kam. Der Saum ihres grünen Kleids flatterte, als sie sich näherte, dann blieb sie neben mir stehen.

Ich blickte nicht auf. Stattdessen sah ich zu Babys Wagen. Ich konnte nicht erkennen, ob sie mich beobachtete oder nicht.

»Ich dachte, du wärst im Brennofen«, sagte ich.

Crystal setzte sich neben mich. »Woher wusstest du dann, dass ich hier bin?«

Ich zuckte die Schultern. »Irgendwie habe ich es immer gewusst.«

»Warte ... ist das ernst gemeint?«, fragte sie. »Oder ist es ein Zitat aus *Die Rückkehr der Jedi-Ritter*?«

Ich hob den Kopf und sah sie an. Ihr Haar war offen, und das Grün ihrer Augen hob sich von den braunen Locken ab wie Meerglas. Crystal hatte sich seit unserer ersten Begegnung nicht verändert. Sie hatte damals wie sechzehn ausgesehen, und sie sah jetzt aus wie sechzehn. Wahrscheinlich, weil sie sechzehn war. Damals, heute, für immer.

»Beides«, antwortete ich. Ich wandte den Blick ab. »Als ich die Schachtel im Brennofen gefunden habe, muss ich tief im Innern gewusst haben, dass es deine ist. Ich wusste, dass du auf Bon Jovi standest. Grün war deine Lieblingsfarbe – der Nagellack, das Kleid –, und die Liste mit den Namen war in deiner Handschrift geschrieben. Ich glaube, ich habe nur sehr, sehr lange gebraucht, um die Teile zusammenzusetzen, weil ich, wie mein Therapeut sagt, viel Zeit mit Verdrängen verbracht habe ...«

Wir sahen uns einen Moment an.

»Dann weißt du, wer ich bin«, stellte Crystal leise fest.

Ich nickte langsam. »Ich weiß nicht, wie du sein kannst, wer du bist ... Aber ich verstehe, wer du bist ... Wer du immer gewesen bist. Es ist gleichzeitig sehr verwirrend und sehr einleuchtend.«

Sie wirkte erleichtert. »Genauso habe ich es auch immer empfunden. Ich wusste, dass ich anders war, aber ich wusste nicht, dass es so etwas gibt. Dass Menschen auf diese Art anders sein können. Ich hatte keine Worte, um zu beschreiben, was es bedeutet, ›wie ich‹ zu sein.« Sie zog die Knie an und umarmte ihre Beine. »Und auch sonst schien es niemand zu verstehen. Sie sagten immer nur, dass mit mir etwas nicht stimmte.«

»Anscheinend verteilen die Menschen gern Etiketten, wenn sie etwas nicht verstehen.«

Sie seufzte. »Sieht so aus.«

Danach wurden wir still.

Schließlich nahm ich meinen Mut zusammen und brach das Schweigen. »Ich bin echt sauer auf dich, weil du mich allein gelassen hast.«

Crystal streckte die Beine aus. Sie klopfte auf ihren Schoß, damit ich den Kopf drauflegte. »Ich weiß, Joel.« Dann begann sie, mir mit den Fingernägeln den Kopf zu kraulen, wie Mom es früher getan hatte.

»Aber viel mehr als sauer ... bin ich wahnsinnig *traurig*«, sagte ich. »Ich finde es zum Kotzen, wie schrecklich es für dich gewesen sein muss, wie einsam du die ganze Zeit warst und wie viel Angst du gehabt haben musst.«

»Dass du *mit mir* leidest, statt mir Leid zufügen zu wollen, unterscheidet dich von vielen Leuten.«

Die Worte waren grausam, und sie trafen mich schwer.

Ich dachte an die Prügeleien in der Schule. Das Mobbing. Ich dachte an die Atempause, die Kevin ihr gewährt hatte, und an die Verzweiflung, als er weg war. Ich dachte an all die Ärzte. An die Streits unserer Eltern.

Und dann dachte ich an das Schlimme.

Ich habe euch schon mal gesagt, ich wünschte, es gäbe ein Wort für das Glück, Crystals Glück bei Bon Jovi zu erleben. Doch ich wünschte, es gäbe auch ein Wort dafür, wie ich mich fühlte, wenn ich mir die Abgründe des Leids vorstellte, das sie erlebt haben muss. Das Wort müsste den genauen Grad der Verzweiflung, der Wut auf die Ungerechtigkeit und der Hilflosigkeit enthalten. Es müsste sehr viele Silben haben. Und es wäre garantiert ein Schimpfwort.

Aber ich hatte kein Wort dafür, und deswegen schrie ich ein paar andere Worte: »Es tut mir so leid! Es tut mir leid, dass ich nicht früher verstanden habe, was los war! Es tut mir leid, dass die Welt so beschissen ist! Es tut mir leid, dass ich dich nicht beschützen konnte!« Ich fühlte mich trotzdem nicht besser, und heiße Tränen liefen mir übers Gesicht.

Crystal nahm sanft meine Hand und rieb meinen Daumennagel. »Was hättest du tun können, Joel? Du warst ein Kind«, erinnerte sie mich. »Wir waren beide Kinder.«

Da musste ich noch mehr weinen. Sie hatte recht. Wir waren *Kinder.*

Ich fragte mich, wie alt Crystal war, als ihr zum ersten Mal klar wurde, dass sie, wenn sie überleben wollte, verstecken musste, wer sie war. Ich fragte mich, ob sie so gut darin war, die Wahrheit zu verbergen, dass sie, wenn es sein musste, sogar sich selbst überzeugte.

Und dann kam mir der Gedanke, dass ich vielleicht auch ziemlich gut darin war.

»Du bist mir immer so real vorgekommen, aber das gilt nur für mich, oder? Dass du hier bist … Du bist nur für *mich* real.« Ich seufzte tief. »Die anderen hatten die ganze Zeit recht. Du bist meine Einbildung. Ich bin wirklich verrückt.«

Crystal nahm mein Kinn in die Hand und sah mir in die Augen. »Hör auf zu sagen, du wärst verrückt, Joel. Du warst bloß ein Kind, das zu trauern versuchte.« Ihre Stimme klang fest. »Alles, was du wolltest, war, mir ein glücklicheres Leben zu schenken als das, das ich hatte.«

Ich starrte sie an.

In all den Jahren hatte ich meine Macke noch nie so gesehen.

Es war nicht verrückt, zu überlegen, welche Ohrringe Crystal gefallen hätten. Oder mit ihr das Konzert einer Band besuchen zu wollen, die sie liebte. Es war nicht verrückt, zu vermissen, was fehlte. Es war nicht verrückt, mir zu wünschen, was hätte sein sollen.

Es war verdammt noch mal NORMAL.

Crystal ließ die Hand auf meiner Wange. »Du konntest nicht

ändern, wie es mir ergangen ist, Joel. Aber du kannst entscheiden, wie es in deinem Leben weitergeht.« Sie nahm die Hand weg. »Ich habe gehört, es ist nie zu spät, das zu werden, was du hättest sein können, Joel. Genau das wünsche ich mir jetzt für dich, so wie du es dir immer für mich gewünscht hast.«

Ich seufzte, aber dann nickte ich.

»Ich schätze, das ist wirklich der Abschied«, sagte ich mehr zu mir als zu ihr.

»Nur weil ich nicht da bin, bist du nicht generell allein, weißt du das?« Crystal sah zum Parkplatz.

Ich folgte ihrem Blick.

»Glaubst du, sie hätte mich gemocht?«, fragte Crystal.

»Na ja, sie kann die meisten Leute nicht leiden, aber ich glaube, du wärst in der engeren Auswahl gelandet«, sagte ich. »Und falls es dich interessiert, ich glaube, du hättest sie auch gemocht.«

»Da bin ich mir sicher«, sagte sie.

Ich hörte, wie Baby den Motor anließ. Offenbar war ihr kalt geworden.

Crystal hatte es auch gehört. »Wahrscheinlich solltest du sie nicht warten lassen.«

Ich nickte, aber ich stand nicht auf. »Da ist noch etwas, was ich dir sagen wollte.« Ich starrte zum Parkplatz, während ich weiterredete. »Es geht um den Tag ... den letzten Tag, als wir zusammen gespielt haben, als du mit mir in den Park gegangen bist. Weißt du noch?«

»Natürlich.«

»Also, ich wollte dir nur sagen, dass ich ernst meinte, was ich gesagt habe.« Ich schluckte den Kloß hinunter, den ich im Hals hatte, und zwang mich, sie ein letztes Mal anzusehen. »Ich habe echt Glück, eine Schwester mit besonderen Augen zu haben.«

Ich sah zu, wie sich Crystals Gesicht aufhellte.

Sie nahm mich in die Arme und drückte mich fest, und als sie mich losließ, sah ich ihr in die Augen. Sie waren so grün wie der grünste Himmel.

»Ich liebe dich, Crystal«, waren meine letzten Worte an sie.

Sie lächelte und sagte: »Ich weiß.«

Ich bezweifelte, dass irgendwer das Grab vor dem nächsten heftigen Regenguss besuchen würde. Und falls doch, hoffte ich, sie würden wie ich den Laternenpfahl als Wegweiser benutzen. Denn sonst würde es schwierig werden, das Grab zu finden, weil auf dem stehenden, asymmetrischen, gravierten Grabstein nur noch ein Wort übrig war, das ich nicht mit feuchter virginianischer Graberde unkenntlich gemacht hatte. Das einzige Wort, auf das es ankam.

GELIEBT.

Als ich die Beifahrertür öffnete und mich ins Auto setzte, starrte Baby durch ihr Fenster vom Friedhof weg. Sie hatte die Mütze abgesetzt, und ihre Stoppeln standen in alle Richtungen ab und erinnerten mich daran, dass ich nicht der Einzige war, der harte Tage hinter sich hatte.

»Hier sind so viele Eichhörnchen wie in einem Alfred-Hitchcock-Film.« Sie zeigte auf den ungepflasterten Weg, der zurück zur Wicklow Street führte.

»Gut beobachtet«, gab ich zurück. Sie hatte recht. Da war ein verdammter Haufen Eichhörnchen unterwegs.

»Ich habe dich nicht beobachtet.« Sie sah immer noch aus dem Fenster.

Ich weiß nicht, ob meine Erleichterung oder meine Dankbarkeit größer war. Genau wie ich bei ihrer Begegnung mit Daphne hatte Baby mir meine Privatsphäre gelassen.

»Ich glaube, ich sehe Crystal nicht wieder«, sagte ich. »Aber dafür habe ich vor, meinen Therapeuten in nächster Zeit öfter zu sehen.«

Baby riss sich von den Eichhörnchen los und sah mich an. »Glaubst du, er hat noch Plätze frei?« Sie zeigte auf ihr Haar.

»Ich weiß nicht, ob du Witze machst.«

»Ich auch nicht.«

Ich griff nach Babys Hand und drückte sie.

Sie seufzte. »Ich will nicht von deinem ganzen Persönlichkeitswachstum heute ablenken, weil ich echt froh bin, dass du mir alles erzählt hast, aber ich habe immer noch meinen eigenen Mist am Hals, und ich bin verdammt traurig.«

Ich nickte. »Kann ich irgendwas für dich tun? Ich meine, hier, jetzt – gibt es irgendwas, das dich ein kleines minibisschen trösten würde?«

Baby dachte kurz nach. »Nein, außer du kannst meinen CD-Player reparieren. Die Vorstellung, auf der ganzen Fahrt nach Michigan keine Musik hören zu können, reicht, um ein Mädchen vollends in den Abgrund zu stoßen.«

Ich sah die kaputte Anlage an. Es gab keine Knöpfe oder Schalter mehr, die man drücken konnte, was hieß, dass das Ding gar nicht funktionieren konnte. Trotzdem sagte ich: »Okay.«

»Okay was?«

»Okay, ich repariere ihn.«

Baby sah mich misstrauisch an. »Wie soll das gehen, Solo? Benutzt du die Macht?«

»Han Solo benutzt die Macht nicht«, erklärte ich. »Aber wenn er einen Hyperdrive kurzschließen kann, dann müsste das Ding hier ein Kinderspiel sein.«

Natürlich war die Logik Unsinn, aber wisst ihr was? Ich schaffte es. *Ich reparierte Babys verdammten CD-Player.* Jedenfalls steckte ich einen Kuli in das Loch, wo der Drehknopf gewesen war, und plötzlich lief das Radio wieder, und das war gut genug. Und ihr erratet nie, welcher Song gerade spielte.

Es war »Wannabe« von den Spice Girls.

Was ist? Ich habe doch gesagt, dass ihr es nie erratet.

Ja, ja. Es wäre poetisch gewesen, wenn zufällig gerade »Livin' on a Prayer« gelaufen wäre, oder sogar »What's the Frequency, Kenneth?«. Wäre einer dieser beiden Songs gelaufen, hätten Baby und ich einander wie vom Donner gerührt angesehen, zutiefst ergriffen, dass das Universum nur für uns einen solchen Knüller eingefädelt hätte. Außerdem wäre es der perfekte Übergang, um von der Virginia-Episode zum Haupterzählstrang zurückzufinden.

Aber so war es nicht, und ich werde auch nicht so tun als ob.

»Ach du Kacke. Das ist der schlimmste Song in der Geschichte der Musik, Solo«, sagte Baby, bevor sie die Anlage mit einem Schlag auf das Loch, in das ich den Kuli gesteckt hatte, zum Schweigen brachte. »Ich höre liebe nichts als diesen Müll.«

»Alles klar.« Ich nickte. »Dann ist der Rest eben Schweigen.«

Wir tauschten Plätze, und ich fuhr vom Parkplatz. Als wir zehn Minuten später auf dem Highway waren, war sie eingeschlafen.

Und wisst ihr was? Es fühlte sich ... NORMAL an.

Was, wenn ich ehrlich bin, eine ganz eigene Poesie besaß.

KAPITEL 38

Baby und ich kamen gegen Mitternacht wieder in Royal Oak an. Um Kats Zorn wegen des versäumten traditionellen Probe-Abendessens zu entgehen, schlief Baby an einem Ende der ROYO-Video-Pausenraumcouch, und um der unausweichlichen Fortsetzung meines Streits mit Mom zu entgehen, schlief ich am anderen Ende der ROYO-Video-Pausenraumcouch. Am Morgen standen wir auf und machten uns zeitig, bevor die Frühschicht kam, aus dem Staub, um keinen Skandal auszulösen.

Baby brachte mich nach Hause, wo keiner war (zum Glück). Ich stand eine Dreiviertelstunde unter der Dusche und leerte den Heißwassertank, um das Motelbad von meinem Körper (und aus meiner Erinnerung) zu spülen, und dann ging ich nach unten, um etwas zu essen.

Während ich mich durch eine Packung Newtons-Kekse aß und ein Glas Milch dazu trank, fiel mir auf, dass die Küche irgendwie anders aussah. Nicht, dass es sonst bei uns unordentlich wäre, aber die Küche wirkte *porentief rein*. Rein im Sinne von kein-einziger-Fingerabdruck-an-der-Ofentür-rein. Ich erinnerte mich, dass Mom einen Makler erwähnt hatte, und dann fiel mir ein, dass heute das Treffen meiner Eltern mit den Anwälten stattfinden sollte, was wahrscheinlich der Grund dafür war, dass Mom nicht da war.

Der Gedanke versetzte mir einen schmerzhaften Stich und erinnerte mich daran, dass sich in der letzten Woche viel verändert hatte, aber dass sich noch mehr verändern würde.

Mom hatte die restlichen Engelsfiguren aus dem Setzkasten genommen. Wahrscheinlich dachte sie, es würde den Wert des Hauses drücken, wenn sie nicht das komplette Set zusammenhatte, und hatte stattdessen die Bauernhoftiere so auf die Fächer verteilt, dass die Lücken nicht auffielen.

Ich sah auch, dass jemand – vermutlich Dad – die Kerben in der Wand ausgebessert hatte. Es tat mir leid, dass der Job an ihm hängen geblieben war, aber handwerkliche Arbeiten wären bald nicht mehr sein Problem. Jedenfalls nicht hier.

Ein paar Minuten später hielt ein Wagen in der Auffahrt. Ich lief nach oben und stellte Musik an, damit Mom mitbekam, dass ich zu Hause war, ohne überrumpelt zu sein; wahrscheinlich war es für uns beide besser, wenn mein plötzliches Wiederauftauchen sie nicht überraschte.

Doch offenbar hatte es meine Mutter nicht eilig, mich zu sehen, denn es dauerte fast eine Stunde (oder vierzehn Runden *Tekken 2*), bis sie endlich an meine Tür klopfte.

»Wie war der Lehrgang?«, rief Mom, um die Musik zu übertönen.

Ich drehte die Lautstärke runter. »Lehrgang?«

Mom trug ein Kostüm und war geschminkt, als ginge sie zur Kirche. »Oder wie du das Ding nennst, wozu dich dein Dad verdonnert hat, damit du dich wieder einkriegst«, sagte sie.

Ich brauchte einen Augenblick, bis der Groschen fiel, aber dann erinnerte ich mich an Dads Worte: *Ich denke mir eine Ausrede für deine Mutter aus ... spiele einfach mit.*

»Ach so, *der* Lehrgang«, sagte ich. »Ja, der war gut.«

»Hast du alles rausgelassen?«, fragte sie an den Türrahmen gelehnt.

Ich wusste nicht genau, was sie meinte, aber »Ja« schien die richtige Antwort zu sein.

»Gut«, sagte sie und wollte zum Glück keine Details wissen. Dann wechselte sie das Thema. »Ist heute nicht diese Hochzeit? Die Hochzeit der Mutter des schwangeren Mädchens?«

Ich sah auf die Uhr und stellte fest, dass ich besser in die Gänge kam, wenn ich Kat und Bob noch den Toaster besorgen wollte, den ich versprochen hatte.

»Ja«, sagte ich. Und damit alles korrekt war, erklärte ich: »Sie ist aber nicht mehr schwanger.«

»Oh.« Mom sah überrascht aus, aber nicht lange. »Mädchen oder Junge?«

»Mädchen«, antwortete ich, als ich mir die Anzughose anzog.

»Wie süß«, gab sie zurück. »Wie heißt sie?«

»Daphne.«

Mom runzelte die Stirn. »Wie das Mädchen aus *Scooby-Doo*?«

»Genau«, sagte ich, weil ich keine Lust auf Erklärungen hatte. Ich nahm das Hemd vom Kleiderbügel und wechselte das Thema. »Wie ist es heute Morgen gelaufen?«

Mom zögerte, und da sie keine Zigarette zum Anzünden hatte, zupfte sie an ihren Fingernägeln. »Die Anwälte sagen, du bist zu alt dafür, dass einer von uns das Sorgerecht übernimmt. Sie sagen, du sollst dir selbst aussuchen, bei wem du leben möchtest.« Sie sah an mir vorbei aus dem Fenster.

»Hättest du mit Dad um das Sorgerecht gekämpft?«

Mom zuckte die Schultern. »Ich wusste nicht, wie das geregelt wird.« Sie seufzte, dann sagte sie: »Ich schätze, wenn keiner von euch mit mir zusammenleben will, sollte ich das Haus wohl deinem Vater überlassen. Ich ziehe einfach in irgendein Einzimmerapartment, und ihr könnt mit seiner Schlampe hier wohnen.« Sie klang traurig, nicht wütend, und wirkte resigniert.

»Mom, hör auf«, sagte ich so liebevoll wie möglich. »Du tust so, als würde ich dich nie wiedersehen wollen.«

»Tja, so fühlt es sich an, Joel«, sagte sie weniger geduldig. »Ich habe immer nur versucht zu tun, was für alle am besten ist, aber irgendwie scheint alles nach hinten loszugehen.«

»Vielleicht liegt es daran, dass du nicht immer weißt, was am besten ist.«

Mom sah mich böse an. »Was soll das denn heißen?«

Mit untypischer Gelassenheit antwortete ich: »Es heißt, dass du vielleicht nicht immer recht hast mit dem, was andere Leute deiner Meinung nach tun sollten. Oder wie sie sich verhalten sollten. Oder wer sie sein sollten. Vielleicht musst du aufhören, immer alles kontrollieren zu wollen.«

Sie sah mich an, als hätte ich ihr gerade gesagt, der Himmel sei grün. »Ich will überhaupt nichts kontrollieren«, versicherte sie mir.

»Okay, Mom«, sagte ich in dem Tonfall, den ihr euch gerade vorstellt.

Mom stieß den weltlängsten Seufzer aus. »Und ich hatte gehofft, wenn du von deinem Lehrgang kommst, weißt du besser zu schätzen, welche Opfer ich bringe. Ich weiß nicht, was in dich gefahren ist, aber ich wette, es hat mit diesem Jungen zu tun, der das Bild für dich gemalt hat.«

Es gibt immer einen Tropfen, der das Fass zum Überlaufen bringt, und das war offensichtlich meiner.

Ich meine nicht Überlaufen im Sinne von Ausrasten-und-Porzellanengel-an-die-Wand-werfen. Ich meine die Verschiebung, die vor sich geht, wenn ein Mensch, der sein Leben lang Macht über dich hatte, plötzlich machtlos ist, weil dein Verstand endlich zu dem Schluss gekommen ist, dass dir seine Meinung einfach nur noch egal ist.

In dem Moment, als Mom schon wieder mit Maverick und *Star Wars* und der Frage anfing, ob ich schwul war oder nicht, löste sich auch das letzte bisschen Interesse in Luft auf, das ich noch für ihren Schwachsinn übrighatte, und es war ein so befreiendes Gefühl, dass ich wünschte, es wäre vor Jahren passiert.

»Ich rede nicht mehr mit dir darüber«, unterbrach ich sie. »Erwähne nie wieder dieses Bild, wenn du mit mir sprichst. Und nie wieder ein Wort über den Typen, der es mir geschenkt hat. Du kennst ihn nicht, du weißt nichts über ihn, also halt den Mund.«

Ich erhob nicht einmal die Stimme, denn ich war nicht wütend. Ich hatte es einfach nur satt.

Ich hatte ihre Vorhaltungen satt. Ich hatte es satt, Erklärungen abgeben zu müssen. Ich hatte es satt, mich zu verteidigen. Ich hatte es satt, in der Vergangenheit festzustecken, und dazu gehörte auch, immer wieder dieselben öden Diskussionen mit meiner Mutter zu führen.

»Du weißt nicht, was ich weiß, Joel«, gab Mom beleidigt zurück.

Die Art, wie sie es sagte, gefiel mir nicht, aber ich ließ mich nicht ködern. »Wahrscheinlich hast du recht, Mom«, sagte ich, während ich in meinen Jackentaschen kramte. »Alle hier sind so gut darin, Geheimnisse zu hüten, dass du bestimmt eine Menge weißt, wovon ich nie erfahren werde.«

»Ich meine, du weißt nicht, wie es ist, Mutter zu sein.« Ich hörte, wie sie schluckte. »Eine Mutter, die nur will, dass es ihren Kindern gut geht, Joel. Eine Mutter, die ihre Kinder vor der grausamen Welt beschützen will. Eine Mutter, die für alle nur das Beste will.«

Ich fand die JCPenney-Tüte, die Dad mir gegeben hatte, und nahm die rosa Krawatte heraus. Als ich sie mir um den Hals legte, fiel mir ein, dass ich nicht wusste, wie ein Krawattenknoten ging, also improvisierte ich eine Schlinge, die ich bei den Pfadfindern gelernt hatte. »Und Kinder wollen nur bedingungslos von ihrer Mutter geliebt werden«, sagte ich. »Schade, dass keins deiner Kinder je erfährt, wie sich das anfühlt.«

Mom sah mich entsetzt an, ob wegen meiner Worte oder wegen der Farbe meiner Krawatte oder wegen der Tatsache, dass mein Krawattenknoten aussah, als hätte ich mir ein Lasso über den Kopf geworfen, oder alles drei zusammen, es interessierte mich nicht.

Ich nahm mein Jackett und die Schuhe und ging an ihr vorbei. Ich musste zu einer Hochzeit und würde mich von meiner Mutter nicht aufhalten lassen.

Sie versuchte es nicht einmal.

KAPITEL 39

Nachdem sie mir den Toaster verkauft hatte, band mir die Dame mit dem silbernen Haar bei Macy's die Krawatte, denn sie konnte nicht zulassen, dass ich wie ein »Schmuddelcowboy« zu einer Hochzeit ging, wie sie mir erklärte. Dann strich sie mir das Jackett glatt und schickte mich zum Verpackungsservice, weil sie meinen Plan, dem Brautpaar mein Geschenk in der Macy's-Tüte zu überreichen, »sträflich geschmacklos« fand. Manch einen hätte ihre Einmischung vielleicht gestört, aber ich hatte vor langer Zeit gelernt, Hilfe anzunehmen, wenn ich sie brauchte, und mich ehrlich dafür zu bedanken, was ich auch tat.

Die Hochzeit begann um vier, und nach dem Einkaufszentrum hatte ich noch jede Menge Zeit. Weil ich nicht wusste wohin sonst, fuhr ich schon mal zu der Adresse, die auf der Hochzeitseinladung stand, stellte mich auf den Parkplatz der White House Wedding Chapel und drehte *Monster* auf.

Nach der Hälfte von »What's the Frequency, Kenneth?« drückte ich auf *Eject*. Ich hielt die CD in der Hand und stellte fest, dass ich zum ersten Mal seit langer Zeit keine Lust auf den Song hatte.

Irgendwie war mir völlig egal, was die Frequenz war. Oder wer Kenneth war. Oder was der Song bedeutete. All die Fragen interessierten mich nicht mehr. Plötzlich war es vollkommen okay für mich, keine Antworten darauf zu haben. Und deswegen war ich bereit für andere Musik.

Erst meine Mutter, und jetzt das. Ich war mir nicht sicher, was hier los war, aber ich wünschte, ich wäre schon vor langer Zeit zum Friedhof gegangen. Ungelenk beugte ich mich zum Rücksitz, um meine Weezer-CD zu suchen, als die Beifahrertür aufging.

»Uff!« Ich fuhr herum und sah Baby. »Ach, du bist es! Ich dachte schon, jemand will mein Auto klauen.«

Baby, die ein Tuch um den Kopf hatte und mehr Make-up trug, als ich je an ihr gesehen hatte, setzte sich auf den Beifahrersitz. »Entspann dich, Joel. Keiner will deinen bescheuerten LeBaron klauen.«

Obwohl sie mich zu Tode erschreckt hatte, freute ich mich riesig, Baby zu sehen. Ich hatte nicht damit gerechnet, vor der Zeremonie mit ihr sprechen zu können, und ich ging davon aus, dass wir auch später kaum Zeit hatten, weil sie mit dem ganzen Brauttochtergedöns beschäftigt wäre. Deshalb nutzte ich die Gelegenheit, um zu fragen, wie sie sich hielt.

»Du siehst ziemlich gut aus in dem Teil.« Baby zeigte auf meinen Anzug. »Nach den Truckerklamotten auf jeden Fall eine Verbesserung.«

»Wenn es der Sache dient«, sagte ich. »Du siehst auch toll aus.«

Baby verdrehte die Augen. »Ich habe eine Jacke an und ein Tuch für alte Damen.«

»Ich meine dein Gesicht«, erklärte ich. »Aber ›hübsches Gesicht‹ klingt irgendwie nach einem Euphemismus.«

Baby zuckte die Schultern. »Ach. Alles, um Kat glücklich zu machen«, antwortete sie. »Ich habe Scarlet gewarnt, mich nicht wie einen Nuttenclown aussehen zu lassen. Offenbar hat sie ihre Sache gut gemacht.«

»Warte mal, was? *Scarlet* hat dich geschminkt? Du meinst *Scarlet*-Scarlet? ROYO-Video-Scarlet? Erzfeindin Scarlet?«

»Genau die«, gab Baby widerwillig zu und warf einen prüfenden Blick in den Rückspiegel. »Du und ich, wir wissen beide, dass ich meine Frisur, wie sie war, meiner Mutter nicht zumuten konnte –

jedenfalls nicht an ihrer Hochzeit –, und auf die Schnelle habe ich sonst niemanden gefunden. Glaub mir, ich hab's versucht. Also bin ich zu Scarlet gegangen, und sie hat mir die Haare gemacht. Danach wollte sie mir unbedingt noch im Gesicht rumpfuschen, und ich hatte nicht die Eier, mich zu wehren, als sie mit den Pinseln anrückte.«

Ich war so verblüfft, dass ich noch mal nachfragte. »Du bist zu Scarlet gegangen? Um sie um Hilfe zu bitten? Aus freien Stücken?«

»Ich habe ja nicht um ihre Hand angehalten, Solo.« Wieder verdrehte sie die Augen. »Ich brauchte dringend Hilfe mit meinen Haaren, und deine hatte sie ja auch geschnitten, und da dachte ich, ich lasse sie mal ran. Schlimmer konnte es ja nicht werden.«

»Okay ...« Ich versuchte mir das Szenario vorzustellen. »Hat sie gefragt, was mit deinem Haar passiert ist?«

»Natürlich.« Baby sah aus dem Fenster. »Ich habe ihr gesagt, das Baby hätte es ausgerissen. Ich glaube, sie hat mir geglaubt. Wahrscheinlich will sie jetzt keine Kinder mehr, und damit hätte ich der Menschheit einen großen Dienst erwiesen.«

Ich starrte sie an.

»Okay, schon gut. Ich habe ihr erzählt, dass ich es selber war«, gab Baby zu. Eine lange Pause entstand. »Und dann haben wir über ein paar Dinge geredet.«

»Wirklich?«

»Ja.« Baby nickte. »Ich meine, ich konnte ja schlecht verstecken, dass ich nicht mehr schwanger bin. So naiv ist nicht mal Scarlet. Also, du weißt schon. Gewisse Fragen sind aufgekommen.«

Sie ging nicht tiefer ins Detail, aber das war auch nicht nötig. »Wie hat es sich angefühlt?«

»Okay«, sagte sie mit einem Seufzer. »Ich meine, wir lassen uns jetzt keine Best-Friends-Forever-Tattoos stechen oder so was, aber wir hatten tatsächlich viel zu reden.«

Baby spielte die Bedeutung herunter, aber ich merkte, dass sie für die Aussprache dankbar war, ganz gleich was gesagt worden war, und ich war es auch.

»Das freut mich«, sagte ich. »Es freut mich für euch beide.«

Baby zuckte die Schultern. »Scarlet mag Marc Schwartz sehr«, informierte sie mich. »Das war schön zu hören, sogar von ihr.«

Es schien, als hätte sie alles gesagt, was sie dazu sagen wollte, also wechselte ich das Thema. »Darf ich deine neue Frisur sehen?«

Baby begann, sich das Kopftuch abzuwickeln. »Scarlet hat an Drew Barrymore in *Mad Love* gedacht. Ich weiß nicht, was ich auf dem Kopf habe, aber ich hoffe, es sieht nicht mehr so aus, als wäre ich von einem Rasenmäher überfallen worden.« Sie ließ das Tuch in ihren Schoß fallen.

Ich lächelte. Baby sah nicht aus wie Drew Barrymore (meine Meinung), sondern wie Baby mit einem richtig schönen Kurzhaarschnitt, und das war viel besser. »Gefällt mir«, sagte ich.

»Danke.« Sie seufzte und blies sich ein paar kurze Strähnen aus der Stirn. »Und wo wir gerade dabei sind …« Ihre Stimme wurde ernst. »Danke auch für alles andere. Ich glaube, es hat geholfen.«

Ich nickte. »Ich hoffe, du hattest nicht das Gefühl, die ganze Reise wäre nur meinetwegen.«

»Auf die Idee wäre ich nie gekommen«, versicherte sie mir. »Du hast mich hier rausgeholt, und damit hast du mich wahrscheinlich davor gerettet, irgendeinen wirklich verrückten Quatsch anzustellen.«

»Ich weiß nicht«, sagte ich nachdenklich. »Viel verrückter, als sich in einem Stripclub Reizwäsche zu kaufen und im Motel die Haare abzusäbeln, wird es wohl nicht.«

Zum ersten Mal seit langer Zeit lächelte Baby ein halbmondförmiges Lächeln mit spitzen Winkeln. »Ich schätze, wir werden nie erfahren, wie tief ich ohne dich gesunken wäre.«

»Wahrscheinlich nicht.«

Sie schwieg ein paar Sekunden. »Ich habe ein Kind bekommen,

Solo. Ich wurde schwanger, ich habe ein Mädchen bekommen und ich habe es weggegeben, und ich bin achtzehn Jahre alt, und jetzt muss ich zur Hochzeit meiner Mutter und mich mit ihr freuen, obwohl ich immer noch am liebsten die ganze Welt in die Luft sprengen würde.«

»Das ist ganz normal, Baby«, sagte ich. »Alles wird wieder gut.«

Sie holte tief Luft. »Bist du dir sicher?«

»Nein«, gab ich zu. »Aber ich bin hier.«

Baby nahm meine Hand und drückte sie. »Dann wird alles gut.«

Die Trauung war kurz und schön, und danach fuhren die Gäste in einem Konvoi zum Empfang.

Seit dem Brand war das Headlights geschlossen gewesen, und der Hochzeitsempfang war praktisch die große Wiedereröffnung, obwohl es eine geschlossene Gesellschaft war. Der Parkplatzwächter nahm meinen Autoschlüssel, ein Türstehertyp hakte mich auf einer Liste ab, und als ich das Restaurant betrat, begrüßte mich der strenge Geruch nach frischer Farbe und Lack und Steak und Huhn.

Von innen wirkte alles zugleich alt und neu und war außerdem üppig mit altmodischer Valentinstag-Deko, Girlanden und Luftballons geschmückt, und ich muss sagen, es war ein ziemlich anständiger Look für eine »Tanktopstelle«.

Baby war die meiste Zeit mit Brauttochterpflichten beschäftigt, also setzte ich mich an den mir zugewiesenen Tisch zu mehreren dienstfreien Headlights-Kellnerinnen, die die Idee des unbegrenzten Ausschanks ganz neu definierten.

Nach dem Essen und dem ersten Tanz, der dem Brautpaar gehörte, sagte Baby, dass ich mit ihr tanzen müsse, was ich klaglos tat, weil es zu den Pflichten des Hochzeitsbegleiters gehört.

Als sie mich auf die Tanzfläche führte, bat Baby um einen Gefallen. »Sag mir Bescheid, wenn was durch meinem BH durchsickert, okay?«

»Äh«, war meine vom Donner gerührte Reaktion. »Was soll denn durchsickern? Meinst du Blut? Kann das passieren?«

Baby hielt beim Tanzen inne und sah mich an wie den Trottel, der ich war. »Ich hatte Milcheinschuss, und mein Körper denkt immer noch, ich müsste ein Baby füttern.«

Diese Information löste eine Menge Fragen bei mir aus, deren Antworten ich nicht wissen wollte, also sagte ich nur: »Alles klar, ich sag dir Bescheid.«

»Tut mir leid, wenn dir meine Brüste unangenehm sind, Solo. Aber mir sind sie auch unangenehm, also ist es nur fair.«

»Sie sind mir nicht unangenehm«, log ich. »Aber ich fände es cool, wenn wir aufhören, über deine Milch zu reden.«

Es lief gerade ein Song von den Eagles, und wir tanzten das ganze Lied durch, bevor einer von uns wieder redete.

»Ich habe einen Toast auf meine Mutter geschrieben«, sagte Baby. »Aber ich hatte keine Lust, ihn vor allen Leuten zu halten.«

»Ehrlich?«

»Es wäre ein Wahnsinnstoast gewesen. Vielleicht wäre er in die Geschichte eingegangen als die beste Rede, die je bei einer Hochzeit gehalten wurde.«

»Wow, so gut? Was hättest du denn gesagt?«, fragte ich, weil ich das Gefühl hatte, Baby erwartete das.

»Also«, begann sie. »Ich wollte mit einem Filmzitat anfangen, wie man es bei guten Toasts macht, aus *Frühstück bei Tiffany*, weil es Kats Lieblingsfilm ist. Dann wollte ich über sie und Bob reden, und wie sehr sie sich lieben, bla bla bla.«

»Das ist die bewegendste Rede, die ich je gehört habe«, sagte ich. »Ich fasse es nicht, dass du die Leute um die Chance gebracht hast, sie zu hören.«

Baby trat mir absichtlich auf den Fuß.

»Dann wollte ich noch sagen, dass ich weiß, dass Muttersein der schwerste Job auf der Welt ist. Ich wollte sagen, dass ich endlich verstanden habe, wie sehr sie mich liebt, und dass sie alles, womit sie mich je geärgert hat, wahrscheinlich nur getan hat, um mich zu schützen. Ich wollte ihr danken, dass sie mir das beste Leben geschenkt hat, das sie mir geben konnte, selbst wenn sie immer Zweifel an sich hatte und selbst wenn sie ein paar Sachen verbockt hat«, erklärte Baby. »Ich hätte natürlich nicht ›verbockt‹ gesagt, aber du weißt, was ich meine. Und dann wollte ich ihr und Bob eine Milliarde glückliche Jahre wünschen, bla bla bla, und mit einem Zitat aus *Vier Hochzeiten und ein Todesfall* enden, weil es, na ja, so gut passt.«

»Hmm«, sagte ich. »Kat wäre sehr glücklich gewesen.«

»Aber es klingt alles total kitschig, wenn ich es laut sage, und sie hat sowieso schon den ganzen Tag geheult, also warte ich lieber auf eine andere Gelegenheit.«

»Ja«, stimmte ich zu. »Gute Idee.«

Dann war das Lied zu Ende, und es war Zeit, dass die Braut den Braustrauß warf, also musste Baby gehen, und den Rest der Feier war sie beschäftigt.

Ich verbrachte den Abend damit, zu viel Cola zu trinken und zu viele herzförmige Pralinen zu essen, bis sich die Party gegen zehn Uhr langsam auflöste. Baby hatte ihre Schuhe längst ausgezogen, als sie barfuß zu mir kam und mich bat, sie nach Hause zu fahren. Während sie die Stiefel, die sie vor der Kirche getragen hatte, anzog, bat ich den Parkwächter, meinen Wagen zu holen, und wir fuhren los.

»Wer hat heute die Nachtschicht übernommen?«, fragte Baby, als wir in die Nähe der Videothek kamen.

»Ich habe es vergessen. Ich glaube, ich habe Hannibal eingetragen. Er schien am wenigstens sauer zu sein, dass er am Valentinstag arbeiten muss.«

»Wollen wir ihm den Rest des Abends freigeben?«

Ich sah sie an. »Du willst arbeiten? In deinem Brautjungfernkleid?«

»Warum nicht?«, fragte sie. »Ich habe alle meine Schichten diese Woche verpasst. Außerdem habe ich mal mit einer aufgemalten Wassermelone auf meinem nackten Bauch gearbeitet. Die Kleidervorschriften werden doch eh nicht kontrolliert.«

»Auch wahr.« Ich setzte den Blinker.

Wir kamen durch die Hintertür und warfen die Jacken in den Pausenraum, bevor wir nach vorn in den Laden gingen. Es war ein paar Tage her, dass ich das letzte Mal hier gewesen war, und ich hatte ROYO Video schon vermisst.

Der Staubsauger lief. Wir folgten dem Kabel, und richtig, dort stand Hannibal, der mit Kopfhörern sauber machte.

Ich tippte ihm auf die Schulter.

»Hallo, mein Freund!«, sagte er überrascht. »Sieh dich an!« Er zeigte auf meinen Anzug. »Heißes Date?« Er zeigte auf Baby.

»Meine Mutter hat heute geheiratet, Hannibal«, antwortete Baby für mich, und er musste viermal hinsehen, bis er sie erkannte.

»Ach, hey, Baby.« Er musterte sie total verwirrt. »Warst du nicht ... war da nicht ... mehr, als du das letzte Mal hier warst? Mehr Haare und mehr ... sonst so?«

»Ja«, lautete Babys knappe Antwort. »Willst du den Rest des Abends freihaben?«

Das Angebot ließ ihn Babys Verwandlung sofort vergessen. »Echt jetzt?«, fragte er und sah von ihr zu mir.

»Klar. Wir machen für dich zu.« Ich nahm ihm den Staubsauger aus der Hand.

»Ihr kommt wie gerufen«, sagte er. »Die Jungs im Tattoostudio wollten D & D spielen und suchen noch einen Dungeon-Master.« Er rückte sich den Pferdeschwanz zurecht. »Fröhlichen V-Tag, ihr beiden!«

Hannibal verschwendete keine Zeit, sich abzumelden, während Baby im Abendkleid den Laden saugte.

Es war keine Kundschaft in Sicht, was ich als Zeichen wertete, dass in Royal Oak noch Romantik herrschte. Sosehr ich persönlich ROYO Video mochte, eine Videothek war nicht der einfallsreichste Ort für ein Rendezvous. Wahrscheinlich war es ein gutes Zeichen für den Zustand der Gesellschaft, wenn die Menschen am Valentinstag Besseres zu tun hatten, als Videos auszuleihen.

Ich wollte gerade Kassensturz machen, als ich neben dem Röhren des Staubsaugers die Tür der Kammer auf- und zugehen hörte. Aus irgendeinem Grund hatte ich nicht daran gedacht, dass Hannibal am Freitagabend natürlich nicht allein Spätschicht hatte – der Laden wurde immer von zwei Leuten geschlossen. Ich sah in den Flur, und nach ein paar Sekunden tauchte Maverick mit einer Kiste Süßigkeiten aus der Kammer auf, um die Regale aufzufüllen.

Ach ja. Jetzt fiel mir wieder ein, wen ich eingeteilt hatte.

Er sah nicht in meine Richtung, bis er fast an der Theke stand, und als er mich bemerkte, spielte sein Gesicht in drei Sekunden die ganze Palette von Überraschung zu Verwirrung zu Grauen durch, und ehrlich gesagt ging es mir wahrscheinlich genauso.

»Hey«, sagte ich, als er so nah war, dass es unhöflich gewesen wäre, nichts zu sagen. »Wie läuft's?«

»Gut«, war seine unterkühlte Antwort, als er die Schachtel auf die Theke stellte. »Ich dachte, du hättest frei.«

»Ich war bei der Hochzeit von Babys Mutter«, sagte ich. »Wir sind vorbeigekommen, damit die Spätschicht früher Schluss machen kann.«

Maverick leerte die Kiste auf der Theke aus und begann die Süßigkeitenfächer aufzufüllen. »Wie rücksichtsvoll«, sagte er. »Aber ich will meine Schicht fertigarbeiten. Meine Freundin wohnt in einer anderen Stadt, und Valentinstag ist deprimierend für mich.«

»Ich wusste gar nicht, dass du eine Freundin hast«, antwortete ich ehrlich verwirrt.

»Natürlich habe ich eine«, sagte er. »Sie wohnt in einer Stadt, wo du keinen kennst, geht auf eine Schule, von der du nie gehört hast, und hat einen knallharten Cheerleader-Stundenplan, deswegen sehen wir uns fast nie. Aber wenn wir uns sehen, haben wir die ganze Zeit Sex, weil sie so scharf ist, dass ich die Finger nicht von ihr lassen kann. Sie heißt Jenny, wie jedes zweite Mädchen.«

»Oh«, sagte ich, als der Groschen fiel. »Sie klingt perfekt.«

»Danke«, sagte er ausdruckslos. »Soll sie auch.«

Er arbeitete weiter, während ich überlegte, was ich als Nächstes sagen sollte.

»Hey, ich verrate keinem was, falls du davor Angst hast«, sagte ich schließlich.

»Ach, das ist ja echt nobel von dir, dass du mich nicht absichtlich einem Hassverbrechen auslieferst.« Maverick funkelte mich böse an.

»Ich wollte nur nicht, dass du dir deswegen Gedanken machst. Dein Geheimnis ist bei mir total sicher«, versprach ich. »Glaub mir, es gibt viele Dinge über mich, von denen ich auch nicht will, dass sie jemand an die große Glocke hängt. Ich verstehe das.«

Inzwischen sah Maverick mich mit einem Blick an, den ich hasste. Wer so viel Gruppentherapie auf dem Buckel hat wie ich, kennt den Blick, von dem ich rede. Es war eine Mischung aus Groll, Selbstbeherrschung und Hoffnungslosigkeit, und er bedeutete: *Bild dir bloß nicht ein, du würdest auch nur ansatzweise verstehen, wie beschissen es ist, ich zu sein.*

In der Therapie ist das der Alphablick, reserviert für die Person, deren Situation für die anderen am schwersten nachvollziehbar ist, und gerichtet auf den Volltrottel, der sich einbildet, seine Lehrbuchmacke wäre in irgendeiner Form vergleichbar. Ich hatte diesen Blick schon verdammt vielen Volltrotteln verpasst, aber ich hatte ihn noch nie abbekommen. Lasst euch sagen, der Blick gibt einem echt das Gefühl, bescheuert zu sein.

»Was ich eigentlich sagen wollte, ist, es tut mir leid, wie ich reagiert habe«, sagte ich und meinte es auch. »Ich schätze, ich bin manchmal echt nicht der sensibelste Mensch.«

Er hörte auf, Süßigkeiten einzuräumen, und sah mich an. »Das Problem ist nur, dass du sehr wohl sensibel bist, Solo«, entgegnete er. »Jedenfalls bei allem anderen. Das war das Beschissenste an der ganzen Sache. All die Monate habe ich gesehen, wie du mit Baby und Scarlet umgegangen bist, wenn sie Probleme hatten. Es war, als würdest du immer genau das Richtige sagen und tun. Es war, als *wolltest* du immer das Richtige sagen und tun, verstehst du? Als wärst du einer dieser seltenen Menschen, denen wirklich daran liegt, wie es anderen geht.« Er ließ eine Pause. »Allen außer mir, meine ich. Aber egal. Ich schätze, ich hätte wissen müssen, dass du bei jemandem wie mir eine Ausnahme machst, selbst ein Typ wie du.«

Seine Worte hingen in der Luft. Sie taten weh. Sie taten weh, weil sie falsch waren, und sie taten weh, weil sie stimmten.

Ich hatte Maverick wie einen Aussätzigen behandelt. Ich hätte Baby nicht an mich gerissen, wenn Poppins oder der Pate mir die Hand auf die Schulter gelegt hätten. Ich wusste, dass ich mich nur so verhalten hatte, weil Maverick ein Mann war.

»Du hast recht. Ich war ein totales Arschloch«, gestand ich. »Ich verstehe vollkommen, wenn du nie wieder mit mir reden willst, auch wenn es echt nicht das ist, was ich will. Ich will mit dir befreundet sein. Mit dir als du, egal wer du bist, egal was das heißt.« Und dann, weil mir nichts anderes einfiel, hielt ich ihm die Hand hin wie ein Gebrauchtwagenhändler.

Maverick (der, lasst uns das nicht vergessen, immer noch der *viel* coolere, *viel* besser aussehende Typ von uns beiden war, trotz der Tatsache, dass ich ihn wie einen Aussätzigen behandelt hatte) schüttelte den Kopf über die spießige Förmlichkeit meines Handschlags, aber er akzeptierte ihn trotzdem. »Im Moment heißt es, dass ich eine scharfe Freundin namens Jenny habe«, sagte er. »Aber danke.«

In diesem Moment tauchte Baby auf, die wahrscheinlich zugehört und die richtige Gelegenheit abgepasst hatte, um sich bemerkbar zu machen. »Hey, Leute«, sagte sie. »Der Teppich ist sauber.«

Maverick musste genauso oft hinsehen wie Hannibal, bis er sie erkannte. Aber weil er einer dieser seltenen Menschen war, denen wirklich daran liegt, wie es anderen geht, sagte er nur: »Toller Haarschnitt« und ließ alles andere auf sich beruhen.

»Danke«, sagte Baby. Sie stand an der Theke neben dem Regal mit den Valentinstag-Filmen. »Hey, Solo. Willst du einen Film mit mir sehen, wenn wir zumachen?«

Ich lehnte mich über die Theke. »Vielleicht. Gibt es irgendwas Gutes?«

Sie hielt die VHS-Schachtel von *Pretty in Pink* hoch. »Du hast ihn immer noch nicht gesehen.«

Ich sah sie finster an. »Und ich will immer noch nicht.«

Baby verdrehte die Augen. »Na schön. Was willst du dann?«

»*Star Wars*«, sagte ich, ohne nachdenken zu müssen.

»Echt jetzt?«, fragte sie. »*Star Wars* ist deine Valentinstag-Auswahl?«

»Warum nicht?«, fragte ich zurück. »Es ist eine Liebesgeschichte. Mehr oder weniger.«

»Auf welcher Ebene ist *Star Wars* eine Scheißliebesgeschichte, Solo?«

»Weil ich ihn liebe«, antwortete ich.

Baby blies sich die Haare aus den Augen. »O Mann. Na schön. Aber du zahlst für die Pizza.«

»Gut«, sagte ich, und dann sah ich Maverick an. »Schaust du mit?«

Er sah Baby an, die nickte.

»Bitte sag Ja«, flehte sie. »Ich habe noch nie mit ihm *Star Wars* gesehen, und ich habe das Gefühl, er verdient, dass wir uns über ihn lustig machen, weil er den Film so ernst nimmt.«

Erst war Maverick nicht überzeugt, aber er ließ sich überreden. »Na gut. Ich mache mich immer gerne über andere lustig.«

»Gott sei Dank«, sagte Baby und fing sofort damit an. »Ich befürchte, dass er den ganzen Text mitspricht. Und die Lichtschwertkämpfe mit dem Besen nachspielt.« Sie sah Maverick kopfschüttelnd an. »Ich wette, er weint vor Glück, wenn der Todesstern in die Luft fliegt.«

»Stimmt das?« Maverick sah mich an. »Weil, wenn, dann hast du vielleicht ernsthaft eine Macke.«

Jetzt lachte ich. »Vielleicht stimmt es ein bisschen.« Ich zuckte die Schultern. »Aber ich versichere dir, eine Macke habe ich nicht.«

EPILOG

Acht Monate später – Der Samstag vor Halloween 1997

»Happy Halloween, hier spricht ROYO Video«, sagte Hannibal in den Hörer, nachdem er die Pfote ausgezogen hatte. Eine lange Pause entstand. »Nein, mein Freund, sie arbeitet nicht mehr hier.« Pause. »Ja, es war echt komisch. Sie ist einfach eines Tages verschwunden.« Pause. »Du bist nicht der Einzige, der wegen ihr anruft, glaub mir.« Pause. »Tut mir echt leid, ich habe keine Info, Mann.« Pause. »Ja, mein Freund. Du auch. Tschüs.«

Ich sah ihn an, als er auflegte. »Noch jemand, der den Paten sucht?«

Er steckte die Hand wieder in den Pfotenhandschuh, und als er nickte, rasselten die Augen seines Kostüms. »Ja. Du hast auch nichts von ihr gehört, oder?«

»Nein«, notlog ich. »Nichts.«

Es war über zwei Monate her, dass der Pate zuletzt gesehen worden war. Na ja, außer von mir. Sie war Mitte August untergetaucht, nachdem sie in den Laden gerannt gekommen war und auf der Stelle gekündigt hatte.

»Ich arbeite hier nicht mehr, mit sofortiger Wirkung«, hatte sie Scarlet, Poppins und mir erklärt, während sie sich immer wieder über die Schulter umsah. Ihr dunkles Haar war schweißfeucht.

»Ist alles in Ordnung bei dir?«, fragte Poppins. »Ist jemand hinter dir her? Sollen wir die Polizei rufen?«

»Nein!«, war ihre nachdrückliche Antwort. »Ich bedaure, dass ich euch weder Details noch Frist geben kann. Mit euch allen zu arbeiten war eine adäquate Erfahrung für mich.« Sie drückte den Mädchen die Hände, dann packte sie mich und gab mir einen Kuss auf die Wange. »Sieh in deine Tasche«, flüsterte sie mir ins Ohr. Als sie aus dem Laden lief, ließ sie nichts zurück außer einen Kiss-of-Death-Abdruck in meinem Gesicht und einen Zettel in meiner Levi's.

Ich bin mir ziemlich sicher, dass es gut für sie weiterging. Wenn ihr den Zettel gelesen hättet, würdet ihr wahrscheinlich das Gleiche denken, aber weil »singende Vögel im Topf landen« (so der Zettel), sage ich nur, ich wusste, wie ich sie erreichen konnte, falls ich je einen Gefallen brauchte, und den schuldete sie mir, nachdem ich tat, was auf dem Zettel stand (das würdet ihr jetzt wohl gerne wissen).

»Schau mal, Mommy! Da ist Scooby-Doo!«, rief ein kleines Mädchen in einem Power-Ranger-Kostüm und zeigte auf Hannibal. »Und sein Freund, der Junge mit dem grünen Hemd!«

»Ich bin Shaggy«, sagte ich und nahm die zwei Nummern entgegen, die die Mutter mir hinhielt.

»Die ganze *Scooby-Doo*-Bande, das ist so witzig«, sagte die Frau. Sie sah sich in dem vollen Laden um und zeigte auf Poppins und Maverick. »Da sind Velma und Fred, und …« Sie suchte meinen Blick, als ich die Videos aus dem Regal holte. »Wo ist Daphne?«

»Irgendwo hier. Wahrscheinlich holt sie Süßigkeitennachschub, damit coole Kids wie du nicht bloß Smarties bekommen«, sagte ich zu ihrer Tochter, als ich Scarlets Abwesenheit bemerkte.

Das kleine Mädchen grinste. »Smarties sind wie Medizin.«

»Genau«, sagte ich und schob ihrer Mutter die Kassetten über die Theke. »Rückgabe morgen bis neunzehn Uhr.«

In diesem Moment kam Scarlet aus dem Flur. Sie trug das kürzeste, engste lila Minikleid nördlich eines virginianischen Truckstop-Stripclubs. Dazu hatte sie einen grünen Schal an, knallrosa Strumpfhosen und eine grellorange Perücke, die Markenzeichen der Comicfigur-Daphne, von denen allerdings das ultratiefe Dekolleté mit dem Push-up-BH ablenkte, das sie dem Kostüm in ihrem kreativen Überschwang hinzugefügt hatte. Ich musste das Mädchen und seine Mutter nicht auf sie aufmerksam machen – wenn Scarlet den Raum betrat, war sie nicht zu übersehen.

Ich bediente die Schlange der Videoausleiher, verteilte Horrorfilme und Psychothriller wie warme Semmeln und fertigte gerade meine letzte Kundin ab, als Poppins mir zurief, die Schwartzens seien da. Ein Blick reichte, und Maverick löste mich an der Kasse ab. Er wusste, dass ich den ganzen Tag auf die echte Daphne gewartet hatte.

»Hey, Joel!« Marc gab mir die Hand und umarmte mich. »Shaggy passt zu dir.«

»Shaggy ist bei mir keine Kunst«, gab ich zurück. »Ich brauchte nur eine braune Cordhose. Die grünen T-Shirts hatte ich schon.«

Jana schnallte Daphne aus dem Kinderwagen. »Es ist so süß, dass ihr eine Team-Verkleidung habt.« Sie drückte dem Baby einen Kuss auf die Backe, bevor sie es mir reichte. »Das zeigt, wie gut ihr euch versteht.«

Nach Monaten der Übung war ich inzwischen viel entspannter, wenn ich Daphne hielt, und inzwischen kannte auch sie mich gut genug (von ihren Besuchen in der Videothek und meinen Besuchen bei ihr zu Hause), dass sie sich auf meinem Arm entspannte.

»Hallo, Kleine«, sagte ich zu ihr. »Schickes Kostüm.«

Daphne war es vollkommen schnuppe, dass sie als Kürbis verkleidet war und entzückend aussah, aber sie lächelte ein winziges halbmondförmiges Lächeln mit zauberhaften Winkeln und griff nach meiner Nase.

»Ooh«, gurrte Jana. »Ich muss unbedingt ein Foto von euch machen.« Sie holte die Kamera aus der Windeltasche. »Ich mache gleich ein paar, dann kann ich Nicole auch welche schicken.«

Sie musste mich nicht zum Lächeln auffordern. Ich strahlte schon.

Der Blitz der Kamera rief Scarlet auf den Plan, die am anderen Ende des Ladens aufschrie. Wie zu erwarten, kam sie sofort herüber und wollte mir das Baby wegnehmen. »Dudu«, säuselte sie und hob Daphne aus meinen Armen. »Du bist ja der süßeste Kürbis, den ich je gesehen habe!«

Daphne starrte erschrocken auf Scarlets Perücke und streckte die Arme nach mir aus.

»Hey, Daph, ich bin's«, Scarlet nahm die Perücke ab. »Ich habe mich verkleidet, damit ich auch eine Daphne bin!«

Ich hatte geahnt, dass Scarlet uns deswegen zu *Scooby-Doo* verdonnert hatte, aber ich hatte nichts gesagt. Es wusste sowieso jeder, dass Scarlet verrückt nach dem Baby war. Und manche Formen der Verrücktheit waren gesund.

Als Daphne sah, dass Scarlet wieder blond war, ließ sie sich von ihr halten. »Sie fühlt sich größer an«, sagte Scarlet zu Jana und herzte das Baby. »Sie wächst zu schnell.« Es war ein Klischee, aber es stimmte auch.

»Ich weiß«, seufzte Jana. »Es heißt, die Tage sind lang, aber die Jahre sind kurz.«

Nachdem sie Daphne noch ein bisschen geknuddelt hatte, setzte sich Scarlet die Perücke wieder auf, und wir posierten zu dritt für ein Foto. Dann versammelten wir den Rest des Teams für Gruppenbilder mit Daphne. Doch diesmal bekam sie keiner zum Lächeln, denn Daphne hatte nur Augen für Hannibal.

»O Gott, sie liebt dich!« Poppins kitzelte Daphnes Fuß. »Sie denkt, du wärst wirklich ein Hund, Hanni!«

»Hey, hey, kleine Freundin!« Hannibal hüpfte und ließ die Augen seines Plüschgesichts kullern, und Daphne lachte tief aus dem Bauch.

Nach den Fotos mit Daphne wollten auch andere Familien Fotos von uns mit ihren Kindern, was unerwartet war, aber wahrscheinlich trifft man nicht alle Tage die ganze Gang von *Scooby-Doo* in der Videothek. Ein paar Kinder fragten sogar nach Autogrammen, weil sie dachten, wir wären echt.

»Hey, Joel!«, sagte Marc irgendwann und nahm mich beiseite. »Daph braucht ihr Fläschchen und wir brechen auf. Aber wir sehen dich nächstes Wochenende zum Abendessen im Headlights, oder?«

»Kat würde mich umbringen, wenn ich schwänze«, sagte ich. Dann fiel mir etwas ein. »Ach ja – Maverick sagt, er würde diesmal Ben mitbringen.«

»Wird aber auch Zeit, dass wir ihn endlich kennenlernen.« Marc grinste. »Hat sonst noch jemand ein Date?«

»Nein, ich komme allein, wie immer.«

»Du meinst, du kommst *solo*?« Er zeigte auf mein Namensschild. Dann sagte er: »Ach, und wenn du das nächste Mal mit Baby sprichst, sag ihr …«

»Dass niemand Baby in die Ecke stellt.«

Marc drückte meine Schulter. »Guter Mann.«

Die Schwartzens bahnten sich den Weg zur Tür, und Jana nahm Daphnes Hand und tat so, als würde sie uns Küsse zuwerfen, bevor sie draußen in der Menge der kostümierten Kinder verschwanden.

Es war ein schönes Halloweenfest, auch wenn weniger passierte als letztes Jahr. Eigentlich passierte nichts anderes als an jedem normalen Samstag bei ROYO Video auch, und das war gut so. Nur dass ich irgendwie das Gefühl hatte, es fehlte etwas.

Um ehrlich zu sein, hatte ich dieses Gefühl immer.

Gegen vier, als das offizielle Kinder-Halloween endete und die

Menge sich verlief, machte ich Pause. Ich setzte mich mit dem schnurlosen Telefon auf die Couch im Pausenraum, nahm meine Telefonkarte heraus und versuchte mich (wie immer) zu erinnern, ob Michigan und New York in derselben Zeitzone lagen.

Babys Mitbewohnerin ging ans Telefon.

»Hallo Kylie, ist Nicole da?«

Ich hörte, wie sie die Hand auf den Hörer legte, und dann ein gedämpftes: »Nik! Für dich ...« Noch mehr gedämpfte Worte. »*Star Wars*.«

Offenbar konnte sich Babys Mitbewohnerin »Han Solo« nicht merken. Aber das störte mich nicht; bei Spitznamen war ich nicht heikel.

Nach ein paar Sekunden hatte ich Baby am Apparat. »Und, hatte ich recht? Hat Scarlet es geschafft, ihrem *Scooby-Doo*-Kostüm Riesenbrüste zu verpassen?«

Ich lächelte, glücklich, ihre Stimme zu hören. »Megabrüste.«

Sie lachte. »Ich wusste es.«

»Alle wussten es. Ich glaube, die Hälfte unserer Kundschaft ist nur deswegen gekommen. Wie läuft es am College?«

»Gut, aber anstrengend. Zum Glück bin ich nicht so bescheuert wie viele andere hier.« Sie hielt das Telefon weg und sagte: »Nicht du, Kylie. Reg dich ab.«

»Freut mich zu hören.«

»Wie läuft's bei dir? Du redest nie vom College.«

»Weil es ein langweiliges Gemeindecollege ist. Ich habe im Literaturkurs drei Wochen hintereinander geschlafen und trotzdem 98 Prozent bekommen.«

»Super. Schreib weiter gute Noten. Dann kannst du nächstes Jahr wechseln.«

»Meinst du wirklich, dass ich mich noch mal am Sarah-Lawrence-College bewerben sollte?«, fragte ich. »Willst du immer noch, dass ich komme?«

»Natürlich. Ich wünschte, du wärst jetzt hier, Solo«, schnaubte Baby. »Keine Ahnung, warum sie dich abgelehnt haben.«

»Ich wurde nicht abgelehnt, ich kam auf die Warteliste und habe nie wieder etwas gehört«, erinnerte ich sie. »Was wahrscheinlich so gut wie eine Absage ist.«

»Egal. Komm einfach her«, sagte sie, bevor sie wieder auf ROYO Video kam. »Was habe ich heute noch verpasst außer Scarlets Dekolleté?«

»Die Schwartzens waren da. Und bevor ich es vergesse, Marc lässt ausrichten ...«

»Ich weiß, was du sagen willst, Solo. Richte Marc aus, der Witz hat einen Bart und er soll ihn auf keinen Fall Daphne beibringen.«

Ich lachte. »Apropos Daphne. Sie war ein Kürbis. Jana schickt dir Fotos.«

»Ooh! Hoffentlich krieg ich sie bald«, sagte Baby sehnsüchtig. »Glaubst du, Daphne erinnert sich an mich, wenn ich an Thanksgiving nach Hause komme?«

»Natürlich! Du hinterlässt bei jedem einen bleibenden Eindruck«, versicherte ich ihr.

»Halt die Klappe.«

»Es stimmt. Dad sagt, meine Großeltern reden immer von dir«, sagte ich. »Sie fragen, ob du nächsten Sommer wieder mitkommst, wenn Dad und ich sie besuchen.«

Ich hörte fast, wie sie die Augen rollte. »Gott, Solo. Was will deine Familie bloß von mir?«

Ich lachte. »Keine Ahnung. Ich verstehe es auch nicht.«

In dem Moment rief mich Poppins aus dem Flur. »Solo! Dein Vorstellungsgespräch ist da.«

»Mist«, sagte ich zu Baby. »Ich habe vergessen, dass sich heute jemand vorstellt.«

»Schon gut«, antwortete sie. »Ich muss sowieso lernen. Wir haben nächste Woche Prüfungen.«

»Du bist bestimmt brillant.«

»Ja. Weil ich mir den Arsch aufreiße.«

»Solo!«, rief Poppins wieder.

»Ich komme!«, rief ich zurück. »Okay, ich muss los. Ich rufe dich bald wieder an.«

»Montag?«, fragte Baby. »Nein, warte, montags hast du Therapie, oder?«

»PFLAG-Meeting«, korrigierte ich sie. »Familientherapie ist diese Woche am Dienstag. Na ja, jedenfalls für Dad und mich.«

»Maureen kommt immer noch nicht mit?«

»Nein«, sagte ich. »Aber ich lade sie immer wieder ein.«

»Mehr kannst du nicht tun, oder?«

»Nein ... Ich ruf dich danach an, um dich auf den neuesten Stand meiner unglaublichen Fortschritte zu bringen.«

Baby lachte. »Gut, dann lerne ich an dem Abend zu Hause.«

»Und sitzt neben dem Telefon, bis ich anrufe?«

»Halt die Klappe«, sagte sie. »Aber: ja.«

Ich schwieg ein paar Sekunden. Ich wollte nicht auflegen. »Ich liebe dich, Baby«, sagte ich schließlich.

»Ich weiß«, sagte sie. »Ich liebe dich auch.«

»Ich weiß.«

»Warum willst du Teil des ROYO-Video-Teams werden?«, fragte ich Angela Khoury, die Bewerberin.

Wir saßen im Büro. Ich hatte den Stift in der Hand, um ihre Antworten zu notieren, auch wenn es ohnehin gut für sie aussah, weil sie abends und am Wochenende arbeiten konnte, was eigentlich die einzige Anforderung war.

»Ich liebe Filme. Und ich wohne um die Ecke.«

»Ich danke dir für die Ehrlichkeit«, sagte ich. »Wo siehst du dich in fünf Jahren beruflich?«

Sie sah mich unsicher an.

»Ich weiß nicht.« Sie zuckte die Schultern. »Ich weiß nie, was ich auf diese Frage antworten soll. Wenn ich sage, ich habe nicht vor, in fünf Jahren noch hier zu sein, stellt ihr mich vielleicht nicht ein, weil ich nicht loyal bin. Aber wenn ich sage, ich will in fünf Jahren noch hier arbeiten, klingt das, als hätte ich keinen Ehrgeiz.«

Ich warf die Papiere auf den Tisch. »Weißt du was? Ich glaube, du passt gut hierher.«

»Wirklich?« Sie lächelte. »Ich kriege den Job? Einfach so?«

»Na ja, du musst noch die Formulare ausfüllen«, sagte ich. »Aber wenn du das schaffst, dann haben wir einen Platz für dich bei ROYO Video.«

»Cool!« Sie klatschte in die Hände und nahm den Papierstapel vom Schreibtisch. »Was passiert als Nächstes?«

Ich holte ein Schlüsselband aus der Schreibtischschublade und klippte ein unbeschriebenes Namensschild daran. »Jetzt suchst du dir einen Arbeitsnamen aus. Alle hier heißen nach einer Filmfigur«, erklärte ich. »Wie willst du heißen?«

»Oh! Witzig! Was gibt es zur Auswahl?«

»Du kannst dir alles aussuchen, was noch nicht vergeben ist«, sagte ich und las ihr die Namen der anderen vor. »Die meisten nehmen einfach ihre Lieblingsfigur aus ihrem Lieblingsfilm. Ich bin Solo, Han Solo. Poppins heißt nach Mary Poppins. Du verstehst schon.«

»Okay.« Sie überlegte. »Ich habe zwei Lieblingsfilme: *Dirty Dancing* und *Die Braut des Prinzen*. Was, meinst du, soll ich nehmen?«

Ich sah Angela an und lächelte.

»Wie findest du ›Buttercup‹?«, fragte ich.

»Perfekt.«

Ich schrieb ihren Namen auf das Namensschild. »Komm morgen um fünf. Wende dich an meinen Kumpel Maverick. Er weist dich ein.«

DANKSAGUNGEN

Wenn ich je eine Dankesrede halten müsste, würde ich sie total vermasseln. Wahrscheinlich würde ich schon auf den Stufen zum Podium stolpern. Mein Outfit würde mich irgendwie im Stich lassen. Und in den zwanzig Sekunden am Mikro hätte ich einen Blackout und herauskäme so was wie: »Milch. Ist gut für den Körper!« Dann würde ich mich entschuldigen und davonschleichen, weil ich aus dem Stegreif *grauenhaft* bin. Das ist keine Koketterie. Ich stehe dazu. Ich schäme mich nicht.

Deswegen bin ich froh, dass ich mich bei den vielen Menschen, die mir das Schreiben ermöglicht haben, schriftlich bedanken kann. Hier ist das Risiko zu stolpern, mir die Kleider zu zerreißen oder versehentlich Bauernweisheiten zu zitieren, kleiner. Nicht ausgeräumt, aber immerhin.

Stephen Barr, der beste Literaturagent der Welt, würde mir hier widersprechen. Er würde mir versichern, dass natürlich nichts davon passieren würde, und dann würde er mir die perfektesten, hilfreichsten Worte mit auf den Weg geben, die je über menschliche Lippen kamen, und ich würde ihm glauben, dass alles möglich ist. Deswegen steht er auf meiner Dankesliste ganz oben. Stephen, ich habe dich schon lange bewundert, bevor ich dich als Agenten kennenlernte. Danke, dass du dich meiner Geschichte angenommen hast, und vor allem danke, dass es dich gibt. Mit dir ist die Welt viel besser.

Meiner Lektorin Kaylan Adair danke, dass du um die Rechte an diesem Buch gekämpft hast, und seitdem mit mir und für mich. Danke für die Fragen und die Rückendeckung in schwierigen Momenten, für dein Mitgefühl und Verständnis. Und natürlich danke, dass du so eine wunderbare Lektorin bist. (Du bist großartig in deinem Beruf. Das weißt du, oder?) Ich bin dir ewig dankbar, dass du mir den Unterschied zwischen *grey* und *gray* erklärt hast.

Meinem Team bei Writers House danke ich für seinen unermüdlichen Einsatz. Cecilia de la Campa und Alessandra Birch von den Lizenzen und Hörbuchrechten, danke, dass ihr Joels Geschichte die Chance gebt, auch an anderen Orten der Welt gehört zu werden. Besonderen Dank auch an Andrea Vedder und Nora Long – ihr seid Rockstars!

Danke an alle bei Candlewick. Ich könnte nicht stolzer sein, dass auf diesem Buch die C-Flamme prangt! Danke an Alison Cherry und Jackie Houton, die mein Manuskript Korrektur gelesen haben, und an Jamie Tan, meinem Presseagenten – danke, dass du trotz der Pandemie so unermüdlich bist. Ich bin tief beeindruckt und unendlich dankbar für deine Arbeit.

Meiner Film-Agentin bei CAA Dana Spector – danke, dass du der ROYO-Gang eine Chance gibst. Sie würden dich unfassbar cool finden. Sogar Baby.

An Shelley: Ich mochte dich auf Anhieb bei unserer ersten Begegnung am Elternabend. Was ich nicht wusste, war, dass deinen Sohn zu unterrichten mein Leben verändern würde. Danke für deine Freundschaft. Ich bewundere dich sehr. Vielen Dank für alles, was du für mich getan hast. Ohne dich hätte ich vielleicht kein Wort geschrieben.

Meinen Lieben JLB. Ihr seid die besten. Ich bin gesegnet.

Danke an Mom, Dad, meine Geschwister und meine ganze Bluts- und Wahlverwandtschaft. Liebste Grüße an Amy und Shawn, Laren und Roy, Bethany, Shannon, Jen, Kim, Liz, Zeddy, Colleen, Lamia und Lindsay. Ich habe euch alle von Herzen lieb. Granny, ist das zu fassen? (Tut mir leid wegen der vielen Schimpfwörter.)

Alles Liebe an meine LehrerInnen Laura L., Kathy G., den verstorbenen Steve K., Dr. Beate G. und Dr. Jonathan W. Alle von euch haben dazu beigetragen, dass ich heute Schriftstellerin bin. Danke für eure Ermutigung. Ihr verändert die Welt, Kind für Kind.

Ein lauter Gruß an die nicht mehr operierende Videothek der Summit Ridge Pharmacy. Danke für die Erinnerungen!

Vielen Dank an meine Glaubensgemeinde für eure Unterstützung und dafür, dass ihr mich auffangt, wenn ich falle.

Last but not least, danke, Mark Ruffalo.

Vergiss nie – nur du kannst Waldbrände verhindern.

Hilfs- und Informationsangebote in Krisensituationen

TelefonSeelsorge

Die Telefonseelsorge ist kostenfrei und bietet anonyme Beratung in sämtlichen Lebenslagen, rund um die Uhr und an jedem Tag im Jahr. Telefonnummern sowie Mail- und Chatkontakt unter:

telefonseelsorge.de
In Österreich: telefonseelsorge.at
In der Schweiz: 147.ch

[U25]

In Zusammenarbeit mit der Caritas bietet [U25] anonyme Mailberatung für junge Menschen in Suizidgefahr. Auf der Website gibt es auch eine große Übersicht über weitere Beratungs- und Hilfsangebote zu den Themen Krisen, Suizid, Trauer, selbstverletzendes Verhalten, sexuelle Gewalt, Depression, psychische Erkrankungen, Sexualität und Mobbing.

u25-deutschland.de
u25-deutschland.de/weitere-hilfsangebote/

Anlaufstellen rund um sexuelle Orientierung, Geschlechtsidentität und Sexualität

Mein Geschlecht

Infoportal für inter* trans* genderqueere Jugendliche. Unter dem Reiter »Anlaufstellen« gibt es eine umfangreiche Übersicht über bundesweite Anlauf- und Beratungsstellen.

meingeschlecht.de

In Österreich: courage-beratung.at – bundesweite Anlaufstellen und anonyme Beratung

In der Schweiz: lgbt-helpline.ch – LGBT+ Helpline, erreichbar telefonisch und per Mail